HEYNE <

SYLVIA DAY

# SPIEL DER LEIDENSCHAFT

Roman

Aus dem Amerikanischen
von Marie Rahn

WILHELM HEYNE VERLAG
MÜNCHEN

Die Originalausgabe PASSION FOR THE GAME
erschien bei Penguin Books Ltd, New York

FSC
www.fsc.org
MIX
Papier aus verantwortungsvollen Quellen
FSC® C014496

Verlagsgruppe Random House FSC® N001967
Das für dieses Buch verwendete FSC®-zertifizierte
Papier *Holmen Book Cream* liefert
Holmen Paper, Hallstavik, Schweden.

Vollständige deutsche Erstausgabe 09/2014

Umschlaggestaltung: Nele Schütz Design, München
unter Verwendung von © shutterstock/djgis
Satz: KompetenzCenter, Mönchengladbach
Druck und Bindung: GGP Media GmbH, Pößneck
Printed in Germany

ISBN: 978-3-453-54568-7

www.heyne.de

*Der göttlichen Verlegerin Kate Duffy.*
*Für alles, besonders aber,*
*weil sie meine Bücher genauso liebt wie ich.*
*Ich schreibe leidenschaftlich gerne für sie.*

# Kapitel 1

»Wenn alle Todesengel so hinreißend wären wie du, würden die Männer bei dir zum Sterben Schlange stehen.«

Lady Maria Winter ließ den Deckel ihres emaillierten Döschens mit den Schönheitspflästerchen entschieden zuschnappen. Der Mann, den sie im Spiegel gesehen hatte, war ihr so zuwider, dass sich ihr Magen krampfte. Sie holte tief Luft und hielt den Blick auf die Bühne gerichtet, doch ihre Aufmerksamkeit galt ganz dem unvergleichlich gut aussehenden Schönling, der etwas hinten versteckt in ihrer Loge saß.

»Du kommst auch noch an die Reihe«, murmelte sie, bewahrte aber wegen der vielen in ihre Richtung gewandten Lorgnetten Haltung. An diesem Abend hatte sie sich für purpurrote Seide entschieden, die durch die zarte schwarze Spitze an ihren ellbogenlangen Ärmeln noch betont wurde. Purpur war ihre Lieblingsfarbe, nicht nur weil es den Farben ihrer spanischen Herkunft schmeichelte – dunkle Haare, dunkle Augen, olivfarbener Teint –, sondern auch, weil es eine stille Warnung war. Blutvergießen. Gefahr.

Die Winterwitwe, tuschelten die Zuschauer. Zwei Männer hatte sie ins Grab gebracht … bislang.

Sie war ein Todesengel. Das war nur allzu wahr. Alle um sie herum starben, außer dem Mann, dessen Tod sie ersehnte.

Als sie ein leises Lachen hinter sich hörte, bekam sie eine Gänsehaut. »Da muss schon jemand anderer kommen, meine liebe Stieftochter, um mir meinen gerechten Lohn zu überbringen.«

»Dein Lohn wird meine Klinge in deinem Herzen sein«, zischte sie.

»Ja, aber dann wirst du deine Schwester niemals wiedersehen, dabei ist sie fast mündig.«

»Wage es nicht, mir zu drohen, Welton. Sobald Amelia verheiratet ist, weiß ich, wo sie ist, und dann brauche ich dich nicht mehr lebendig. Denk daran, bevor du in Versuchung gerätst, ihr das Gleiche anzutun wie mir.«

»Ich könnte sie als Sklavin verkaufen«, sagte er gedehnt.

»Du irrst dich, wenn du meinst, daran hätte ich nicht schon gedacht.« Sie bauschte die Spitze an ihrem Ellbogen und brachte ein leichtes Lächeln zustande, das ihr Entsetzen verbarg. »Ich würde davon erfahren. Und dann wärst du tot.«

Als sie spürte, wie er erstarrte, wurde ihr Lächeln echt. Sechzehn war sie gewesen, als Welton ihr Leben beendete. Nur die Vorfreude auf den Tag ihrer Vergeltung half ihr, nicht aufzugeben, wenn die Verzweiflung wegen ihrer Schwester sie zu entmutigen drohte.

»St. John.«

Der Name hing zwischen ihnen in der Luft.

Maria stockte der Atem. »Christopher St. John?«

Es überraschte sie nur noch selten etwas. Mit sechsundzwanzig glaubte sie, fast alles gesehen und fast alles getan zu haben. »Er hat zwar Geld, doch eine Ehe mit ihm würde mich ruinieren, und du könntest mich nicht mehr für deine Ziele benutzen.«

»Eine Ehe ist diesmal nicht notwendig. Ich habe Lord Winters Vermächtnis noch nicht aufgebraucht. Hier geht es lediglich um Informationen. Ich glaube, man will St. John einen Tauschhandel vorschlagen. Ich möchte, dass du herausfindest, was sie mit ihm vorhaben, und vor allem, wer seine Freilassung aus dem Gefängnis arrangiert hat.«

Maria strich sich über den purpurroten Stoff, der sich um ihre Beine bauschte. Ihre unglücklichen Ehemänner waren beide Agenten der Krone gewesen, was sie für ihren Stiefvater höchst nützlich machten. Außerdem waren sie Adlige und Besitzer eines großen Vermögens gewesen, das sie nach ihrem frühzeitigen Ableben ihr hinterlassen hatten – zu Weltons Verfügung.

Maria hob den Kopf, blickte sich im Theater um und bemerkte gedankenverloren den sich kräuselnden Rauch der Kerzen und die Goldverzierungen, die im Licht schimmerten. Der Sopran auf der Bühne kämpfte um Aufmerksamkeit, denn niemand war gekommen, um die Sängerin zu hören. Der Adel kam nur, um zu sehen und gesehen zu werden.

»Interessant«, murmelte Maria, weil ihr ein Bild des beliebten Freibeuters in den Sinn kam. Er war ungewöhnlich attraktiv und genauso tödlich wie sie. Seine Heldentaten waren allgemein bekannt, einige davon jedoch so haarsträubend, dass sie kaum wahr sein konnten. St. John war Gegenstand überaus leidenschaftlicher Diskussionen, und es wurden zahlreiche Wetten darauf abgeschlossen, wie lange er noch seinen Kopf aus der Schlinge ziehen konnte.

»Es muss tatsächlich ein verzweifelter Schritt gewesen sein, ihn zu verschonen. All die Jahre hat man nach einem unwiderlegbaren Beweis für seine Verbrechen gesucht, und nun, da es so weit ist, wird er begnadigt. Ich wage zu behaupten, dass darüber niemand erfreut ist.«

»Ist mir egal, wie man das findet«, erwiderte Welton knapp. »Ich will nur wissen, wen ich deswegen erpressen kann.«

»So viel Vertrauen hast du also in meine Fähigkeiten«, spöttelte sie und verbarg damit, dass ihr die Galle hochkam. Wenn sie daran dachte, was sie alles hatte tun müssen, um einen Mann zu schützen und zu unterstützen, den sie verabscheute … Doch dann hob sie ihr Kinn. Nicht ihrem Stiefvater galten ihr Schutz und ihre Unterstützung. Er musste lediglich am Leben bleiben, denn wenn er umkam, würde sie Amelia niemals wiederfinden.

Welton ignorierte ihren Spott. »Hast du eine Ahnung, wie viel diese Information wert wäre?«

Sie nickte fast unmerklich, weil sie sich der gierigen Blicke bewusst war, die jeder ihrer Bewegungen folgten. Die ganze Gesellschaft wusste, dass ihre Ehemänner keines natürlichen Todes gestorben waren. Aber es gab keine Beweise. Obwohl man von ihrer Schuld überzeugt war, wurde sie mit morbidem Interesse in die vornehmsten Häuser eingeladen. Sie war berüchtigt. Und nichts belebte eine Gesellschaft so wie der Ruch von Gefahr.

»Wie finde ich ihn?«

»Du hast doch deine Mittel.« Er stand auf und ragte drohend im Schatten über ihr, doch Maria duckte sich nicht. Abgesehen von Amelias Schicksal machte ihr nichts mehr Angst.

Weltons Finger zupften an einer ihrer Locken. »Das Haar deiner Schwester ist deinem so ähnlich. Selbst durch den Puder glänzt es noch.«

»Verschwinde.«

Sein Lachen hallte noch nach, als er die Vorhänge geteilt hatte und hinaus auf den Gang getreten war. Wie viele Jahre würde sie dieses Lachen noch erdulden müssen? Die Ermittler, die für sie arbeiteten, lieferten ihr kaum einen wertvollen Hinweis. Hier und da hieß es, ihre Schwester sei gesehen worden, doch nie war es eine heiße Spur. So oft meinte sie schon, ihr Ziel erreicht zu haben … aber Welton war ihr immer einen Schritt voraus.

Während auf sein Geheiß ihre Seele mit jedem Tag schwärzer wurde.

»Lassen Sie sich nicht von ihrem Erscheinungsbild täuschen. Ja, sie wirkt klein und zierlich, doch sie ist eine Giftschlange, die nur darauf wartet zuzubeißen.«

Christopher St. John setzte sich bequemer in seinen Sessel und missachtete den Agenten der Krone, der die Loge mit ihm teilte. Sein Blick war magnetisch angezogen von der purpurrot gekleideten Frau, die auf der gegenüberliegenden Seite des Theaters saß. Da er sein ganzes Leben in der niedrigen Gesellschaft verbracht hatte, erkannte er eine verwandte Seele schon von Weitem.

Lady Winter trug zwar ein Kleid, das die Wärme und Heißblütigkeit spanischer Sirenen versprach, doch sie war so frostig wie ihr Name. Und sein »Auftrag« war es, sich in ihr Leben zu schleichen, sie für ihn zu erwärmen und dann genug über sie zu erfahren, um sie an seiner statt hängen zu lassen.

Das war ein abscheulicher Handel. Aber seiner Einschätzung nach nur fair. Er war ein Freibeuter und Dieb und sie eine geldgierige und blutdurstige Harpyie.

»Es arbeiten mindestens ein Dutzend Männer für sie«, erklärte Viscount Sedgewick. »Manche beobachten die Kais, andere streifen durchs Land. Ihr Interesse an der Agency ist eindeutig und gefährlich. Sie steht Ihnen in nichts nach, wenn es darum geht, Chaos zu schaffen. Daher wird sie zu einem Angebot Ihrerseits gewiss nicht Nein sagen.«

Christopher seufzte; die Aussicht, das Bett mit der schönen Winterwitwe zu teilen, lockte ihn nicht im Geringsten. Er kannte Frauen wie sie: Sie waren viel zu sehr um ihr Aussehen besorgt, um zügellose Leidenschaft zu genießen. Ihr Lebensunterhalt hing davon ab, reiche Verehrer anzuziehen. Daher konnte sie nicht daran interessiert sein, ins Schwitzen zu geraten oder sich übermäßig anzustrengen. Schließlich konnte dabei ihre Frisur ruiniert werden.

Gähnend fragte er: »Kann ich jetzt gehen, Mylord?«

Sedgewick schüttelte den Kopf. »Sie müssen sofort anfangen, sonst ist die Chance vertan.«

Nur mit großer Mühe konnte sich Christopher eine Erwiderung verkneifen. Die Agency würde sehr schnell bemerken, dass er nach niemandes Pfeife tanzte. »Überlassen Sie die Einzelheiten mir. Sie möchten, dass ich sowohl geschäftliche als auch persönliche Beziehungen mit Lady Winter pflege, und das werde ich auch.«

Damit stand er auf und richtete beiläufig seinen Rock. »Wie auch immer: Sie ist eine Frau, die finanzielle Sicherheit über eine Ehe zu gewinnen sucht, daher kann ich als Junggeselle nicht zuerst um sie freien und dann weitermachen, wenn ich sie erst im Bett habe. Stattdessen werde ich mit dem Geschäftlichen beginnen müssen, um unsere Beziehung mit Beischlaf zu besiegeln. So macht man das.«

»Sie sind erschreckend«, sagte Sedgewick trocken.

Christopher warf einen Blick über seine Schulter, als er den schwarzen Vorhang zur Seite schob. »Es wäre klug von Ihnen, das nicht zu vergessen.«

Maria war angespannt und nervös, weil sie ein Gefühl überkam, als würde ein Raubtier sie taxieren. Sie wandte den Kopf hin und her und betrachtete forschend jede Loge ihr gegenüber, konnte jedoch nichts entdecken. Dennoch hatte sie nur ihren Instinkten zu verdanken, dass sie noch am Leben war, und sie vertraute ihnen blind.

Irgendjemandes Interesse war mehr als nur Neugier.

Leise Männerstimmen im Gang hinter ihr zogen ihre Aufmerksamkeit von ihrer erfolglosen Suche ab. Andere hätten nur das Gemurmel im Zuschauerraum unter ihr und den tragenden Gesang auf der Bühne gehört, aber sie war eine Jägerin mit geschärften Sinnen.

»Die Loge der Winterwitwe.«

»Ah …«, murmelte ein Mann mit wissender Stimme. »Sie ist das Risiko für ein paar Stunden wert. Sie ist unvergleichlich, eine Göttin unter Frauen.«

Maria schnaubte. Das war ihr Fluch.

Die unschuldige Freude, die sie einst über ihre außerordentliche Schönheit empfunden hatte, war an dem Tag verpufft, als ihr Stiefvater sie lüstern ansah und sagte: »Du wirst mir ein Vermögen einbringen, Kleines.«

Das war ein weiterer innerer Tod in ihrem kurzen Leben gewesen.

Der erste war der ihres geliebten Vaters gewesen. Sie hatte ihn als lebenslustigen, vitalen, schneidigen Mann in Erinnerung, der oft lachte und ihre spanische Mutter anbetete. Dann wurde er krank und siechte dahin. Später sollte Maria mit den Anzeichen einer Vergiftung vertraut werden. Damals aber kannte sie nur Angst und Verwirrung, die noch zunahmen, als ihre Mutter ihr einen dunkelhaarigen, gut aussehenden Mann vorstellte, der ihren Vater ersetzen sollte.

»Maria, mein Kind«, hatte Cecille mit ihrem leichten Akzent gesagt, »dies ist Viscount Welton. Wir wollen heiraten.«

Diesen Namen hatte sie schon einmal gehört. Der Mann war der beste Freund ihres Vaters gewesen. Warum ihre Mutter wieder heiraten wollte, konnte sie sich in ihrer Unerfahrenheit nicht vorstellen. Hatte ihr Vater ihr so wenig bedeutet?

»Er möchte dich auf die besten Schulen schicken«, lautete die

Erklärung. »Du wirst die Zukunft bekommen, die dein Vater sich für dich gewünscht hat.«

Man würde sie wegschicken. Mehr hörte sie nicht.

Die Hochzeit fand statt, und Lord Welton nahm sie mit in ein Haus, das einer mittelalterlichen Burg ähnelte. Maria hasste es. Es war kalt, zugig und unheimlich und erinnerte in nichts an das schöne Zuhause, in dem sie bislang gewohnt hatte.

Welton zeugte mit seiner neuen Frau eine Tochter und verschwand kurz danach. Maria wurde auf das Internat geschickt, und er ging nach London, wo er nach Herzenslust soff, herumhurte und das Geld ihres Vaters verspielte. Ihre Mutter wurde immer blasser und dünner, und dann fiel ihr das Haar aus. Ihre Krankheit wurde bis zum letzten Moment vor Maria geheim gehalten.

Erst als das Ende nahe war, wurde nach ihr geschickt. Als sie ins Haus ihres Stiefvaters zurückkehrte, war die Viscountess Welton nur noch ein Schatten der Frau, die sie noch ein paar Monate zuvor gewesen war. Ihre Lebendigkeit war ebenso entschwunden wie das Vermögen ihres Mannes.

»Maria, mein Schatz«, flüsterte sie auf dem Totenbett und sah sie mit ihren dunklen Augen flehentlich an, »vergib mir. Welton war nach dem Tod deines Vaters so liebenswürdig. Ich habe nicht hinter seine Fassade gesehen.«

»Es wird alles wieder gut, Mama«, hatte sie gelogen. »Du wirst wieder gesund werden, und dann verlassen wir ihn.«

»Nein. Du musst …«

»Bitte sag nichts mehr. Du brauchst Ruhe.«

Aber der Griff ihrer Mutter war ungewöhnlich fest für eine so geschwächte Frau und verriet, wie dringend ihr Anliegen war. »Du musst deine Schwester vor ihm beschützen. Es ist ihm ganz gleich, dass sie sein eigen Fleisch und Blut ist. Er wird sie genauso benutzen, wie er mich benutzt hat. Und auch dich wird er benutzen wollen. Amelia ist nicht so stark wie du. Sie hat nichts von der Stärke deines Vaters.«

Bestürzt hatte sie ihre Mutter angestarrt. In den zehn Jahren, in denen Cecille zum zweiten Mal verheiratet war, hatte Maria vieles gelernt, doch vor allem, dass sich unter Lord Weltons unvergleichlich attraktivem Äußeren der Teufel verbarg.

»Ich bin noch zu jung«, hauchte sie unter Tränen. Sie hatte einen Großteil ihres Lebens im Internat verbracht und war dazu ausgebildet worden, eine Frau zu werden, die Welton ausbeuten konnte. Aber bei ihren gelegentlichen Besuchen hatte sie beobachtet, wie der Viscount ihre Mutter mit gehässigen Spötteleien gedemütigt hatte. Die Dienerschaft hatte ihr von Gebrüll und Schmerzensschreien berichtet. Von Verletzungen. Blut. Wochenlanger Bettruhe nach seiner Abreise.

Die siebenjährige Amelia blieb ängstlich und allein in ihrem Zimmer, wenn ihr Vater da war. Keine Gouvernante hielt es lange bei ihnen aus.

»Ja, das bist du«, flüsterte Cecille mit bleichen Lippen und rot geweinten Augen. »Wenn ich gehe, hinterlasse ich dir all meine Stärke. Du wirst mich in dir spüren, meine süße Maria, und deinen Vater. Wir werden dir helfen.«

Diese Worte waren das Einzige, woran sie sich in den folgenden Jahren klammern konnte.

»Ist sie tot?«, hatte Welton nur gefragt, als Maria aus ihrem Zimmer kam. Seine grünen Augen waren bar jeden Gefühls gewesen.

»Ja.« Sie wartete mit angehaltenem Atem und zitternden Händen.

»Dann entscheide du über die Arrangements.«

Nickend wandte sie sich ab. Das Schleifen ihrer Röcke aus schwerer Seide war unnatürlich laut in der tödlichen Stille des Hauses.

»Maria.« Seine Stimme klang bedrohlich sanft.

Sie blieb stehen, wandte sich wieder um und betrachtete ihren Stiefvater im neu gewonnenen Wissen über das Ausmaß seiner Bösartigkeit. Abwesend bemerkte sie die breiten Schultern, die schmalen Hüften und die langen Beine, die so viele Frauen unwiderstehlich fanden. Trotz seiner Gefühlskälte war er mit seinen grünen Augen, den dunklen Haaren und dem verwegenen Lächeln einer der attraktivsten Männer, die sie je gesehen hatte. Das war das Geschenk des Teufels für seine pechschwarze Seele.

»Erzähl du Amelia von Cecilles Tod, ja? Ich bin schon spät dran und habe keine Zeit mehr.«

Amelia.

Verzweifelt dachte Maria an die vor ihr liegende Aufgabe. Zusätzlich zu dem lähmenden Schmerz über den Verlust ihrer Mutter drückte sie der Auftrag ihres Stiefvaters fast zu Boden. Aber die Stärke, die ihre Mutter ihr versprochen hatte, bewirkte, dass sie sich aufrichtete und ihr Kinn hob.

Welton lachte, als er das sah. »Ich wusste, du würdest perfekt sein. Das macht den Ärger mit deiner Mutter wett.« Sie sah, wie er auf dem Absatz kehrtmachte, die Treppe zum Hauptgang hinunterging und seine Frau einfach von sich abschüttelte.

Wie konnte sie ihrer Schwester den Schicksalsschlag so schonend wie möglich beibringen? Im Gegensatz zu Maria hatte Amelia keine glücklichen Erinnerungen, an denen sie sich festhalten konnte. Jetzt war die Kleine eine Waise, denn ihr Vater schenkte ihr so wenig Aufmerksamkeit, dass er auch hätte tot sein können.

»Hallo, Schätzchen«, sagte Maria leise, als sie das Zimmer ihrer

Schwester betrat und sich auf den Aufprall des kleinen Körpers, der ihr entgegenstürzte, gefasst machte.

»Maria!«

Es war überflüssig zu erwähnen, dass ihre Mutter soeben verstorben war. Maria drückte ihre Schwester an sich und ging mit ihr zu dem in dunkelblauer Seide gehaltenen Bett, das einen schönen Kontrast zu den mit hellblauem Damast bezogenen Wänden bildete. Sie wiegte das weinende Kind in ihren Armen und vergoss ein paar stille Tränen. Nun hatten sie nur noch einander.

»Was machen wir jetzt?«, fragte Amelia mit ihrer lieblichen Stimme.

»Überleben«, antwortete Maria knapp. »Und zusammenbleiben. Ich werde dich beschützen. Zweifle niemals daran.«

Sie schliefen ein. Als sie aufwachte, war Amelia verschwunden.

Und ihr Leben hatte sich für immer verändert.

Nun drängte es Maria plötzlich, sich in Bewegung zu setzen. Sie stand auf, schob den Vorhang beiseite und trat auf den Gang hinaus. Die beiden Lakaien, die zu beiden Seiten der Loge Wache standen, um übereifrige Verehrer abzuwehren, nahmen Habachtstellung ein. »Das ist meine Kutsche«, sagte sie zu einem. Er eilte davon.

Auf einmal jedoch stieß sie jemand ziemlich heftig von hinten an, und als sie taumelte, wurde sie an einen harten Körper gedrückt.

»Bitte vielmals um Verzeihung«, murmelte eine aufregend heisere Stimme so dicht an ihrem Ohr, dass sie die Schwingung spürte.

Diese Stimme brachte sie dazu zu erstarren und den Atem anzuhalten. Reglos stand sie da und spürte, wie all ihre Sinne ungewöhnlich intensiv zum Leben erwachten. Eindrücke stürmten auf sie ein – eine harte Brust an ihrem Rücken, ein fester Arm, der um ihre Brust geschlungen war, eine Hand an ihrer Taille und ein durchdringender Geruch nach Bergamotte, vermischt mit herbem Männerduft. Er ließ sie nicht los, im Gegenteil: Sein Griff wurde noch fester.

»Lassen Sie mich los«, sagte sie leise, aber herrisch.

»Wenn ich so weit bin.«

Seine nackte Hand legte sich auf ihre Kehle. Die Rubine an ihrer Halskette wurden so warm, bis sie fast brannten. Schwielige Fingerspitzen streichelten ihre Halsschlagader, bis sich ihr Puls beschleunigte. Dies alles tat der Mann so selbstbewusst und ohne jegliches Zaudern, als hätte er das Recht, sie zu liebkosen, wann und wo auch immer er es wollte, selbst in der Öffentlichkeit. Und doch war er unleugbar sanft. Trotz seines festen Griffs konnte sie sich ihm entwinden, wenn sie das wollte, aber sie regte sich nicht, weil ihre Gliedmaßen sich plötzlich schlaff anfühlten.

Mit ihrem Blick befahl sie dem anderen Lakaien, ihr irgendwie zu Hilfe zu eilen. Der Diener sah allerdings mit weit aufgerissenen Augen hinter sie und schluckte hart. Dann schaute er weg.

Sie seufzte. Offenbar würde sie sich selbst retten müssen.

Wieder einmal.

Ihre nächste Handlung war halb instinktiv, halb bewusst. Sie legte ihrem Angreifer die Hand über seine und ließ ihn die scharfe Spitze der Klinge spüren, die sie in einem eigens dafür angefertigten Ring trug. Der Mann erstarrte, aber gleich darauf lachte er. »Ich liebe Überraschungen.«

»Das kann ich von mir nicht behaupten.«

»Haben Sie etwa Angst?«, forderte er sie heraus.

»Ja. Davor, dass Blut auf mein Kleid kommt«, gab sie zurück. »Es ist eines meiner Lieblingskleider.«

»Ach, dann würde es aber zum Blut an Ihren Händen passen« – er hielt inne und fuhr ihr mit der Zunge über ihre Ohrmuschel, worauf sie hochrot wurde und erschauerte –, »und an meinen.«

»Wer sind Sie?«

»Wer auch immer Ihnen nützlich sein könnte.«

Maria holte tief Luft und drückte ihren vom Korsett flach gedrückten Busen gegen seinen unnachgiebigen Unterarm. Ihr gingen schneller Fragen durch den Kopf, als sie sie erfassen konnte. »Ich habe alles, was ich brauche.«

Als er sie losließ, strich er ihr mit den Fingern über die nackte Haut oberhalb ihres Mieders. Ihre Haut prickelte, und sie bekam eine Gänsehaut. »Sollten Sie es sich anders überlegen«, sagte er mit seiner kratzigen Stimme, »dann kommen Sie zu mir.«

Er trat zurück, worauf sie mit fliegenden Röcken herumwirbelte und ihn ansah.

Gekonnt verbarg sie ihre Verblüffung. Die Bilder in den Zeitungen wurden ihm nicht im Mindesten gerecht. Er hatte blonde Locken, eine sonnengebräunte Haut, strahlend blaue Augen und die fein gemeißelten Züge eines Engels. Seine Lippen waren zwar schmal, doch von Meisterhand erschaffen. Sein Antlitz war so atemberaubend schön, dass es sie entwaffnete. Es rief tiefstes Vertrauen hervor, aber die berechnende Kälte seines Blicks warnte sie, dass dies ein Fehler war.

Während sie ihn betrachtete, bemerkte sie, dass sie beide die Aufmerksamkeit der anderen Zuschauer im Gang weckten, aber sie konnte ihren Blick nicht von ihm abwenden. Sie war wie verzaubert von dem Mann, der so selbstsicher, ja, arrogant vor ihr stand. »St. John.«

Er verneigte sich in aller Form und lächelte, doch das Lächeln erreichte nicht seine Augen – umwerfende Augen, die noch durchdringender durch die Schatten wirkten, die sie umgaben. Er war kein Mann, der viel oder gut schlief. »Ich bin geschmeichelt, dass Sie mich erkennen.«

»Was genau sollte mir denn fehlen?«

»Vielleicht genau das, wonach Ihre Männer suchen?«

Seine Bemerkung erwischte sie kalt, und sie konnte es nicht verbergen. »Was wissen Sie?«

»Zu viel«, antwortete er glatt und sah sie forschend an. Wie gebannt starrte sie auf seine Lippen, die sich sinnlich verzogen. »Und doch nicht genug. Aber vielleicht können wir gemeinsam unsere Ziele erreichen.«

»Welches ist denn Ihr Ziel?«

Wie kam es, dass er sich ihr so kurz nach Weltons Verschwinden näherte? Das konnte doch kein Zufall sein.

»Rache«, sagte er, und dieses Wort sprach er so beiläufig aus, dass sie sich fragte, ob er innerlich genauso tot war wie sie. Das musste er, da er ein Leben als Verbrecher führte. Keine Schuld, keine Reue, kein Gewissen. »Die Agency hat sich einmal zu oft in mein Leben gemischt.«

»Ich habe keine Ahnung, wovon Sie sprechen.«

»Ach, nicht? Sehr schade.« Er trat um sie herum und neigte sich im Gehen zu ihr. »Sollten Sie es herausfinden, stehe ich zu Ihrer Verfügung.«

Einen Moment lang sperrte sie sich dagegen, sich umzudrehen und ihm nachzublicken. Doch der Moment verging, und dann starrte sie ihm begierig nach. Nichts entging ihr, weder seine Größe noch seine breiten Schultern noch seine elegante Kleidung und die hohen Schuhe. So wie er angezogen war, konnte er nicht unerkannt in der Menge verschwinden, die sich auf dem Gang tummelte. Das helle Gelb seines Rocks und seiner Hose hoben sich von den dunkleren Farben der anderen Theaterbesucher ab. In ihren Augen wirkte er wie ein Sonnengott, eine leuchtende, übermächtige Präsenz. Sein lässiger Gang verbarg nicht die Gefahr, die er ausstrahlte – eine Tatsache, die auch den rasch ausweichenden Besuchern nicht entgangen war.

Jetzt begriff sie, warum alle so fasziniert von ihm waren.

Schließlich wandte sich Maria zum Lakaien. »Kommen Sie mit.«

»Mylady«, rief dieser flehentlich, worauf sie innehielt, »bitte verzeihen Sie mir.« Der junge Mann sah aus, als sei ihm sterbenselend. Seine dunklen Haare fielen ihm in das noch sehr unreife Gesicht. Ohne seine Livree hätte man sofort gesehen, dass er im Grunde noch ein Junge war.

»Was soll ich Ihnen denn verzeihen?«, fragte sie mit hochgezogenen Augenbrauen.

»Dass ich Ihnen nicht geholfen habe.«

Sie gab etwas von ihrer stolzen Haltung auf. Als sie die Hand ausstreckte und ihn am Ellbogen berührte, schrak er zusammen. »Ich bin nicht wütend auf Sie. Sie hatten Angst, was ich gut nachvollziehen kann.«

»Wirklich?«

Sie seufzte und drückte sanft seinen Ellbogen, bevor sie ihn losließ. »Wirklich.«

Es zerriss ihr das Herz, als er sie dankbar anlächelte. War sie je so … offen gewesen? Manchmal fühlte sie sich vollkommen von der Welt abgeschnitten.

Rache. Mehr als dieses Ziel hatte sie nicht. Rache war es, woran sie beim Aufwachen dachte und wenn sie abends im Bett lag. Das Bedürfnis nach Vergeltung war die Kraft, die ihr das Blut durch die Adern pumpte und ihre Lunge mit Luft füllte.

Und Christopher St. John konnte derjenige sein, durch den sie sie erlangen konnte.

Noch kurz zuvor war er ein notwendiges Übel gewesen, das sie so schnell wie möglich hinter sich hatte bringen wollen. Doch jetzt waren die Möglichkeiten mehr als reine Intrigen; sie waren verführerisch. Es würde sorgfältiger Planung bedürfen, um ihre perfiden Ideen in die Tat umzusetzen, aber zweifellos konnte sie das schaffen.

Zum ersten Mal seit sehr langer Zeit lächelte sie.

Christopher entfernte sich leise pfeifend von Lady Winter, spürte aber ihren bohrenden Blick. Eigentlich hatte er nicht geplant, mit ihr zu sprechen. Er hatte lediglich gehofft, sie von Nahem zu sehen und herauszufinden, wie gut sie sich schützte. Es war ein wunderbarer Zufall gewesen, dass sie just in diesem Moment ihre Loge verlassen hatte. Sie hatten sich nicht nur kennengelernt, sondern er hatte sie sogar berührt, sie im Arm gehalten und den Duft ihrer Haut gerochen.

Jetzt befürchtete er nicht mehr, es würde im Bett langweilig mit ihr werden – nicht, nachdem er die Spitze der verborgenen Klinge gespürt hatte. Doch darüber hinaus war mehr als nur sein körperliches Interesse geweckt. Sie war jünger als angenommen, die Haut unter Puder und Schönheitspflästerchen war faltenlos, und ihre schönen dunklen Augen verrieten sowohl Vorsicht als auch Neugier. Lady Winter war noch nicht vollkommen abgestumpft. Wie war das möglich, wenn alle Welt dachte, sie hätte mindestens zwei Männer umgebracht?

Das würde er herausfinden. Die Agency war an ihr mehr interessiert als an ihm. Das allein war schon höchst faszinierend.

Als Christopher das Theater verließ, fiel ihm die schwarze

Kutsche mit dem Wappen der Winters auf. Er blieb neben ihr stehen. Dann machte er eine kaum merkliche Handbewegung und vergewisserte sich, dass sein Befehl zumindest von einem seiner in der Umgebung postierten Männer gesehen worden war. Die Kutsche würde bis auf Weiteres beschattet werden. Er wollte wissen, wohin die schöne Lady ging.

»Dieses Wochenende bin ich bei der Gesellschaft im Landhaus der Harwicks«, sagte er zu dem Kutscher, der ihn stocksteif und mit aufgerissenen Augen anstarrte. »Sorgen Sie dafür, dass die Lady das erfährt.«

Als der Mann eifrig nickte, lächelte Christopher zufrieden.

Zum ersten Mal seit sehr langer Zeit hatte er etwas, worauf er sich freuen konnte.

# Kapitel 2

»Es besteht die Möglichkeit, dass sie in die Sklaverei verkauft wurde.«

Maria hielt vor dem Kamin inne und starrte durchdringend auf ihren Ermittler und ehemaligen Geliebten. Simon Quinn trug eine bunte Seidenrobe, die sich vorne teilte, sodass sein gebräunter Brustkorb zu sehen war. Seine verblüffend blauen Augen bildeten einen auffallenden Kontrast zu seiner dunklen Haut und den schwarzen Haaren. Vom Äußeren her ein typischer Ire. Das genaue Gegenteil des blonden St. John, mehrere Jahre jünger noch dazu, doch auf seine Weise genauso gut aussehend.

Abgesehen von seiner angeborenen sexuellen Anziehungskraft wirkte Simon ziemlich harmlos. Nur der durchdringende Blick, mit dem er seine Umgebung erforschte, gab einen Hinweis auf seinen gefährlichen Lebenswandel. Im Laufe ihrer Beziehung hatte er jedes Gesetz gebrochen.

Genau wie sie.

»Merkwürdig, dass du das ausgerechnet heute Abend erwähnst«, murmelte sie. »Welton hat eben genau dasselbe zu mir gesagt.«

»Das verheißt nichts Gutes, oder?«

»Reine Mutmaßungen reichen nicht aus, Simon. Finde den Beweis dafür. Dann können wir Welton umbringen und Amelia suchen.«

Das Feuer hinter ihr wärmte erst ihren Morgenmantel und dann ihre Beine, dass es schon fast unerträglich war, aber innerlich war ihr vor lauter Entsetzen eiskalt. Ihr wurde übel von den Gedanken, die ihr durch den Kopf gingen. Wie sollte sie Amelia jemals finden, wenn sie irgendwohin verschleppt worden war?

Simon hob die Augenbrauen. »Wenn wir die Suche über die Grenzen Englands hinaus ausweiten, schwinden die Chancen, sie zu finden, aber beträchtlich.«

Maria hob den Sirup in ihrer Hand an ihre Lippen, trank ihn, um sich zu stärken, und stellte das kleine Glas dann auf den Kaminsims. Sie betrachtete den Raum und tröstete sich wieder einmal am Anblick der Holzvertäfelung und der dunkelgrünen Vorhänge. Es war ein äußerst maskulin wirkendes Studierzimmer, und der Effekt bezweckte zweierlei. Erstens sorgte es für eine drückende Stimmung, in der alles belanglose Geplapper erstarb. Und zweitens vermittelte es ihr ein Gefühl der Kontrolle, wonach sie sich verzweifelt sehnte. Auch wenn sie sich oft vorkam wie eine Marionette, die Welton tanzen ließ – hier gab sie die Befehle.

Sie zuckte die Achseln und ging wieder so unruhig hin und her, dass ihr schwarzer Morgenmantel ihr um die Knöchel wirbelte. »Du tust so, als gäbe es noch etwas anderes, wofür ich lebte.«

»Aber du wirst doch noch Ziele haben, die du erreichen willst!« Als Simon aufstand, ragte er über ihr, wie fast jeder. »Etwas Angenehmeres als den Tod.«

»Ohne Amelia kann ich mir keine Zukunft vorstellen.«

»Möglich wäre es aber schon. Du würdest nicht schwächer werden, nur weil du dir etwas Besseres erhoffst.«

Sie schoss ihm aus zusammengekniffenen Augen einen so kalten Blick zu, dass die meisten davor zurückgezuckt wären. Aber Simon lachte nur. Er hatte einst das Bett mit ihr geteilt und damit auch die unvermeidlichen häuslichen Zwistigkeiten erlebt, die mit der Rolle des Geliebten einhergingen.

Maria seufzte und blickte zu dem Porträt ihres ersten Gatten, das an einer breiten Schnur an der Wand hing. Es zeigte einen korpulenten Mann mit rosigen Wangen und strahlend grünen Augen.

»Ich vermisse Dayton«, gestand sie und verharrte, »und seine Unterstützung.«

Der Earl of Dayton hatte sie vor dem völligen Ruin gerettet. Der gutmütige Witwer hatte Welton durchschaut und sie gerettet, indem er einen hohen Preis für ein junges Mädchen bezahlt hatte, das gut seine Enkelin hätte sein können. Von ihm hatte sie alles gelernt, was man wissen musste, um zu überleben – zum Beispiel den perfekten Umgang mit Waffen.

»Wir sorgen dafür, dass er gerächt wird«, murmelte Simon. »Das verspreche ich dir.«

Maria rollte ihre Schultern nach hinten, in dem vergeblichen Versuch, ihre Anspannung zu lösen. Dann ging sie zu ihrem Schreibtisch und ließ sich müde auf ihren Stuhl sinken. »Was ist mit St. John? Kann er mir von Nutzen sein?«

»Natürlich. Mit dem, was er weiß, könnte er jedem von Nutzen sein. Aber für ihn muss auch etwas herausspringen. Er ist nicht gerade für seine Wohltätigkeit bekannt.«

Sie umklammerte die geschnitzten Armlehnen ihres Stuhls. »Beischlaf kann es nicht sein. Wer so aussieht wie er, muss tausend Frauen an der Hand haben.«

»Das ist wohl wahr. Er ist für seine Ausschweifungen berühmt.«

Simon ging zur Anrichte, schenkte sich selbst ein Glas ein und lehnte sich mit seinen schmalen Hüften gegen das Möbelstück. Zwar wirkte er stets nonchalant, blieb dabei aber immer wachsam. Das wusste sie und schätzte es sehr.

»Ich kann nur vermuten, dass sein Interesse durch den Tod deiner Ehemänner und durch ihre Verbindung zur Agency geweckt wurde.«

Sie nickte, weil sie das auch schon gedacht hatte. Sie konnte kein anderes Motiv für St. Johns Annäherungsversuche finden als den Wunsch, sie genauso zu benutzen wie Welton – für eine abscheuliche Aufgabe, bei der weibliche List erforderlich war. Doch sicher konnten das auch andere Frauen, die ihm näherstanden, mit gleichem Erfolg übernehmen, oder nicht? »Wie ist er noch geschnappt worden? Ich frage mich, wieso er nach all den Jahren doch noch einen Fehler gemacht hat.«

»Soweit ich weiß, hat er keinen gemacht. Es wurde ein Informant aufgetrieben, der bereit war, gegen ihn auszusagen.«

»Einer, der im guten Glauben dazu bereit ist?«, fragte sie sanft und dachte an die kurze Zeitspanne, die sie mit dem Freibeuter verbracht hatte. Er war höchst selbstsicher, und das konnte nur ein Mann ohne Angst sein. Außerdem war er ein Mann, den sich nur ein Narr zum Feind machen würde. »Oder einer, der dazu gezwungen wurde?«

»Höchstwahrscheinlich Letzteres. Aber ich frage mal nach.«

»Ja, tu das.« Maria spielte mit der Ecke eines Pergaments auf ihrem Schreibtisch. Ihr Blick ruhte auf der glitzernden bernsteinfarbenen Flüssigkeit in Simons Hand und wanderte dann höher, erfasste seine breiten Schultern und seine kräftigen Arme.

»Ich wünschte, ich könnte dir mehr helfen.« Das war eindeutig aufrichtig gemeint.

»Kennst du eine Frau, die wir damit betrauen könnten, sich an Welton heranzumachen?«

Simon, der gerade sein Glas zum Mund hatte führen wollen, hielt inne, und ein Lächeln breitete sich langsam über sein Gesicht. »Mein Gott, du bist unglaublich. Dayton hat dich gut ausgebildet.«

»Also kann ich hoffen, ja? Welton hat eine Vorliebe für Blondinen.«

Wenn ihre Mutter das nur gewusst hätte.

»Ich werde wohl schnellstens eine suchen.«

Maria lehnte den Kopf zurück und schloss die Augen.

»*Mhuirnín*?«

»Ja?« Sie hörte, wie das Glas auf der Anrichte abgestellt wurde, und dann seinen gleichmäßigen, sicheren Schritt. Sie seufzte, weil sie sich unwillkürlich getröstet fühlte, obwohl sie sich dagegen wehrte.

»Zeit fürs Bett.« Er legte seine große Hand über ihre, die immer noch die Armlehne umklammerte, und der intensive Geruch seiner Haut drang in ihre Nase. Sandelholz. Simon pur.

»Es gibt noch so vieles zu bedenken«, protestierte sie und öffnete ihre Augen gerade so weit, um ihn anzusehen.

»Das kann bis morgen warten, ganz gleich, was es ist.« Er zog sie zu sich hoch, und als sie taumelte, drückte er sie an sich und umfing sie mit seiner Wärme. »Du weißt, ich werde nicht nachgeben, bis du tust, was ich sage.«

Ihr Körper wollte mit seinem verschmelzen, doch Maria kniff die Augen zu, um gegen den Drang anzukämpfen.

Unwillkürlich erinnerte sie sich, wie es war, wenn er sich auf ihr und in ihr bewegte – etwas, das sie vor über einem Jahr beendet hatte. Als seine Berührung ihr mehr zu bedeuten begann als rein körperliches Vergnügen, hatte sie ihre Beziehung gelöst. Trost oder gar Zufriedenheit konnte sie sich nicht leisten. Dennoch wohnte Simon weiterhin in ihrem Haus. Sie weigerte sich, ihn zu lieben, schickte ihn aber auch nicht fort. Sie betete ihn an und schätzte seine Freundschaft sowie sein Wissen über die Schwächen der guten Gesellschaft.

»Deine Regeln sind mir bekannt.« Seine Hände strichen ihr über den Rücken.

Und sie wusste, dass sie ihm nicht gefielen. Er begehrte sie nach wie vor. Das spürte sie sogar jetzt, als er sich hart gegen ihren Leib drückte. Das Verlangen eines jüngeren Mannes.

»Wenn ich ein besserer Mensch wäre, würde ich dich fortschicken.«

Simon seufzte, den Mund in ihr Haar gedrückt, und umschlang sie noch fester. »Hast du denn in all den Jahren, die wir zusammen sind, gar nichts gelernt? Du könntest mich nicht fortschicken. Ich verdanke dir mein Leben.«

»Du übertreibst«, sagte sie mahnend und dachte an ihre erste Begegnung. Er hatte in einer Gasse gestanden, allein vor einem Dutzend Gegner. Und er hatte mit einer Wildheit gekämpft, die sie gleichzeitig erschreckte und erregte. Fast wäre sie weitergefahren, da sie in jener dunklen Nacht einer Spur von Amelia nachgehen wollte, die vielversprechender als die meisten war. Doch ihr Gewissen ließ nicht zu, diesen ungleichen Kampf zu ignorieren.

Also hatte sie Schwert und Pistole gezückt und mit mehreren ihrer Männer die Angreifer in die Flucht geschlagen. Simon, verletzt und blutüberströmt, hatte sie dennoch heftig dafür beschimpft. Er brauche keine Hilfe, hatte er gesagt.

Daraufhin war er vor ihr zusammengebrochen.

Ursprünglich hatte sie nur ihr Gewissen erleichtern und ihn nach einem Bad wieder fortschicken wollen. Dann war er aus dem Bad aufgetaucht: hinreißend und atemberaubend männlich. Und sie hatte ihn bei sich behalten.

Simon trat einen Schritt zurück und lächelte ironisch, als könnte er ihre Gedanken lesen. »Ich würde wieder gegen ein Dutzend

Männer kämpfen – gegen Hunderte sogar –, wenn du mich nur wieder in dein Bett ließest.«

Maria schüttelte den Kopf. »Du bist unverbesserlich und viel zu triebhaft.«

»Zu triebhaft kann man gar nicht sein«, sagte er lachend und drängte sie mit einer Hand auf ihrem Poansatz zur Tür. »Du wirst mich nicht davon abbringen, dich ins Bett zu bringen. Du brauchst Ruhe und süße Träume.«

»Ah, hast du denn gar nichts über mich gelernt?«, fragte sie, als sie auf den Flur traten und dann die Treppe hinaufgingen. »Ich möchte nicht träumen. Dann ist das Aufwachen so deprimierend.«

»Eines Tages wird alles gut werden«, sagte er mit leiser, überzeugter Stimme. »Das verspreche ich dir.«

Sie gähnte, und dann keuchte sie auf, weil er sie auf seine starken Arme hob. Kurz darauf wurde sie schon mit einem kurzen Kuss auf die Stirn ins Bett gesteckt. Nachdem Simon mit einem leisen Klicken der Tür zum Nachbarzimmer verschwunden war, konnte sie sich endlich entspannen.

Doch es waren die blauen Augen eines anderen, die sie bis in den Schlaf verfolgten.

»Guten Abend, Sir.«

Christopher nickte seinem Butler zu. Von seinem Salon auf der linken Seite drang durch die geöffneten Türflügel raues Gelächter bis zu ihm in die Eingangshalle.

»Schicken Sie Philip sofort zu mir«, befahl er leise und gab dem Butler Hut und Handschuhe.

»Sehr wohl, Sir.«

Er strebte zur Treppe und kam dabei an der lärmenden Gruppe seiner Männer und ihrer Gefährtinnen vorbei. Sie riefen nach ihm, und er blieb einen Moment auf der Schwelle stehen, um die Menschen zu betrachten, die er als seine Familie ansah. Sie feierten seine Freilassung – *das Glück des Teufels* nannten sie es –, doch auf ihn wartete Arbeit. Wenn er sich seine gegenwärtige Freiheit erhalten wollte, musste noch viel ermittelt und erreicht werden.

»Viel Spaß«, wünschte er, bevor er unter dem lauten Protest der anderen in den ersten Stock stieg.

Er kam in seine Privatgemächer und fing mit der Hilfe seines Kammerdieners an, sich auszuziehen. Gerade streifte er seine Weste ab, als der junge Mann, nach dem er verlangt hatte, leise an die Tür klopfte und auf seine Aufforderung hin eintrat.

»Was hast du herausbekommen?«, fragte Christopher ohne weitere Einleitung.

»So viel man an einem Tag erfahren kann.« Philip zerrte an seiner Krawatte und fing an, unruhig hin und her zu gehen. Das Hellgrün seines Rocks und seiner Hose bildete einen leuchtenden Kontrast zu dem bedruckten Leder, das die Wände bedeckte.

»Wie oft muss ich dir noch sagen, du sollst nicht so zappeln?«, mahnte Christopher. »Es verrät eine Schwäche, die geradezu danach schreit, ausgenutzt zu werden.«

»Tut mir leid.« Der junge Mann rückte seine Brille zurecht und hustete.

»Du musst dich nicht entschuldigen. Lass es einfach. Häng nicht so herum, steh gerade, und sieh mir direkt in die Augen wie ein Ebenbürtiger.«

»Aber ich bin dir nicht ebenbürtig!«, protestierte Philip, hielt inne und sah einen Moment lang wieder so aus wie der Fünfjährige, der einst verwaist, verprügelt und halb verhungert auf seiner Türschwelle erschienen war.

»Nein, das bist du nicht«, bestätigte Christopher und hielt seine

Arme wie gewünscht, damit er leichter ausgezogen werden konnte, »aber du musst versuchen, dich mir gegenüber so zu verhalten. Hier und überall auf der Welt muss man sich Respekt verdienen. Niemand wird ihn dir erweisen, weil du nett und anständig bist. Im Gegenteil: Viele Idioten haben nur deshalb Erfolg, weil sie sich benehmen, als hätten sie ein Anrecht darauf.«

»Ja, Sir.« Philip straffte die Schultern und hob das Kinn.

Christopher lächelte. Der Junge würde schon noch ein Mann werden. Einer, der auf eigenen Füßen stehen und auch die schlimmsten Schicksalsschläge einstecken konnte. »Ausgezeichnet. Doch jetzt erzähl.«

»Lady Winter ist sechsundzwanzig, zweimal verwitwet, und keiner ihrer Männer hat mehr als zwei Jahre bei ihr überlebt.«

Kopfschüttelnd bemerkte Christopher: »Kannst du mit etwas anfangen, was ich noch nicht weiß, und dann auch so weitermachen?«

Philip wurde rot.

»Du musst nicht nervös werden, vergiss nur nie, dass Zeit kostbar ist und du willst, dass andere die Zeit mit dir als wertvoll betrachten. Daher solltest du immer mit der Information beginnen, die am wahrscheinlichsten Interesse weckt. Dann machst du von dort aus weiter.«

Philip holte tief Luft und stieß hervor: »Sie hat einen Geliebten, der bei ihr wohnt.«

»Ah …« Christopher verharrte, weil er der Vorstellung einer zugänglicheren Lady Winter nachhing, einer vom Liebesspiel ermatteten und zufriedenen Frau. Das scharfe Zupfen seines Kammerdieners an seinem Hosenbund riss ihn aus seiner Versunkenheit. Er knöpfte seinen Hosenlatz auf, räusperte sich und sagte: »Das ist schon besser.«

»Oh, gut! Ich konnte nicht viel mehr herausfinden, als dass er Ire ist, aber er ist Mitglied ihres Haushalts, seit Lord Winter vor zwei Jahren verstarb.«

Zwei Jahre ging das also schon so.

»Außerdem habe ich etwas über ihre Beziehung zu ihrem Stiefvater Lord Welton herausgefunden, das ich seltsam finde.«

»Seltsam?«, fragte Christopher.

»Ja, der Diener, mit dem ich sprach, erwähnte, dass er sie häufig besucht. Ich finde das merkwürdig.«

»Vielleicht weil die Beziehung zu deinem Stiefvater weniger eng war?«

»Vielleicht.«

Christopher schob seine Arme durch die Ärmel des Morgenmantels, den sein Kammerdiener ihm hinhielt. »Thompson, bringen Sie Beth und Angelica zu mir.«

Der Kammerdiener verneigte sich leicht, bevor er gehorchte, und Christopher ging vom Ankleide- ins Wohnzimmer. »Was wissen wir über ihre Finanzen?«, fragte er über die Schulter hinweg.

»Im Moment eigentlich nichts«, antwortete Philip, der ihm folgte, »aber das wird morgen früh nachgeholt. Sie wirkt, als wäre sie gut bei Kasse, also frage ich mich, wieso sie meint, sie müsste sich auf so grässliche Weise Geld beschaffen.«

»Hast du genügend Beweise, um zu dem Schluss zu kommen, dass sie schuldig ist?«

»Äh … nein.«

»Reine Mutmaßungen reichen nicht aus, Philip. Finde den Beweis dafür.«

»Ja, Sir.«

Zwei Jahre ging das also schon so. Das bewies, dass sie zu Gefühlen fähig war. Eine Frau teilte nicht so lange die körperlichen Freuden mit einem Mann, ohne ihn zumindest ein wenig ins Herz zu schließen. »Erzähl mir von Welton.«

»Ein Prasser, der einen Großteil seiner Zeit mit Glücksspielen und Huren verbringt.«

»Wo?«

»Im White's und im Bernadette's.«

»Vorlieben?«

»Hasardspiel und Blondinen.«

»Gut gemacht«, lächelte Christopher. »Ich weiß es zu schätzen, wie viel du in den wenigen Stunden erreicht hast.«

»Dein Leben hängt davon ab«, sagte Philip schlicht. »Aber an deiner Stelle hätte ich jemanden mit mehr Erfahrung losgeschickt.«

»Du warst so weit.«

»Dem würde ich widersprechen, aber in jedem Fall bin ich dankbar.«

Christopher winkte ab, bevor er zu dem Walnusstischchen mit einer Reihe Karaffen ging und sich ein Glas Wasser einschenkte. »Welchen Nutzen hättest du für mich, wenn du unerfahren bliebest?«

»Ja, genau, du denkst nur an deinen Vorteil«, sagte Philip trocken und lehnte sich an den Kamin. »Gott behüte, dass mein Wohlbefinden auf einen Anfall von Großzügigkeit zurückzuführen wäre. Allerdings sollte ich erwähnen, dass diese Anfälle häufiger vorkommen, da alle unter diesem Dach hin und wieder in den Genuss kommen.«

Christopher schnaubte und leerte sein Glas. »Bitte höre auf, meinen Charakter derart zu verunglimpfen. Es ist ziemlich unhöflich, mich so zu verleugnen.«

Philip besaß die Kühnheit, die Augen zu verdrehen. »Dein furchterregender Ruf ist hart verdient worden und hat sich etliche

Male als wahr erwiesen. Nur weil du dich um die Streuner dieser Welt kümmerst, tauchen weder versenkte Schiffe wieder vom Meeresgrund auf, noch wird gestohlene Fracht zurückerstattet oder erwachen Dummköpfe, die sich dir widersetzten, wieder zum Leben. Also besteht kein Grund zur Sorge. Trotz meiner ewigen Dankbarkeit bleibst du so berüchtigt wie eh und je.«

»Unverschämter Bastard.«

Der junge Mann lächelte, doch dann wurden sie von einem leisen Klopfen an der Tür gestört.

»Herein«, rief Christopher und neigte leicht den Kopf, um eine stattliche Blondine und eine zierliche, aber kurvenreiche Brünette zu begrüßen. »Ach, schön. Ich habe Verwendung für euch.«

»Du hast uns gefehlt«, erwiderte Beth und warf verführerisch ihre blonde Haarmähne über die Schulter. Angelica zwinkerte nur. Sie war die zurückhaltendere, außer beim Vögeln. Dann war ihre Sprache derber als die seiner Seemänner.

»Verzeihung«, mischte Philip sich mit gerunzelter Stirn ein. »Woher wusstest du, dass Welton keine Vorliebe für Rothaarige hat?«

»Wie kommst du darauf, dass die beiden nicht meinetwegen hier sind?«, konterte Christopher.

»Weil ich hier bin und du konzentriert wirkst. Du vermischst nie Geschäftliches mit Privatem.«

»Vielleicht sind Geschäftliches und Privates diesmal das Gleiche, mein junger Philip.«

Philip kniff seine grauen Augen hinter seiner Brille zusammen. Man sah ihm an, dass er angestrengt nachdachte. Genau dies hatte auch zuerst Christophers Aufmerksamkeit geweckt. Ein heller Kopf war immer nützlich.

Er stellte sein Glas ab und ließ sich in den nächsten Ohrensessel sinken. »Ladys, ich muss euch um etwas bitten.«

»Was immer du brauchst«, gurrte Angelica, »werden wir dir, wie du weißt, besorgen.«

»Danke«, erwiderte er freundlich, weil er gewusst hatte, sie würden alles für ihn tun. In seinem Haushalt galt Loyalität für alle. Er hätte für jeden Einzelnen in seiner Obhut sein Leben gegeben, und genau dasselbe würden sie auch für ihn tun.

»Morgen kommt die Schneiderin, um euch neu auszustatten.« Er musste lächeln, als er das Aufglimmen von Gier in ihren Augen sah. »Beth, du wirst Lord Weltons intimste Vertraute werden.«

Die Blondine nickte, worauf ihr großer, ungestützter Busen unter ihrer hellblauen Robe erzitterte.

»Und ich?«, fragte Angelica und verzog voller Vorfreude ihren rot geschminkten Mund.

»Du, meine dunkeläugige Schönheit, wirst, wenn nötig, als Ablenkung dienen.«

Er wusste nicht, ob Lady Winter ihren Geliebten mit ihrem Reichtum, ihrer Schönheit oder mit beidem hielt. Da er kein Risiko eingehen wollte, hoffte er, Angelicas exotisches Äußeres und die sorgfältig errichtete Fassade von Reichtum würden seinen Rivalen von ihr fortlocken. Angelicas Schönheit war nicht annähernd so raffiniert wie die der Winterwitwe, doch sie war ziemlich üppig gebaut und zeugte von spanischem Blut. Bei gedämpftem Licht würde sie durchgehen.

Christopher rieb sich über die winzige Wunde an seinem Handgelenk, die Lady Winters Ring hinterlassen hatte, und ertappte sich dabei, dass er sich nach der berüchtigten Verführerin sehnte. Sie war unwiderstehlich, eine zerbrechliche Erscheinung mit einem leidenschaftlichen Temperament. Er wusste ohne jeden Zweifel, dass sein Leben weitaus interessanter werden würde als in letzter Zeit. Es war fast deprimierend, dass er noch ein paar

Tage warten musste, bevor er wieder Kontakt mit ihr aufnehmen konnte.

In der Zwischenzeit war sein Verlangen erwacht, war er doch wochenlang eingesperrt gewesen und hatte weibliche Gesellschaft entbehren müssen. Ganz sicher war dies der einzige Grund, warum er mit solcher Leidenschaft an die Winterwitwe dachte. Denn eigentlich war sie nur eine Aufgabe, die er erledigen musste, mehr nicht.

Aber als er die Hand hob und seine Besucher hinausschickte, sagte er langsam: »Du nicht, Angelica. Ich möchte, dass du bei mir bleibst.«

Sie fuhr sich mit der Zunge über die Lippen.

»Schließ die Tür ab, Liebes. Und dann dämpfe das Licht.«

Christopher seufzte, als es im Zimmer dunkler wurde. Sie war nicht Lady Winter. Bei gedämpftem Licht würde sie allerdings für sie durchgehen.

# Kapitel 3

»Darf ich dir all die Dinge aufzählen, die ich an dir anbete, *mhuirnín*?«

Maria verzog ihren Mund zu einem schwachen Lächeln und schüttelte den Kopf. Simon fläzte sich auf der Bank ihr gegenüber. Seine große Gestalt steckte in wunderschönem cremefarbenem Satin mit goldbestickten Blüten. Vor dem Hintergrund eines stillen Sees und grünen Grases leuchteten seine blauen Augen besonders eindrucksvoll.

»Nein?«, sagte er gedehnt. »Nun gut. Dann vielleicht nur eines? Ich bete es an, wie du dein Kinn reckst, wenn du die Winterwitwe spielst. Und die eisblaue Seide mit der weißen Spitze ist geradezu ein Geniestreich.«

Ihr Lächeln wurde breiter. Sie war nervös, und Simon, der bemerkt hatte, dass sie ständig ihren Sonnenschirm drehte, wollte sie ablenken. Hinter ihr ragte das eindrucksvolle Herrenhaus des Earls und der Countess of Harwick empor, unter dessen Dach sie die nächsten drei Tage verbringen würde. »Das wird so erwartet, mein lieber Simon. Wir wollen doch nicht unsere Gastgeberin enttäuschen.«

»Natürlich nicht. Ich finde es ja auch höchst amüsant. Aber was plant die berüchtigte Witwe denn für dieses Wochenende?«

»Wer kann das so früh schon sagen?«, murmelte sie und ließ ihren Blick über die anderen Gäste wandern. Manche saßen wie sie auf einer Bank, die Frauen lesend oder stickend. Ein paar Gentlemen standen auf dem Rasen zusammen. »Einen kleinen Aufruhr? Eine winzige Intrige?«

»Ein paar Liebesspiele?«

»Simon«, mahnte sie.

Er hob verteidigend die Hände, doch seine Augen blitzten frech. »Mit einem anderen. Obwohl ich hoffe, du bist so vernünftig, nicht St. John zu erwählen.«

»Ach? Wieso das?«

»Weil er ungehobelt ist, *mhuirnín*. Verdorben, im Gegensatz zu dir. Ich hätte dich auch nicht anrühren sollen. Du bist zu fein für Männer wie mich, aber selbst ich bin noch besser als er.«

Sie senkte den Blick auf ihre behandschuhte Hand in ihrem Schoß. Wieso sah Simon nicht, wie verdorben sie war?

Er streckte die Hand aus und drückte ihre Finger. »Das Blut, das du suchst, klebt an Weltons Händen.«

»Ich wünschte, das wäre wahr.«

»Es ist wahr.« Simon lehnte sich wieder zurück.

»Erklär mir, wieso ein weithin bekannter Verbrecher hier eingeladen wird.«

»Es heißt, der zukünftige Lord Harwick wurde bei einem fehlgeschlagenen Entführungsversuch verstümmelt. Angeblich soll sein Vater auf St. John zugegangen sein, damit er statt seiner Vergeltung übt. Die Schurken wurden zur Strecke gebracht, und Harwicks Dankbarkeit zeigt sich unter anderem darin, dass er ihn zu allen Gesellschaften einlädt.«

»Ein Pakt mit dem Teufel.«

»Das gewiss«, sagte Simon glatt. »Doch jetzt weihe mich in deine Pläne ein, dann kann ich darüber nachdenken, wie ich dir helfen kann.«

»Es gibt zu viele Unwägbarkeiten, um einen eindeutigen Kurs zu steuern. Wieso hat St. John für unser Treffen diese Wochenendgesellschaft gewählt? Warum nicht mein Haus oder seins?« Maria seufzte. »Wenn ich nicht so verzweifelt wäre, würde ich seine Spielchen nicht mitmachen.«

»Am besten kannst du denken, wenn es schnell gehen muss. Das war schon immer so.«

»Danke«, sagte sie aufrichtig. Simons Wertschätzung tröstete sie. »Im Moment möchte ich nur einmal unter vier Augen mit St. John reden. Hoffentlich erklärt er mir wenigstens im Ansatz, wieso er meint, unsere Verbindung könnte ihm nützen. Wenn ich das erst einmal weiß, kann ich weiterplanen.«

»Ah, dabei kann ich dir leicht helfen. Eben hat er diesen Weg hinter dir eingeschlagen. Ich glaube, Lady Harwick erwähnte, dass irgendwo in dieser Richtung ein Pavillon liegt. Wenn du ihm folgen willst, sorge ich dafür, dass ihr nicht gestört werdet.«

»Simon, du bist ein wahrer Segen.«

»Schön, dass du das auch bemerkst.« Er lächelte. »Bist du ausreichend bewaffnet?«

Sie nickte.

»Gut. Dann sehen wir uns später.«

Maria erhob sich ohne Hast, brachte gemächlich ihren Sonnenschirm in Position und setzte sich in Bewegung. Mit einem bewusst beiläufigen Blick zurück bemerkte sie, dass Simon ein Pärchen abfing, das denselben Pfad einschlagen wollte wie sie. In der Gewissheit, dass er geschickt wie immer mit dieser Situation umgehen würde, richtete sie ihre Gedanken auf die vor ihr liegende Aufgabe.

Als sie eine große Hecke umrundet hatte, tat sie nicht mehr so, als würde sie müßig umherschlendern, sondern beschleunigte ihre

Schritte und prägte sich zur besseren Orientierung ein paar Landmarken ein – eine Pyramide hier, eine Statue dort. Kurz darauf erspähte sie den Pavillon vor sich, verließ den Pfad, schloss ihren Sonnenschirm und bahnte sich einen Weg durch das davor liegende Wäldchen. Sie umrundete das kleine Gebäude, blickte durch die Säulen ins Innere und dann durch die rückwärtige Tür.

»Suchen Sie mich?«

Erschrocken wirbelte sie herum und entdeckte St. John. Er lehnte lässig an einem Baum, an dem sie nur Sekunden vorher vorbeigekommen war. Als sie sein arrogantes Lächeln sah, fasste sie sich rasch und überspielte ihre Verblüffung mit einem strahlenden Lächeln. »Eigentlich nicht.«

Die Wirkung war genau, wie sie erhofft hatte. Sein Grinsen schwand, und sein selbstgefälliger Blick wich einem Ausdruck von Wachsamkeit. Sie betrachtete ihn einen Moment lang forschend in dem von den Bäumen gefilterten Sonnenlicht, denn jetzt konnte sie ihn zum ersten Mal deutlich sehen. Seine offensichtlich muskulöse Gestalt war in dunkelblauen Samt gekleidet, der zu seinen Augen passte und sich schön von seinen blonden, nun zu einem ordentlichen Zopf zusammengefassten Haaren abhob. Seine Augen waren nicht so hell wie Simons und wirkten nicht nur dunkler, sondern auch düsterer. Sie bildeten einen irritierenden Kontrast zu der einzigartigen Schönheit seines Gesichts.

»Das glaube ich Ihnen nicht«, entgegnete er mit seiner köstlich heiseren Stimme, die wie Rohseide über ihre Haut glitt.

»Und mich kümmert das nicht.«

Er sah aus wie ein Engel, so schön, dass er fast unwirklich wirkte. Es raubte einer Frau schon jeden klaren Gedanken, solche düsteren Augen zu sehen und eine solch heisere, raue Stimme bei einem sonst so ätherischen männlichen Wesen zu hören.

Und er hatte nicht nur vollkommene Züge, sondern war auch sehr männlich gebaut.

Weiße Strümpfe spannten sich um seine muskulösen Waden, und sie fragte sich unwillkürlich, was er wohl so trieb, dass er aussah wie ein Arbeiter. Das bewunderte sie schon bei Simon, mehr noch aber bei St. John, der härter wirkte.

»Warum schleichen Sie sich dann durch den Wald?«, fragte er.

»Dasselbe könnte ich Sie fragen«, gab sie zurück.

»Ich bin ein Mann, ich schleiche nicht.«

»Ich auch nicht.«

»Das habe ich bemerkt«, murmelte er. »Sie, meine verehrte Lady Winter, haben herumspioniert.«

»Und wie bezeichnen Sie das, was Sie getan haben?«

»Ich habe eine Verabredung mit einer Lady.« Er stieß sich mit gefährlicher Eleganz vom Baum ab, worauf sie dem Impuls widerstehen musste, einen Schritt zurückzutreten.

»Ist sie vielleicht … ein bisschen eisig?«

Sein Gang war langsam und eindeutig verführerisch. Sie bewunderte ihn, obwohl sie sich fragte, wie er es wagen konnte. Sie spürte ein Flattern im Magen, verbarg es aber vor ihm.

»Kühl genug, um Männer anzulocken, die die Herausforderung lieben. Aber ich glaube, das ist nur Fassade.«

Sie lachte. »Hat sie Ihnen Grund für diese Annahme gegeben?«

St. John blieb vor ihr stehen. Eine warme Brise strich an ihr vorbei und mit ihr ein Hauch von Bergamotte und Tabak, den sie auch in seiner Umarmung im Theater gerochen hatte. »Sie trifft sich hier mit mir. Da sie eine kluge Frau ist, weiß sie, was sie erwartet, wenn sie zu mir kommt.«

»Sie haben dafür gesorgt, dass ich komme«, sagte sie leise und neigte den Kopf zurück, sodass sich ihre Blicke trafen. Sie war ihm jetzt so nahe, dass sie die Fältchen an seinen Mund- und Augenwinkeln sah, Spuren eines raueren Lebens, als seine makellose Kleidung vermuten ließ. »Ich bin sicher, Ihnen ist aufgefallen, dass ich nicht allein gekommen bin.«

So schnell, dass es für sie völlig unerwartet kam, packte St. John sie an Taille und Nacken und zog sie an sich. »Mir ist aufgefallen, dass Sie nicht mehr mit ihm vögeln.«

Einen Moment lang verschlugen ihr seine besitzergreifende Bewegung und seine grobe Wortwahl die Sprache. Dann fand sie ihre Stimme wieder.

»Sind Sie wahnsinnig?«, fragte sie atemlos und rang in ihrem unnachgiebigen Korsett nach Luft. Ihr Sonnenschirm war zu Boden gefallen.

Es war zwar ein warmer Tag, doch nicht deshalb jagte die Hitze über ihre Haut. Wie schon einmal flammten fast schmerzhaft ihre Sinne auf, als sie seine Umarmung spürte. Ihre vielen Röcke raubten ihr die Balance und zwangen sie an seine Brust, doch zwischen ihren Schenkeln lagen Massen von Stoff. Trotzdem merkte sie, dass er erregt war. Sie musste seinen Schwanz nicht fühlen, um zu wissen, dass er aufgerichtet war. Sie sah es an St. Johns Augen.

Und als er sie küsste, schmeckte sie es.

Maria schloss die Augen und befahl sich, das Gefühl seiner weichen Lippen auf ihren zu ignorieren. Mit der Zungenspitze streichelte er sie ganz sanft, aber zugleich empfand sie es als aufregend und gefährlich. Ihn zu spüren war köstlich, und sie gab nach, öffnete sich ihm und wurde mit einem leisen, anerkennenden Grollen belohnt.

Er widmete sich ihrem Mund, als hätte er alle Zeit der Welt. Als wäre ein Bett in der Nähe, wo er das durch seine tief in sie eindringende Zunge gegebene Versprechen einlösen könnte. Etwas an seiner zugleich groben und zärtlichen Zuwendung berührte sie tief.

Er nahm sich, was er wollte, doch so sanft, dass es im größten Widerspruch zu seinem Übergriff stand.

Eine kleine Ewigkeit gab sie sich seinem Rausch hin und spürte mit geschlossenen Augen, wie all ihre Sinne erwachten. Er strich ihr mit dem Daumen über den Nacken, es war eine träge, kreisende Liebkosung, bei der sie unwillkürlich die Zehen krümmte und sich ihm entgegenwölbte. Ihre Brustwarzen wurden steif, und ihre Lippen zitterten. Das Beben in ihrem Unterleib strahlte bis in ihre Hände aus, sodass sie sich an seinen Rock klammerte, um die Heftigkeit ihrer Reaktion zu verbergen.

Aber dann kam sie wieder zur Vernunft und raubte ihm seine Illusionen.

In der Sekunde, als sich die Spitze ihrer Klinge gegen seinen Oberschenkel drückte, erstarrte er. Er hob den Kopf und holte erschauernd Luft. »Erinnern Sie mich daran, Sie vor meinem nächsten Verführungsversuch erst zu entwaffnen.«

»Es wird keinen weiteren Verführungsversuch mehr geben, Christopher.«

Nachdem er sie aus seiner Umarmung entlassen hatte, trat Maria einen Schritt zurück. »Ich darf Sie doch Christopher nennen, nicht wahr? Offen gestanden, war dies einer der besten Küsse, die ich je hatte. Vielleicht sogar der beste. Was Sie da mit Ihrer Zunge machen … Aber bedauerlicherweise für Sie habe ich die Angewohnheit, erst die geschäftliche Seite meiner Beziehungen anzugehen, bevor ich auch nur über die private nachdenke.«

Später, als sie allein war, sollte sie sich dafür beglückwünschen, so stark geklungen zu haben, obwohl sie innerlich so schwach geworden war. Jetzt jedoch musste sie einem Mann die Stirn bieten, der in mehr als einer Hinsicht gefährlich war. »Sagen Sie mir, was Sie von mir wollen.«

Sein leichtes Lächeln, das sich langsam über sein Gesicht ausbreitete, ließ ihr Herz weiterhin rasen. »Ist das nicht offensichtlich?«

Vielleicht konnte sie nicht klar denken, weil ihr das Atmen immer noch schwerfiel, aber ganz gleich, wie sie es betrachtete: Sie verstand einfach nicht, wieso er eine derartige Wirkung auf sie hatte.

»Die Frau, mit der Sie hier sind, kann das für Sie erledigen«, erwiderte sie.

Sie hatte einige gut aussehende Liebhaber gehabt, wie Simon. Sie bevorzugte Dunkelhaarige und mochte weder Schurken noch Gauner oder übermäßig arrogante Männer. Also gab es keinerlei Grund dafür, dass dieser Verbrecher hier vor ihr sie so erregte.

»Das habe ich neulich schon versucht.« Es war ein Vergnügen, ihn lachen zu hören. Im Gegensatz zu ihr schien er das oft zu tun. »Ich verehre Angelica sehr, aber leider ist sie nicht Sie.«

Bei der Vorstellung, wie die Brünette sich unter dem blonden Engel vor ihr wand, biss Maria die Zähne zusammen. Es war eine alberne, dumme und sentimentale Reaktion, auf die sie keinerlei Wert legte. »Sie haben jetzt die Gelegenheit, mir zu sagen, welche Rolle ich bei Ihren Rachenplänen übernehmen soll«, warnte sie ihn.

»Das erkläre ich Ihnen im Bett.«

Ihre Augenbrauen fuhren in die Höhe. »Sie glauben, Sie könnten mich zwingen, mit Ihnen zu schlafen? Wo Sie meine Hilfe brauchen und nicht umgekehrt?«

»Für irgendwas müssen Sie mich auch brauchen«, sagte Christopher gelassen, »sonst wären Sie dieses Wochenende nicht gekommen und hätten mich jetzt nicht aufgesucht.«

»Es könnte auch reine Neugier gewesen sein«, widersprach sie.

»Dafür haben Sie doch Ihre Detektive.«

Maria holte tief Luft und ließ ihre Klinge wieder in ihrer Geheimtasche verschwinden. »Wir befinden uns in einer Sackgasse.«

»Nein, Sie befinden sich in einer Sackgasse. Ich bin bereit, zum Beischlaf überzugehen.«

Sie verzog den Mund zu einem ironischen Lächeln. »Aber Ihnen ist schon klar, dass der Beischlaf normalerweise erst kommt, wenn man vereinbart hat, was man füreinander tun kann. Wenn überhaupt.«

Christopher stand reglos da und spürte, wie seine unerwünschte Faszination für die Winterwitwe fast schmerzhaft wurde. Rein körperlich war sie das genaue Gegenteil von ihm: Er war blond, sie dunkelhaarig, er war groß, sie zierlich. Er war hart, sie weich und üppig. Aber ihr Verstand war seinem so ähnlich, dass er es kaum glauben konnte. Er hatte gewusst, sie würde den Pavillon wie eine Jägerin auf der Suche nach Beute umkreisen. Denn genau das hätte er auch getan. Und das Messer …

… nun, darauf wäre er vorbereitet gewesen, wäre sie nicht in seinen Armen dahingeschmolzen.

Nicht gewusst hatte er allerdings, dass er sie an sich reißen würde. Erst als sie ihm mit ihrem Liebhaber kam, obwohl er doch wusste, dass er nicht mehr ihr Bett wärmte, denn er hatte sie zusammen gesehen. Nein, eigentlich hatte er alles ganz unverfänglich halten und sie nur zu sich locken wollen. Um sie nicht zu erschrecken.

Offensichtlich jedoch war sie keine Frau, die sich leicht erschrecken ließ. Gegenwärtig erwiderte sie seinen durchdringenden Blick mit fragend hochgezogenen Augenbrauen. Fein gezeichneten dunklen Augenbrauen. »Ihre Zeit ist abgelaufen.«

Damit hob sie ihren Sonnenschirm auf, wandte sich zum Weg und ging zurück Richtung Herrenhaus.

Er starrte ihr nach und kämpfte mit sich, ob er sie aufhalten sollte oder nicht. Doch dann entschied er, dass ihr Abgang so prachtvoll war, dass er ihn nicht unterbrechen wollte. Daher lehnte er sich nur gegen einen Baum und sah zu, bis er nichts Eisblaues mehr aufblitzen sah. Allein der Gedanke an das Vergnügen, das vor ihm lag, ließ das Warten fast erträglich werden.

Aber nur fast.

Maria ließ sich Zeit damit, sich wieder zu den anderen Gästen zu gesellen. Als St. John keinerlei Anstalten machte, ihr Gespräch fortzusetzen, wusste sie, dass er ihr nicht folgen würde.

Er hatte sich ihr im Theater genähert. Sie hatte sich ihm hier genähert. Also lag der nächste Schritt bei ihm. Sie fragte sich, wie er wohl aussehen würde. Vielleicht beabsichtigte er zu warten, bis ihre Neugier über ihre Willensstärke siegte. Doch dann konnte er lange warten.

Als sie um eine Ecke bog, fiel ihr Blick auf Simon, der nach ihr Ausschau hielt. Sofort kam er mit großen Schritten auf sie zugeeilt, fasste sie am Ellbogen und führte sie zum See.

»Und?«, fragte er.

»Er will mit mir schlafen. Mehr weiß ich nicht.«

Er schnaubte. »Das wussten wir doch schon vorher.«

»Wussten wir nicht!«

»Nun gut. Ich wusste es schon vorher.« Er atmete geräuschvoll aus und blieb stehen. »Bleibt nur zu hoffen, dass der Mann, den ich in St. Johns Haushalt geschmuggelt habe, erfolgreich ist und uns etwas bringt, womit wir arbeiten können.«

»Das wäre großartig«, bestätigte sie.

»Ich würde sagen, dieser Pirat ist übergeschnappt, aber das würde nicht der Wahrheit entsprechen. Im Gegenteil: Er ist schlau und einfallsreich, und ich will verdammt sein, wenn er nicht auch an mich gedacht hat.«

»Wovon redest du?« Maria neigte den Kopf zur Seite, senkte den Sonnenschirm und sah ihn an. Seine Miene war finster und sein Körper angespannt.

»Seine Begleiterin ist für mich gedacht, nicht für ihn. Das hat sie mir während deiner Abwesenheit deutlich zu verstehen gegeben.«

»Oh.« Seltsam, dass sie jetzt grinsen musste.

»Du magst ihn!«, sagte er anklagend.

»Ich mag seine Art zu denken, liebster Simon.« Sie zog an seinem Arm, bei dem sie sich untergehakt hatte, und lenkte ihn zum Ufer des Sees.

Dort driftete ihr Blick zu dem Wasservogel, der ruhig unter der kleinen gebogenen Brücke hindurchgleitete. »Außerdem ist er ein guter Beobachter. Er weiß, dass wir nicht mehr das Bett miteinander teilen.«

»Das können wir leicht ändern«, murmelte er kaum hörbar.

Sie hatte einen Kloß im Hals und schluckte hart. Dann sagte sie: »Oder man kann das Angebot einer Frau annehmen und sehen, was sie einem noch zu sagen hat.«

Nun blieb er erneut stehen und starrte sie empört an. »Bist du jetzt ins älteste Gewerbe der Welt eingestiegen?«

»Sie gefällt dir doch«, entgegnete sie. »Das sehe ich.«

»Mir gefallen Teile von ihr«, korrigierte er sie. »Verdammt, empfindest du denn gar nichts für mich? Wie kannst du so etwas vorschlagen, ohne auch nur mit der Wimper zu zucken?«

»Weißt du denn nicht, dass ich dich nur für mich haben wollte, wenn ich könnte? Wenn ich ein anderer Mensch wäre, Simon Quinn, würde ich dich vor der Welt wegsperren, um dich nur für mich zu haben. Aber ich bin, wie ich bin, und du bist kein Mönch, also spiele hier bitte nicht den gekränkten Liebhaber, damit ich die Böse bin. Das bin ich ohnehin schon. Dazu brauche ich dich nicht auch noch.«

Mit diesen Worten ließ sie ihn stehen.

»*Mhuirnín* …«, rief er ihr nach.

Sie ignorierte ihn.

»Du machst eine Szene«, sagte er direkt hinter ihr.

Sie wirbelte in einer Woge rauschender Röcke herum und zwang ihn damit, einen Satz zurück zu machen. »Genau deshalb bin ich doch hier: Ich sorge für Skandale und Unterhaltung.«

»Er hat dich aus der Fassung gebracht«, hauchte er mit weit aufgerissenen blauen Augen. »Mein Gott, sieh dich nur an.«

»Was hat dies hier mit St. John zu tun?«

»Ich wünschte, das wüsste ich. Dann hätte ich das Gleiche getan wie er, und zwar lange, bevor du mich abgeschoben hast.«

Sie holte tief Luft. »Aber du liebst mich doch nicht so, oder?«

»Ich liebe dich, *mhuirnín*.« Simon verzog den Mund zu einem reuigen Lächeln. »Aber nicht so, nein. Ich war nahe dran, so nahe wie nie zuvor und vielleicht auch so nahe wie nie mehr.«

Die einsame Träne an einer ihrer Wimpern war ihre einzige Antwort darauf. Sie dachte an das Versprechen, das einst zwischen ihnen geschwebt hatte. Doch auch er wäre Weltons Machenschaften zum Opfer gefallen. Noch ein Tod, für den er hätte bezahlen müssen. »Ich hätte dir nicht vorschlagen sollen, mit dieser Frau ins Bett zu gehen. Ich weiß nicht, was mich geritten hat.«

»Das weiß ich auch nicht«, sagte er gedehnt und hakte sich wieder bei ihr unter. »Du solltest mich eigentlich gut genug kennen, um zu wissen, dass ich mich für später mit ihr verabredet habe.«

»Später … Oooh!« Maria trat ihm auf den Fuß, worauf er fluchte. »Warum hast du mich dann so gequält?«

»Weil ich ein Mann mit einem männlichen Ego bin. Ich wollte wissen, dass es dich quält, und sei es nur ein bisschen, mich mit einer anderen zu sehen. Wenn ich mir dasselbe bei dir vorstelle, leide ich Höllenqualen.«

Sie hätte ihm geglaubt – wenn er nicht gelacht hätte.

Als sie sich diesmal von ihm löste, ließ sie sich nicht mehr von ihm aufhalten. »Im Moment bin ich dir nicht sehr wohlgesonnen.«

»Du liebst mich«, rief er ihr nach. »So wie ich dich liebe.«

Wenn Blicke hätten töten können, dann hätte der, den sie ihm über die Schulter zuwarf, seinen Zweck erfüllt.

Satt vom Abendessen, lehnte Christopher mit dem Rücken an der Wand neben dem Fenster des Salons, das auf die Auffahrt hinausging. Er konnte einfach seinen Blick nicht von der zierlichen, aber üppigen Gestalt abwenden, die in schimmernd pfirsichfarbene Seide gekleidet war. Das Kerzenlicht liebkoste die Kurve ihres Busens, und ihm tat der Schwanz weh. Lady Winter erwiderte kühn seinen Blick.

Das Blut rauschte dröhnend durch seine Adern, weil ihm mehr als bewusst war, dass er sie in Kürze haben würde. Er hatte jeden Versuch aufgegeben zu ergründen, warum er sie plötzlich unbedingt haben wollte. Es war einfach so, und er musste sich von dieser Erregung befreien, um wieder mit klarem Kopf seine Möglichkeiten überdenken zu können.

Wenn er mit ihr ins Bett ginge, würde das keinerlei Erkenntnisse über Welton und die Verbindung ihrer Ehemänner zur Agency erbringen – das war ihm klar. Dazu war sie ihm zu ähnlich. Eine Reihe sexueller Höhepunkte würde nicht den Wunsch in ihr erwecken, Geheimnisse mit ihm zu teilen. Und er wollte ihre Geheimnisse. Er brauchte sie.

Die Agenten, die im Auftrag der Royal Navy arbeiteten, waren ihm ein ewiger Stachel im Fleisch. Unablässig verfolgten sie ihn, spionierten ihn aus und konfiszierten entnervend oft erbeutete Fracht. Dass Maria zwei von ihnen geheiratet hatte, konnte einfach daran liegen, dass sie beide reich und adelig gewesen waren. Doch es konnte auch daran liegen, dass sie mit der Agency zu tun hatten, und falls das so war, wollte er den Grund wissen.

Das Wochenende im Landhaus der Harwicks war einfach perfekt für seine Absichten. Erstens war er hier willkommen. Zweitens waren er und sie gezwungen, unter einem Dach zu wohnen. Und drittens – und das war das Wichtigste – war ihr Haus, bis auf die Dienerschaft, leer. Mit etwas Geschick würde einer seiner Leute sich in ihren Haushalt einschleichen können. Dann konnte sie nicht mal niesen, ohne dass er davon erfuhr.

Christopher hob sein Glas zu einem stillen Gruß, worauf sie ein typisch weibliches Lächeln zeigte, voller Geheimnisse.

Die Zeichen standen auf Sieg.

# Kapitel 4

»Ich habe etwas von Templeton gehört«, murmelte Simon, die Hand auf Marias Poansatz gelegt. »Er wartet im Pavillon auf dich, nachdem die Uhr zwei geschlagen hat. Ich kann nicht, *mhuirnín*. Ich werde beschäftigt sein.«

»Dann gehe ich natürlich. Was wird er wollen?«

Ihren Zuschauern zuliebe zuckte er elegant die Schultern, doch sein Blick war scharf und konzentriert. »Ich nehme an, dass er dringende Neuigkeiten über deine Schwester hat. Ohne Grund würde er sonst nicht riskieren hierherzukommen.«

»Hast du die Suche auf die Küste ausgedehnt?« Sie musterte unter gesenkten Lidern die vielen Gäste im Salon. St. John machte gerade Lady Harwick den Hof, aber Maria hatte keinerlei Zweifel, wem seine eigentliche Aufmerksamkeit galt.

Sie konnte es spüren – heiß und intensiv.

»Ja. Aber deswegen müssen sich die Männer weiter verteilen.«

»Was kann ich noch tun?«

Er seufzte und strich ihr mit den Fingern über den Rücken. Zwar konnte sie die Berührung durch den Stoff ihres Kleides kaum spüren, wusste aber dennoch um sie. »Sei auf der Hut. Templeton ist ein Söldner. Ihm geht es nicht um dich oder deine Schwester, sondern nur um Geld.«

»Ich bin immer vorsichtig, Simon.«

Sie wandte sich leicht zu ihm und blickte zu ihm auf. Er war ein atemberaubend gut aussehender Mann. Jetzt trug er graue Seide und eine gequiltete Satinweste, sodass keine Farben von seiner männlichen Attraktivität ablenkten. Seine schwarzen Haare waren zu einem Pferdeschwanz zusammengebunden, und seine blauen Augen mit den langen Wimpern fesselten ihre Aufmerksamkeit. Zwar hatte er die Lider halb gesenkt, als langweilte er sich, doch als sie ihn ansah, verdunkelte sich sein Blick.

»Ich schick sie weg, *mhuirnín*, wenn du die Versprechen, die du signalisierst, einhalten willst.«

»Jede Frau hier bewundert dich. Willst du mir dieses Vergnügen verwehren?«

Er verzog den Mund zu einem gefährlichen Lächeln. Simon war rau und ungezähmt. Sie hatte ihn buchstäblich von der Straße aufgelesen, und die Tatsache, dass er gleichermaßen gut vögeln und töten konnte, barg für die meisten Frauen beträchtlichen Reiz. »Ich habe dir nie etwas verwehrt.« Er hob ihre Hand an seine Lippen. »Und das werde ich auch nie.«

Leise lachend, schüttelte sie den Kopf. »Sei du ebenfalls vorsichtig, liebster Simon.«

Er verneigte sich und sagte: »Ich bin wie immer, Euer Diener.«

Kurz darauf war er verschwunden, und wenig später entschuldigte sich auch St. Johns dunkelhaarige Begleitung – mit spürbarer Vorfreude. Maria wusste aus erster Hand, dass sie nicht enttäuscht werden würde.

Als sie den Kopf wandte, sah sie, dass St. John sich ihr näherte. Nun schwand auch der letzte Rest Sorge um Simon, weil all ihre Sinne sich auf den Mann richteten, dessen Interesse bewirkte, dass sie Schmetterlinge im Bauch hatte. Er ragte über ihr auf, sein blondes Haar leuchtete golden im Kerzenlicht. Stickereien zierten seine cremefarbene Weste, die ihrerseits das dunkle Grün seines Rocks betonte. Im Gegensatz zu Simons Kleidung war seine dazu gedacht, Aufmerksamkeit zu erwecken, da seine Farben miteinander kontrastierten. Wieder einmal spürte sie viele weibliche Blicke in ihre Richtung gewandt.

Er nahm ihre Hand, genau wie Simon, und drückte seine Lippen darauf, doch ihre Reaktion darauf war vollkommen anders. Jetzt war sie nicht mehr besorgt. Nicht im Geringsten.

»Ich sorge dafür, dass Sie ihn vergessen«, murmelte er mit seiner heiseren Stimme und sah sie durchdringend an. Er war genauso ungehobelt wie Simon, und es bestand nicht der geringste Zweifel, dass dieser Mann keinerlei Hemmungen hatte – auch nicht, jemanden zu töten.

Dennoch war sein Benehmen nicht träge verführerisch wie Simons, sondern unverhohlen sexuell. Sie wusste, wie es nur eine Frau wissen konnte, dass St. John nicht dazu neigte, im Bett lachend und spielend herumzutollen. Dazu war St. John zu ungezähmt.

Zutiefst erstaunt merkte sie, dass die Primitivität dieses Piraten sie anzog – und das, nachdem sie Lord Winters Behandlung erlitten hatte. Es zog sie nicht nur an, sondern weckte tiefe Sehnsüchte in ihr.

»Hmmm …« Sie entzog ihm ihre Hand und wandte mit einer Nonchalance den Blick ab, die sie nicht empfand.

Als er sich bewegte, roch sie seinen Duft. Sie spürte eine federleichte Berührung an ihrer Kehle. »Meine schöne Lügnerin, Ihr Herz rast. Ich kann es hier sehen.«

Durch diese kurze Berührung war sie plötzlich erregt. Mit aufgerissenen Augen sah sie ihn an.

Sein Blick war dunkel und hungrig. Besitzergreifend. »Eine solch keusche Berührung weckt schon Ihr Verlangen nach mir. Man stelle sich vor, um wie viel größer der Effekt sein wird, wenn ich in Ihnen bin.«

Sie holte keuchend Luft. »Bei der Vorstellung wird es wohl bleiben.« Sie wunderte sich, wie nachdrücklich und leicht abschätzig ihre Stimme klang.

Er bedachte sie darauf mit einem typisch männlichen Lächeln. »Sagen Sie mir, dass Sie nicht in meinem Bett landen werden.« St. John senkte die Stimme und fuhr ihr mit den Fingerspitzen über ihre pochende Halsschlagader. »Sagen Sie es, Maria. Ich liebe Herausforderungen.«

»Ich werde nicht in Ihrem Bett landen.« Sie lächelte. »Ich ziehe Beischlaf in meinem eigenen vor.«

Sie sah, dass er überrascht war, angenehm überrascht. Seine Augen funkelten, und sein raues Lachen war aufrichtig. »Damit kann ich leben.«

»Aber nicht heute Nacht«, erwiderte sie ausweichend. Dann lehnte sie sich näher zu ihm und flüsterte verschwörerisch: »Lady Smythe-Gleason hat Sie schon den ganzen Abend angeschmachtet. Versuchen Sie es doch bei ihr. Einen schönen Abend noch, Mr. St. John.«

Die Vorstellung von St. John mit einer anderen Frau setzte ihr genauso zu wie die von Simon in einer ähnlichen Lage. Aber es war nicht so leicht, sie zu verdrängen …

Doch St. John packte sie am Arm, als sie sich entfernen wollte. Sofort fing ihre Haut dort an zu glühen, wo er sie berührte. Die Hitze zeigte sich auch in dem Blick, mit dem er sie bedachte. »Als Teil unserer zwingend notwendigen Geschäftsbeziehung will ich die Privatnutzung Ihres Körpers. Als Gegenleistung gewähre ich Ihnen das Gleiche.«

Maria blinzelte. »Wie bitte?«

Christopher strich ihr mit dem Daumen vertraulich über die Ellbogenbeuge, was durch die weiße Spitze ihres Ärmels unentdeckt blieb. Doch durch diese Liebkosung fuhr ihr ein Schauer über den Arm bis zum Busen, und ihre Brustwarzen zogen sich zusammen. Sie war dankbar, dass ihr enges Korsett das verbarg.

»Sie haben mich schon verstanden«, sagte er.

»Wieso sollte ich einem solchen Arrangement zustimmen? Oder Sie?« Sie zog die Augenbrauen in die Höhe.

Er folgte ihrem Beispiel.

Sie lachte zittrig und bemühte sich zu verbergen, wie sehr sie die Vorstellung faszinierte, ihren Anspruch auf ihn zu erheben. Er war wild und ungezähmt, ein Wolf im Schafspelz. »Sie amüsieren mich, Christopher.«

»Das trifft es nicht. Sie empfinden kein Amüsement.« Er trat näher und drang in ihren persönlichen Schutzraum ein. »Ich errege Sie, fasziniere Sie und mache Ihnen sogar ein bisschen Angst. Wie Sie bald erleben werden, ist mein Repertoire fleischlichen Amüsements fast unerschöpflich. Aber ich bin nicht amüsant. Das erforderte ein Maß an Frivolität, das ich niemals erreichen werde.«

Unwillkürlich öffnete sie den Mund und keuchte leise.

»Kommen Sie auf mein Zimmer, wenn Sie es sich anders überlegen«, murmelte er und trat zurück.

Maria brachte ein spöttisches Lächeln zustande, dann entschuldigte sie sich und zog sich zurück. Sie spürte seinen Blick, als sie den Raum verließ, und seine Worte hallten noch lange in ihr nach.

Das Haus ungesehen zu verlassen war gleichzeitig einfacher und schwieriger, als Maria angenommen hatte.

Einerseits war es ganz leicht, ein Bein über das Balkongeländer zu schwingen. Andererseits musste sie an Weinranken hinunterklettern. Allerdings war es in ihrer eigens für sie angefertigten schwarzen Hose eher eine Unannehmlichkeit als eine echte Herausforderung. Trotzdem war es nicht ihre bevorzugte Methode, die Distanz zwischen ihrem Zimmer und dem Erdgeschoss zu überwinden. Vor allem nicht mit einem Degen an ihrem Gürtel.

Sie kam so laut auf den Füßen auf, dass sie sich vorsichtig umschaute. Vor allem spähte sie in die Schatten und wartete ein paar Atemzüge. Als sie sicher war, dass niemand aus dem Fenster blickte und nach Eindringlingen Ausschau hielt, stieß sie sich von der Hauswand ab und machte sich auf den Weg zum Pavillon.

Die Nacht war still und friedlich. Es wehte ein kühler, aber nicht unangenehmer Wind. Der perfekte Hintergrund für ein Rendezvous im Mondschein. Dass sie wie ein Mann gekleidet war und zu einem Treffen mit einer zwielichtigen Gestalt eilte, gehörte einfach zu ihrem Leben. Sie konnte ihre Zeit nicht auf Glück und Bequemlichkeit verschwenden. Jedenfalls konnte sie beides nicht genießen, solange Amelia verschwunden und vielleicht einsam und verängstigt war.

Wie schon früher an diesem Tag bewegte sich Maria im Schutz der Bäume, umkreiste den Pavillon und strengte sich an, in der Dunkelheit etwas zu erkennen. Im Pavillon war es pechschwarz, da kein Mondlicht durchs Dach dringen konnte. Sie verharrte mit angehaltenem Atem.

Noch bevor hinter ihr ein Zweig knackte, wirbelte sie herum. Mit einem metallischen Sirren fuhr ihr Rapier aus der Scheide. Ein paar Meter vor ihr stand ein Mann und musterte sie so kalt und durchdringend, dass sie noch wachsamer wurde. Zwar konnte sie in der Dunkelheit nicht viel von ihm erkennen, doch er war kleiner als Simon oder Christopher und so dünn, dass er geradezu ausgezehrt wirkte.

»Wo ist Quinn?«, fragte er.

»Sie werden sich heute Abend mit mir begnügen müssen.« In ihrer Stimme war genauso viel Stahl wie in ihrer Klinge.

Schnaubend wandte er sich ab.

»Was glauben Sie, wer Sie bezahlt?«, sagte sie leise.

Templeton hielt mitten in der Bewegung inne. Eine ganze Weile verging, in der sie fast hören konnte, wie er nachdachte. Dann drehte er sich um. Leise pfeifend, lehnte er sich an den nächststehenden Baum und schob die Hände in die Hosentaschen.

Maria öffnete schon den Mund, um etwas zu sagen, da bemerkte sie, dass sein Blick woandershin wanderte, so als hätte er hinter ihr etwas entdeckt. Dadurch war sie gewarnt, als sich plötzlich etwas am Rand ihres Sichtfelds bewegte. Auf der Hut sprang sie zurück und wich damit einem Degen aus, den ein zweiter Mann nach ihr stieß.

Sie fasste sich sofort und parierte den nächsten Hieb. Die beiden Klingen trafen klirrend aufeinander. Sie biss die Zähne zusammen, als sie den bulligen Mann ihr gegenüber ins Auge fasste. Sie war eine ausgezeichnete Fechterin, hatte sich diesen Ruf durch Daytons sorgfältigen Unterricht erworben. Dennoch raste ihr Herz.

»Traurigerweise bist du jemand, der das Leben eines Kämpfers führen wird, meine liebe Maria«, hatte er einmal gesagt. »Daher müssen wir sicher sein, dass deine Fechtkunst unerreicht ist.«

Wie sehr sie ihn vermisste!

Wie immer wurde ihre Aufmerksamkeit durch die Erinnerung an ihren Verlust geschärft, und sie bekämpfte ihren Gegner, so groß er auch war, mit derartiger Heftigkeit, dass er fluchend zurückwich. Sie hob den Arm, stieß zu und bewegte sich schnell wie der Blitz. Gleichzeitig blieb sie in einer Position, in der sie Templeton im Blick behielt, der begierig zusah. Sie war klein und schnell, doch plötzlich blieb sie mit der Stiefelspitze an einer Baumwurzel hängen. Mit einem Aufschrei stolperte sie und sah den aufblitzenden Triumph in den Augen ihres Gegners ebenso wie die Klinge, die den Vorteil nutzen wollte.

»Jetzt aber, Harry«, rief Templeton.

Sie fiel zu Boden und rollte sich zur Seite. Harrys zustoßendes Florett traf nur die Erde, ihres aber durchbohrte seinen Oberschenkel. Rasend vor Zorn brüllte er wie ein verwundeter Bär, dann stürzte sich etwas großes Weißes gegen seine Brust und warf ihn mit dumpfem Aufprall zu Boden. Beide Gestalten rollten sich kurz hin und her, man hörte ein gequältes Stöhnen, schließlich waren beide Männer still.

Am Ende stand die Gestalt in dem weiten weißen Leinenhemd auf und riss den Dolch heraus, der sich tief in die breite Brust des anderen gesenkt hatte.

Das Mondlicht enthüllte blondes Haar, und eine rasche Wendung seines Kopfes in ihre Richtung zeigte ihr strahlend blaue Augen. Dann ging Christopher St. John zu Templeton, der wie gelähmt dastand.

»Weißt du, wer ich bin?«, fragte er mit täuschend ruhiger Stimme.

»Aye. St. John.« Templeton wich misstrauisch zurück. »Sie sehen ja, der Lady ist nichts passiert.«

»Das hat sie nicht dir zu verdanken.« So schnell wie kurz zuvor, mit einer derart verblüffenden Geschwindigkeit, dass man nichts mitbekommen hätte, hätte man geblinzelt, hatte St. John Templeton seinen Dolch durch die Schulter gestochen und ihn am Baum festgenagelt.

Es war quälend, die folgende Szene mit anzusehen. St. John sprach mit leiser, fast tröstender Stimme, während er die Klinge in der Wunde herumdrehte und der festgenagelte Mann sich unter Schmerzen wand und keuchend und schluchzend Fragen beantwortete. Gegen ihren Willen wanderte Marias Blick immer wieder zwischen dem breitschultrigen Christopher und der Leiche ihres Angreifers hin und her. Sie kämpfte gegen ihre Übelkeit und wiederholte im Stillen immer wieder eine vertraute Litanei, die sie von ihrer Schuld erlöste. Denn sein Ende war notwendig gewesen, um sie zu schützen. Und Amelia.

Entweder er oder ich. Er oder ich. Er oder ich.

Es hatte nie die gewünschte Wirkung, doch etwas anderes fiel ihr nicht ein. Wenn sie zu lange darüber nachdachte, wie tief sie bereits gesunken war, würde sie in Schwermut verfallen und sich wochenlang nicht davon erholen. Das wusste sie aus Erfahrung.

»Bring hier alles in den früheren Zustand zurück«, befahl St. John, zog sich zurück und sah zu, wie der Mann vor ihm auf die Knie fiel. »Wenn die Sonne aufgeht, ist dieser Ort sauber und unberührt, ist das klar?«

»Ich arbeite immer sorgfältig«, sagte Templeton mit gepresster Stimme.

Daraufhin wandte Christopher ihr seine Aufmerksamkeit zu. Mit großen Schritten kam er zu ihr, packte sie am Ellbogen und wollte sie fortziehen.

»Ich muss mit ihm reden«, protestierte sie.

»Eine Gouvernante wurde eingestellt und nach Dover geschickt.«

In Maria spannte sich alles an, was ihm, aufmerksam wie er war, nicht entging.

»Mehr hat er nicht gesagt«, versicherte er ihr. Trotz seiner beherrschten Stimme hörte sie einen gefährlichen Unterton. »Vertrauen Sie mir, Ihr Geheimnis, dass Sie an solchen Informationen interessiert sind, ist bei mir sicher. Sehr klug von Ihnen, die Gründe für Ihre Erkundigungen geheim zu halten. So kann er Sie nicht erpressen.«

»Ich bin nicht dumm.« Sie schoss ihm einen Seitenblick zu. Zwar war er für den Augenblick gezähmt, aber nur gerade so. »Außerdem hatte ich die Lage fest unter Kontrolle.«

»Man könnte darüber diskutieren, wie fest, aber ich räume ein, dass Sie sich auch ohne meine Hilfe gut geschlagen haben. Schreiben Sie meine Einmischung einem bisher unentdeckten Hang zur Ritterlichkeit zu.«

Obwohl sie es nicht laut aussprach, hatte Maria bei seinem Erscheinen unerwartete Erleichterung und Wärme verspürt. Zuerst konnte sie sich das nicht erklären. Dann erkannte sie zu ihrem großen Erstaunen, dass sie zum ersten Mal seit Daytons Tod von jemandem gerettet worden war.

»Was wollten Sie hier?«, fragte sie und bemerkte, als sie den Schutz der Bäume verließen, dass er nur Hemd, Hose, Strümpfe und Stiefel anhatte. Hemd und Hände waren blutbespritzt und verrieten damit seinen Hang zur Gefahr.

»Ich bin Ihnen gefolgt.«

Sie blinzelte. »Aber wie erfuhren Sie von meinem Vorhaben?«

»Ich sah, wie Ihre Zofe Sie verließ. Als ich daraufhin Ihr Zimmer betrat, waren Sie nicht da. Da ich die Tür im Auge behalten hatte, konnte ich mir leicht denken, wie Sie verschwunden waren. Ein kurzer Blick von Ihrem Balkon verriet mir, wohin Sie wollten.«

Maria blieb so abrupt stehen, dass der Kies knirschte. »Sie sind in mein Zimmer eingedrungen? Halb nackt?«

Er sah sie an, musterte sie langsam von oben bis unten. Sein Blick wurde immer intensiver. Als wäre nichts geschehen, holte er ein Taschentuch aus seiner Tasche und wischte sich das Blut von den Händen. »Seltsamerweise erregt mich Ihr männlicher Aufzug mehr als die Vorstellung, Sie nackt im Bett zu sehen.«

Als ihre Blicke sich trafen, entdeckte sie in seinen Augen etwas Dunkles, das selbst das Zwielicht des Mondes nicht verbergen konnte. Seine Lippen pressten sich verräterisch aufeinander, und in seiner Haltung lag etwas Wildes. Sie erschauerte. Ihr Schutzinstinkt meldete sich, und mit hämmerndem Herzen blähte sie die Nasenflügel. Alles in ihr schrie danach, vor dem Raubtier, das vor ihr stand, zu fliehen.

Renn weg. Er will dich erbeuten.

»Ich sagte bereits, dass ich nicht zur Verfügung stehe«, bemerkte sie und umklammerte das Heft ihres Floretts. »Ich dulde nicht, dass sich irgendjemand in meine Angelegenheiten mischt.«

»Meinen Sie damit Ihre unglückseligen Ehemänner?«

Daraufhin setzte sich Maria wieder in Bewegung und ging mit raschen Schritten auf das Herrenhaus zu.

»Sie hätten nicht allein hinausgehen sollen, Maria, und Sie hätten das Treffen auch nicht hier anberaumen sollen.«

»Und Sie sollten es nicht wagen, mir Vorhaltungen zu machen.«

Er packte ihren Arm und zog sie zu sich. Seine Hand stoppte ihre, als sie nach ihrem Degen greifen wollte, nahm ihn und richtete die Spitze auf sein Herz. Es schlug genauso schnell wie ihres und verriet ihr, dass er nicht aus Stein war, wie die meisten glaubten. Ihre andere Hand hatte er am Gelenk gefasst und auf ihren Rücken gedrückt.

So standen sie in einer höchst intimen Pose, ihre Brust an seine gepresst, ihre Nase an seiner Kehle. Sie überlegte kurz, ob sie sich wehren sollte, entschied dann aber, ihm diese Genugtuung nicht zu geben. Außerdem war es wundervoll, nach den aufwühlenden Ereignissen im Arm gehalten zu werden. Ein winziger Trost, den sie sich sonst niemals zugestanden hätte.

»Ich beabsichtige, Sie zu küssen«, murmelte er. »Dazu muss ich Sie so festhalten, da Sie schon wieder bewaffnet sind und ich nicht verletzt werden will. Mit jeder neuen Begegnung werden Ihre Waffen größer.«

»Wenn Sie glauben, meine einzigen Waffen wären die, die ich am Leib trage«, konterte sie mit sanfter Stimme, »dann irren Sie sich gewaltig.«

»Dann kämpfen Sie gegen mich«, drängte er sie mit heiserem Flüstern und starrte mit spürbarer ungezähmter Aggression in ihr Gesicht. »Ich will Sie als tretende, kratzende Furie nehmen.«

Christopher St. John war skrupellos und entschlossen. Sie spürte sein glühendes Verlangen, seinen rasenden Hunger. Sie umhüllten sie so spürbar wie seine Arme.

Er hatte einen Menschen für sie getötet.

Was offensichtlich den Teufel in ihm an die Oberfläche gelockt hatte.

Sie starrte hinauf in sein hartes, wunderschön wildes Gesicht und erkannte, was vor sich ging. Er hatte für sie gekämpft und forderte jetzt seinen Lohn. Als ein Schauer sie durchfuhr, verzog sich sein Mund zu einem Lächeln. Sie fühlte sich einfach körperlich zu ihm hingezogen.

Hitze flammte auf ihrer Haut auf und drang dann in ihr Blut, das keine Wärme mehr gespürt hatte, seit ihre Mutter gestorben war.

War es Wahnsinn, ihn zu begehren, weil er für sie zum Mörder geworden war? Hatte Welton sie zu einer Irren gemacht, weil sie St. Johns Schutz erregend fand?

Nun umgab Christopher sie mit seinem ganzen Körper und hüllte sie in seinen durchdringenden würzigen Geruch. »Zur privaten Nutzung«, warnte er noch einmal, dann küsste er sie. Hart und tief. Unverhohlen besitzergreifend und fordernd. Er zwang ihren Kopf zurück, sodass sie ihr Gleichgewicht verlor und sich nicht weigern konnte.

Andererseits ...

Sie biss ihm in die Unterlippe. Er knurrte, dann fluchte er in ihren Mund. »Ich hätte nicht gedacht«, grollte er, »dass ich eine derart in männlichen Beschäftigungen erfahrene Frau so verdammt begehrenswert finden würde, doch ich kann nicht leugnen, dass ich Sie mehr als jede Frau begehre, an die ich mich erinnern kann.«

»Heute Nacht können Sie mich nicht haben. Ich bin nicht in der Stimmung, Ihnen zu Willen zu sein.«

»Ich könnte Sie in Stimmung bringen.«

Christopher drückte seine Hüften an ihre, sodass sie die Größe seiner beachtlichen Erektion deutlich spüren konnte. Daraufhin zog sich ihre Scham fast unerträglich schmerzhaft zusammen.

»Wagen Sie es nur«, forderte sie ihn heraus, weil sie wusste, er würde sie nicht zwingen, selbst wenn er sie dazu bringen könnte, es zu genießen – woran sie nicht zweifelte. Aber er wollte ihre Kapitulation, ihre Hingabe. Das wusste sie intuitiv, wie nur eine Frau es spüren konnte. Oder vielleicht nur eine Frau, die so dachte wie er.

Er biss die Zähne zusammen. Dann lockerte er seinen Griff, aber nur, um ihre Hand über seinem Herzen auch auf ihren Rücken zu drücken. Anschließend umfasste er beide Hände mit der einen Hand, riss ihr mit der anderen das Kopftuch herunter und zog an ihren Haaren.

Vor Schmerz keuchte sie auf, und er nutzte dies, um mit einer sinnlichen Raffinesse in ihren Mund vorzudringen, die er kurz zuvor noch nicht gezeigt hatte. Er küsste sie lang und tief. Stieß nicht zu, sondern streichelte sie. Rhythmisch. Wie beim sexuellen Akt vögelte er ihren Mund mit seiner Zunge. Ihr wurden die Knie weich, sodass sie zusammensackte und nur noch durch seinen Griff aufrecht gehalten wurde. Er drängte sich mit kräftigen Stößen an sie und rieb seinen harten Schwanz an ihrem weichen, nachgiebigen Bauch. Sie wurde erst feucht zwischen den Beinen und dann nass. Bereit.

Sie wimmerte, weil sie weder seiner atemberaubenden Attraktivität noch seinen Fähigkeiten widerstehen konnte.

Darauf reagierte er vollkommen unerwartet. Er hob sie an, bis sie stand, dann zog er sie zur weinberankten Hauswand und ließ sie dort schnaubend stehen.

Keuchend beugte Maria sich vor und stützte die Hände auf den Knien ab. Sie kniff die Augen zu, um ihre Fassung wiederzugewinnen. Ihr ganzer Körper vibrierte vor sinnlicher Energie, vor Sehnsucht und Einsamkeit, die sie drängten, ihren Stolz beiseitezuschieben und ihm nachzulaufen. Es gab viele Gründe, warum sie ihn wollte, darunter auch Weltons Befehl, doch sie wusste auch, dass es manchmal wirkungsvoller war, einem Mann etwas abzuschlagen, als es ihm auf der Stelle zu gewähren.

Sie atmete geräuschvoll aus, kletterte dann die Weinranke hoch und sprang so leise wie möglich auf ihren Balkon. Dann begann sie sich auszuziehen, während sie innerlich mit sich selbst debattierte, ob sie St. John nachgeben sollte oder nicht. Als es klopfte, erstarrte sie, bis ihr klar wurde, dass das Klopfen nicht von der Tür zum Gang kam.

Sie rief »Herein!«, worauf ihre Zofe eintrat und ihre Kleider einsammelte. Dayton hatte sie eingestellt, und Sarah hatte sich als Inbegriff von Diskretion und Tüchtigkeit erwiesen. Sie wusste mit Blut- ebenso wie mit Weinflecken umzugehen.

»Morgen früh brechen wir nach Dover auf«, sagte Maria, und

ihre Gedanken wanderten zur vor ihr liegenden Reise. Obwohl St. John ihr nur wenig mitgeteilt hatte, war seine Botschaft angekommen.

Sarah nickte nur, sie war an abrupte Aufbrüche gewöhnt. Sie half Maria, ihr Nachtgewand anzuziehen, anschließend ging sie.

Maria wollte schon zu Bett, doch dann hielt sie inne und starrte auf die zurückgeschlagene Decke. Sie stellte sich vor, was Simon wohl gerade trieb – er würde sich lachend und in all seiner Pracht im Bett herumrollen und alle gewünschten Informationen herausbekommen, ohne dass seine Gefährtin Verdacht schöpfte.

Sie seufzte, weil sie ihn um die Intimität beneidete. Zwar war sie nur körperlich, doch es war mehr, als sie seit über einem Jahr gehabt hatte. Sowohl die Suche nach Amelia als auch die Notwendigkeit, Welton immer zur Verfügung zu stehen, hatten ihr keine Zeit für ihre eigenen Bedürfnisse gelassen.

Welton. Verflucht sollte er sein! Er wollte von ihr genau das, was Simon gerade tat. Sie sollte sich St. John nähern, sein Vertrauen gewinnen und seine Geheimnisse herausbekommen. Sie hatte keine Ahnung, wie lang sie in Dover sein würde. Sollte es länger als eine Woche dauern, würde Welton misstrauisch werden. Für einen Mann wie St. John allerdings konnte eine Woche bereits zu lang sein. Es war durchaus möglich, dass sein Interesse bis dahin einer anderen galt und sie abwarten musste, bis er dieser anderen überdrüssig wurde. Und sie wusste aus eigener Erfahrung, dass einmal erlahmtes Interesse nur schwer wieder zu wecken war. Irgendwie musste sie ihn von rasender Lust zu wahrer Verzauberung bringen, und dazu blieben ihr nur noch wenige Stunden.

Nachdem sie sich so davon überzeugt hatte, dass es aus reiner Notwendigkeit geschah, öffnete sie die Tür zum Gang, blickte nach links und nach rechts und schlich dann den Flur hinunter, bis sie zu den Räumlichkeiten kam, die ihrer Erkundigung nach St. John zugewiesen worden waren. In ihrem hauchdünnen Negligé stand sie da und hob die Hand, um zu klopfen, hielt dann aber inne. Plötzlich hatte sie das Gefühl, in die Höhle des Löwen zu treten.

Auf einmal schwang die Tür auf, und sie stand vor einem vollkommen und wundervoll sündig nackten berüchtigten Piraten. Seine Haut und sein Haar schimmerten verführerisch golden im Kerzenschein, der seine harten, wunderschön definierten Muskeln prachtvoll ins Licht rückte. Mit seiner Größe und Kraft füllte er die gesamte Tür aus; und ihre Sinne erwachten staunend und pulsierend vor Verlangen zum Leben.

Er musterte sie finster. »Ich kann Sie auch in der Halle vögeln, aber in meinem Bett ist es bequemer.«

Maria blinzelte und senkte den Blick, was erneutes Staunen in ihr hervorrief. Sie suchte angestrengt nach einer schlagfertigen Antwort, doch ihr klebte die Zunge am Gaumen. Sie wollte ihn, alles von ihm, alles, was sie sehen konnte, und auch die Rückseite.

Christopher musterte sie ähnlich gründlich von Kopf bis Fuß. Seine Augen glühten und wurden immer dunkler. Aus seiner muskulösen Brust drang ein leises Grollen, so unwiderstehlich wie ein Schnurren.

Bevor sie es sich anders überlegen konnte, packte er ihre immer noch zum Klopfen erhobene Hand und riss sie ins Zimmer.

# Kapitel 5

»Sind Sie von Sinnen?« Christopher knallte die Tür zu, dann blickte er finster auf die schamlose Verführerin vor ihm und stieß hervor: »Sie können doch nicht in diesem Aufzug draußen herumlaufen!«

Das hauchdünne Gewand, das sich um ihre begehrenswerten Kurven schmiegte, war beunruhigend durchsichtig und enthüllte jede Einzelheit ihrer Schönheit: die langen, geschmeidigen Beine, die geschwungenen Hüften, die schlanke Taille und die vollen, sinnlichen Brüste. Das dunkle Dreieck zwischen ihren Schenkeln und die runden Schatten ihrer Brustwarzenhöfe waren deutlich zu sehen.

Er biss die Zähne zusammen, bis er sie knirschen hörte. Im Kerzenlicht schimmerte ihre olivenfarbene Haut wie Seide, und er war sich sicher, dass sie auch so weich war. Die Vorstellung, dass sie so den Gang durchquert hatte, wo einer der vielen Gäste auf sie hätte stoßen können …

Sie zuckte elegant die Schultern. »Und Sie hätten nicht nackt die Tür öffnen sollen.«

»Ich befinde mich in meinem Zimmer.«

»Ich befinde mich ebenfalls in Ihrem Zimmer«, gab sie gelassen zurück.

»Aber gerade eben nicht!«

»Wollen Sie mir etwa meine Vergangenheit vorhalten? Wenn ja, so habe ich schon weit Schlimmeres gehört!«

»Verdammt noch mal, das war doch erst vor einer Minute!«

»Ja, und vor nur einer Minute standen Sie nackt im Flur.«

Sie hob die Augenbrauen und war wieder ganz die Winterwitwe. Allein ihr Blick und ihr entblößter Körper, die beide heiße Sinnlichkeit verströmten, verrieten ihm, dass das nur Fassade war. Außerdem war sie hier, bereit, mit ihm zu schlafen.

»Ich persönlich finde, dass Ihr Benehmen anstößiger ist«, fuhr sie fort. »Ich zumindest habe noch ein Kleidungsstück an.«

Christopher knurrte. Er packte ihre Schultern und zog sie an sich. Da hörte er etwas reißen, aber das entfachte nur seinen Zorn. Was auch immer sie anhatte, es bot noch weniger Schutz vor Männerhänden als vor Männerblicken. »Das ist doch kein Kleidungsstück! Das ist die reine Versuchung, und womit Sie andere in Versuchung führen, gehört mir!«

Ihr klappte der Mund auf. »Bestie! Meine Kleider zu zerreißen und mich so zu behandeln!«

Sie trat einen Schritt zurück, schüttelte seine Hände ab und schlug ihm mitten ins Gesicht.

Das erschreckte ihn so, dass er es kaum fassen konnte. Niemand wagte es, ihn anzugreifen. Nicht mal die Todessehnsüchtigen trauten sich, ihn zu provozieren …

Er zögerte, weil er nicht wusste, was er von ihrem Benehmen halten sollte. Doch das fast schmerzhafte Pochen seines Schwanzes beantwortete die Frage für ihn, und bevor sein Mund noch weiter alles verderben konnte, stürzte er sich mit solcher Macht auf ihre zurückweichende Gestalt, dass beide zu Boden gingen. Es war reines Glück, dass er sich noch zur Seite rollen konnte, ehe er sie zerdrückte.

»Was machen Sie …«

»Umpf!« Der Aufprall auf dem Boden, nur vom Teppich gedämpft, erschütterte ihm jeden einzelnen Knochen im Leib.

»Mein Gott!«, kreischte Maria und sah ihn mit weit aufgerissenen Augen an. »Sie, Sir, sind unzurechnungsfähig.«

Ihr lang hingeschlagener Körper zuckte verführerisch unter dem Arm und dem Bein, mit dem er sie zu Boden drückte. Sie war so üppig und weich, wie er es sich vorgestellt hatte. Außerdem roch sie köstlich: Es war ein süßer Duft, der an Früchte und Blumen erinnerte und Unschuld versprach. Ein Versprechen, das ihr Körper Lügen strafte.

Ein Teil von ihm wusste, dass er etwas sagen sollte, sich für das zerrissene Kleid entschuldigen oder irgendeine Plattitüde anbringen sollte, um sie zu beschwichtigen, aber er würde verdammt sein, wenn er mehr als nur keuchen würde – und versuchen, mit dem Knie ihren Umhangsaum hochzuschieben.

Als sie ihren Ellbogen gegen eine seiner Rippen rammte, stieß er ein leises, warnendes Knurren aus, einen Laut, der die meisten vor Angst erstarren ließ. Doch Maria geriet in Rage.

»Knurren Sie mich nicht an!«, fauchte sie und kämpfte mit solcher Macht gegen ihn, dass er befürchtete, ihr wehzutun, wenn er sie weiter festhielte.

Da gab er alle Hoffnung auf, sanft mit ihr umzugehen, denn er begriff, dass er sich in eine primitive Kreatur zurückverwandelt hatte, die an nichts anderes mehr denken konnte als an die schmerzhafte Erregung, die sie in ihm auslöste.

Er packte ihre beiden Handgelenke mit einer Hand, glitt über sie und zwang ihre Beine auseinander.

Maria hielt kurz inne, um seine Absichten zu erfassen. Dann wehrte sie sich so, wie er es früher am Abend von ihr gefordert hatte. Sie wand sich und versuchte, über den Teppich zum Wohnzimmer zu kriechen, kam jedoch keinen Zentimeter vorwärts. »Oh nein! Sie werden mich nicht bekommen!«

Er schnaubte und riss ihr dann ungeduldig das Negligé herunter, um ihr wundervoll gerundetes Derrière zu enthüllen. Diesmal brachte er einen Laut hervor, der ansatzweise entschuldigend klang.

Sie war nicht beeindruckt. »Lieber würde ich mit Lord Farsham das Bett teilen als mit Ihnen!«

Diese Bemerkung verdiente einen Klaps auf den Po, worauf sie aufschrie. Farsham war mindestens vierzig und angeblich impotent, doch beides konnte nicht seinen Zorn über die Vorstellung dämpfen, dass irgendein anderer sie so sehen könnte.

Maria vergalt ihm den Klaps, indem sie ihm heftig in den Unterarm biss. Er schrie vor Schmerz auf, dann spürte er, wie etwas Flüssiges seinen Schwanz hinunterrann. Er fuhr mit der Hand zwischen ihre Beine und entdeckte, dass ihre Scham feucht, heiß, also bereit war. Als er ihr Gesicht musterte, sah er, dass sich ihre Erregung auch an ihren etwas glasigen Augen und der geröteten Haut zeigte.

Gott sei Dank! Er war schon fast so weit, und die ersten Lusttropfen zeigten sich in seinem Drang, sie mit seiner Lust zu überfluten.

Maria hielt einen Moment inne. Nur noch ihr Keuchen war zu hören, denn ihm stockte der Atem bei dem Gefühl, sie unter sich zu spüren. Mit zitternden Fingern strich er ihr durch die Scham und schloss die Augen. Unwillkürlich senkte er den Kopf und drückte seine Lippen auf ihre Schulter.

Er zog seine Hand zurück, nahm seine emporragende Erektion und lenkte sie in ihre feuchte Öffnung.

»Maria.« Endlich. Ein Wort nur. Herausgepresst, als ihre Scham fest seine pochende Eichel umschloss.

Sie wimmerte und wölbte ihm ihre Hüften entgegen, so weit sein Gewicht es zuließ, und veränderte somit den Winkel, in dem er sich in sie drängte. Er glitt ein Stück tiefer.

Christopher stieß zischend die Luft aus, die er angehalten hatte. Herrgott, sie war glühend heiß, heiß wie die Hölle und so köstlich eng …

»Wie lang ist Ihr letztes Mal her?«, stieß er hervor.

Sie drängte ihm ungeduldig ihr Becken entgegen.

Er knabberte an ihrem Ohrläppchen. »Wie lang?«

»Ein Jahr«, keuchte sie leise. »Aber wenn Sie so weitermachen, werden es zwei. Haben Sie mit Ihren Manieren auch vergessen, wie man mit einer Frau schläft?«

»Widerspenstige. Aufreizende. Querulantin.« Jedes seiner Worte betonte er mit einem Stoß seiner Hüften, drängte sich so weiter in sie und zwang ihre Schenkel mit seinen auseinander.

»Das. Heißt. Mylady. Für. Sie«, gab sie keuchend zurück.

Dann traf er auf einen Punkt tief in ihrem Innern, der sie aufstöhnen ließ und bewirkte, dass sie sich vollkommen anders bewegte als zuvor: nicht mehr widerwillig, sondern genießerisch.

»So etwa?«, murmelte er und verzog langsam den Mund. Ihre plötzliche Kapitulation bereitete ihm unermessliche Genugtuung. In ihr zu sein trug dazu bei. Seit ihrer ersten Begegnung im Theater hatte er sich nichts anderes mehr gewünscht. »Noch ein bisschen mehr?«

Christopher spannte seine Pobacken an und glitt tiefer in sie. Ihm wurde fast schwindelig davon, sie unter sich, um sich herum zu spüren.

Ihre Möse zuckte hungrig, sog ihn tiefer in sich hinein. Er erschauerte, so intensiv war das Gefühl.

»Maria«, hauchte er, senkte den Kopf zu ihrem und wurde vertraulich, »du …«

Doch sein Hirn schwelgte im Rausch sexuellen Wahnsinns, und ihm fiel einfach nichts ein, wie er beschreiben sollte … was auch immer er beschreiben wollte. Stattdessen löste er sich von ihr und stöhnte auf, so weich streichelte ihr Inneres ihn bei seinem Rückzug.

»Verdammter Teufel«, stieß sie hervor und rollte sich auf den Rücken. Sie starrte ihn finster an, ihr wunderschönes Gesicht verriet nur allzu deutlich ihre Frustration und ihren erneut wachsenden Zorn. Seltsamerweise weckte der Anblick einer wütenden Frau bei ihm nicht den Wunsch, sie loszuwerden. Ganz im Gegenteil, was Maria betraf.

Sie war nicht eingeschüchtert und unternahm keinerlei Versuch zu verbergen, dass sie ihm ebenbürtig war. Ihre Reaktion weckte in ihm das schmerzhafte Verlangen, ihre Beine zu spreizen und seinen harten Schwanz in ihr zu versenken. Immer und immer wieder.

»Nicht hier«, grollte er, stand auf und riss sie zu sich hoch. Als sie stolperte, fing Christopher sie auf und warf sie sich über die Schulter.

»Grobian!«

»Hexe.« Er gab ihr wieder einen Klaps. Dann rieb er mit seinem Handrücken über ihr festes Fleisch – er konnte nicht anders.

»Feigling! Kämpfen Sie von Angesicht zu Angesicht! Sie schlagen nur zu, wenn ich Ihnen den Rücken zuwende.«

Er lächelte, weil er ihren herausfordernden Ton hinreißend fand. Er ging vom Wohnzimmer ins Schlafzimmer, durchquerte es mit großen Schritten und warf sie aufs Bett.

Sie federte hoch, dann trat sie um sich, schlug nach seinen zupackenden Händen und fluchte dabei erbärmlich. Doch nichts davon konnte ihr Negligé retten. Er riss es ihr endgültig vom Leib und warf die Fetzen beiseite.

»Ich sollte dich von Angesicht zu Angesicht nehmen, meine wilde Heidin«, sagte er mit weicher Stimme und nagelte sie mit seinem viel größeren Körper aufs Bett. »Daher war ein Ortswechsel vonnöten. Wir werden einige Zeit beschäftigt sein, und ich verspüre keinerlei Lust auf Verbrennungen an meinen Knien oder an deinen köstlichen Brüsten.«

Als er seine Finger mit ihren verschränkte, bohrte sie ihre Fingernägel in seinen Handrücken. Er drückte mit seinem Knie ihre Schenkel auseinander und drang in sie ein. Während er, so tief es ging, in ihr versank, stieß er einen fast unmenschlichen kehligen Laut aus. Insgeheim erschrocken, senkte er seine Lippen an ihre nackte Brust und nahm ihren Nippel in den Mund.

»Ja!«, zischte sie und wand sich wie wahnsinnig unter ihm.

»Hör auf«, mahnte er, hob den Kopf und sah ihr in die dunklen Augen. »Sonst bin ich erschöpft, bevor es richtig losgegangen ist.«

Maria wölbte die Hüften vor. »Dann beweg dich mit mir, verdammt noch mal.«

Er lachte, und sein Lachen erfüllte den intimen Raum, den der Betthimmel über ihnen schuf.

Blinzelnd wurde sie ganz still und sah ihn an. »Mach das noch mal«, drängte sie dann.

Christopher zog die Augenbrauen in die Höhe und spannte seinen Schwanz in ihr an. Als er ihr leises Keuchen hörte, zogen sich seine Hoden zusammen. »Ich kann lachen oder vögeln, aber nicht beides gleichzeitig. Was soll ich als Erstes machen?«

Daraufhin spürte er deutlich, wie sich ihr Inneres anspannte.

»Gut«, murmelte er und fuhr ihr mit der Zunge über die Unterlippe. »Das wäre auch meine erste Wahl gewesen.«

Dann fing er an, sich zu bewegen, hielt ihre Handgelenke auf Höhe ihrer Schulter und stützte sich auf den Ellbogen ab, damit sein Gewicht nicht so schwer auf ihr lastete. Langsam schob er sein Becken vor und zurück, zog seinen Schwanz heraus und stieß ihn wieder tief in sie hinein. Als Maria wimmerte, schmiegte er seine Wange an ihre.

»Lass es raus«, flüsterte er, seine Lippen an ihrer Schläfe. »Sag mir, wie sehr es dir gefällt.«

Sie drehte den Kopf zu ihm und biss ihn ins Ohrläppchen. Hart. »Du kannst sagen, wie sehr es dir gefällt, wenn du erst mal anfängst.«

Knurrend bewegte er sich schneller und wusste, dass er kurz vor einem ungeheuren sexuellen Höhepunkt mit epischen Ausmaßen stand. Anders konnte es nicht sein. Wegen ihr und ihrem Schandmaul und ihrem Temperament, das ihn wahnsinnig machte. Er gedachte, diesen Mund mit einer wesentlich angenehmeren Aufgabe zu betrauen. Später. Im Moment war er so verflucht scharf, dass ihm schon sein Schwanz und seine Eier wehtaten. Schweißgebadet und laut keuchend, ritt er ihren üppigen Körper mit harten, tiefen Stößen. Gleichzeitig versuchte er, es schön für sie zu machen. Ein Ziel, das ihn noch nie interessiert hatte, was ihn jetzt aber heftig anspornte.

Maria nahm seine Lust und gab sie gleichermaßen zurück. Sie schlang ihre Beine um seine Hüften und arbeitete mit ihren geschmeidigen Schenkeln im gleichen wilden Takt. Ihre Nippel waren hart, und bei jedem Stoß strichen sie ihm über die Brust, was beide aufstöhnen ließ. Und die ganze Zeit flüsterte sie ihm etwas ins Ohr – Unverschämtheiten, Anzüglichkeiten, Spott und Beleidigungen, die ihn an den Rand des Wahnsinns trieben.

Christopher schob sich tief in sie, bis zu den Hoden, und ließ seine Hüften kreisen. Er starrte auf sie hinunter, sah, wie sie die Augen aufriss, den Mund öffnete und ihren Nacken wölbte, als sein Becken gegen ihre Klitoris strich. Er beobachtete, wie sie den Gipfel der Lust erreichte. Sah, wie sich ihre Augen verdunkelten und die Spannung um ihren Mund sich endlich löste.

Das Wort »wunderschön« traf es nicht mal im Ansatz. Maria war mehr als schön, sie war so hinreißend, dass er es noch bemerkte, obwohl sein eigener Höhepunkt immer näher kam. Er spürte, wie ihre Möse um seinen Schwanz zuckte, ihn drückte, aussaugte, ihn tiefer zog, bis er sich nicht mehr zurückhalten konnte.

Der Druck baute sich an seinen Schultern auf, fuhr ihm das Rückgrat hinunter, strudelte in seine Hoden und brach in einem glühend heißen Strom aus seinem Schwanz hervor. Wie er es schaffte, nicht laut zu schreien, blieb ihm ein Rätsel. Er wusste nur, dass er fest gegen weiche Kurven gepresst wurde, winzige Hände seine Pobacken umfassten, eine atemlose Stimme ihn lobte und ihn festhielt, während er kam.

Und der Kuss. Federleicht in seiner Halsbeuge.

Obwohl er heftig kam und dabei völlig in sich verloren war, spürte er dennoch diesen Kuss.

Maria starrte hinauf in die dunklen Ecken des Baldachins über ihr und rutschte unruhig hin und her. Christopher neben ihr tat es ihr gleich. Das Schweigen zwischen ihnen dehnte sich aus, bis es unbehaglich wurde. Wenn sie mit Simon im Bett war, hatte er ihr danach Wein gebracht und sie mit irgendeiner albernen Geschichte zum Lachen gebracht. Bei Christopher hingegen war nur diese verdammte Spannung. Ein alles umfassendes Sirren, das im ganzen Körper zu spüren war.

Sie seufzte und ließ die Ereignisse der Nacht Revue passieren.

Christophers Lachen hatte sie kalt erwischt. Wie wundervoll es sich angehört hatte, wie köstlich sich die Vibration in ihr angefühlt hatte. Sein Gesicht war so verwandelt gewesen, dass ihr das Herz gestockt hatte. Insgesamt war ihre gesamte Begegnung … intensiv gewesen. Schon vorher hatte sie gewusst, dass es auch im Bett mit ihm so sein würde. Seine gefährliche Aura hatte sie erregt, leichtsinnig gemacht, sie dazu gedrängt, ihn in Rage zu bringen. Es hatte sie gereizt, einen so beherrschten Mann an seine Grenzen zu bringen, ihn die Kontrolle verlieren zu lassen. Er vögelte mit ungeheurer Leidenschaft und Kraft, und sein Körper war ein ausgezeichnet gestimmtes Instrument der Lust.

Als sie vor neu erwachtem Verlangen erschauerte, wandte sie den Kopf zu ihm und sah, dass er sie betrachtete. Er hob die Augenbrauen, und dann riss er sie näher zu sich, bis ihr Leib halb über seinem lag.

Es war schön, wenn er sie so festhielt, wenn seine langen Beine sich mit ihren verschränkten, wenn seine starken Arme ihren Körper umschlangen. Durch ihren Schweiß klebten sie aneinander. Maria schloss die Augen und sog seinen Geruch ein, der durch die körperliche Betätigung noch intensiver war. Ganz offensichtlich war ihm solch zärtlicher Kontakt unbekannt. Seine Hände fuhren zögernd über ihre Haut, so als wüsste er nicht, was er tun sollte.

»Bist du wund?«, murmelte er mit seiner heiseren Stimme.

»Wir können es noch einmal machen, wenn du das meinst. Oder ich lasse dich nun allein, wenn du mir was zum Anziehen leihst.«

Sein Griff verstärkte sich. »Bleib.«

Es wurde schon fast hell. Sie würde ihn in jedem Fall bald verlassen müssen – sein Zimmer und dieses Haus. Dover und die Möglichkeit, Amelia zu finden, lockten sie. Vielleicht war sie zu optimistisch, doch ohne jede Hoffnung konnte sie auch nicht weitermachen.

Christopher strich ihr mit der Hand über den Rücken und drückte sie an sich. Sie spürte seine erneute Erektion an ihrem Schenkel. Hart. Lust stieg in ihr auf, aber träger als die fiebrige Hitze, die sie eben verspürt hatten. Ihre Brüste schwollen an und drängten gegen seine Muskeln, und ihre Brustwarzen drückten sich hart in seine Haut.

»Hmmm …«, brummte er und zog sie ganz auf sich.

Sie starrte hinunter auf ihren gefallenen Engel, der äußerlich mit himmlischer Schönheit gesegnet war, aber innerlich ein wildes Raubtier war. Ihre Hände fuhren durch seine Haare, woraufhin seine Pupillen sich vor Lust weiteten und er genießerisch die Lider senkte.

»Ich finde blonde Männer nicht besonders attraktiv«, sagte sie, mehr zu sich selbst.

Daraufhin stieß er sein tiefes, sattes Lachen aus, von dem ihr warm im Bauch wurde. »Dann bin ich dankbar, dass Teile von dir anderer Meinung sind.«

Schnaubend setzte sie sich auf.

»Ich mag auch keine zänkischen Frauen.« Sein Lächeln wurde breiter. »Aber dich mag ich. Gott weiß, warum.«

Sein Kompliment, so leichthin es auch kam, gefiel ihr. In der Ferne hörte sie einen Chronometer schlagen.

Christophers Lächeln verblasste. »Leider sind wir nicht zu Hause«, sagte er und durchbohrte sie mit seinem Blick. »Ich mag es gar nicht, gehetzt zu werden.«

Maria zuckte die Achseln und weigerte sich zu gestehen, dass es ihr ebenso ging. Keiner von ihnen wusste, wie er mit dem anderen umgehen sollte, doch sie spürten die Anwesenheit des anderen höchst bewusst. Sie wusste, das würde ihr später fehlen.

Sie wölbte ihr Becken, fand mit ihren Schamlippen seinen heißen Schaft und glitt an ihm entlang, nach ihrer gemeinsamen Erfüllung kurz zuvor umso geschmeidiger. Er umfasste mit seinen großen Händen ihre Schenkel und drängte sie, das zu wiederholen. Sie gehorchte, dann hielt sie inne.

Er ließ sie nicht aus den Augen. Sein Blick war einzigartig intensiv, und sie wusste nicht, ob ihr das gefiel oder nicht. Also griff sie mit der Hand zwischen sie, richtete ihn auf und umschloss ihn mit ihrem Körper, was ihre Gedanken sofort in alle Winde zerstreute.

Ein scharfes Luftholen und Anspannen seines ganzen Körpers war seine Reaktion darauf. Maria empfand das Gefühl ähnlich brutal. Ihr letztes Stelldichein war lange her, zu lange. Aber Christopher war zusätzlich ein gut bestückter Mann und ihr Inneres wurde köstlich gedehnt, als er von ihr Besitz nahm. Sie erschauerte um ihn herum, es begann dort, wo sie ihn umschloss, und breitete sich im ganzen Körper aus.

»Verdammt«, zischte er, pochend in ihr wachsend. »Wie habe ich dich je für kalt halten können?«

Gefesselt von der möglichen Bedeutung seiner Worte hörte sie kurz auf, sich zu bewegen.

Ein Muskel an seinem Kiefer zuckte heftig. »Deine Möse ist glühend heiß und gierig. Sie saugt an meinem Schwanz. Das Gefühl ist unbeschreiblich.«

Lächelnd senkte sie sich noch weiter ab und nahm ihn ganz in sich auf. Sie wusste, in diesem Augenblick hatte sie seine volle Aufmerksamkeit. Er würde sich nach ihr verzehren, wenn sie fort war, und seine Sehnsucht würde ihr sehr zupasskommen. Erfreut neigte sich Maria über ihn und hielt dicht vor seinem Mund inne. »Darf ich dich küssen?«, fragte sie.

Er hob den Kopf und umschloss mit seinem Mund ihren. Seine Zunge drang tief in sie ein und stieß dann rhythmisch vor und zurück, leckte und liebkoste sie. Brachte sie zum Erschauern.

»Ja«, flüsterte er keuchend und umfasste ihren Rücken. »Du darfst alles mit mir machen.«

Sie richtete sich auf und keuchte, als sie seinen Mund an einer ihrer Brustwarzen spürte. Als er zu saugen anfing, schloss sie unwillkürlich die Augen. Sie wurde immer erregter und feuchter. Das Gewicht ihres Oberkörpers balancierte sie mit den Händen aus, die sie neben seinen Schultern aufgestützt hatte. Er saugte mit langen, tiefen Zügen an ihr, die im Erzittern ihrer Scham um seinen Schwanz ihren Widerhall fanden. Als er sich in ihr anspannte, stieß sie ein leises, klagendes Stöhnen aus.

»So beginnen wir heute den Tag.« Sie spürte Christophers kratzige Stimme wie eine Liebkosung auf ihrer Haut. »Rühr dich nicht. Ich sauge dich zum Höhepunkt, und deine Möse tut dasselbe für mich.«

Hätte sie sprechen können, hätte sie ihm gesagt, dass das unmöglich war, doch dann hätte er ihr das Gegenteil bewiesen. Sein Mund war magisch und saugte fest in einem bestimmten Rhythmus an ihr, während seine Zunge über die Unterseite ihrer Brustwarze strich. Zuerst an der einen, dann an der anderen. Seine großen Hände mit den stimulierenden Schwielen beschwichtigten sie, als sie unruhiger wurde und sich in ihrer Sehnsucht nach ihrer Erlösung über ihm wand.

Sobald es bei ihr so weit war, folgte er ihr umgehend: Ihre Möse umklammerte seinen Schwanz, lockte seinen Samen aus ihm heraus und zuckte, als er mit einem gutturalen Schrei in ihr kam. Maria wurde gehalten, mitten in der Luft, in einem Griff heftiger, ja, brutaler Lust.

Dann schloss er sie in seine warmen Arme, presste sie an sich und drückte seine Lippen auf ihre Stirn. So schlief er ein.

Doch selbst im Schlaf ließ er sie nicht los.

Mit einem Seufzer der Erleichterung betrat Maria ihr Zimmer.

Niemand hatte sie gesehen, ein Wunder, das sie nur bewerkstelligt hatte, indem sie sich immer wieder in Nischen versteckte, damit die geschäftigen Hausmädchen sie nicht entdeckten.

In einem anderen Teil des Anwesens schlief Christopher ungestört. Er hatte zwar die Stirn gerunzelt, als sie sich von ihm löste, war aber nicht aufgewacht.

Maria schloss die Tür zum Gang, durchquerte das Wohnzimmer und blieb wie angewurzelt stehen, als sie die große Gestalt auf der Schwelle zu ihrem Schlafzimmer sah.

»*Mhuirnín.*«

Simon lehnte am Türrahmen, vollständig angezogen und strahlend in rosafarbener Hose mit passendem Rock. Er hatte die Füße gekreuzt, doch seine lässige Haltung täuschte nicht über seine Anspannung hinweg.

»Du hast mich erschreckt«, sagte sie tadelnd und presste die Hand auf ihr wie wild pochendes Herz.

Er musterte sie vom Kopf bis zu den nackten Füßen. Sie verschwand fast in Christophers Morgenmantel, daher war nicht viel von ihr zu sehen, aber sie wusste, dass sie ihre nächtlichen Umtriebe nicht vor ihm verbergen konnte.

»Du hast mit ihm geschlafen«, bemerkte Simon. Er richtete sich auf, kam langsam und verführerisch auf sie zu und barg ihr Gesicht in seinen Händen. »Ich traue ihm nicht. Daher kann ich dir, wenn du mit ihm zusammen bist, auch nicht trauen.«

»Mach dir keine Gedanken darüber.«

»Leichter gesagt als getan. Frauen verbinden Lust oft mit Gefühlen. Das beunruhigt mich.«

»Außer bei dir hatte ich dieses Problem nie.«

Sein Mund zuckte. »Ich bin sehr geschmeichelt.«

»Nein«, sagte sie trocken, »du bist arrogant.«

»Das auch.« Sein leichtes Lächeln verstärkte sich zu einem Grinsen.

Maria schüttelte gähnend den Kopf. »Ich muss schlafen. Nach dem Bad brechen wir auf. Ich denke, ich werde in der Kutsche ein Nickerchen machen.«

»Dover. Sarah hat es mir schon erzählt.« Er drückte ihr einen raschen, harten Kuss auf die Stirn. »Sie ist fast fertig mit dem Packen. Meine Koffer sind schon in der vorgefahrenen Kutsche.«

»Es wird nicht lange dauern.« Christophers Geruch haftete noch an ihrer Haut, was wieder die Schmetterlinge in ihrem Bauch weckte. Er hatte für sie getötet, sie dann leidenschaftlich geliebt und sie danach mit solcher Zärtlichkeit gehalten … Es erstaunte sie, wie viele Seiten er hatte. Ihr einstiges Bild von diesem Freibeuter war bis in die Grundfesten erschüttert.

Simon trat einen Schritt zurück und ging dann zur Anrichte, um sich ein Glas Wasser einzuschenken. »Beeil dich bitte, *mhuirnín.* Wir möchten doch keine unerfreulichen Szenen.«

Maria eilte zu ihrem Schlafzimmer, verharrte jedoch auf der Schwelle. »Simon?«

Er sah sie mit hochgezogenen Augenbrauen fragend an.

»Habe ich dir eigentlich oft genug gesagt, wie sehr ich dich schätze?«

»Du liebst mich«, erwiderte er mit einem frechen Grinsen. »Das brauchst du gar nicht zu sagen, ich kenne dich.« Er kippte sein Glas hinunter und schenkte sich neu ein. »Aber bitte: Sag's mir, so oft du willst. Ich bilde mir bestimmt nichts darauf ein.«

Lachend schloss Maria die Tür.

# Kapitel 6

»Sie wussten doch, dass sie heute Morgen abreisen würde«, sagte Thompson mit steinerner Miene.

»Ja, ja.« Christopher saß etwas schräg auf einem Holzstuhl und hatte einen Arm über die Rückenlehne gelegt. Obwohl er weder eine Weste noch einen Rock trug, war ihm sehr warm. Sein ganzer Körper sehnte sich danach aufzuspringen und der Frau nachzujagen, die ihn ohne Abschied verlassen hatte. Die Anstrengung, einfach sitzen zu bleiben, war enorm.

Sein Kammerdiener machte sich ruhig im Zimmer zu schaffen und bereitete alles für die Morgenrasur vor. »Zu wissen, dass Sie ihrer Kutsche eigene Männer nachgeschickt haben, beruhigt Sie nicht?«

Christopher schnaubte. War er wirklich ihretwegen beunruhigt? Und wenn ja, warum? Er wusste doch, dass Maria durchaus in der Lage war, sich zu schützen!

Vielleicht lag es daran, dass Quinn bei ihr war.

Er biss die Zähne zusammen.

Quinn.

»Angelica, Liebes.« Mit leiser Stimme sprach er sie direkt an und wandte den Kopf zu ihr. Sie saß am Fenster und beendete gerade ihren Morgentee. »Hast du nichts in Erfahrung gebracht?«

Sie verzog die Mundwinkel nach unten und schüttelte den Kopf. »Ich habe es versucht, aber er ist geschickt darin, einen … abzulenken.«

Christopher zog die Augenbrauen in die Höhe. »Wie viel hast du ihm erzählt?« Er wusste nur wenig von Quinn, doch ihm war klar, dass er ein Mann war, der von seinen Schlichen lebte.

Als er sah, wie sich Röte über ihren Wangen ausbreitete, fluchte er leise. »Nicht besonders viel«, erklärte sie hastig. »Er wollte vor allem wissen, was du von Lady Winter willst.«

»Und was hast du ihm gesagt?«

»Ich sagte, du würdest deine Angelegenheiten für dich behalten, aber falls du ein Auge auf sie geworfen hättest, würdest du sie auch bekommen.« Sie blies sich eine Strähne aus der Stirn und lehnte sich zurück. Die tiefen Schatten unter ihren Augen verrieten, dass sie die Nacht ähnlich wie er verbracht hatte.

Ihm geriet sein Blut in Wallung, als er daran dachte, wie weich und offen Maria sich seinem Verlangen hingegeben hatte. Er hatte Kratzer an Armen und Rücken, Bissspuren an seinen Schultern. Er hatte das Bett mit einem hinreißenden Teufelsbraten geteilt und davon Spuren zurückbehalten. In mehr als einer Hinsicht.

»Und Quinns Reaktion?«

Angelica zuckte zusammen. »Er sagte: ›Was man hat, das hat man.‹«

Zwar ließ Christopher sich nichts anmerken, doch er empfand die Bemerkung wie einen Schlag ins Gesicht. Quinn hatte recht. Er teilte sich mit Maria ihr Heim und ihr Leben, ihm galt ihr Vertrauen. Christopher blieben nur ein paar vergnügliche Stunden.

»Geh packen«, befahl er und sah zu, wie die ehemalige Prostituierte aufstand und gehorchte.

»Werden Sie ihr nachfahren?«, fragte Thompson, richtete sich von seiner Aufgabe auf und trat zurück, damit Christopher auf einem passenden Stuhl Platz nehmen konnte.

»Nein. Die Männer, die ich mit ihrer Beschattung betraut habe, werden sich darum kümmern. Was ich über sie erfahren muss, finde ich in London, und je eher ich zurückkehre, desto eher habe ich das erledigt.«

Er atmete geräuschvoll aus und bemerkte, dass er sie schon wieder begehrte. Er mochte die Frau in jeder Hinsicht, in der Männer die meisten Frauen mochten, doch außerdem mochte er sie so, wie er nur wenige mochte: Er bewunderte sie, respektierte sie und betrachtete sie als verwandte Seele. Aber aus diesem Grund konnte er ihr nicht trauen. Sein Ziel war es zu überleben, und er wusste, das musste auch ihr Ziel sein.

Außerdem war da noch die Kleinigkeit, dass er sie opfern musste, um seine Freiheit zu retten. Sie zu begehren kam ihm verdammt ungelegen und stand im direkten Gegensatz zu den Zielen der Agency.

Es gab aber noch anderes, als seine Lust und die Agency zu berücksichtigen. Quinn passte nicht anständig auf Maria auf. Es war ein großes Risiko gewesen, sie allein zu einem Treffen mit Templeton gehen zu lassen und sie Christopher preiszugeben.

Als er darüber nachdachte, welchen Risiken sie jetzt wieder ausgesetzt war, krallten sich seine Finger um die Armlehnen.

Mit reiner Willenskraft blieb er sitzen, obwohl der Drang, ihr nachzureisen, fast unwiderstehlich war. Maria führte ein gefährliches Leben, und das störte ihn wie ein entzündeter Zahn.

Als Thompson das Rasiermesser an seine Wange legte, schloss er die Augen. Die traurige Wahrheit war, dass trotz seines Drangs, sie zu beschützen, die größte Gefahr für sie er war.

Maria lehnte sich auf ihrem Holzstuhl zurück und blickte sich in dem intimen, privaten Speisezimmer um, in dem sie sich gerade befand. Ihr gegenüber bedachte Simon das kokette Serviermädchen mit einem lasziven Blick. Das Gasthaus, in dem sie seit ein paar Tagen nächtigten, war in vielerlei Hinsicht angenehm und warm, nicht nur wegen des fröhlich prasselnden Kaminfeuers und der abgenutzten großen Teppiche.

»Sie ist auch an dir interessiert«, bemerkte Maria lächelnd, als das Mädchen ging.

»Mag sein.« Er zuckte die Schultern. »Aber unter den gegebenen Umständen kann ich damit nichts anfangen. Wir sind nah dran, *mhuirnín.* Ich spüre es.«

Nachdem sie vier Tage lang gesucht und Erkundigungen eingeholt hatten, hatten sie einen Händler gefunden, der eine erst kürzlich in die Stadt gekommene Gouvernante kannte. Just an diesem Nachmittag hatten sie herausbekommen, wo sie arbeitete. Niemand wusste etwas über das junge Mädchen, das sie unterrichten sollte, doch Maria hoffte verzweifelt, dass es Amelia war. Die in den letzten Wochen gesammelten Informationen ließen darauf schließen.

»Du hast die letzten Tage unermüdlich gearbeitet, liebster Simon. Da hast du dir Erholung verdient.«

»Und wann wirst du dich ausruhen?«, gab er zurück. »Wann wirst du dir Erholung verschaffen?«

Sie seufzte. »Du hast mir genug gegeben: deine Zeit, deine Energie, deine Hilfe. Du musst dir nicht mir zuliebe jedes Vergnügen versagen. Das ist mir nicht recht, im Gegenteil: Es ist mir unangenehm. Ich bin glücklich, wenn du glücklich bist.«

»Mein Glück ist unauflöslich an deines gebunden.«

»Dann musst du sehr unglücklich sein. Nein, hör auf damit. Vergnüge dich.«

Simon lachte, griff über den Tisch und legte seine Hand auf ihre. »Du hast mich neulich gefragt, ob du mir oft genug sagst, wie sehr du mich schätzt. Ich muss dir dieselbe Frage stellen. Weißt du eigentlich, wie viel mir an deiner Zuneigung liegt? Du bist der einzige Mensch in meinem ganzen Leben, der selbstlos an meinem Glück interessiert ist. Was ich für dich tue, geschieht aus Dankbarkeit und ebenfalls aus dem Wunsch, dich glücklich zu sehen.«

»Danke.« Simon war äußerst loyal und direkt, zwei Eigenschaften, die sie bewunderte und brauchte. Sie wusste, wie er sich fühlte. Simon erfüllte eine ähnliche Rolle in ihrem Leben. Er war der einzige Mensch, dem sie etwas bedeutete.

Er tätschelte ihr die Hand und lehnte sich auf seinem Stuhl zurück. »Die Männer, die heute Nachmittag aus London eingetroffen sind, beobachten jetzt das Haus. Morgen, bei Tageslicht, werden wir uns das mal selbst anschauen.«

»Ja, morgen ist früh genug.« Sie lächelte. »Was heißt, du hast eine ganze Nacht, in der du machen kannst, was du willst.«

In diesem Augenblick kam das Serviermädchen mit einem neuen Krug Wasser herein. Maria zwinkerte Simon zu. Dieser warf lachend den Kopf zurück.

Daraufhin gähnte sie übertrieben und sagte: »Entschuldige, ich glaube, ich muss mich zurückziehen. Ich bin zu Tode erschöpft.«

Simon stand auf, ging um den Tisch herum, zog ihr den Stuhl zurück und hob ihre Hand an seine Lippen. Seine blauen Augen funkelten amüsiert, als er ihr eine gute Nacht wünschte. Zufrieden in dem Bewusstsein, dass er den Rest des Abends genießen würde, ging Maria auf ihr Zimmer, wo Sarah schon darauf wartete, ihr beim Auskleiden zu helfen.

Zwar freute sie sich für Simon, doch einen Nachteil hatte es, ohne seine Gesellschaft auszukommen: Nun lenkte sie nichts mehr von ihren Erinnerungen an eine kratzig heisere Stimme und einen harten Körper ab, der sie dazu genötigt hatte, mit ihm zu schlafen.

Was ihr zutiefst gefallen hatte.

Es wurde schon langsam lächerlich, wie oft sie an St. John dachte. Sie redete sich ein, dass dies nur an ihrer langen Abstinenz lag. Sie dachte nur an den Akt an sich, nicht an den Mann.

»Danke, Sarah«, murmelte sie, als das Mädchen ihr Haar ausgekämmt hatte.

Die Zofe wollte nach einem kurzen Knicks gehen, doch unerwartetes Klopfen an der Tür ließ sie innehalten. Maria hob warnend die Hand und nahm ihren Dolch vom Nachttischchen. Dann postierte sie sich neben der Tür und bedeutete Sarah nickend zu antworten.

»Ja?«, rief Sarah.

Als der Besucher zu sprechen anfing, erkannte Maria seine Stimme. Es war einer ihrer berittenen Begleiter. Sie entspannte sich und ließ den Arm sinken. »Frag, was er will.«

Sarah trat hinaus auf den Flur und kehrte kurz darauf wieder zurück.

»Das war John, Mylady. Er sagt, Sie und Mr. Quinn möchten vielleicht mit ihm kommen. Denn im Haus regt sich etwas, und er befürchtet, sie könnten sich zur Flucht vorbereiten.«

»Guter Gott.« Ihr stockte das Herz. »Geh nach unten, und sieh nach, ob du Quinn finden kannst. Ich bezweifle es zwar, aber versuche es.«

Nachdem Sarah gegangen war, öffnete Maria den Schrankkoffer am Fußende ihres Bettes und fing an, sich wieder anzuziehen. Ihre Gedanken rasten, boten ihr verschiedene Szenarien und dazu passende Verhaltensmaßnahmen. Sie hatte nur ein Dutzend Männer mitgenommen, und die Mehrheit war dazu abberufen, die Umgebung zu bewachen. Zu ihrer eigenen Sicherheit konnte sie höchstens zwei berittene Männer mitnehmen.

Es klopfte leise, und unmittelbar darauf wurde die Tür geöffnet.

Sarah trat ein und schüttelte den Kopf. »Mr. Quinn ist nicht mehr unten. Soll ich zu seinem Zimmer gehen?«

»Nein.« Maria befestigte die Scheide an ihrem Gürtel. »Aber nach meinem Aufbruch kannst du seinen Kammerdiener benachrichtigen.«

Nachdem sie wieder einmal Hose und Stiefel angezogen und ihr Haar unter Tuch und Hut verborgen hatte, würde man sie aus der Ferne für einen jungen Burschen halten. Mit dieser List wurde jeglichem Gerede über Frauen, die verdächtige nächtliche Ausritte unternahmen, ein Riegel vorgeschoben.

Sie beruhigte ihre eindeutig besorgte Zofe mit einem Lächeln und trat hinaus in den Flur, wo St. John wartete. Gemeinsam gingen sie die Hintertreppe hinunter zu den Pferden.

Die Lieferantentür von Marias Stadthaus in London öffnete sich, und Christopher trat geräuschlos in die Küche. Dort wartete schon der Mann, den er ein paar Tage zuvor als Lakaien in den winterschen Haushalt geschmuggelt hatte. Wenn Maria daheim gewesen wäre, wäre er nicht eingestellt worden, doch sie war bereits seit fast vierzehn Tagen unterwegs. Christopher hatte drei ihrer früheren Lakaien mit dem Versprechen auf eine besser bezahlte Stelle fortgelockt, sodass ihre Hausdame aus reiner Verzweiflung eigenmächtig neues Personal einstellen musste.

Mit einem leichten Nicken gab Christopher dem Mann zu verstehen, dass er gute Arbeit geleistet hatte. Er nahm den Kerzenhalter, den der Mann in die Höhe hielt, und dann gingen sie über die gewundene Dienstbotentreppe in die oberen Stockwerke. Der Flur war gut ausgestattet, die Läufer waren dick und farbenprächtig und die Alkoven mit vergoldeten Wandleuchtern versehen, die gegenwärtig nicht angezündet waren.

Das ganze Haus zeugte von Wohlstand. Zwei adlige Ehemänner hatten Maria die notwendigen Mittel hinterlassen, um ein Leben in Reichtum zu führen.

Er hatte Erkundigungen über ihre Ehen eingezogen, da die Männer, die sie sich ausgesucht hatte, großes Interesse in ihm geweckt hatten. Lord Dayton war schon älter gewesen und hatte sich mit ihr aufs Land zurückgezogen, wo sie die gesamte Zeit ihrer kurzen Ehe verbrachten. Der jüngere Lord Winter hatte sie in London gehalten und schamlos zur Schau gestellt. Erst bei seinem Tod waren Spekulationen über Daytons Hinscheiden aufgekommen. Winter war ein Mann in den besten Jahren gewesen, ein kräftiger Sportsmann, strotzend vor Lebenslust. Tod durch Krankheit war bei einem so kühnen Recken unvorstellbar.

Christopher biss die Zähne zusammen, als er daran dachte, dass bereits andere Maria besessen hatten. Wütend schob er den Gedanken beiseite.

Fast sieben Tage waren seit ihrer gemeinsamen Nacht vergangen, und noch lagen etliche Stunden vor ihm, die er ohne quälende Gedanken an sie verbringen musste. Ein Bericht über eine gründliche Suche nach dem Aufenthaltsort der Gouvernante war eingetroffen. Er wusste immer noch nicht, was Maria von dieser Frau wollte. Wer war sie, dass sie Gestalten wie Templeton auf sie ansetzte?

Er öffnete die erste Tür, zu der er gelangte, und rief sich, während er weiterging, die Gestaltung des Hauses und die Anordnung der Zimmer, die er auswendig gelernt hatte, in Erinnerung. Es gefiel ihm gar nicht, dass Quinn in der Suite neben Marias wohnte. Seine wichtige Position in diesem Haushalt zeigte, wie sehr Maria ihn schätzte.

Christopher wusste, dass sie nicht länger das Bett teilten. Sie hatte gestanden, seit über einem Jahr mit keinem Mann mehr geschlafen zu haben, und die Enge ihrer Scham bewies das. Trotzdem störte ihn etwas an Quinn, und was noch schlimmer war, er wusste nicht, wieso.

Als er den Schrank und die Kommoden dieses Mannes durchwühlte, sank seine Stimmung immer mehr. Die vielen Waffen, die verschlüsselten Briefe und eine Kommode mit lauter Verkleidungen deuteten darauf hin, dass er nicht der schlichte Liebhaber war, der er zu sein vorgab.

Christopher verließ Quinns Räumlichkeiten durch die Tür zum gemeinsamen Wohnzimmer und betrat Marias Boudoir. Sofort traf ihn ihr Duft mit der fruchtigen Note, der das Zimmer durchdrang. Auf der Stelle zuckte sein Schwanz und schwoll leicht an.

Er fluchte leise. Seit seiner Jugend hatte er keine unwillkürliche Erektion mehr gehabt. Andererseits war es auch genauso lang her, dass er über den Zeitraum einer ganzen Woche enthaltsam gewesen war.

Keine der Frauen in seinem Haus hatte ihn derart befriedigen können wie Maria. Danach verzehrte er sich. Zwei Besuche bei Stewart's, das von der hinreißenden Emaline Stewart geführt wurde, hatten sich als wenig erfolgreich erwiesen. Drei von Madames beliebtesten Mädchen hatten ihn bis zwei Uhr morgens nacheinander bearbeitet. Am Ende war er erschöpft, ausgelaugt und immer noch unbefriedigt gewesen. Er wollte eine Frau, um deren Aufmerksamkeiten er kämpfen musste, und in seinem ganzen Leben hatte er nur eine getroffen, die das zustande brachte.

Christopher hob den Leuchter höher, um besser sehen zu können, dann drehte er sich langsam um sich selbst und bewunderte die verschiedenen Blautöne, in denen Maria ihr Boudoir gestaltet hatte. Seltsamerweise war dieses Zimmer im Vergleich mit den anderen des Hauses am bescheidensten. Nichts schmückte die gestreiften Damasttapeten außer dem Porträt eines Paares über dem Kamin.

Lautlos ging er über den Teppich darauf zu. Er kniff die Augen zusammen und betrachtete den Mann und die Frau, die wohl Marias Eltern gewesen waren. Die Ähnlichkeit war unverkennbar. Er fragte sich, warum das Porträt ausgerechnet hier hing, wo nur sie es sehen konnte.

Irgendwas rührte sich in seinem Hinterkopf und wollte sich ins Bewusstsein bringen. Sie hatte ein Bild ihres Vaters in ihrem privaten Zimmer, und doch hieß es, sie stünde ihrem Stiefvater Lord Welton nahe. Christopher kannte Welton. Der Mann hatte nichts von der Wärme, die Marias Vater ausstrahlte. Die beiden Männer waren vollkommen gegensätzlich.

»Was hast du für Geheimnisse?«, fragte er, bevor er sich abwandte, um Marias angrenzendes Schlafzimmer zu durchsuchen.

Zwar wäre es viel einfacher und auch nicht so riskant gewesen, wenn sein Spion das übernommen hätte, aber er ertrug die Vorstellung nicht, dass ein Lakai in Marias persönlichen Dingen und Kleidern herumwühlte.

Sie war ihm ebenbürtig, daher würde er sie mit dem ihr gebührenden Respekt behandeln. Alles, was sie betraf, würde er persönlich übernehmen. Ein größeres Kompliment konnte er ihr nicht machen.

Nachdem Maria und ihre beiden Begleiter ihre Pferde an einem baufälligen Zaun angebunden hatten, entfernten sie sich von den Tieren wie Schatten in der Dunkelheit. Sie alle trugen Schwarz, daher war selbst John mit seiner riesigen Statur kaum zu sehen.

Tom zeigte nach links und wandte sich in diese Richtung. Seine kleine, schlanke Gestalt verschmolz mit den jungen Bäumen um sie herum. Maria folgte, John bildete den Schluss. Da sie lediglich das Mondlicht hatten, konnten sie sich nur langsam dem Haus nähern.

Mit jedem Schritt schlug Marias Herz schneller, bis sie in einer Mischung aus Angst und Eifer leise keuchte. Zwar wehte eine kühle Brise, dennoch schwitzte sie vor lauter hoffnungsvoller Aufregung. Sie befahl sich, nicht enttäuscht zu sein, wenn sich das Ganze als Irrtum herausstellen sollte. Obwohl die Enttäuschung mit jedem Fehlschlag größer wurde, wünschte sie sich so verzweifelt, Amelia zu finden, dass es schon fast wehtat.

Das Haus war schlicht und der Garten ungepflegt, dennoch strahlte der ganze Besitz einen schlichten Charme aus. Frische Farbe, sauberes Mauerwerk und gefegte Wege zeigten die Pflege einer liebenden Hand, aber auch einen Mangel an Personal. Ein Buch auf einer Marmorbank wies auf im Freien verbrachte Freizeit hin.

Beim Betrachten der einladenden Szenerie hatte Maria einen Kloß im Hals. Wie sehr sie sich nach einem Leben sehnte, das sich hier als so leicht und sorglos darstellte!

Fantasien von einem tränenreichen, aber freudigen Wiedersehen überfielen sie, als Johns kräftige Hand plötzlich ihre Schulter packte und sie grob nach unten drückte. Erschrocken, jedoch erfahren genug, um Ruhe zu bewahren, ließ Maria sich auf die Knie fallen und warf ihm einen fragenden Blick zu. Er wies ruckend mit dem Kinn zur Seite, und als sie in die angewiesene Richtung sah, entdeckte sie stirnrunzelnd, dass vier Pferde aus dem Stall geführt und vor eine wartende Reisekutsche gespannt wurden.

»Unsere Pferde«, flüsterte sie, die Augen auf die emsig arbeitenden Stallburschen gerichtet. Tom erhob sich und eilte den Weg zurück, den sie gekommen waren.

Sie geriet in Panik, und ihre Handflächen wurden so feucht, dass sie sie an ihrer Hose abwischen musste. Niemand mit gesundem Menschenverstand brach zu dieser Stunde zu einer Reise auf, denn überall lauerten Wegelagerer. Irgendwas stimmte da nicht.

Genau in diesem Moment erschienen zwei verhüllte Gestalten – unverkennbar Frauen, so zierlich waren sie. Maria schlug das Herz bis zum Hals. Mit reiner Willenskraft wollte sie die kleinere zwingen, in ihre Richtung zu schauen.

Sieh mich an. Sieh mich an.

Eine Kapuze wandte sich in ihre Richtung, die Augen darunter blickten suchend zu ihrem Versteck. Im schwachen Licht der Laternen konnte Maria sich jedoch nicht sicher sein. Eine Träne lief ihr heiß über die Wange, dann eine zweite.

»Amelia«, sagte die größere Gestalt laut genug, dass sie es trotz der Entfernung hören konnte, »beeil dich.«

Einen Augenblick lang war Maria wie erstarrt. Ihr stockte das Herz, ihre Lungen zogen sich zusammen, und das Blut rauschte ihr in den Ohren. Amelia. So nahe. Näher als seit Jahren. Jetzt würde sie sie nie mehr loslassen.

Sie sprang auf und wollte losrennen. »St. John!«

»Aye, ich hab's gehört.« Sirrend zog er sein Schwert aus der Scheide. »Wir können sie holen.«

»Ja, was haben wir denn da?«

Der Singsang hinter ihnen traf beide unvorbereitet. Sie wirbelten herum und sahen aus dem Wäldchen eine Gruppe von sieben Männern kommen, die unterschiedliche Waffen in der Hand hielten.

»Einen Großen und einen Kleinen.« Der Mann, dessen fettige Haare genauso wie seine Augen im Mondlicht glitzerten, lachte. »Auf sie, Männer.«

Maria hatte kaum die Zeit, ihren Degen zu ziehen, bevor die finsteren Gestalten sich auf sie stürzten. Obwohl sie in der Unterzahl waren, stürzten sich St. John und sie kühn ins Getümmel. Misstönend unterbrach das Klirren des Stahls die Stille der Nacht. Ihre Gegner schrien und lachten, weil sie sich ihres Sieges gewiss waren. Aber sie kämpften nur aus Lust und Geldgier. Maria kämpfte für etwas weitaus Kostbareres.

Obwohl ihre Sicht durch die Dunkelheit geschwächt und ihre Schritte durch den unebenen Boden behindert waren, nahm sie sich zwei Gegner auf einmal vor.

Gleichzeitig war sie sich der Kutsche hinter ihr schmerzlich bewusst, und sie kalkulierte, wie viel Zeit es wohl brauchen würde, die Kutsche anzuspannen. Da der Kampf unüberhörbar war, würde sie die drohende Gefahr nur zu größerer Eile antreiben. Wenn sie die Männer nicht schnell loswurde, würde sie Amelia erneut verlieren.

Plötzlich jedoch stürzten sich weitere Männer ins Getümmel, doch sie kämpften nicht gegen sie, sondern an ihrer Seite. Sie hatte keine Ahnung, wer sie waren, war aber einfach nur dankbar loszukommen. Sie sprang vor einem zustoßenden Kurzschwert zurück, parierte den Stoß, drehte sich dann auf dem Absatz um und rannte so schnell sie konnte zum Kutschhof.

»Amelia!«, rief sie, stolperte über eine Wurzel, konnte sich aber noch aufrecht halten. »Amelia, warte!«

Die kleine Gestalt blieb mit einem Fuß auf dem Tritt stehen. Sie schob mit einer Hand ihre Kapuze zurück. Maria erblickte eine dunkelhaarige junge Frau mit strahlend grünen Augen. Es war nicht das Kind, an das sie sich erinnerte, aber es war Amelia.

»Maria?«

Ihre Schwester wehrte sich gegen die größere Gestalt und versuchte, wieder den Tritt hinunterzusteigen, doch sie wurde in die Kutsche gestoßen.

»Amelia!«

Da flog die Kutschentür auf der anderen Seite auf, und Amelia fiel heraus, versuchte im Gewirr ihrer Röcke Fuß zu fassen.

Maria entdeckte eine Kraft in sich, von der sie vorher nichts geahnt hatte, und rannte noch schneller. Sie war fast da, der Rand des Kutschhofs nur noch ein paar Meter entfernt, als etwas Mächtiges sie von hinten ansprang und zu Boden riss.

Sie konnte kaum atmen, denn das Gewicht des Mannes quetschte sie nach unten, und vom Aufprall war sämtliche Luft aus ihren Lungen gewichen. Da ihr der Degen aus der Hand geflogen war, krallte sie sich am Boden fest und grub ihre Nägel in die Erde. Ihr Blick fuhr zu Amelia, die genauso kämpfte wie sie.

»Maria!«

Verzweifelt trat Maria gegen den Mann, der seine Beine um ihre geschlungen hatte, und dann schoss ihr ein nie gekannter Schmerz durch die Schulter. Sie spürte, wie unter dem Stoß einer scharfen Klinge ihr Fleisch riss. Nicht einmal – zweimal.

Dann hob sich das Gewicht gnädigerweise von ihr. Keuchend rief sie den Namen ihrer Schwester und versuchte, sich zu bewegen, stellte aber fest, dass der Dolch, der sie durchbohrt hatte, sie am Boden festhielt. Der Schmerz ihrer Bewegung überwältigte sie.

Einen Augenblick lang verspürte sie reinste Agonie. Und dann nichts mehr.

# Kapitel 7

»Morgen Nacht bringen wir eine Schiffsfracht in Umlauf.« Christopher starrte aus dem von schwarzen Samtvorhängen gesäumten Fenster seines Arbeitszimmers auf die Straße und drückte die Finger in seine schmerzenden Nackenmuskeln. Unter ihm fuhren Droschken vorbei, eilends, denn niemand wollte sich länger als unbedingt nötig in dieser Gegend aufhalten. »Ist alles bereit?«

»Ja«, versicherte Philip, der hinter ihm stand. »Es ist bereits für Karren und Pferde gesorgt, also kann der Abtransport unverzüglich beginnen.«

Christopher nickte müde. Er litt an Schlafmangel, aber körperliche Erschöpfung würde ihn nicht von der Rastlosigkeit kurieren, die durch seine gegenwärtige Zwangslage und Marias Rolle darin verursacht worden war.

»Ich habe gehört, wir haben ziemlich große Beute gemacht«, sagte Philip in einem Ton voller Neugier, die Christopher förderte.

»Ja. Ich bin zufrieden.«

Es würde etwas Zeit in Anspruch nehmen, die hochprozentigen Spirituosen zu verdünnen und den geschmuggelten Tee umzupacken, doch seine Männer arbeiteten unermüdlich und warfen seine Ware schneller auf den Markt als seine Konkurrenten.

Als es klopfte, rief er: »Herein!« Die Tür schwang auf, und Sam trat ein, den Hut an die Brust gepresst, eine Geste, die Christopher verriet, dass er nervös war. Da Sam einer der vier Männer war, die Christopher Maria nachgeschickt hatte, war er sofort alarmiert.

»Was ist los?«, fragte er.

Sam zuckte zurück und fuhr sich mit der Hand durch den roten Lockenschopf. »Vor zwei Nächten kam es zu einem Kampf und …«

»Ist sie verletzt?« Jeder seiner Muskeln spannte sich an, während ihn Erinnerungen an ihren Körper mit den süßen Rundungen überfluteten, die sich seinem entgegenreckten. Sie war so winzig, so zart …

»Aye. Messerstiche an der linken Schulter, einer glatt durch.«

Christophers Stimme klang noch beherrschter, ein sicheres Zeichen für seinen wachsenden Zorn. »Ihr hattet nur eine einzige Aufgabe, und zwar für ihre Sicherheit zu sorgen. Ihr wart vier und habt alle versagt?«

»Sie geriet in einen Hinterhalt! Und die anderen waren in der Überzahl!«

Christopher warf einen Blick zu Philip. »Lass die Kutsche anspannen.«

»Sie ist hier«, sagte Sam rasch. »In London.«

»Sag das noch mal.« Christophers Herz raste. »Sie ist in diesem Zustand gereist?«

Sam krümmte sich innerlich und nickte.

Ein tiefes Grollen entfuhr Christopher.

»Ich lasse dein Pferd satteln«, bot Philip an und zog sich eilends zurück.

Christopher blickte starr in Sams hochrotes Gesicht. »Du hättest sie im Bett halten und auf mich warten sollen.«

»Ich kann von Glück sagen, dass ich dir überhaupt Meldung erstatten kann!« Sam streckte verteidigend die Hände aus. Die Krempe seines Huts hatte er in der Faust zerdrückt. »Als wir sie in ihr Gasthaus zurückbrachten, geriet der Ire vollkommen außer sich.« Er kratzte sich wie wild am Kopf und stieß hervor: »Er hat Tim völlig eingeschüchtert. Ich kann dir sagen, Tim quiekte nur noch, dabei könnte er sonst dem Teufel ins Auge blicken und lachen!«

»Quinn war nicht bei dem Angriff dabei?«

Sam schüttelte den Kopf.

Christopher ballte die Fäuste und verließ so schnell das Zimmer, dass Sam zur Seite springen musste. Er durchquerte die Halle und blieb an der Tür zum Salon stehen, wo ein Dutzend seiner Männer Karten spielten. »Kommt mit«, sagte er, bevor er weiterging.

Die Männer sprangen sofort auf und folgten ihm.

Er nahm Umhang und Hut und riss die Eingangstür auf. Kurz darauf saß er schon auf seinem Pferd, und die anderen galoppierten von den Stallungen herbei, in der immer Pferde für sie gesattelt standen, damit sie jederzeit aufbrechen konnten.

Als sie von St. Giles nach Mayfair ritten, bevölkerten erst Bettler und Huren und dann Händler und Fußgänger die Straße, doch alle riefen ihm laut nach und schwenkten jubelnd Hüte und Arme. Christopher tippte sich daraufhin grüßend an die Hutkrempe, war allerdings mit den Gedanken ganz bei Maria.

Später, wenn er sich vergewissert hatte, dass es ihr gut ging, würde er sich von jedem einzelnen seiner vier Männer alles bis ins letzte Detail schildern lassen. Sie würden den Vorfall eingehend besprechen, bis ermittelt war, wer wo welchen Fehler gemacht hatte. Die anderen Männer würden mithören, damit der Fehlschlag ihnen wenigstens eine Lehre war. Aber die vier würden wahrscheinlich nie wieder eine so wichtige Aufgabe übertragen bekommen.

Andere in seiner Position würden zu brutaleren Disziplinierungsmaßnahmen greifen, doch ein verletzter Mann war weniger nützlich als ein unversehrter. Und ein Verlust von Privilegien würde genauso wirksam sein. Wenn Gewalt notwendig war, dann war sie eben notwendig, aber er brauchte sie nicht, um seine Untergebenen zu kontrollieren.

An Lady Winters Stadthaus angekommen, stieg er vom Pferd, während zwei seiner Männer die aufgeschreckten Stallburschen in Schach hielten. Er verschaffte sich Eintritt ins Haus, indem er einfach an dem empörten Butler vorbeistürmte und ihm Hut und Handschuhe in die Hand drückte, bevor er, zwei Stufen auf einmal nehmend, die Treppe hinaufrannte.

Zwar war die Zeitspanne zwischen der Meldung, dass Maria verwundet worden war, und seiner Ankunft in ihrem Schlafzimmer bemerkenswert kurz, doch ihm nicht kurz genug. Er stieß die Tür zu ihrem Zimmer im gleichen Augenblick auf, als Quinn von seinem Zimmer aus das gemeinsame Wohnzimmer betrat.

»Ich schwör's«, brüllte der Ire, »einen Schritt in dieses Zimmer, und ich bringe Sie mit meinen bloßen Händen um!«

Christopher winkte nur lässig seinen Männern, die ihm auf dem Fuße folgten. »Kümmert euch darum«, sagte er gedehnt und schloss das darauf folgende Handgemenge aus, indem er die Tür zudrückte.

Er holte tief Luft und sog Marias Duft ein. Dann schob er den Türriegel vor und erkannte erstaunt, dass er Hemmungen hatte, sich umzudrehen und sie anzusehen. Der Gedanke, dass sie verletzt war, hatte eine seltsame Wirkung auf seine Gemütsruhe.

»Sie können sich glücklich schätzen, dass ich zu erschöpft bin, Sie in Ihre Schranken zu weisen, Mr. St. John.«

Er lächelte, als er ihre kehlige Stimme hörte. Sie war schwach, forderte ihn aber dennoch heraus. Er wandte sich um und sah sie, verloren in ihrem großen Bett, die olivfarbene Haut bleich und ihr Gesicht schmerzverzerrt. In ihrem spitzengesäumten dünnen Baumwollhemdchen wirkte die berüchtigte Lady Winter so unschuldig wie ein Schulmädchen.

Seine Eingeweide verkrampften sich.

»Christopher«, korrigierte er sie heiser und räusperte sich, um das verräterische Kratzen loszuwerden. Er streifte seinen Rock ab und brauchte einen Moment, um sich zu sammeln.

»Machen Sie es sich bequem«, flüsterte sie. Sie ließ ihn nicht aus den Augen.

»Danke.« Er hängte den Rock über die Rückenlehne eines Sessels, kam zu ihr und nahm auf der Bettkante Platz.

Sie wandte den Kopf, um ihn weiterhin anblicken zu können. »Sie sehen nicht besonders gut aus.«

»Ach ja?« Er zog beide Augenbrauen in die Höhe. »Ich finde, ich sehe viel besser aus als Sie.«

Sie zog einen Mundwinkel in die Höhe. »Unsinn. Sie sind zwar ganz hübsch, aber ich bin viel hübscher.«

Er lächelte und nahm ihre winzige Hand in seine. »Dem kann ich nicht widersprechen.«

Ein lautes Krachen im Nebenzimmer, gefolgt von einem Fluch, ließ sie zusammenzucken. »Ich hoffe, Sie haben genügend Männer da draußen. Simon ist in übler Stimmung, und ich habe schon gesehen, wie er allein eine kleine Armee erledigt hat.«

»Vergessen Sie ihn«, erwiderte er knapp. »Ich bin hier. Denken Sie an mich.«

Ihr fielen die Augen zu. Ihre zarten Lider waren von winzigen dunklen Äderchen durchzogen. »Seit ein paar Tagen tue ich nichts anderes.«

Diese Feststellung verblüffte ihn und verwirrte ihn auch, wusste er doch nicht, ob er ihr glauben sollte oder nicht. Was ihn zu der

Frage führte, wie er es empfinden würde, wäre sie wahr. Mit gerunzelter Stirn sah er sie an. »Sie haben an mich gedacht?«

Unwillkürlich streckte er die Hand aus und strich ihr ein paar Strähnen ihres gelösten Haars hinter die Ohren. Dann verweilten seine Fingerspitzen an ihrer Wange und strichen federleicht über ihre samtweiche Haut. Die Zärtlichkeit, die er empfand, brachte ihn aus der Fassung. Am liebsten wäre er aufgestanden, aus dem Zimmer marschiert und in sein Haus geflohen, wo alles vertraut war und wie ein Uhrwerk funktionierte.

»Habe ich das laut gesagt?«, murmelte sie leicht nuschelnd. »Wie dumm von mir. Achten Sie nicht auf mich. Es liegt sicher am Laudanum.«

Die Rücknahme ihres Geständnisses weckte in ihm den Drang, sich ihr zu nähern. Er lehnte sich zu ihr und verharrte erst, als seine Lippen nur noch Zentimeter von ihren entfernt waren. Der Duft ihrer Haut war so durchdringend, dass sich seine Lenden zusammenzogen.

»Wagen Sie es«, hauchte sie und forderte ihn selbst noch in ihrem angeschlagenen Zustand heraus.

Er lächelte angesichts ihrer Provokation, woraufhin sie ebenfalls lächelte. Mit tiefer Befriedigung registrierte er, dass er ihren Schmerz ein wenig lindern konnte.

»Ich warte auf Sie«, murmelte er.

Maria zögerte leicht, aber schließlich bewegte sich ihr Kopf kaum merklich und überwand die winzige Distanz zwischen ihnen, bis sich ihre Lippen sanft auf seine drückten. Der sanfte, unschuldige Kuss ließ ihn erstarren, reglos saß er da, während sein Herz anfing zu rasen.

Dann fuhr er mit der Zunge über die Kontur ihrer Lippen – er konnte nicht anders – und kostete den Geschmack von Opium,

Brandy und ihr selbst. Aufkeuchend öffnete sie sich seinem sanften Vorstoß und umklammerte seine Hand. Als sie sich mit ihrer Zungenspitze vorwagte, stöhnte Christopher auf.

Noch in ihrem hilflosen Zustand überwältigte sie ihn.

Da fuhr ihre freie Hand zwischen seine Beine und streichelte mit ihren schlanken Fingern seinen steifen Schwanz. Er zuckte heftig zurück, und seinen zusammengebissenen Zähnen entfuhr ein Fluch.

Sie schrie leise auf, weil die Erschütterung seiner Bewegung ihr Schmerzen bereitete.

»Maria, verzeih mir«, sagte er vertraulich. Zerknirscht hob er ihre Hand an seine Lippen. »Warum berührst du mich so, wenn du zu derlei Aktivitäten gar nicht in der Lage bist?«

Sie brauchte einen Augenblick, um zu antworten. Offenbar musste sie sich erst von seinem unwillkürlichen Stoß erholen, denn sie hatte die Augen zugekniffen. Nun war auch endlich sie so weit, ihn mit Du anzusprechen. »Du hast nicht gesagt, dass du während unserer Trennung an mich gedacht hast. Ich wollte es wissen.«

Im Nebenraum hörte man Glas klirren, und dann schlug etwas Schweres gegen eine Wand. Quinn brüllte, und ein anderer schrie ebenfalls auf.

Christopher knurrte leise. »Reicht dir meine heutige Belagerung nicht als Beweis meiner Sehnsucht?«

Als sich ihre Lider hoben, sah er in ihren Augen einen bodenlosen Schmerz, der weitaus mehr als ihrer Verwundung zu gelten schien. Es war nackte, alles durchdringende Hoffnungslosigkeit.

»Mit Belagerungen besiegt man einen Feind«, sagte sie nur. »Obwohl deine Eile tatsächlich schmeichelhaft ist.«

»Und der Kuss?«, fragte er. »Was sollte der?«

»Sag du es mir.«

Schwer atmend, blickte er sie an. Frustriert über seine Unbeherrschtheit, stand Christopher auf und fing an, im Zimmer auf und ab zu gehen – etwas, was er sonst nie tat!

»Möchtest du etwas Wasser?«, fragte er kurz darauf.

»Nein. Geh weg.«

Abrupt blieb er stehen. »Wie bitte?«

»Du hast mich schon verstanden.« Maria wandte den Kopf und schmiegte ihre Wange ans Kissen. »Geh. Weg.«

Da gab Christopher seinem Drang zu fliehen nach und ging zu seinem Rock. Dieses Hin und Her hatte er nicht nötig. Er war kein Mann, der um Frauen kämpfte. Entweder sie wollten ihn, oder sie wollten ihn nicht,

»Ich weiß nicht, wie ich es finden soll, dass du mir Männer nachgeschickt hast«, murmelte sie.

Seine Hand verharrte über dem Rock. »Du könntest dankbar sein?«, schlug er vor.

Sie winkte ab.

Das traf ihn. Da hatte er ungeduldig auf ihre Rückkehr gewartet, und bloß weil er keine Plattitüden von sich gab, schickte sie ihn weg!

»Ich habe an dich gedacht«, grummelte er.

Zwar öffnete sie die Augen nicht, zog aber ihre dunklen Augenbrauen in die Höhe. Nur Maria konnte mit dieser winzigen Bewegung eisige Geringschätzung ausdrücken.

Weil er das Gefühl hatte, unnötig etwas von sich preisgegeben zu haben, fügte er hinzu: »Ich hatte gehofft, nach deiner Rückkehr würden wir ein, zwei Tage im Bett verbringen; allerdings hatte ich mir etwas anderes vorgestellt als dies hier. Etwas mit mehr Bewegung.«

Jetzt lächelte sie wissend, so als verstünde sie sein Bedürfnis, sein Geständnis auf rein körperliche Lust zu reduzieren. »Wie oft?«

»Wie oft wir miteinander schlafen wollen? So oft, wie es mir möglich sein sollte.«

Sie lachte leise. »Wie oft hast du an mich gedacht?«

»Zu oft«, knurrte er.

»War ich nackt?«

»Meistens.«

»Ah ja.«

»Wie oft war ich nackt?«, fragte er heiser, weil die Vorstellung davon, wie sie an ihn gedacht haben mochte, schon wieder sein Verlangen weckte.

»Die ganze Zeit. Offenbar bin ich lüsterner als du.«

»Ich glaube, viel wahrscheinlicher ist, dass wir einander ebenbürtig sind.«

Maria öffnete ein Auge und sah ihn an. »Hmmm ...«

Er ließ seinen Rock, wo er war, und kehrte zu ihr zurück. »Wer ist diese Gouvernante, die du um jeden Preis finden wolltest?« Er setzte sich wieder an ihr Bett mit den schwarzen Samtvorhängen und nahm erneut ihre Hand. Da bemerkte er, wie kurz ihre Nägel waren – ganz anders als in ihrer gemeinsamen Nacht, als sie ihm damit den Rücken zerkratzt hatte. Er fuhr mit dem Daumen darüber.

»Nicht sie ist es, die ich unbedingt finden wollte.«

»Ach nicht?« Christopher hob den Blick und betrachtete forschend ihr bleiches Gesicht. Selbst mit ihrer kränklichen Farbe fand er sie hinreißend schön. Natürlich kannte er viele schöne Frauen, doch er konnte sich keine vorstellen, die derartige Schmerzen mit solcher Stärke und Anmut trug. »Wen dann?«

»Hast du deine Männer nicht befragt?«

»Dazu war keine Zeit.«

»Jetzt bin ich wirklich geschmeichelt«, sagte sie gedehnt, und ihr

Lächeln traf ihn wie ein Schlag. Hatte er sie jemals so lächeln sehen? Er konnte sich nicht erinnern.

»Ich frage jetzt dich.«

»Dieses Braun steht dir sehr gut.« Ein zweites Mal berührte sie sein Bein und strich ihm über die Hose. Unter ihren Fingerspitzen spannten sich seine Muskeln an. »Du kleidest dich wirklich ansprechend.«

»Aber nackt sehe ich besser aus«, bemerkte er.

»Ich wünschte, das könnte ich auch von mir behaupten.«

»Maria«, sagte er mit leiser Stimme ernst und umfasste ihre Hand fester, »erlaube mir, dich bei deinen Bemühungen zu unterstützen.«

Jetzt gewährte sie ihm ihre volle Aufmerksamkeit. »Warum?«

Weil ich dich verraten muss. Weil ich meine Schuld wiedergutmachen will, bevor ich es tue. »Weil ich dir helfen kann.«

»Warum solltest du mir helfen wollen, Christopher? Was hast du davon?«

»Muss ich denn etwas davon haben?«

»Das denke ich schon«, erwiderte sie und zuckte zusammen, als ein heftiger Stoß gegen die Schlafzimmertür die Scharniere knirschen ließ.

»Maria!«, brüllte Simon durch die Tür, aber unmittelbar darauf hörte man einen dumpfen Schlag und ein Keuchen.

Christopher musste zugeben, dass die Ausdauer dieses Mannes ihm imponierte.

»Sie werden ihm doch nicht wehtun, oder?«, fragte sie besorgt. »Ein bisschen Herumtollen ist eine Sache, aber mehr dulde ich nicht!«

Ihre Sorge um ihn machte ihn wütend.

»Alles, was ich von dir will«, sagte er gepresst, »ist das, was ich bereits von dir verlangte: Ich will, dass du mir zur Verfügung stehst. Keine Ausflüchte, kein Ausweichen. Ich will dich, wenn ich dich will, nicht erst eine Woche später und dann zu krank, um dich mit mir zu befassen.«

»Vielleicht lehne ich dann doch lieber ab und kümmere mich um meine eigenen Angelegenheiten.«

Er schnaubte. »Vielleicht hätte ich dir das geglaubt, wenn du mir nicht gestanden hättest, dass du an mich gedacht hast.«

»Ich bin keine Konkubine.«

»Ich biete dir das Gleiche wie du mir. Ich komme, wann immer du nach mir verlangst. Ist das Arrangement damit für dich akzeptabler?«

Maria strich ihm mit den Fingerspitzen über die Handfläche. Es war eine unschuldige, fast unwillkürliche Liebkosung. Ihr Blick war ausdruckslos, ihre Aufmerksamkeit auf etwas anderes gerichtet. Besorgt biss sie sich auf die Unterlippe. Er streckte seine freie Hand aus und strich mit dem Daumen darüber.

»Als wir uns im Theater das erste Mal trafen, hast du von einer Agency gesprochen«, erinnerte sie ihn. Ihr Atem fuhr heiß über seine Haut.

»Von *der* Agency.« Christopher kämpfte gegen den Drang, ihr zu befehlen, nichts zu sagen, nichts preiszugeben, was er gegen sie verwenden konnte.

»Ist es das, was hinter deinem Angebot steht?« Sie legte den Kopf schräg und betrachtete ihn forschend. »Abgesehen davon, dass ich dir das Bett wärmen soll, brauchst du mich zu irgendeinem geheimen Zweck?«

»Teilweise.« Jetzt fuhr er ihr mit dem Daumen über die Wange. »Ich will dich wirklich, Maria. Und ich will dir helfen.«

Seufzend schloss sie wieder die Augen. »Ich bin müde, Christopher. Es war ein harter Tag in diesem Zustand. Ich denke später über dein Angebot nach.«

»Warum bist du das Risiko eingegangen zurückzukehren?« Er spürte, dass sie nicht nur müde war. Sie wirkte entmutigt und tieftraurig.

Blinzelnd öffnete sie die Augen und klammerte sich an seine Hand, als wollte sie ihm etwas Dringendes sagen. »Welton weiß nichts von meinen … Interessen oder Reisen. Wenn du mir wirklich helfen willst, hätte ich etwas für dich.«

»Was kann ich für dich tun?«

»Wo warst du am Abend vor zwei Tagen, als ich verwundet wurde?«

Er war bei Emaline gewesen und hatte sich zu überzeugen versucht, dass eine Frau wie die andere war. Doch er würde verdammt sein, wenn er das zugäbe. Also sah er sie nur finster an.

»Ist dein Verbleib in jener Nacht allgemein bekannt?«, versuchte sie es von Neuem.

Voller Schuldgefühle – einer Regung, die ihn so selten überkam, dass er sie erst mit Verzögerung erkannte – sagte er heiser: »Nein.«

»Würdest du, wenn man dich fragte, behaupten, ich sei bei dir gewesen?«

»Hm … das könnte ich. Es bedürfte aber einiger Überredungskünste.«

»Wenn du bei einer anderen warst, bin ich nicht geneigt, dich zu irgendetwas zu überreden. Dann suche ich mir ein anderes Alibi.«

»Bist du eifersüchtig?« Er lächelte, weil Wärme ihn durchströmte.

»Sollte ich das?« Maria schüttelte den Kopf. »Vergiss es. Männer mögen keine eifersüchtigen Frauen.«

»Das stimmt.« Christopher drückte ihr einen keuschen Kuss auf die Lippen, den er vertiefte, als sie sich nicht zurückzog. Im Gegenteil: Sie erschauerte und öffnete ihren Mund. Sofort fing sein Blut an zu simmern, und er stieß tief mit seiner Zunge in sie. Obwohl sie verletzt war und Schmerzen hatte, ließ sie ihn gewähren, weil sie ihm nicht widerstehen konnte.

Er flüsterte, die Lippen an ihrem Mund: »Aber dieser Mann würde eine eifersüchtige Maria mögen.«

Ein Klopfen an der Tür, die zum Flur führte, riss sie auseinander.

»Lass«, sagte er, als sie schon den Mund öffnete. »Ich werde mich nützlich machen.«

Er stand auf, ging zur Tür und öffnete sie. Davor stand ein verlegen wirkender Tom.

»Lord Welton ist im Salon«, erklärte er. »Philip hat nach dir gefragt.«

Sofort war Christopher auf der Hut. Zwar blieb seine Miene ausdruckslos, doch er überlegte fieberhaft. Er nickte, ging zurück ins Zimmer und holte seinen Rock.

»Was ist denn?«, fragte Maria mit besorgt aufgerissenen Augen. »Ist mit Simon alles in Ordnung?«

Er brauchte einen Moment, um seinen Drang zu unterdrücken, ihr eine unhöfliche Antwort zu geben. »Ich kümmere mich um ihn, aber sag mir eines: Wenn ich an Quinns Stelle wäre, wärst du dann auch so besorgt?«

»Bist du etwa eifersüchtig?«

»Sollte ich das?«

»Ja. Ich hoffe, daran hast du zu knacken.«

Ein Lachen entfuhr ihm – teilweise aus echtem Amüsement, teilweise aus Selbstverachtung, weil er so von einer buchstäblich männermordenden Frau angetan war. Als sie ihn erneut anlächelte, resignierte er und hoffte nur noch, seine Faszination für sie würde bald schwinden.

»Gib mir einen Augenblick, um mich um eine kleine Störung zu kümmern, meine schöne Wilde«, murmelte er und warf seinen Rock über. »Dann sprechen wir weiter über die Bedingungen unserer Verbindung. Und ich sehe nach Quinn.«

Sie nickte, und er verschwand durch die Tür zum Wohnzimmer. Auf der Schwelle hielt er kurz inne, um das verwüstete Zimmer und den an einen Stuhl in der Ecke gefesselten und geknebelten Iren in Augenschein zu nehmen. Dieser stöhnte wütend auf und trat wild um sich, als er Christopher erblickte. Als er, vom Stuhl gebückt, aufsprang, drückten ihn zwei von Christophers zerzausten und ramponierten Männern wieder nach unten.

»Geht vorsichtig mit ihm um, Jungs«, mahnte Christopher trocken und bemerkte, dass in dem verwüsteten Zimmer ein halbes Dutzend Männer in unterschiedlich angeschlagenem Zustand herumlagen. »Die Lady besteht darauf, obwohl mir ihre Befürchtungen unbegründet erscheinen.«

Er schaffte es, sein Lachen zu unterdrücken, bis er die Treppe erreicht hatte. Dann ließ er ihm bis zur Eingangshalle freien Lauf. Glücklicherweise war die untere Etage in wesentlich besserem Zustand als die obere.

Philip erwartete ihn an der untersten Stufe. »Ich habe die Haushälterin in den Salon geschickt, um mit Lord Welton zu reden«, erklärte der junge Mann und führte Christopher ins Studierzimmer. »Sie hat ihm gesagt, dass die Lady indisponiert ist, aber das hat er offenbar nicht gut aufgenommen. Die Haushälterin hat nach dir verlangt.«

Christopher wandte sich zu der Frau, die hoch aufgerichtet und stolz am vorderen Fenster stand. »Was kann ich für Sie tun, Mrs. …?«

»Fitzhugh«, antwortete sie und hob leicht das Kinn. Ihr von den Küchendämpfen gelocktes graues Haar umgab ein faltiges, aber immer noch hübsches Gesicht. »Er hat gefragt, ob sie krank oder verletzt ist. Ich kann ihn nicht leiden, Mr. St. John. Er schnüffelt.«

»Verstehe. Kann ich also davon ausgehen, dass er lieber nicht vom Zustand Ihrer Lady erfahren soll?«

Sie nickte grimmig und umklammerte mit ihren geröteten Händen die Schürze. »Lady Winter hat mir strikte Order gegeben.«

»Dann schicken Sie ihn weg.«

»Das kann ich nicht. Er bezahlt die Rechnungen.«

Christopher hielt inne. Sein unterschwelliger Verdacht, dass irgendwas nicht stimmte, wurde nun zur Gewissheit. Maria sollte eigentlich ihr eigenes Auskommen haben und nicht vom Geld ihres Stiefvaters abhängig sein. Er schoss Philip einen Seitenblick zu, der ihm mit einem Nicken zu verstehen gab, dass er begriffen hatte. Diese Angelegenheit würde gründlich untersucht werden.

»Haben Sie irgendwelche Vorschläge?«, fragte Christopher und wandte damit seine Aufmerksamkeit wieder zu Mrs. Fitzhugh. Er betrachtete sie forschend.

»Ich hab gesagt, dass Sie kommen. Dass Sie erwartet würden und Lady Winter indisponiert ist.«

»Hmmm … verstehe. Also sollte ich vielleicht zur festgesetzten Zeit erscheinen, ja?«

»Sie wollen doch nicht zu spät kommen«, bestätigte sie.

»Natürlich nicht. Dann gehen Sie bitte in die Eingangshalle, Mrs. Fitzhugh.«

Die Haushälterin eilte hinaus, und Christopher sah Philip mit hochgezogenen Augenbrauen an. »Schick nach Beth. Ich will sie heute Abend sprechen.«

»Ich kümmere mich darum.«

Christopher verließ den Raum und ging die kurze Strecke zum Salon, wo er hinter Mrs. Fitzhugh eintrat, als wäre er gerade erst eingetroffen. Er täuschte Überraschung vor. »Guten Tag, Mylord.«

Lord Welton, der sich gerade ein Glas einschenkte, blickte hoch und riss die Augen auf. Seine Miene verriet Befriedigung, die jedoch sofort unterdrückt wurde. »Mr. St. John.«

»Ein schöner Tag für einen Besuch, Mylord«, sagte Christopher glatt, während ihm der prächtige Aufzug des anderen ins Auge stach. Obwohl der Viscount als lasterhafter Mann verschrien war, wirkte er mit seinen dunklen Haaren und den grünen Augen wie der Inbegriff von Gesundheit und Vitalität. Er sah aus wie ein Mann, der sich seiner Stellung in der Welt absolut sicher war und den nichts erschüttern konnte.

»Ja, das finde ich auch.« Weltons Adamsapfel bewegte sich, als er krampfhaft schluckte, dann sagte der Lord: »Obwohl ich gehört habe, dass meine Stieftochter unpässlich ist.«

»Ach ja? Als ich sie vor zwei Tagen abends sah, wirkte sie völlig gesund.« Er seufzte in gespielter Enttäuschung. »Vielleicht will sie unsere Pläne für heute Nachmittag absagen. Dann wäre ich am Boden zerstört.«

»Vor zwei Tagen, sagen Sie?«, fragte Welton und runzelte argwöhnisch die Stirn.

»Ja. Nachdem wir einander auf einer Wochenendgesellschaft bei den Harwicks flüchtig vorgestellt wurden, erwies sie mir die Güte, meine Einladung zu einem Diner anzunehmen«, erwiderte Christopher mit einem Hauch männlicher Befriedigung in der Stimme.

Das entging Lord Welton nicht. Er lächelte selbstgefällig. »Ah ja, also sind wohl die Gerüchte, wie meist, aus der Luft gegriffen.« Er leerte sein Glas und stellte es auf dem Tisch neben sich ab, dann stand er auf. »Bitte grüßen Sie sie von mir. Ich möchte Ihre Verabredung nicht stören.«

»Einen schönen Tag noch, Mylord«, antwortete Christopher mit einer angedeuteten Verneigung.

Welton grinste. »Den habe ich bereits.«

Christopher wartete, bis die Haustür sich hinter ihm geschlossen hatte, dann kehrte er ins Studierzimmer zurück. »Jemand soll ihm folgen«, wies er Philip an.

Dann ging er wieder hinauf zu Maria.

Robert Sheffield, Viscount Welton, ging die wenigen Stufen zur Straße hinunter und hielt einen Augenblick inne, um an dem Haus hinter sich hochzublicken.

Irgendwas stimmte da nicht.

Sein Instinkt mahnte ihn zur Vorsicht, obwohl alle Fakten für das Gegenteil sprachen: Die Gouvernante hatte geschworen, die Angreifer nicht gekannt zu haben, und St. John versicherte, Maria sei in der betreffenden Nacht mit ihm zusammen gewesen. Aber wer außer Maria sollte hinter Amelia her sein? Und wer sonst würde so kühn sein? Amelias Behauptung, die Angreifer seien Unbekannte gewesen, hätte er keinen Glauben geschenkt, wenn die Gouvernante dies nicht bestätigt hätte. Und sie hatte keinen Grund, denjenigen anzulügen, der für ihre Dienste bezahlte.

Robert blieb vor der offenen Kutschentür stehen und sah den Kutscher an. »Bringen Sie mich zu White's.«

Er schwang sich ins Innere, lehnte sich gegen die Rückenlehne der Sitzbank und erwog alle Möglichkeiten. Maria konnte Männer zu Amelia geschickt haben, um sich selbst mit St. John zu treffen. Aber woher sollte sie das Geld dafür haben?

Er rieb sich über die Nasenwurzel, weil sich leise Kopfschmerzen bemerkbar machten. Ehrlich, das ewige Hin und Her war so lächerlich! Das Weib sollte ihm dankbar sein. Er hatte sie davor bewahrt, auf dem Land ein elendes Dasein zu fristen, und ihr stattdessen reiche und adlige Ehemänner verschafft. Sie verdankte ihm ihr luxuriöses Haus und die schönsten Kleider, um die sie alle beneideten. Doch hatte sie es ihm je gedankt?

Nein. Daher würde er sie als Hauptverdächtige im Hinterkopf behalten, andererseits war er kein Narr. Es bestand durchaus die Möglichkeit, dass jemand einen Groll gegen ihn hegte, jemand, der wusste, dass Amelia sein Kapital war. Es widerstrebte ihm zutiefst, Geld für eine wahrscheinlich nutzlose Suchaktion aufzuwenden, die er sonst für sein Vergnügen hätte ausgeben können. Doch was blieb ihm anderes übrig?

Robert seufzte, weil ihm klar wurde, dass er mehr Geld brauchte, wenn er seinen gegenwärtigen Lebensstandard beibehalten wollte. Und das bedeutete, er musste einen großzügigen Bewunderer für Maria finden.

# Kapitel 8

»Amelia, wein doch nicht mehr. Ich flehe dich an.«

Amelia zog sich die Damastdecke noch weiter über den Kopf. »Gehen Sie weg, Miss Pool. Bitte!«

Neben ihr sank etwas Schweres auf die Matratze, und dann spürte sie eine Hand auf ihrer Schulter. »Amelia, es bricht mir das Herz, wenn ich dich so verzweifelt sehe.«

»Was sollte ich denn sonst empfinden?« Schniefend zog sie die Nase hoch. Ihre Augen brannten, und ihr Herz war gebrochen. »Haben Sie gesehen, was sie auf sich genommen hat? Wie sie gekämpft hat, um zu mir durchzukommen? Ich glaube meinem Vater nicht. Nie mehr.«

»Lord Welton hat keinen Grund, dir Lügen zu erzählen«, beschwichtigte Miss Pool sie und strich ihr über den Rücken. »Lady Winter hat wirklich einen etwas … besorgniserregenden Ruf, und du hast ihren Aufzug und die Männer, die bei ihr waren, gesehen. Mir scheint, dein Vater hat recht.«

Amelia warf die Decke zurück, setzte sich auf und starrte ihre Gouvernante finster an. »Ich habe ihr Gesicht gesehen. So sieht keine Frau aus, die sich dafür bezahlen lässt, mir fernzubleiben. Sie sah nicht aus wie ein gewissenloses Ungeheuer, das aus mir eine Kurtisane machen will – oder welchen Unsinn mein Vater sonst so erzählt.«

Miss Pool runzelte die Stirn, und ihre hellblauen Augen unter den blonden Brauen füllten sich mit Verwirrung und Sorge.

»Wenn ich gewusst hätte, dass sie deine Schwester ist, hätte ich sie nicht daran gehindert, mit dir zu sprechen. Aber ich sah nur einen jungen Mann auf dich zustürzen. Ich dachte, er wäre ein liebestoller Bauernbursche.« Sie seufzte. »Wenn ihr miteinander geredet hättet, würdest du vielleicht deine Illusionen über ihre Charakterstärke aufgeben. Außerdem weiß ich nicht, ob es so klug war, Lord Welton anzulügen.«

»Danke, dass Sie meinem Vater nichts gesagt haben.« Amelia nahm die Hand ihrer Gouvernante und drückte sie. Der Kutscher und die Lakaien hatten ebenfalls Stillschweigen bewahrt. Da sie schon seit Urzeiten bei ihr waren, hatten sie sie ins Herz geschlossen – nicht so sehr, dass sie sie fliehen ließen, aber doch so, dass sie versuchten, sie so glücklich wie möglich zu machen. Außer der Stallbursche Colin, Objekt ihrer Begierde, der ihr entweder aus dem Weg ging oder sie finster anstarrte.

»Du hast mich angefleht«, seufzte Miss Pool, »und ich war nicht stark genug, es dir zu verweigern.«

»Es schadet doch niemandem, wenn er nichts davon weiß. Ich bin doch hier in Lincolnshire, zusammen mit Ihnen.« Tief in ihrem Inneren hegte Amelia den starken Verdacht, dass sich ihr ganzes Leben ändern würde, sollte ihr Vater von Marias Bestrebungen erfahren. Und zwar nicht zum Besseren.

»Ich lese auch Zeitungen, Amelia. Lady Winters Lebensstil ist nicht gerade förderlich für die Erziehung einer Dame. Selbst wenn alles, was dein Vater gesagt hat … nun, übertrieben war – was ich nach dem, was ich gesehen habe, bezweifle –, musst du doch zugeben, dass sie kaum einen guten Einfluss auf dich hätte.«

»Wagen Sie es nicht, Maria zu beleidigen, Miss Pool«, sagte Amelia schroff. »Weder Sie noch ich kennen sie gut genug, um sie in den Schmutz zu ziehen.«

Amelia brach die Stimme, als sie wieder an den hünenhaften Schläger dachte, der Maria zu Boden geworfen und mit einem Messer durchbohrt hatte. Tränen hingen ihr an den Wimpern und benetzten dann die Blumen ihres Musselinkleides. »Lieber Gott, ich hoffe, es geht ihr gut.«

Die ganze Zeit hatte sie geglaubt, ihr Vater würde sie vor Maria schützen. Doch jetzt wusste sie gar nichts mehr – außer, dass in der Stimme ihrer Schwester eine verzweifelte Sehnsucht gelegen hatte, die man unmöglich vortäuschen konnte.

Miss Pool zog sie enger an sich und bot ihr eine Schulter zum Ausweinen, die Amelia dankbar annahm. Sie wusste, Miss Pool würde nicht lange bei ihr bleiben. Ihr Vater tauschte ihre Gouvernante bei jedem Ortswechsel aus, der mindestens zweimal im Jahr stattfand. In ihrem Leben war nichts von Dauer. Weder dieses neue Haus mit den entzückenden Gartenwegen noch dieses schöne Zimmer mit der Blumentapete in ihrem Lieblingsrosa.

Dann stockte sie.

Geschwister waren von Dauer.

Zum ersten Mal seit Jahren wurde ihr bewusst, dass sie keine Waise war. Dass es jemanden auf der Welt gab, der bereit war, sein Leben für sie zu geben.

Maria hatte Kopf und Kragen riskiert, nur um mit ihr zu sprechen. Im krassen Gegensatz zu ihrem Vater, von dem sie nur über Dritte hörte.

Plötzlich hatte sie das Gefühl, etwas, worauf sie gewartet hatte, wäre endlich eingetreten – obwohl sie nicht wusste, warum. Sie würde darüber nachdenken, es herausfinden müssen und dann entscheiden, was sie damit anfangen wollte. Nach Jahren, in denen ein Tag ereignislos in den nächsten überging, war ihr ein Geheimnis enthüllt worden, das ihr Hoffnung auf ein Ende ihrer Einsamkeit gab.

Die Tränen, die sie nun vergoss, waren Tränen der Erleichterung.

Maria starrte auf den Baldachin über ihr und versuchte, genügend Kraft aufzubringen, um sich gegen den Schmerz bei jedweder Bewegung zu wappnen. Sie musste unbedingt zu Simon. Sie wusste, dass er in der Lage war, sich um sich selbst zu kümmern. Doch sie wusste auch, dass er sich Sorgen um sie machen würde, und sie konnte nicht dulden, dass er sich unnötig beunruhigte.

Gerade wollte sie aus dem Bett gleiten, als die Tür zum Flur aufging und St. John zurückkam. Wieder stockte ihr bei seinem Anblick der Atem. Zugegeben, er sah geradezu überirdisch gut aus, am meisten zog sie allerdings sein unerschütterliches Selbstbewusstsein an. Simon war ähnlich, aber bei Christopher war dieses Selbstbewusstsein anders gelagert. Simon explodierte vor irischer Leidenschaft, Christopher hingegen konzentrierte sich und wurde dadurch noch gefährlicher.

»Eine Bewegung, und ich leg dich übers Knie«, sagte er jetzt mit seiner kratzigen Stimme.

Unwillkürlich musste sie lächeln, doch sie unterdrückte es. Der gefürchtete Pirat benahm sich wie eine Glucke. Das fand sie ziemlich charmant. Es glich sein ansonsten eher herrisches und schroffes Benehmen aus. Sie sah, dass sie ihn aus der Fassung brachte. Es war ein schlichtes Vergnügen, ihn zu provozieren, zu wissen, dass sie in der Lage war, seine Fassade zu durchdringen.

»Ich muss Simon zeigen, dass es mir gut geht.«

Ein leises Grollen drang zu ihr, dann marschierte er zur Verbindungstür, öffnete sie und sagte laut: »Lady Winter geht es gut. Haben Sie das gehört, Quinn?«

Ächzen und unverständliches Brummeln waren die Reaktion.

Christopher wandte sich zu ihr und fragte ziemlich arrogant: »Bist du jetzt zufrieden?«

»Simon, Liebster?«, rief sie und zuckte zusammen, weil ein brennender Schmerz ihre Schulter durchfuhr.

Daraufhin krachte ein Stuhl auf den Boden.

Christopher stand da und wartete mit hochgezogener Augenbraue.

»Musst du ihn unbedingt zurückhalten?«

Daraufhin zog er die zweite Augenbraue in die Höhe.

»Ich habe das Gefühl, ich müsste etwas unternehmen, um ihn zu retten«, murmelte sie und biss sich auf die Unterlippe.

Christopher knallte die Tür zu, streifte sich seinen Rock ab und kehrte zu seinem Platz an ihrem Bett zurück. Sie bemerkte, wie seine Kleider ihn einzuengen schienen. Unwillkürlich überkam sie die Vorstellung, wie er nur in Hemd und Hose auf dem Deck eines seiner Schiffe stand, und sie erschauerte.

Er zog einen Mundwinkel hoch, als hätte er ihre Gedanken gelesen. »Ich hege keinerlei Wunsch, es ihm leicht zu machen. Schließlich hätte er auf dich aufpassen müssen und hat versagt.«

»Er wusste nichts von meiner Unternehmung.«

»Du hast dich davongeschlichen?«

Sie nickte.

Schnaubend sagte er: »Noch dümmer von ihm, so etwas nicht von dir erwartet zu haben. Er sollte dich doch besser kennen als ich, und selbst ich hätte damit gerechnet, dass du dich heimlich davonschleichst.«

»Ich wäre nicht gegangen, wenn ich es für gefährlich gehalten hätte«, entgegnete sie. Andererseits hätte sie dann Amelia nicht gesehen. Auch wenn das Ergebnis niederschmetternd war, hatte sie doch wieder etwas Hoffnung. Amelia war wohlauf und immer noch in England.

»Wer so lebt wie wir, sollte immer mit Gefahr rechnen, Maria«, sagte er sanft und strich ihr mit dem Daumen über den Handrücken. »Bleib immer wachsam.«

Da sie nicht wusste, wie sie auf seine Sanftheit reagieren sollte, sah sie ausweichend hinauf zum Baldachin.

»Lord Welton war hier.«

Sofort schoss ihr Blick wieder zu ihm. Seine blauen Augen waren unergründlich. Der Mann war perfekt darin, seine Gedanken für sich zu behalten. Sie jedoch war sich fast sicher, dass er ihre Panik bemerkte. »Ach ja?«

»Er dachte, du wärst verwundet worden.«

Maria krümmte sich innerlich.

»Aber ich versicherte ihm, wir hätten zwei Tage zuvor zusammen Abend gegessen und du erfreutest dich bester Gesundheit.«

»Erfreute mich bester Gesundheit«, äffte sie ihn nach.

Christopher neigte sich zu ihr und strich ihr mit der anderen Hand über die Wange. Offenbar hatte er ständig den Drang, sie zu berühren, eine Schwäche, die sie höchst erfreulich fand. Sie hatte sich schon so lange um sich selbst gekümmert, da war es schön, wenn sich mal ein anderer um sie kümmerte.

»Ich habe dir doch gesagt, ich würde dir helfen«, sagte er sanft.

Aber sie spürte, dass sich etwas unter dieser perfekten männlichen Oberfläche versteckte. Mehr als nur Vorsicht in einem neuen Territorium. Bis sie wusste, was es war, konnte sie ihm nicht mal schlichte Geständnisse anvertrauen, ganz zu schweigen von etwas so Wichtigem wie ihre Suche nach Amelia.

So nickte sie nur, um ihm zu verstehen zu geben, dass sie sein Anliegen in Betracht zog. Sie schloss die Augen. »Ich bin wirklich sehr müde.« Ihre linke Körperhälfte pochte vor Schmerz vom Kopf bis zur Hüfte.

Sie spürte, wie er sich noch näher zu ihr neigte, und dann fuhr sein Atem über ihre Lippen. Er würde ihr wieder einen Kuss geben, es würde wieder eine dieser leichten, aber unendlich köstlichen Verschmelzungen geben, die ihr Blut in Wallung brachten. Denn sie genoss diese Küsse, sie gab sich ihnen hin. Er lachte leise, es war ein kehliger Laut, den sie hinreißend fand.

»Kann ich einen Kuss für ein Geheimnis eintauschen?«, fragte er.

Sie öffnete ein Auge. »Du überschätzt deine Küsse.«

Sein Grinsen war atemberaubend. »Vielleicht überschätzt du deine Geheimnisse.«

»Ach, verschwinde«, sagte sie mit einem breiten Lächeln.

Stattdessen küsste er sie, bis ihr Hören und Sehen verging.

»Amelia?«

Christopher machte es sich auf der breiten Fensterbank bequem, legte den Unterarm auf sein angezogenes Knie und blickte hinaus auf seinen Garten. Die Nacht war schon angebrochen, doch sein Haus und das Grundstück waren hell erleuchtet und gut bewacht. Die Hecken waren so geschnitten, dass es keine Verstecke gab. Wie in seinem ganzen Leben war auf seinem Anwesen alles Notwendige vorhanden, aber Annehmlichkeiten oder Extravaganzen hatten keinen Platz darin.

»Ja, das sagte sie.«

»Und das Mädchen antwortete, nicht die Gouvernante? Seid ihr euch da ganz sicher?« Er warf einen Seitenblick auf die vier Männer, die sich ein paar Meter von ihm entfernt aufgestellt hatten.

Sie alle nickten.

»Warum ist niemand der Kutsche nachgeritten?«, fragte er.

Daraufhin verlagerten die vier unbehaglich ihr Gewicht.

Sam räusperte sich und sagte: »Du hast uns befohlen, die Lady zu bewachen. Als sie verletzt war …« Er zuckte unschlüssig die Schultern.

Christopher seufzte.

Als es an der Tür klopfte, rief er: »Herein!« Philip trat ein und verlautbarte mit gewichtiger Stimme: »Lord Sedgewick.«

»Bring ihn rein.« Christopher entließ die vier Männer mit einer Handbewegung, und kurz darauf trat Sedgewick ein. Groß, bleich und angetan mit Spitze, Seide und Juwelen war er der Inbegriff aristokratischer Geckenhaftigkeit. Dass dieser Mann über Christopher befehlen konnte, war lachhaft, geradezu absurd. Dass dieser Mann Maria zur Strecke bringen wollte, war schlichtweg empörend. Und Christopher war kein Mann, den man gegen sich aufbringen wollte.

»Mylord.« Er erhob sich von seinem Platz.

»Wie gefällt Ihnen das Leben ohne Ketten?«, fragte Sedgewick mit spöttischem Lächeln.

»Ich würde nicht so selbstzufrieden sein, Mylord.« Christopher wies auf das grüne Sofa und ließ sich auf das ihm gegenüber sinken. »Ihre Lage ist so prekär wie meine.«

»Ich bin mehr als zuversichtlich, dass meine, wenn auch unorthodoxen Methoden, zu einem erfreulichen Ende führen werden.« Der Earl schnippte seine Rockschöße zurück, bevor er sich niederließ.

»Sie haben einen falschen Zeugen von der Regierung entführt und erzwingen damit meine Kooperation. Wenn die Wahrheit über Ihren Zeugen ans Licht käme, gäbe es einen ziemlichen … Aufruhr.«

Sedgewick lächelte. »Mir ist Ihre Beliebtheit beim Volk durchaus bewusst. Aber mein Zeuge befindet sich in Sicherheit. Wie auch immer, Sie können Ihre Freiheit jederzeit wieder erlangen, sofern Sie mir Lady Winter ausliefern. Ihre Begnadigung unter Vorbehalt sichert Ihnen das zu. Wir warten einfach ab, ob Sie versagen und ins Gefängnis zurückkehren oder Erfolg haben und uns die Dame übergeben. Mir ist jedes Resultat recht. Ich muss allerdings sagen, dass augenblicklich das erste Szenario wahrscheinlicher ist.«

»Ach wirklich?« Christopher musterte den Earl aus zusammengekniffenen Augen. »Und wie kommen Sie zu dieser Schlussfolgerung?«

»Es sind bereits zwei Wochen vergangen, und man hat Sie noch nicht mit Lady Winter gesehen. Anscheinend machen Sie kaum oder gar keine Fortschritte.«

»Der Schein kann trügen.«

»Ich hatte gehofft, Sie würden das sagen. Daher habe ich eine Möglichkeit gefunden, wie Sie beweisen können, dass Sie nicht unsere Zeit verschwenden.« Sedgewick lächelte. »Lord und Lady Campion veranstalten übermorgen einen Maskenball. Sie werden mit Lady Winter dort erscheinen. Ich habe dafür gesorgt, dass Sie erwartet werden.«

»Das ist zu kurzfristig«, wehrte Christopher ab.

»Ich bin bereit, Sie sofort in Haft zu nehmen, sollten Sie nicht erscheinen.«

»Dann viel Glück, Mylord.« Das sagte Christopher zwar leichthin, doch im Innern kochte er.

»Ich kann den Zeugen auch wieder herzaubern«, sagte der Viscount und bauschte die Spitzenmanschetten an seinen Ärmeln. »Für einen angemessenen Preis. Er müsste nur hoch genug sein, um die Angst vor Vergeltungsmaßnahmen zu übertreffen.«

»Einer näheren Überprüfung würde keiner von ihnen beiden standhalten.«

»Wenn Sie erst mal im Gefängnis sitzen, schwinden Ihre Überlebenschancen beträchtlich. Und nach Ihrem Ableben ist uninteressant, ob der Zeuge glaubwürdig war oder nicht.«

Obwohl Christopher sich nichts anmerken ließ, raste er innerlich vor Zorn. Maria war verletzt und litt große Schmerzen. Sie brauchte Zeit, um sich zu erholen. Wie konnte er sie unter diesen Umständen bitten, an einer Abendgesellschaft teilzunehmen?

»Würde eine Korrespondenz als Beweis unserer Verbindung reichen?«, fragte er.

»Nein. Ich will Sie und die Dame zusammen sehen. In Fleisch und Blut.«

»Also dann nächste Woche.« Selbst das würde noch zu kurzfristig sein, aber besser als in zwei Tagen. »Vielleicht bei einem Picknick im Park?«

»Habe ich Ihren Täuschungsversuch entlarvt?«, fragte Sedgewick spöttelnd. »Wenn ich bedenke, dass ich Sie erschreckend nannte! Nun, ich nehme an, selbst ich kann mich ab und zu irren. Ich bin zwar nicht für eine Fahrt nach Newgate gekleidet, aber wenn ich schon einmal hier bin, werde ich wohl eine Ausnahme machen.«

»Sie glauben, Sie könnten mich in meinem eigenen Haus festnehmen lassen?«

»Ich bin nicht unvorbereitet gekommen. In der Gasse bei den Stallungen habe ich ein paar Soldaten und zwei Boten.«

Christopher musste lächeln bei der Vorstellung, dass der Viscount tatsächlich glaubte, er könnte mit Gewalt in St. Johns Haus eindringen. Doch ihm kam auch eine Idee. Wie er gerade noch gesagt hatte, konnte der Schein trügen. Vielleicht würde eine maskierte Angelica als Maria durchgehen. Zumindest konnte man darüber nachdenken.

»Dann sehen Lady Winter und ich Sie in zwei Tagen beim Maskenball der Campions, Mylord.«

»Schön.« Sedgewick rieb sich die Hände. »Ich bin schon ganz außer mir vor Freude.«

»Ich bringe ihn um, Maria.«

Maria bekam Kopfschmerzen davon, Simon unruhig im Zimmer hin und her laufen zu sehen, daher schloss sie die Augen. Ihr Unbehagen wurde verschärft durch ihr nicht unbeträchtliches Schuldgefühl, weil St. John ihn so behandelt hatte. Mit seinem blauen Auge und der geschwollenen Unterlippe war Simon ziemlich übel zugerichtet.

»Aber ich brauche ihn noch, liebster Simon. Oder wenigstens Informationen über ihn.«

»Heute Abend treffe ich mich mit dem jungen Mann, den ich in St. Johns Haus geschmuggelt habe. Er arbeitet im Stall, hat aber eine Affäre mit einem Kammermädchen. Hoffentlich hat er etwas Wichtiges von ihr in Erfahrung bringen können.«

»Warum habe ich da meine Zweifel?«, fragte sie spöttelnd. Sie konnte sich nicht vorstellen, dass St. John geschwätziges Personal hatte.

Simon fluchte auf Gälisch. »Weil du klug bist. Alle neuen Angestellten bei St. John müssen mindestens zwei Jahre in seinen Diensten stehen, bevor sie ins Haupthaus dürfen. So sichert sich St. John die Loyalität seiner Lakaien. Normalerweise finden alle, die sich unter einem Vorwand bei ihm einschleichen wollen – wie wir –, diese Zeitspanne zu lang. Außerdem heißt es, dass St. John so gut für seine Untergebenen sorgt, dass diejenigen, die mit Hintergedanken zu ihm kommen, sich schnell von ihm einnehmen lassen.«

»Es ist unschwer zu begreifen, warum er so erfolgreich ist, nicht wahr?«

»Erwarte nicht von mir, dass ich ihn bewundere. Meine Geduld ist ohnehin schon bald am Ende.«

Maria bewegte sich leicht, um eine bequemere Position zu finden, wimmerte aber, als ein glühender Schmerz ihre linke Seite durchbohrte.

»*Mhuirnín.*«

Im nächsten Augenblick halfen ihr starke Hände so vorsichtig wie möglich in eine bequemere Lage.

»Danke«, flüsterte sie.

Feste Lippen strichen über ihre. Als sie die Augen aufschlug und die Sorge in Simons Blick sah, gab ihr das einen Stich.

»Es tut mir weh, dich so zu sehen«, murmelte er, und sein schwarzes Haar fiel ihm in die Stirn, weil er sich über sie beugte.

»Ich bin bald wiederhergestellt«, versicherte sie ihm. »Hoffentlich, bevor Welton wiederkommt. Wir können nur beten, dass St. Johns Erscheinen hier ihn lange genug fernhält, dass ich wieder ganz gesund werden kann.«

Simon trat vom Bett und ließ sich auf einem Sessel nieder. Auf dem niedrigen Tischchen neben ihm wartete die Post auf einem Silbertablett. Leise vor sich hin murmelnd, wie immer, wenn er beunruhigt war, sah er sie durch.

»Hier ist ein Brief von Welton«, sagte er schließlich.

Maria, die schon fast eingeschlafen war, blinzelte schläfrig. »Was steht drin?«

»Warte mal.« Darauf folgte Schweigen und Papierrascheln, dann sagte er: »Er meint, er hätte jemanden, dessen Bekanntschaft du machen müsstest. Morgen Abend auf dem Maskenball der Campions.«

»Ach Gott«, hauchte sie, und ihr Magen zog sich zusammen. »Das muss ich natürlich absagen. In diesem Zustand kann ich nicht hingehen.«

»Selbstverständlich nicht.«

»Lass meinen Sekretär eine Antwort aufsetzen. Ich hätte schon eine andere Verabredung in seinem Interesse, und St. John würde bei einer solchen Gesellschaft nicht willkommen sein.«

»Ich kümmere mich darum. Du ruhst dich aus und machst dir keine Sorgen.«

Nickend schloss Maria die Augen und schlief kurz darauf ein.

Essensgeruch weckte sie einige Zeit später. Als sie den Kopf zum Fenster wandte, sah sie, dass es hinter der Gardine schon dunkel war.

»Wie geht es dir?«, fragte Simon vom Sessel neben ihrem Bett aus. Er legte sein Buch auf den Boden, neigte sich vor und stützte die Arme auf die Knie.

»Ich habe Durst.«

Er nickte, stand auf, drehte sich um, sodass sein schwarzer Morgenmantel ihm um die Knöchel schwang, und kehrte kurz darauf mit einem Glas Wasser zurück. Er stützte ihren Kopf, führte das Glas an ihren Mund und sah zu, wie sie mit großen Schlucken trank. Als sie fertig war, setzte er sich wieder auf seinen Sessel und rollte das leere Glas in seinen Händen hin und her. Durch den Schlitz seines Morgenmantels sah sie seine nackten Beine.

»Was ist?«, fragte sie, weil sie seine Unruhe bemerkte.

Er schürzte die Lippen, bevor er sagte: »Welton hat geantwortet.«

Maria zuckte zusammen, weil ihm sein Anliegen wieder einfiel. »Er hat die Absage nicht akzeptiert?«

Simon schüttelte grimmig den Kopf. »Er will, dass du allein hingehst.«

Vor lauter Schmerz, Entmutigung und Ruhebedürfnis fing Maria an zu weinen. Simon kam sofort zum Bett, kroch neben sie, nahm sie vorsichtig in den Arm und drückte sie an seinen warmen Körper. Sie weinte, bis sie keine Tränen mehr hatte, dann schluchzte sie trocken.

Die ganze Zeit tröstete Simon sie murmelnd, hielt sie fest, drückte seine Wange an ihre und weinte mit ihr. Schließlich fühlte sie sich vollkommen leer, alle ihre Hoffnungen waren geschwunden.

Aber die Leere hatte auch etwas Tröstliches.

»Ich kann's gar nicht erwarten, dass Welton endlich kriegt, was er verdient!«, sagte Simon heftig. »Es wird mir ein großes Vergnügen sein, ihn umzubringen.«

»Immer schön eines nach dem anderen. Kannst du mir ein Kleid besorgen, das meine Schulter- und Nackenpartie bedeckt?«

Resigniert atmete er geräuschvoll aus. »Ich kümmere mich um alles, *mhuirnín.*«

Im Geiste begann Maria die Leere, die ihre verschwundene Hoffnung hinterlassen hatte, mit neuer Zielstrebigkeit zu füllen.

Welton würde sie nicht kleinkriegen. Diesen Triumph würde sie ihm nicht gönnen.

»Gefällt dir dieses?«, fragte Angelica und drehte sich in ihrem silbernen Kleid aus Seidentaft.

»Halt still«, mahnte Christopher und betrachtete sie, als das Kleid wieder glatt an ihrem Körper lag.

Angelica war etwas größer als Maria und nicht so kurvenreich, doch das konnte mit geschickt gewählter Kleidung überspielt werden. Dieses Kleid erfüllte seine Aufgabe besser als die anderen, die sie schon anprobiert hatte. Die Farbe betonte das Oliv ihrer Haut, das ihm auch bei Maria so gefiel, und das Mieder schob Angelicas

Büste nach oben, sodass ihr Busen praller wirkte. Mit der richtigen Frisur und einer Maske, die das ganze Gesicht bedeckte, konnte die Täuschung gelingen.

»Du darfst nichts sagen«, warnte er sie. »Ganz gleich, wer mit dir spricht.« Niemand würde Angelicas Stimme mit Marias verwechseln. Und ihr Lachen auch nicht. »Und lach nicht. Es ist ein Maskenball, also sei geheimnisvoll.«

Sie nickte eifrig. »Kein Reden, kein Lachen.«

»Ich werde dich reich dafür belohnen, meine Liebe«, sagte er sanft. »Ich weiß deine Hilfe sehr zu schätzen.«

»Du weißt, dass ich alles für dich tun würde. Du hast mir ein Zuhause und eine Familie geschenkt. Ich verdanke dir mein Leben.«

Mit wegwerfender Geste wehrte Christopher ihren Dank und sein Unbehagen darüber ab. Er wusste nie, was er sagen sollte, wenn ihm jemand dankte, also unterband er es lieber so gut wie möglich. »Du warst mir eine große Hilfe. Du schuldest mir nichts.«

Angelica lächelte, tänzelte zu ihm, nahm seine Hand und drückte einen Kuss auf seinen Handrücken. »Also nehme ich dieses Kleid?«

Er nickte. »Ja. Du siehst hinreißend aus.«

Strahlend zog sie sich ins Ankleidezimmer zurück.

»Ich brächte nicht den Mut für einen solchen Täuschungsversuch auf«, bemerkte Philip von seinem Sessel am Kamin.

»Zum gegenwärtigen Zeitpunkt wäre es nicht klug, Sedgewick zu verärgern«, erklärte Christopher und zündete eine Zigarre an einem Leuchter an. »Bis ich weiß, wie mein nächster Schritt aussieht, lasse ich ihm am besten die Illusion, er hätte Macht über mich. Dann fühlt er sich wohler, kann in Selbstgefälligkeit schwelgen, und ich kann ohne seine Einmischung an einer dauerhaften Lösung arbeiten.«

»Ich habe nur Miniaturen von Lady Winter gesehen, aber von dem, was ich gehört habe, ist sie einzigartig. Es ist schwer, das Unvergleichliche nachzumachen.«

Christopher nickte, während sein Blick kurz auf den Lichtreflexen in Philips Brille verharrte. Der junge Mann hatte sich an diesem Morgen sein braunes Haar unmodisch kurz schneiden lassen. Dadurch sah er noch jünger aus als achtzehn.

»Sehr schwer, aber Maria ist zu krank, um zu kommen, daran gibt es nichts zu deuteln. Gegenwärtig ist ihr Gesundheitszustand wichtiger als meine Interessen. Sollte Sedgewick hinter unsere List kommen, könnte ich das irgendwie erklären. Denn es ist nicht zu leugnen, dass Maria und ich ...« Christopher atmete aus und stieß dabei aromatischen Rauch aus. »So höllisch auch unsere Lage ist, sie würde mich nicht verleugnen, wenn ich sie darum bäte.«

»Ich hoffe nur, du irrst dich nicht in deiner Annahme, dass niemand den Unterschied zwischen den beiden bemerken wird.«

»Es ist viel einfacher, eine Täuschung zu durchschauen, wenn man Original und Fälschung zusammen hat. Aber in diesem Fall hat Maria sich bereits seit zwei Wochen nicht mehr in London blicken lassen. Da sie jetzt zu Hause im Bett liegt, werden sich die anderen Gäste nur auf ihre Erinnerung verlassen müssen. Angelica und ich sorgen dafür, dass Sedgewick uns so schnell wie möglich zu Gesicht bekommt, und brechen unverzüglich danach wieder auf.«

Philip hob seinen Brandy. »Möge dein Plan gelingen.«

Christopher grinste. »Wie sonst auch.«

# Kapitel 9

Während sie in der Schlange der Kutschen warteten, die sich dem Anwesen der Campions näherten, zwang sich Maria, ruhig und gleichmäßig zu atmen. Bei jedem Schlagloch durchzuckte sie ein so heftiger Schmerz, dass ihr übel wurde. Ihr enges Korsett trug ein Übriges dazu bei, und das Gewicht ihrer raffinierten Frisur drückte schmerzhaft auf ihren Nacken.

Simon saß, viel lässiger gekleidet, ihr gegenüber, und seine Augen funkelten im dämmrigen Licht der heruntergedrehten Lampen.

»Ich warte auf dich«, murmelte er.

»Ich danke dir.«

»Trotz aller Umstände siehst du bezaubernd aus.«

Sie brachte ein mattes Lächeln zustande. »Glücklicherweise sprechen Welton und ich nie lange miteinander. Ich rechne mit einer halben Stunde, obwohl mein gegenwärtiger Auftrag vielleicht ein bisschen mehr Zeit in Anspruch nehmen wird.«

»Nach einer Stunde schicke ich einen Lakaien zu dir, der dich abruft. Du kannst behaupten, St. John wünschte deine Gesellschaft.«

»Schön.«

Die Kutsche ratterte über das Kopfsteinpflaster der kreisförmigen Auffahrt und hielt erneut. Dieses Mal wurde die Tür aufgezogen, und ein Lakai streckte ihr seine Hand entgegen, um ihr aus der Kutsche zu helfen. Er war vorsichtig, verbarg es aber so gut wie möglich. Maria bedankte sich mit einem Lächeln dafür, dann verließ sie die Kutsche und betrat das Haus.

Es war die reinste Folter, in der Schlange der Gäste zu warten und danach munter die strahlenden Gastgeber zu begrüßen. Als sie die Formalitäten endlich hinter sich gebracht hatte, seufzte sie zutiefst erleichtert auf und rückte rasch ihre Halbmaske zurecht. Dann betrat sie den überfüllten Ballsaal.

Ihr schönes, hellrosa mit Spitze und silbernen Litzen verziertes Kleid wurde von einem schwarzen Umhang verdeckt. Da sie sonst nichts besaß, was ihre Verletzungen hätte verbergen können, hatte sie darauf zurückgreifen müssen. Maria blieb nichts anderes übrig, als diese Kluft mit Würde zu tragen, aber sie verhielt sich unauffällig. Vorsichtig hielt sie sich am Rand des Geschehens, schlängelte sich zwischen den Gästen hindurch und gab ihnen stumm zu verstehen, Abstand zu halten – woran sie sich glücklicherweise hielten.

Auf der Suche nach Welton überflog sie den riesigen Saal. Drei wuchtige Kronleuchter mit unzähligen Kerzen beleuchteten die reich verzierte Decke mit raffinierten Zierleisten und farbenprächtigen Gemälden. Zur Musik des Orchesters wirbelten die Gäste in einem Meer aus Spitzengewändern, kunstvollen Frisuren und erlesenen Stoffen über die Tanzfläche. Die zahllosen Gespräche vermischten sich zu einem einzigen Hintergrundsummen, das sie irgendwie tröstete, weil es hieß, dass niemand sie beachtete.

Langsam glaubte sie schon, sie würde den Ausflug schadlos überstehen, da wurde sie von einem Gast angestoßen, der nicht aufgepasst hatte. Aufkeuchend wandte sie sich ab, weil sengender Schmerz ihre linke Körperhälfte durchströmte.

»Verzeihung«, sagte eine tiefe Stimme hinter ihr.

Als sie sich ihrem Peiniger zuwandte, sah sie sich einem Mann gegenüber, der die Augen aufriss, als würde er sie erkennen.

»Sedgewick!«, rief ein korpulenter Mann. Maria kannte ihn, es war Lord Pearson, ein Mann, der viel zu viel redete und trank. Da sie keine Lust hatte, mit ihm zu sprechen oder gar dem ungeschickten Sedgewick vorgestellt zu werden, ging sie rasch weiter.

Da sah sie ihn, ihren treulosen Buhlen. Sein blondes Haar schimmerte im Kerzenlicht, und sein kraftvoller Körper strotzte in cremefarbener Seide mit wunderschönen Stickereien. Obwohl eine Maske sein Antlitz verbarg, wusste sie, es war Christopher. Er stand da, aufmerksam zu einer dunkelhaarigen Frau geneigt, und seine ganze Haltung zeugte von Zuneigung.

Sein Versprechen, nur ihr zu gehören, war also eine Lüge gewesen.

Der pochende Schmerz in ihrer Schulter verblasste vor einer ganz anderen qualvollen Empfindung.

»Ah, da bist du ja.« Als Weltons Stimme hinter ihr erklang, erstarrte sie. »Muss ich dich mal wieder zur Schneiderin schicken?«, fragte er, als sie sich ihm zuwandte. »Hast du nichts Besseres anzuziehen?«

»Was willst du?«

»Und warum bist du so verdammt blass?«

»Ich habe einen neuen Puder. Gefällt es dir nicht?« Sie sah ihn mit klimpernden Augenlidern an. »Ich finde, es betont mein Rouge und die Schönheitspflästerchen.«

Er schnaubte. »Nein, es gefällt mir nicht. Wirf ihn weg. Du siehst krank aus.«

»Das kränkt mich aber.«

Weltons finsterer Blick sprach Bände. »In dieser Welt wird dein Wert einzig und allein durch dein Aussehen bestimmt. Ich würde es nicht so leichtfertig unterschätzen.«

Seine Beleidigung traf sie nicht im Geringsten. »Was willst du?«, wiederholte sie.

»Ich will dir jemanden vorstellen.« Bei seinem Lächeln bekam sie eine Gänsehaut. Er ergriff ihre rechte Hand und führte sie durch den Saal.

Nachdem sie einen Augenblick schweigend durch die Menge geschritten waren, überwand sich Maria zu fragen: »Wie geht es Amelia?«

Der prüfende Blick, den er ihr über die Schulter zuwarf, verriet ihr eine Menge. Er traute ihr durchaus zu, dass sie hinter dem letzten Vorstoß steckte. »Ganz ausgezeichnet.«

Zwar hatte sie nicht ernsthaft damit gerechnet, dass er sie nicht verdächtigen würde, dennoch blutete ihr das Herz, da ihr klar wurde, wie er darauf reagieren würde. Er würde noch vorsichtiger vorgehen und seine Sicherheitsmaßnahmen verschärfen. Es würde noch schwieriger werden, ihre Schwester aufzuspüren.

»Ah«, murmelte Welton zufrieden, »da ist er ja.« Er ruckte mit dem Kinn in Richtung eines Mannes, der ein paar Meter von ihnen entfernt stand. Maria erkannte, wen er meinte, trotz der vielen Menschen um ihn herum, weil er sie durch seine Maske hindurch anstarrte. In einer gleichzeitig verführerischen und arroganten Haltung lehnte er mit gekreuzten Knöcheln müßig an der Wand.

»Der Earl of Eddington«, hauchte sie. Ein Libertin reinsten Wassers. Gut aussehend, reich, von Adel und dafür bekannt, jede Tätigkeit, der er sich widmete, ziemlich gut zu beherrschen – auch im Bett.

Maria blieb abrupt stehen, löste sich von Welton und blickte ihn stirnrunzelnd an. »Was zum Teufel hast du mit ihm vor?«

»Er hat mich gebeten, dich ihm vorzustellen.«

»Du weißt ganz genau, was er will.«

Weltons Lächeln wurde breiter. »Und er würde ziemlich gut dafür bezahlen. Solltest du dich entschließen, ihm zu Willen zu sein, bekämst du ein hübsches Sümmchen.«

»Ist dein Geld so schnell schon wieder zur Neige gegangen?«, zischte sie.

»Nein, nein. Doch da meine Ausgaben sich vergrößern werden, wird das Vermögen, das Winter dir hinterlassen hat, bald schwinden. Ich dachte, du wüsstest meine Hilfe bei der Verbesserung deiner finanziellen Lage zu schätzen.«

Sie trat näher zu ihm und senkte die Stimme, doch ihr Abscheu war unverkennbar: »Ich weiß gar nichts an dir zu schätzen.«

»Das dachte ich mir schon, du undankbares Kind«, erwiderte er glatt. In gespielter Verteidigung hob er die Hände, aber sein Blick war wie immer kalt und ohne jede Empfindung. »Ich sorge nur für eine Begegnung, nicht für ein Stelldichein.«

Als sie einen Blick zu Eddington warf, verneigte er sich leicht und verzog den Mund zu einem Lächeln, das bereits viele Frauen ins Verderben gestürzt hatte. Aber bei ihr bewirkte es gar nichts, außer dass sie die Zähne zusammenbiss. »Du hast mich deswegen von St. John abberufen?«

»Ich habe St. John gesehen«, sagte er abschätzig. »Er ist verrückt nach dir. Eine Nacht ohne dich wird nur seine Sehnsucht verstärken.«

Maria schnaubte und gratulierte St. John im Stillen zu seiner Kunst, sich zu verstellen. Natürlich zog Welton es vor, die Dinge immer im für ihn günstigen Licht zu sehen – auch wenn es nicht der Wahrheit entsprach.

»Sieh mich nicht so finster an«, mahnte er. »Das wirkt nicht anziehend.« Er seufzte, als hätte er es mit einem ungezogenen Kind zu tun. »Der Ruch deiner Unerreichbarkeit und Unersättlichkeit macht dich so attraktiv. Was meinst du, warum ich dir erlaube, deinen irischen Liebhaber zu halten? Wenn er nicht deinen Marktwert steigerte, hätte ich ihn schon längst beiseiteschaffen lassen.«

Sie brauchte einen Augenblick, um den Zorn zu unterdrücken, der sie bei seiner beiläufigen Drohung überkam. Doch schließlich brachte sie hervor: »Können wir jetzt weitergehen? Ich möchte nicht die ganze Nacht hierbleiben.«

»Du musst wirklich lernen, dich mehr zu amüsieren«, murmelte Welton und ergriff erneut ihre Hand.

»Ich werde mich amüsieren, wenn du tot bist«, gab sie zurück.

Daraufhin warf ihr Stiefvater den Kopf zurück und lachte.

»Das ist ja ein Palast!«, flüsterte Angelica und riss die Augen hinter ihrer Maske auf.

»Ja, der Adel lebt gut«, bestätigte Christopher und suchte den Saal nach Sedgewick ab.

»Du bist aber reicher als die meisten.«

Er sah sie mit einem leichten Lächeln an. »Willst du ernsthaft vorschlagen, dass ein Mann mit meinen Beschäftigungen derart protzig leben sollte?«

»Das wäre vielleicht nicht besonders praktisch …«

Er hob die Hand, um ihr das Wort abzuschneiden. »Man kann das Geld sinnvoller ausgeben. Was soll ich mit Ballsälen? Mehr Schiffe und Männer nutzen uns viel mehr.«

Angelica seufzte kopfschüttelnd. »Du solltest versuchen, das Leben mehr zu genießen. Du arbeitest zu viel.«

»Deshalb bin ich ja auch reicher als die meisten.« Er zog sie zum Rand des Saals und schlenderte umher. »Mir ist klar, wie einzigartig dieser Abend für dich ist, aber wir verschwenden zu viel Zeit. Je länger wir hier herumtrödeln, desto größer ist die Gefahr aufzufliegen.«

Ihm war gar nicht recht, dass sie Aufmerksamkeit auf sich zogen. Aber er konnte nichts dagegen tun. Angelica war hinreißend, und er hatte ungünstigerweise auf eine Perücke verzichtet. Er hatte gehofft, Sedgewick würde ihn dadurch leichter finden. Jetzt aber befürchtete er, dass ihn alle außer dem einen Mann, den er suchte, erkennen würden.

Als er seinen Blick durch den Saal schweifen ließ, bemerkte er etliche, die ihre Identität unter einem Kapuzenumhang verbargen, und er wünschte, er hätte dasselbe getan. Am liebsten wäre er allerdings ganz woanders gewesen. Ganz gleich wo, und am liebsten mit Maria.

Er verharrte einen Moment, weil sein Blick auf Lord Welton gefallen war. Er sprach mit einer weiblichen Gestalt im Kapuzenumhang. Sie hatte die Schultern hochgezogen und das Kinn gereckt. Was auch immer sie besprechen mochten, es gefiel ihr nicht.

Philip grub eifrig in der Vergangenheit des Viscounts, doch das erforderte Zeit. Zwar konnte Christopher, wenn es sein musste, sehr geduldig sein. Aber dieses Mal verspürte er besonders dringlich den Wunsch, alles über seine gegenwärtige Geliebte zu erfahren.

»Beth sagt, Lord Welton sei charmant, aber manchmal zu grob.« Angelica war seinem Blick gefolgt.

»Welton ist in jeglicher Hinsicht nur auf sich selbst bedacht, meine Liebe. Ich habe mit Bernadette gesprochen. Sie wird dafür sorgen, dass Welton seine dunkleren Neigungen bei jemand anderem auslebt.«

»Sie hat mir erzählt, du hättest ihr erlaubt, ihn abzuservieren.«

Christopher zuckte die Achseln. »Wie du weißt, bin ich kein Fleischlieferant. Wenn ich einen Gefallen möchte, dann bitte ich darum, zwinge aber niemanden. Wenn Beth unglücklich ist, möchte ich nicht, dass es so bleibt.« Er blickte wieder zum Gegenstand ihres Gesprächs und erstarrte dann.

Die Frau, mit der der Viscount sprach, kam ihm seltsam bekannt vor. Ihre Gestalt erschien ihm vertraut. Das glänzende aufgesteckte Haar und ihre entschiedene Haltung ließen sein Herz schneller schlagen.

»Zum Teufel«, murmelte er, überzeugt, dass Welton mit Maria sprach. Aber er war ein Mann, der es immer ganz genau wissen wollte.

Erneut setzte er sich in Bewegung und drängte so rasch vor, wie die Menge es zuließ. Jetzt hielt er nicht mehr nach Sedgewick Ausschau, sondern konzentrierte sich darauf, den besten Blickwinkel einzunehmen, um seinen Verdacht zu bestätigen. Welton setzte sich ebenfalls wieder in Bewegung und zog die Frau mit sich, Richtung …

Christopher warf einen Blick auf ihr Ziel und entdeckte einen Mann, der das Paar unverwandt anstarrte. Der Earl of Eddington. Ein Mann, dem Frauen in allen Altersgruppen sowohl wegen seines Titels als auch wegen seiner markanten Züge nachstellten.

Oh Gott, wollte Maria etwa mit ihm sprechen? War er derjenige, den sie vor den Altar zerren wollte? Eddington war eingefleischter Junggeselle, aber Maria konnte selbst einen Mönch in Versuchung bringen, sein Gelübde zu brechen. Ihr Lockruf hatte schon Anlass zu Wetten gegeben, und es gab etliche, die unumwunden zugaben, dass die Ehe mit einer solchen Frau das Risiko wert war, sie nicht lange zu überleben.

Bei der Vorstellung biss er die Zähne zusammen.

Er beschleunigte seine Schritte und pflügte sich praktisch durch die dichte Menge, sodass Angelica sich verzweifelt an seine Hand klammerte, um ihn nicht zu verlieren. Er hatte sich dem Paar fast so weit genähert, um die Frau zweifelsfrei zu identifizieren, als sich ihm plötzlich jemand in den Weg stellte.

»Aus dem Weg«, grollte er und reckte den Kopf, um Welton im Blick zu behalten.

»In Eile?«, fragte Sedgewick gedehnt.

Leise fluchend beobachtete Christopher, wie Eddington die behandschuhte Hand der Frau an seine Lippen führte, bevor er sie fortführte.

Und Christopher mit seiner verzweifelten Neugier zurückließ.

»Lady Winter«, murmelte Eddington und blickte Maria mit seinen dunklen Augen unverwandt an, während er ihr einen Handkuss gab, »es ist mir ein Vergnügen.«

Sie brachte ein kurzes Lächeln zustande. »Lord Eddington.«

»Wie ist es möglich, dass wir uns bis jetzt noch nie persönlich begegnet sind?«

»Sie sind ein gefragter Mann, Mylord, da haben Sie kaum Zeit, um sie mit jemandem wie mir zu verschwenden.«

»Zeit mit einer so schönen Frau wie Ihnen kann nicht verschwendet sein.« Er betrachtete sie aufmerksam. »Wenn Sie gestatten, möchte ich kurz unter vier Augen mit Ihnen sprechen.«

Maria schüttelte den Kopf. »Wir haben einander wohl nichts zu sagen, was nicht auch hier gesagt werden könnte.«

»Glauben Sie, ich wollte Sie verführen?«, fragte er mit einem ziemlich charmanten Lächeln. »Und wenn ich verspreche, immer auf Armeslänge Abstand zu halten?«

»Dann lehne ich immer noch ab.«

Er neigte sich näher zu ihr und senkte seine Stimme zu einem Flüstern. »Die Agency hat ziemliches Interesse an Ihnen, Lady Winter.« Sein Gesicht blieb dabei völlig ausdruckslos, so als hätte er sich über nichts Schockierenderes als das Wetter unterhalten.

Maria kniff leicht die Augen zusammen.

»Wären Sie nun bereit, unter vier Augen mit mir zu sprechen?«, fragte Eddington.

Da ihr nichts anderes übrigblieb, nickte sie und erlaubte ihm, sie erst aus dem Ballsaal und dann einen langen Flur hinunterzuführen. Dabei kamen sie an einigen Gästen vorbei, doch je weiter sie gingen, desto weniger wurden es. Schließlich bogen sie um eine Ecke, und nachdem sich Eddington mit einem raschen Blick über die Schulter vergewissert hatte, dass niemand ihnen folgte, zog er sie in ein dunkles Zimmer.

Maria brauchte einen Moment, bis sich ihre Augen an die Dunkelheit gewöhnt hatten. Dann erkannte sie, dass sie sich in einem großen Wohnzimmer mit etlichen Sofas, Sesseln und Beistelltischchen befanden.

»Was wollen Sie?«, fragte sie und drehte sich zu ihm um, nachdem er die Tür mit einem leisen Klicken geschlossen hatte. In seinen perlgrauen Kleidern verschmolz er mit den Schatten im dämmrigen Licht, doch seine Augen, in denen sich das Mondlicht fing, funkelten gefährlich.

»Nach dem Tod der Agenten Dayton und Winter«, sagte er, ohne auf ihre Frage einzugehen, »wurden Sie des Hochverrats verdächtigt.«

Maria schluckte hart und war dankbar, dass die Dunkelheit das verräterische Zeichen ihrer Schuld verbarg. »Ich weiß.«

»Und Sie sind weiterhin verdächtig«, fuhr er fort.

»Was wollen Sie?« Sie ließ sich auf einen Ohrensessel in der Nähe sinken.

»Ich habe gestern Abend mit Lady Smythe-Gleason gesprochen.

Sie erwähnte kurz, Sie neulich bei einer Gesellschaft im Landhaus der Harwicks im Gespräch mit Christopher St. John gesehen zu haben.«

»Ach ja? Ich unterhalte mich mit vielen Menschen. Die meisten vergesse ich aber wieder.«

»Sie sagte, die Atmosphäre zwischen Ihnen sei aufgeladen gewesen.«

Maria schnaubte.

Eddington nahm ihr gegenüber Platz. »Das Verschwinden des Zeugen, der gegen St. John ausgesagt hat, beschleunigte seine Freilassung. Die Agency hat den Verdacht, dass St. John dahintersteckt, doch ich glaube, es war ein Dritter beteiligt. Entweder ein Agent, der sich mit dem Freibeuter verbündet hat, oder einer, der den Informanten für seine Zwecke benutzen wollte. Der Mann war zu gut bewacht. St. John ist zwar einiges zuzutrauen, aber auch er hat seine Grenzen.«

»Wenn die Agency St. John in Verdacht hat, kann ich wohl davon ausgehen, dass Sie der Einzige sind, der einen Verräter in Ihren Reihen vermutet?«

»Sie sollten sich weniger um meine Interessen als vielmehr um Ihre kümmern.«

»Was wollen Sie damit sagen?«

»Sie könnten einen … Freund in der Agency gebrauchen. Und ich könnte einen Freund von St. John gebrauchen. Das passt doch perfekt.«

»Sie wollen, dass ich von St. John Informationen für Sie in Erfahrung bringe?«, fragte sie ungläubig. »Das soll wohl ein Scherz sein!«

»Gegenwärtig sind Sie und St. John die beiden Personen, für die sich die Agency am meisten interessiert – Sie, weil Sie verdächtigt werden, zwei angesehene Agenten umgebracht zu haben, und der Freibeuter wegen etlicher Vergehen.«

Maria wusste nicht, ob sie lachen oder weinen sollte. Wie war sie nur in eine solche Lage geraten? Was würden ihre Eltern denken, wenn sie sehen könnten, wie tief sie gefallen war?

Eddington beugte sich vor und stützte sich auf den Knien ab. »Welton hat beide Ihrer Ehen arrangiert, und nach dem Tod Ihrer Ehemänner wuchs sein Vermögen beträchtlich. Als ich neulich ihm gegenüber mein Interesse bekundete, war er sehr bestrebt, mich Ihnen vorzustellen. Ihr Stiefvater hat ein ausgeprägt wirtschaftliches Interesse an Ihnen. Das sagte auch Winter einmal zu mir.«

»Ich wüsste nicht, was Sie das anginge.«

»Wissen Sie, was ich glaube?«, fragte er sanft. »Ich glaube, Welton hat etwas gegen Sie in der Hand, etwas, womit er Sie zur Kooperation zwingt. Ich könnte Sie von ihm befreien. Schließlich kann ich nicht erwarten, dass Sie mir ohne Gegenleistung helfen.«

»Wieso ich?«, fragte sie müde und strich sich abwesend über den Rand ihres Kapuzenumhangs. »Was habe ich getan, um ein solches Schicksal zu verdienen?«

»Ich glaube, die Frage ist doch eher, was haben Sie nicht getan?«

Das war nur allzu wahr.

»Finden Sie heraus, was mit dem Zeugen geschehen ist«, drängte er sie, »und ich garantiere Ihnen, dass sowohl die Agency als auch Welton Sie in Ruhe lassen.«

»Vielleicht gehört meine Seele längst dem Teufel und ich verrate dem Mann, hinter dem Sie her sind, was Sie wollen.« Manchmal wünschte sie sich, sie hätte keine Seele. Wahrscheinlich wäre ihr Leben viel einfacher, wenn sie so gewissenlos wäre wie die Männer, die sie benutzten.

»Dieses Risiko gehe ich ein.«

Der Earl wartete noch einen Augenblick, dann stand er auf und streckte ihr seine Hand entgegen. »Denken Sie darüber nach. Ich werde morgen wie ein glühender Verehrer bei Ihnen vorsprechen und erwarte dann Ihre Antwort.«

Maria kapitulierte und legte ihre Hand in seine.

»Mylord«, sagte Christopher gepresst, »Lady Winter, darf ich Ihnen Lord Sedgewick vorstellen? Mylord, die unvergleichliche Lady Winter.«

Angelica deutete einen anmutigen Knicks an, als Sedgewick sich verneigte.

»Ich bin entzückt, Ihre Bekanntschaft zu machen«, sagte der Viscount, »und entschuldige mich noch einmal für meine Ungeschicklichkeit eben.«

Christopher erstarrte kurz. Was war da los?

»Bitte verzeihen Sie mir«, wiederholte Sedgewick, als Angelica nicht antwortete.

Christopher wahrte die Fassung und drückte sich einen Finger auf die Lippen, um Stillschweigen zu erbitten. »Lady Winter ist inkognito hier, Mylord. Sie verstehen vielleicht, wie dies die Festlichkeiten belebt.«

»Ah ja, natürlich.« Sedgewick lächelte breit und streckte die Schultern selbstgefällig. »Aber ich begrüße Ihre Entscheidung, sich des Kapuzenumhangs zu entledigen, Mylady. Ein so schönes Kleid sollte nicht versteckt werden.«

Maria war hier. »Wenn Sie uns jetzt entschuldigen wollen, Mylord.«

Sedgewick führte Angelicas Hand an seine Lippen, gab irgendetwas Belangloses von sich, und dann ließ er sie ziehen.

Da Christopher damit von seiner einzigen Pflicht für diesen Abend befreit war, zog er Angelica aus dem Ballsaal und marschierte schnell einen langen Flur hinunter. Er hatte keine Ahnung, ob er in die Richtung ging, die die Frau mit dem schwarzen Kapuzenumhang genommen hatte, aber der Weg führte zum Garten. Von dort aus konnte Angelica ungesehen zur Kutsche gelangen und darin auf ihn warten.

»Danke, Liebes«, sagte er, gab ihr einen Kuss auf die Wange und ließ sie durch eine Flügeltür hinaus. Er pfiff leise, um seine Männer, die er rings ums Haus postiert hatte, anzuhalten, auf sie zu achten. Dann drehte er sich um …

… gerade rechtzeitig, um Lord Weltons Begleiterin aus einem Zimmer treten zu sehen, dicht gefolgt von Lord Eddington. Es war offensichtlich, dass sie eine Liaison hatten.

Noch mehr Geheimnisse. Würde es noch mehr Lügen geben?

Christopher wagte es und rief laut: »Maria!«

Die Frau hob ihr Kinn, nahm ihre Maske ab und präsentierte ihm das Gesicht, nach dem er sich so sehnte. Sie blickte ihm geradewegs in die Augen.

»Amüsierst du dich gut?«, fragte sie so kalt, wie es sich für die Winterwitwe geziemte.

Offenbar hatte sie ihn mit Angelica gesehen, und es hatte ihr nicht gefallen. Gut.

Er nahm ebenfalls seine Maske ab und erlaubte ihr einen Blick auf sein eigenes Missvergnügen. Er wartete auf eine Erklärung.

Doch sie machte auf dem Absatz kehrt und entfernte sich schnell von ihm.

Wütend eilte er ihr nach.

# Kapitel 10

Als Maria den Flur hinunterfloh, hörte sie, wie Christopher ein paar Worte mit Eddington wechselte. Daraufhin lief sie noch schneller. Es tat weh, und ihr wurde sofort schwindelig, aber ihre Kutsche wartete. Wenn sie sich beeilte, konnte sie sie noch erreichen und fliehen.

»Sie wollen schon so früh gehen, Mylady?«

Ihr Schritt stockte, und als sie den Kopf wandte, sah sie den Mann, den Lord Pearson als »Sedgewick« identifiziert hatte, von einem kreuzenden Flur auf sie zukommen.

Mit gerunzelter Stirn blickte er hinter sie. »Wo ist Ihr Begleiter?«

Sie blinzelte und ging noch langsamer.

»Ah, da ist er ja«, murmelte Sedgewick.

Als sie selbst einen Blick über ihre Schulter warf, sah sie, dass Christopher sich ihr mit großen Schritten näherte. Da sie keine Zeit hatte, die rätselhaften Worte ihres Gegenübers zu entschlüsseln, nahm sie ihre Flucht wieder auf.

Ihre Schritte tappten leise über den Läufer und dann lauter über den Marmorboden der Eingangshalle. Sie lief an einem verblüfften Lakaien und ein paar verspäteten Gästen vorbei, eilte die Vordertreppe zur überfüllten Auffahrt hinunter und schlängelte sich zwischen den zahllosen Kutschen hindurch und suchte zwischen den livrierten Kutschern und Lakaien ihre eigene.

»Maria!«

Der Ruf ertönte gleichzeitig vor und hinter ihr, und die beiden männlichen Stimmen unterschieden sich in Akzent und Tonfall: Die eine war abgehackt und zornig, die andere weicher und drängend. Rasch wandte sie sich nach rechts und stürzte zu Simon, der sie am Ellbogen ihres unverletzten Arms packte und in die wartende Kutsche hievte.

»Nächstes Mal hast du mehr Glück, Kumpel«, rief er Christopher triumphierend zu, und als die Kutsche sich schwankend in Bewegung setzte, sprang er hinein.

Als Maria Christophers Flüche hörte, lächelte sie grimmig. Sie hasste sich dafür, dass der Anblick seiner Begleiterin sie so tief getroffen hatte, und kostete ihren winzigen Sieg aus, seine Entschuldigungsversuche durchkreuzt zu haben. Es verriet große Zuneigung, dass er sich der Gestalt in Silber so zärtlich zugeneigt und sie so keusch auf die Wange geküsst hatte. Unwillkürlich musste Maria an seinen Besuch in ihrem Haus denken. Ihr gegenüber hatte er ähnliche Zuneigung gezeigt, auch wenn seine Küsse alles andere als keusch gewesen waren.

»Möchtest du mir erzählen, was passiert ist?«, fragte Simon und betrachtete sie forschend.

Maria schilderte ihm die Ereignisse des Abends.

»Guter Gott«, murmelte er, als sie geendet hatte. »Dass dir das passieren musste! Die Chancen, dass du in deiner Lage auch noch mit Eddington zu tun bekommen würdest, waren gleich null.«

»War mein bisheriges Leben nicht eine einzige Pechsträhne?« Sie schloss die Augen und lehnte den Kopf gegen die Rückenlehne.

»Und Sedgewicks Verhalten kannst du dir nicht erklären?«

»Stelle Nachforschungen über ihn an. Er hat sich mir gegenüber benommen, als wären wir einander schon einmal begegnet, obwohl ich vollkommen sicher bin, niemals seine Bekanntschaft gemacht zu haben. Hat er St. Johns Begleiterin mit mir verwechselt?

Außerdem wirkte er vollkommen ungerührt über die Anwesenheit eines Freibeuters. Sehr seltsam.«

»Ich werde sowohl über Sedgewick als auch über Eddington Erkundigungen einziehen.« Er schwieg kurz, dann sagte er sanft: »Eddingtons Angebot – falls es ernst gemeint ist – wäre ein Geschenk Gottes, *mhuirnín*.«

»Wie kann ich ihm trauen? Eddington will zweierlei: die Festnahme St. Johns und die Identität des Mörders von Dayton und Winter. Er ist ehrgeizig. Wäre es nicht ein besonderer Coup, mich bei dem Handel auch noch zu schnappen?«

Simon tappte nervös mit dem Fuß auf. »Ja, das stimmt. Ich habe das Gefühl, ein Netz zieht sich über dir zusammen, ohne etwas tun zu können.«

Dieses Gefühl hatte sie auch.

Die Fahrt nach Mayfair war quälend lang, und nach den Anstrengungen des Abends war ihre Wunde ein einziger pochender Schmerz. Verwirrung und ständig wiederkehrende Gedanken gefährdeten ernsthaft ihre charakteristische Gelassenheit. Wieder einmal wurde sie daran erinnert, dass sie nur eine Spielfigur war, die lediglich nach ihrem Nutzen beurteilt wurde. Doch eines Tages würde sie all diese Menschen los sein, die sie nur ausnutzen wollten. Amelia und sie würden verschwinden, ein neues Leben anfangen und endlich glücklich sein.

Zu Hause angekommen, half Simon ihr die Treppe hinauf. Er entließ Sarah, weil er Maria lieber selbst beim Entkleiden helfen wollte, und seine großen Hände berührten sie behutsam und berücksichtigten die Schmerzen, die sie überall an ihrem Körper spürte. Er steckte sie sanft ins Bett, wechselte ihren Verband und murmelte besorgt vor sich hin, als er sah, dass die Wunde wieder zu bluten begonnen hatte.

»Zumindest ist die Wunde sauber«, flüsterte sie, während ihr vor lauter Erleichterung die Augen zufielen, als sie sich endlich auf ihre Kissen sinken lassen konnte.

»Hier.«

Sie spürte einen Löffel an ihren Lippen, und kurz darauf benetzte Laudanum ihre Kehle. Es wurde schnell mit Wasser heruntergespült, und bald darauf entfaltete es seine mächtige Wirkung, und die Schmerzen ließen nach.

»Wie fühlst du dich, *mhuirnín*?« Simons Finger strichen zärtlich über ihre Stirn und massierten sanft ihre Schläfen.

»Dankbar, dass ich dich habe«, nuschelte sie und summte leise, als seine Lippen ihre berührten. Sie holte tief Luft und nahm seinen geliebten Duft auf. Dann umfasste sie seine Hand und drückte sie.

»Ruh dich jetzt aus«, sagte er mahnend, »damit die Wunde heilen kann. Ich brauche dich gesund.«

Sie nickte und schlief ein.

Aber sie hatte böse Träume, in denen sie verzweifelt und mit rasendem Puls hinter einer unerreichbaren Amelia herjagte, während Weltons Gelächter in ihrem Kopf hallte. Sie warf sich so unruhig hin und her, dass ihre Schulter wieder zu schmerzen anfing. Wimmernd wachte sie auf.

»Sachte«, ertönte eine kratzige Stimme neben ihr.

Als sie den Kopf wandte, spürte sie an ihrer Wange warme, nackte Haut. Kräuseliges Brusthaar bettete ihren Kopf, und starke Arme hielten sie so fest wie möglich, ohne ihr noch mehr wehzutun. Mondlicht drang durch die Fenster und zeigte das eine geöffnete, durch das ein kühler Abendwind drang – und zuvor der Mann in ihrem Bett eingedrungen war.

»Christopher«, hauchte sie, getröstet von seiner vertrauten Umarmung.

Er atmete geräuschvoll aus, als bewegte ihn, wie sie seinen Namen aussprach. Seine Brust hob und senkte sich unter ihrer Wange. Es war dunkel im Zimmer, und obwohl sie die Uhr nicht sehen konnte, wusste sie, dass seit ihrem Einschlafen Stunden vergangen waren.

»Was machst du hier?«

Eine ganze Weile antwortete er nicht, dann sagte er: »Ich weiß es nicht.«

»Wie bist du an meinen Männern vorbeigekommen?«

»Mit großen Schwierigkeiten, aber offensichtlich ist es mir gelungen.«

»Offensichtlich«, bestätigte sie trocken. Sie öffnete ihre Faust, die über den Muskelsträngen seines Magens geruht hatte, und presste die Handfläche gegen seine Haut. Als sie sie nach unten gleiten ließ, traf sie auf seinen Hosenbund.

»Du bist ja doch nicht ganz ausgezogen«, bemerkte sie.

»Soll ich denn?«

»Ich gestehe, die Vorstellung, dass du ohne Hose ertappt wirst, hat seinen Reiz.«

»Blutdurstige Hexe.« Seine kratzige Stimme war voller Zuneigung. Er drückte ihr einen heftigen Kuss auf die Stirn und zog die verrutschte Decke über ihre verletzte Schulter. »Ich wollte dir die Leviten lesen, weil du mich einfach hast stehen lassen. Ich war ziemlich wütend und wollte Dampf ablassen.«

»Bist du in mich verliebt?«, fragte sie scherzend und verbarg, wie aufgeregt sie seine Antwort erwartete.

»Ich erwarte, dass gegebene Versprechen eingehalten werden.« Die Warnung war unmissverständlich.

»Du hast mir auch ein Versprechen gegeben.«

»Das ich auch gehalten habe«, murmelte er. »Kannst du dasselbe von dir behaupten?«

Maria lehnte den Kopf zurück, um ihn anzusehen. »Welche körperlichen Meisterleistungen sollte ich wohl in meinem Zustand zustande bringen?«

»Eine Berührung, einen Kuss.« Er starrte mit glitzernden Augen auf sie hinunter. »Ein anzüglicher Blick wäre schon zu viel.«

Maria betrachtete ihn einen Augenblick und registrierte aufmerksam ihre Reaktionen auf diesen Mann. Sie war sich immer noch nicht sicher, warum er eine so heftige Wirkung auf sie hatte. Er hatte zwar viele liebenswerte Züge, doch sie musste sich auch außerordentlich vor ihm in Acht nehmen. »Du hast eine andere geküsst.«

»Deine Reaktion war es wert.«

Unwillkürlich entfuhr ihr ein Lachen, das gleichzeitig ironisch und spöttisch war. Eine Sekunde später fiel er in ihr Lachen ein. Es war ein grollender Laut, der sie entzückte.

»Wir sind ein Unglückspaar«, sagte er.

»Ja. Wenn es möglich wäre, wäre es besser, wir hielten uns fern voneinander.«

Christopher strich ihr mit der Hand über den Rücken. »Die andere, die du gesehen hast, war Angelica. Quinn kennt sie ziemlich gut.«

»Ah«, nickte Maria.

»Quinn hat das Zimmer neben deinem. Wenn seine Stellung in deinem Haus so wichtig ist«, fragte er schroff, umfasste ihr Kinn und zwang sie, ihn wieder anzusehen, »warum ist er dann nicht bei dir?«

»An Simon oder Eddington solltest du keinen Gedanken verschwenden, genauso wenig wie ich an Angelica. Was wir tun, wenn wir nicht zusammen sind, sollte für uns von keinerlei Belang sein.«

Er presste die Lippen zusammen. »Ich stimme zu. So sollte es sein. Aber so ist es nicht.«

»Das zwischen dir und mir war nur rein körperlich. Wenn wir dem noch einmal nachgäben, wäre es auch nichts anderes.«

»Aber es war sehr gut«, berichtigte er sie.

»Fandest du?« Sie betrachtete forschend sein im Dunkeln liegendes Gesicht.

Als er lächelte, stockte ihr der Atem. »Ich wusste es schon vorher.« Seine Finger strichen über ihre Lippen. »Du musst schnell gesund werden, damit wir den Faden wieder aufnehmen können. Bis dahin sag mir, was Welton von dir wollte, sodass du dich gezwungen sahst, in deinem Zustand auszugehen, anstatt im Bett zu bleiben.«

»Wieso hat Sedgewick mich angesprochen, als würde er mich kennen und als wäre ich deine Begleitung?«

Wortlos starrten sie einander an, nicht gewillt, Zugeständnisse zu machen. Schließlich seufzte sie und schmiegte sich enger an ihn. Wie sie einen Mann im Bett vermisst hatte! Die tröstliche Umarmung starker Arme, die Hitze, die durch das Begehren eines gut aussehenden Mannes erzeugt wurde. Irgendwie brachte alles Unausgesprochene sie einander näher. Es war nicht zu leugnen, dass Christopher und sie sich unheimlich ähnlich waren.

»Mein Bruder war ein Agent«, erklärte er plötzlich, und sein warmer Atem fuhr ihr über den Scheitel.

Maria, die hinaus in die sternklare Nacht geblickt hatte, blinzelte und hielt den Atem an, weil sie sich fragte, warum er ihr so etwas gestand.

»Er bekam Informationen«, fuhr er mit ausdrucksloser Stimme fort, »und übermittelte sie mir. Er brauchte ziemlich dringend Geld, verstehst du, und ich erwarb es auf die mir einzig mögliche Weise.«

»Illegal.« Plötzlich konnte sie sich die Anwandlungen von Anstand erklären, die sie hier und da bei ihm bemerkt hatte. Auch sie bewegte sich außerhalb des Gesetzes, um ihrer Schwester zu helfen.

»Ja. Als er von meinen Aktivitäten erfuhr, war er fuchsteufelswild. Es passte ihm gar nicht, dass ich für ihn mein Leben riskierte.«

»Natürlich nicht.«

»Also kam er nach London, um mir zu helfen, was mir mehrfach den Hals rettete. Ich war jedes Mal vorgewarnt, bevor eine Falle zuschnappte.«

»Hinterhältig«, flüsterte sie und strich ihm mit der Hand über die Seite. »Und ziemlich brillant.«

»Das dachten wir auch. Bis wir entlarvt wurden.«

»Oh.«

»Dann erpresste man unsere Kooperation, und das Leben meines Bruders wurde als Druckmittel eingesetzt. Es war chaotisch und am Ende tödlich. Nigel wollte mich retten, und das gelang ihm auch. Doch es kostete ihn sein eigenes Leben.«

»Das tut mir leid.« Sie drückte einen Kuss auf seine Brust und verharrte mit ihren Lippen auf seiner Haut. Nur zu gut wusste sie, wie es war, einen nahen Angehörigen zu verlieren. Aber sie hatte wenigstens noch die Chance, Amelia wiederzugewinnen. Christophers Bruder war für immer verloren. »Ihr standet euch wohl ziemlich nahe?«

»Ich liebte ihn.«

Dieses schlichte Bekenntnis erschütterte sie bis ins Mark. Es beeinträchtigte nicht im Geringsten seine offenkundige Unbesiegbarkeit. Mit solcher Kraft war es ausgesprochen worden, dass es niemals als Schwäche ausgelegt hätte werden können. »Ist das der Grund für deinen Groll gegen die Agency?«

»Teilweise. Aber es steckt noch mehr dahinter.«

»Erzählst du mir das, um mein Mitgefühl und meine Unterstützung zu gewinnen?«

»Teilweise. Und teilweise, weil wir nicht über die Gegenwart reden können. Bleibt uns also nur unsere Vergangenheit.«

Maria schloss die Augen, aus dem Gleichgewicht gebracht durch das Laudanum und Christopher, den sie einfach nicht begreifen konnte. »Warum sollen wir überhaupt reden? Warum belassen wir es nicht beim Beischlaf und dem erforderlichen Minimum, um unsere Ziele zu erreichen?«

Sie spürte, wie er den Kopf wieder auf die Kissen fallen ließ. Es zeugte von seiner Frustration.

»Ich befinde mich mit einer verletzten Frau im Bett, der ich nicht im Geringsten trauen kann. Wenn ich nichts sage, werde ich wahnsinnig bei dem Versuch dahinterzukommen, warum ich hier bin und nicht woanders. Da Vögeln nicht infrage kommt, brauche ich irgendeine andere Tätigkeit, um mich abzulenken.«

»Mehr brauche ich also nicht, um dir Informationen zu entlocken? Ich muss mich dir einfach nur verweigern? Dann spuckst du vor lauter Langeweile von selbst deine Geheimnisse aus?«

Er knurrte leise, und sie erschauerte. Nicht vor Angst, sondern in einem Anflug von Verlangen. Der Mann hatte keine Ahnung, was er mit ihr oder sich selbst anfangen sollte, sobald er in ihrer Nähe war. Da sie ganz genau wusste, wie er sich fühlte, empfand sie Mitleid.

»Ich habe Dayton geliebt«, erklärte sie so leise, dass ihre Stimme nur ein Hauch war.

Christophers große Gestalt neben ihr erstarrte.

»Er war ein guter Mensch, und ich bemühte mich nach Kräften, ebenso gut für ihn zu sein. Ich war so jung und unerfahren, und er war erfahren und weltgewandt. Er ermöglichte mir zu überleben. Und das kostete ihn sein Leben.« Ihr Verlust war ihr anzumerken, obwohl sie versuchte, es zu verbergen.

»Maria.« Er strich ihr durchs Haar und umfasste ihren Hinterkopf. Mehr sagte er nicht, aber das war auch nicht nötig.

Zwar hatte sie nur wenig preisgegeben, doch fühlte sie sich, als hätte sie ihr tiefstes Inneres offenbart. Ein nicht sehr angenehmes Gefühl. Christopher drehte sie sachte zu sich um, als spürte er ihren inneren Aufruhr, und kippte ihr Gesicht so, dass er sie küssen konnte.

Anfangs strich er nur sanft mit seiner Zunge über ihre Unterlippe. Dann presste er seine Lippen auf ihre, aber ganz anders als Simon: fester, fordernder. Er neigte den Kopf zur Seite und nahm ihren ganzen Mund, raubte ihr den Atem und machte ihn zu seinem. Selbst als sie sich noch mühte, mit der Veränderung zurechtzukommen, begriff sie: Mit körperlichem Austausch fühlten sich beide wohl.

Sie öffnete sich ihm, beherrscht und langsam, jede Berührung ihrer Zungen bewusst und bedacht. Es war eine wohl berechnete Begegnung, absichtsvoll geplant und durchgeführt. Es gab keine Einleitung, kein Vorspiel. Es war das Finale. Keine Gefühle mehr.

Dann ruinierte sie alles, als sie nach seiner Hand griff und ihre Finger mit seinen verschränkte. Sie verstärkte ihren Griff, und ein Stöhnen erfüllte ihren Mund. Ob es von ihm oder von ihr kam, war unmöglich zu sagen. Erschrocken wegen der unerwarteten Intimität entzog sie sich ihm und verbarg ihr Gesicht in seiner Halsbeuge. Sein keuchender Atem durchdrang die Stille. Seine Brust hob und senkte sich rasch, genau wie ihre.

Eddington würde morgen mit seinem Angebot kommen, sie von Welton zu befreien und ihr so Amelia zu bringen. Und sie musste ihm dafür nur Christopher ausliefern, auf einem Silbertablett.

Zittrig sog sie seinen Geruch ein.

»Maria.«

Ihr Name. Mit seiner kratzigen Stimme gesprochen. Mehr sagte er nicht, aber auch dieses Mal war es nicht nötig.

Amelia verließ das kleine Anwesen in Lincolnshire, das ihr gegenwärtiges Zuhause war, atmete tief ein und füllte ihre Lungen mit frischer Luft. Jedes Haus, das sie bewohnten, war irgendwie in schlechtem Zustand – dieses hier zum Beispiel war völlig zugestaubt –, und jedes gehörte einem Bekannten ihres Vaters. Es war ihr ein Rätsel, wie er jedes Mal die Erlaubnis bekam, es zu nutzen, doch andererseits war ihr gesamtes Leben ein einziges Geheimnis. Niemand erzählte ihr irgendwas, abgesehen davon, dass ihre Schwester Maria vollkommen verkommen war.

Amelia blieb neben dem Haus stehen und blickte hinüber zu den Ställen. Sie suchte nach der großen, schlanken Gestalt, deren Anblick sie stets tröstete. Colin, der hübsche Stallbursche, war ein Neffe des Kutschers und schon seit ihrer Kindheit bei ihr. Er war nur drei Jahre älter als sie, wirkte aber wesentlich reifer. Früher waren sie befreundet gewesen, hatten miteinander gespielt, wenn er nicht arbeiten musste, waren zusammen durch die Felder gestreift und hatten so getan, als lebten sie ein ganz anderes Leben.

Das schien ihr jetzt sehr lange her zu sein. Colin war erwachsen geworden, er war ihr nun fremd. Seine freie Zeit verbrachte er mittlerweile mit den anderen Dienstboten oder Frauen, die so alt waren wie er oder gar noch älter. Er ging ihr aus dem Weg, und bei den seltenen Gelegenheiten, wenn er notgedrungen mit ihr sprechen musste, war er mürrisch und kurz angebunden. In den Augen eines Neunzehnjährigen war sie, mit ihren sechzehn Jahren, nur ein lästiges Kind. Trotzdem war sie vernarrt in ihn. War es schon immer gewesen. Betete aber, es irgendwann nicht mehr zu sein. Sie hatte ihren Stolz, und es war so erbärmlich, vom Angebeteten gemieden zu werden, dass sie den Tag herbeisehnte, an dem er ihr völlig gleichgültig sein würde.

Also schalt sie sich im Stillen, nach ihm Ausschau gehalten zu haben, machte kehrt und schlug den Weg ein, den sie täglich zur körperlichen Ertüchtigung entlangwanderte.

»Du wirst irgendwann darüber hinwegkommen«, hatte ihre letzte Gouvernante gesagt, als Amelia wegen einer besonders schmerzlichen Abweisung von Colin heiße Tränen vergossen hatte. Sie hoffte nur, dass es wahr würde; dass sie irgendwann ihrer kindischen Schwärmerei entwachsen würde.

Bald. Bitte, lieber Gott, lass es bald sein.

Amelia umrundete das gesamte Grundstück, schwang ihr Häubchen und sprang geschickt über Baumwurzeln und Laubhaufen.

Als sie den Holzzaun erreichte, der ihr den Weg in die Freiheit versperrte, blieb sie stehen und dachte zum ersten Mal darüber nach, wie es wohl wäre zu fliehen. Der Gedanke war ihr zuvor noch nie gekommen, doch seit Marias Versuch, zu ihr zu kommen, hatte sich ihr ganzes Denken verändert. Was war da draußen? Welches Abenteuer wartete jenseits ihres unbedeutenden Daseins, das nur aus Dienstboten, einer Gouvernante und einem Leben aus Koffern bestand?

»Ah, das hübsche Mädchen geht spazieren.«

Amelia fuhr erschrocken herum, als sie die raue männliche Stimme hinter sich hörte, und verlor dabei fast das Gleichgewicht.

»Himmel«, rief sie atemlos und presste sich die Hand auf ihr rasendes Herz. Sie erkannte den sommersprossigen jungen Mann, der nur ein paar Meter von ihr entfernt stand. Es war einer der neuen Lakaien ihres Vaters, die er für die eingestellt hatte, welche er in der Auseinandersetzung mit Maria verloren hatte. »Du hast mich erschreckt.«

»Tut mir leid«, sagte er und lächelte entschuldigend. Der Junge war klein und drahtig, hatte braune Haare und war der Jüngste in der Gruppe der Männer, die zu ihrer Sicherheit abgestellt waren. Allerdings argwöhnte sie langsam, dass sie sie eher abschirmen als beschützen sollten.

Da fiel ihr der lange Stecken in seiner Hand auf. »Was machst du da?«

»Ich wollte angeln.« Er wies mit dem Kinn ruckend zur anderen Seite des Zauns. »Da drüben ist ein Fluss.«

»Ach.« Sie bemühte sich, nicht enttäuscht zu klingen.

»Angelst du gern?«, fragte er und musterte sie neugierig mit seinen hellblauen Augen. Er trug eine Hose und eine Jacke aus Wolle, und seine zu langen Locken lugten unter seiner Mütze hervor. Eigentlich wirkte seine Aufmachung nicht zum Angeln geeignet, doch was wusste sie schon?

»Keine Ahnung«, gestand sie. »Ich war noch nie angeln.«

Als er grinste, wirkte er so jungenhaft, dass sie dachte, er könnte genauso alt sein wie sie. Oder vielleicht noch jünger. »Möchtest du es versuchen?«, fragte er. »Ich hätte nichts gegen ein bisschen Gesellschaft.«

Amelia runzelte die Stirn. Sie war zwar neugierig, aber auch vorsichtig.

»Ich beiße nicht, nur die Fische – vielleicht«, scherzte er.

Sie biss sich auf die Unterlippe.

»Komm schon.« Er ging an ihr vorbei und sprang über den niedrigen Zaun. Dann streckte er ihr seine Hand entgegen. »Es ist nicht weit. Wenn es dir nicht gefällt, können wir direkt wieder zurückgehen.«

Amelia wusste, dass sie eigentlich nicht gehen sollte, doch sie genoss das Gefühl, etwas Aufregendes zu tun, etwas ganz Neues und Außergewöhnliches. Also setzte sie sich in Bewegung.

»Wie heißt du?«, fragte sie, als er ihr über den Zaun half.

»Benedict. Aber alle nennen mich Benny.«

»Hi, Benny.« Sie lächelte schüchtern. »Ich bin Amelia.«

Er ließ sie los, dann tippte er sich an seine Kappe und verneigte sich vor ihr, bevor er wieder die Angel nahm, die er an den Zaun gelehnt hatte. Eine Weile gingen sie schweigend durch das dichte Wäldchen, bis sie das Plätschern von Wasser hörten.

»Wie bist du zu deiner Arbeit bei Lord Welton gekommen?«, fragte sie und warf ihm einen Seitenblick zu.

Er zuckte die Achseln. »Ich hab gehört, hier gäbe es Arbeit, also erschien ich an der angegebenen Adresse.«

»So verdienst du dir deinen Lebensunterhalt?«, staunte sie. »Welche Fähigkeiten wirst du erwerben? Was willst du tun, wenn du nicht mehr gebraucht wirst?«

Er lächelte, und seine Augen blitzten aus dem Schatten, den die Krempe seiner Kappe warf. »Ich arbeite mich nach London durch, verstehst du? Wenn ich erst da bin, hab ich genug Erfahrungen gesammelt. Dann will ich für St. John arbeiten.«

»Wer ist das? Und was macht er?«

Benny blieb abrupt stehen und starrte sie mit offenem Mund an. Er blinzelte und gab einen leisen Pfiff von sich. »Du bist ja noch vollkommen grün«, murmelte er kopfschüttelnd, dann setzte er sich wieder in Bewegung.

»Was soll das heißen?«, wehrte sie sich und stolperte hinter ihm her.

»Egal.«

Sie tauchten aus dem Wäldchen auf und näherten sich einem

schmalen Fluss mit ziemlich schneller Strömung. Das Flussbett war felsig und das Wasser flach. Die Stelle wirkte vollkommen unberührt und strahlte eine gewisse Unschuld aus. Amelia ließ sich auf einen Baumstamm fallen und fing an, ihre Schnürstiefel aufzuschnüren, wobei sie sich ungeduldig ihr taillenlanges Haar über die Schulter warf. Benny ging zum Ufer und zog seine Jacke aus. Während er es sich bequem machte, streifte sie ihre Strümpfe ab. Dann raffte sie die Röcke, trat zum Wasser und ging vorsichtig hinein. Als es ihre Knöchel umspülte, stockte ihr der Atem, so kalt war es.

»Du verscheuchst ja die Fische!«, beschwerte sich Benny.

»Oh, das ist ja wunderbar!«, rief sie und erinnerte sich daran, wie sie mit Colin Kaulquappen gefangen hatte und spritzend durch sumpfige Tümpel gewatet war. »Danke!«

Benny sah sie mit gerunzelter Stirn an. »Wofür?«

»Dass du mich mitnimmst. Und mit mir redest.« Lachend drehte sie sich im Kreis und schrie überrascht auf, als sie auf einem glatten Stein ausrutschte und taumelte. Benny sprang galant auf, um ihr zu helfen, doch dann rutschte auch er aus und landete, halb im Wasser, halb am Ufer auf dem flachen Rücken. Mit Amelia auf ihm.

Amelia musste laut lachen, und als sie erst einmal angefangen hatte, schien sie nicht mehr aufhören zu können.

»Mein früherer Herr hat immer gesagt, dass der Adel verrückt ist«, murmelte er.

Amelia mühte sich gerade damit ab, wieder aufzustehen, als ein paar alte Stiefel vor ihren Augen erschienen und sie unsanft am Kragen ihres geblümten Kleides hochgezogen wurde.

»Was zum Teufel machst du da?«, knurrte Colin und starrte finster zu ihr herunter.

Sie riss die Augen auf, und angesichts des Anblicks vor ihr blieb ihr das Lachen in der Kehle stecken. Colin hatte dunkle Haare, dunkle Haut, dunkle Augen und eine kräftige Gestalt, von der ihr der Mund trocken wurde. Ihre letzte Gouvernante hatte gesagt, dass er Zigeunerblut in den Adern hatte.

Wann war er so groß geworden? Er ragte über ihr in die Höhe, und das Haar fiel ihm in die Augen, als er sie so durchdringend anstarrte, dass sie sich innerlich krümmte. Mit seinem markanten Kinn und den wissenden Augen hatte er nichts Jungenhaftes mehr an sich. Was war aus dem Freund geworden, der ihr so ans Herz gewachsen war?

Traurig erkannte sie, dass er für immer fort war.

Sie senkte den Kopf, um ihre Trauer zu verbergen. »Ich habe mich amüsiert«, sagte sie leise.

Eine ganze Weile verging, doch sie spürte seinen bohrenden Blick auf ihrem Scheitel. Dann drang ein leises, drohendes Grollen aus seiner Kehle.

»Halt dich von ihr fern«, zischte er zu Benny, der sich zu ihren Füßen aufgerichtet hatte.

Colin packte sie am Ellbogen und zerrte sie mit sich. Im Vorbeigehen nahm er ihre Stiefel und Strümpfe mit.

»Lass mich!« Amelia wehrte sich und stemmte sich mit ihren nackten Füßen in den mit totem Laub bedeckten Boden. Daraufhin warf er sie sich einfach über die Schulter und marschierte wie ein Eroberer auf Kriegszug durch das Wäldchen.

»Lass mich runter!«, rief sie zutiefst gedemütigt. Ihr langes Haar fiel ihr übers Gesicht und schleifte fast über den Boden.

Doch er ignorierte sie einfach und trug sie zu einer kleinen Lichtung, wo er sie absetzte und ihr ihre Sachen hinwarf.

Sie schluckte hart und hob das Kinn. »Ich bin kein kleines Kind mehr! Ich kann meine eigenen Entscheidungen treffen!«

Er kniff die Augen zusammen und verschränkte die Arme. Sie sah die Muskeln, die er von seiner schweren körperlichen Arbeit bekommen hatte. Er trug Hose und Pullover und wirkte zäh und zu allem bereit. Seine Erscheinung intensivierte die seltsamen Gefühle, die sie neuerdings in seiner Gegenwart bekam: ein Flattern im Unterleib, das sich im ganzen Körper ausbreitete.

»Ich schlage vor, die Entscheidung zu treffen, dein Haar in Zukunft hochgesteckt zu tragen«, sagte er kalt. »Du bist zu alt dafür, es offen zu tragen.«

»Ich werde tun, was mir gefällt.«

Ein Muskel an seinem Kiefer zuckte. »Nicht, wenn es dir gefällt, mit Kerlen wie ihm herumzutollen.« Er wies hinter sich.

Sie stieß ein spöttisches Lachen aus. »Für wen hältst du mich, dass du mir Befehle gibst? Du bist ein Dienstbote. Mein Vater ist ein Adliger.«

Er holte scharf Luft. »Daran musst du mich nicht erinnern. Zieh dir die Schuhe an.«

»Nein.« Sie verschränkte die Arme unter ihren in letzter Zeit gewachsenen Brüsten, zog die Augenbrauen in die Höhe und hoffte, damit hochmütig zu wirken.

»Reiz mich nicht, Amelia.« Er senkte den Blick und räusperte sich scharf. »Zieh dir die verdammten Schuhe an!«

»Ach, geh doch weg!«, rief sie und warf die Hände in die Höhe, weil sie den neuen Colin gründlich satthatte und langsam alle Hoffnung aufgab, der alte möge wieder erscheinen. »Was machst du überhaupt hier? Ich hatte zum ersten Mal seit langer Zeit Spaß, und dann kommst du und verdirbst mir alles.«

»Du warst länger als sonst weg«, warf er ihr mürrisch vor. »Irgendjemand musste dich holen und in Sicherheit bringen.«

»Woher weißt du denn, wie lange ich weg war? Du bemerkst

mich doch nur, wenn du schlechte Laune hast und sie an jemandem abreagieren willst.« Sie versuchte, mit dem Fuß aufzutappen, aber mit nackten Füßen war das nicht besonders wirkungsvoll. »Und es kann doch auch nichts dagegen einzuwenden sein, mir Freunde zu suchen.«

»Jemanden wie den willst du nicht zum Freund haben.«

»Ich will überhaupt einen Freund haben! Denn seit du mich hasst, habe ich keinen mehr.«

Colin stöhnte auf, presste die Lippen zusammen und fuhr sich durch seine dicken Haare. Sie war neidisch auf seine Hände und hätte am liebsten selbst die glänzenden Haarsträhnen zwischen ihren Fingern gespürt.

»Halt dich von den Männern fern«, befahl er in einem Ton, der keinen Widerspruch duldete. Sie wollte trotzdem protestieren, da ging er einfach an ihr vorbei und strebte zum Haus zurück.

Amelia steckte ihm hinter seinem breiten Rücken die Zunge heraus und versuchte, den Schmerz in ihrer Brust zu unterdrücken. Colin redete nur mit ihr so schroff und kurz angebunden. Das tat weh und bekräftigte sie in ihrem Drang, einfach wegzulaufen und ihn nie mehr zu sehen.

Als sie sich auf den Boden setzte und ihre Strümpfe nahm, beklagte sie ihr Schicksal. Doch bald würde sie nach London gehen und bei Hofe vorgestellt werden. Und dann würde sie heiraten und Colin vergessen.

Entschlossen biss sie die Zähne zusammen. »Ich werde dich vergessen, Colin Mitchell. Ganz sicher.«

# Kapitel 11

Als Maria aufwachte, war Christopher fort. Einen Augenblick lang lag sie nur da, starrte auf den Baldachin und versuchte, sich einen Reim auf ihre wechselvolle Verbindung zu machen. Christopher wartete. Er wartete darauf, dass sie irgendeine Verbindung zur Agency zugab, die er nutzen konnte. Sie hatte keine Ahnung, ob ihr Geständnis, Dayton geliebt zu haben, etwas daran änderte. Natürlich hatte sie ihren ersten Mann eher wie einen Lieblingsonkel geliebt, und er hatte sie wie seine Lieblingsnichte behandelt, doch sie hielt es für das Beste, St. John über diesen Punkt im Unklaren zu belassen.

*Warum?*, hatte sie nur gefragt, als der Earl of Dayton Welton ein kleines Vermögen bezahlt hatte, um sie zu bekommen.

*Meine Matilda ist dahingegangen*, hatte er ebenso schlicht geantwortet, während sich seine Augen mit Tränen füllten. *Seitdem habe ich kaum etwas, wofür es sich zu leben lohnt. Wenn ich dir helfe, habe ich wieder ein Ziel.*

Sie heirateten und zogen sich aufs Land zurück, wo er sie in sein reiches Repertoire an Täuschungsmanövern und Kampftechniken einführte. Meist waren sie schon im Morgengrauen wach und beschäftigten sich den Tag über mit Körperertüchtigungen wie Fechten und Zielschießen. Die Abende sprachen sie über Wissensbereiche wie Kryptologie oder die Anheuerung von Männern mit fragwürdigen Fähigkeiten. Dayton überließ nichts dem Zufall, weil er wusste, sie würde alles tun, was notwendig war, um Amelia wiederzufinden.

»Wie geht es dir heute Morgen?«, fragte Simon, als er eintrat. Er war zum Reiten gekleidet, trug Reithose und polierte Stiefel. Sein vom Wind zerzaustes Haar und der Geruch nach Pferd verrieten ihr, dass er nicht im Gehen begriffen war, sondern zurückkam. »Hast du gut geschlafen?«

Sie dachte kurz darüber nach und verdrängte ihre angenehmen Erinnerungen an Dayton. »Ja, habe ich«, sagte sie überrascht. Es war die erste Nacht ohne schlimme Albträume gewesen, seit sie Amelia gesehen hatte. Und sie wusste, Christopher war dafür verantwortlich. Der Mann war auf alles vorbereitet, und das gab ihr ein Gefühl der Sicherheit. Merkwürdig, wenn man bedachte, wie gefährlich er war.

»Ich war gestern im Bernadette's und habe mit Daphne geredet.« Simon half ihr, sich aufzusetzen, und arrangierte die Kopfkissen hinter ihr. »Offenbar hatten wir Glück. Er hat eine Favoritin, ein neues Mädchen namens Beth. Anscheinend missfallen ihr einige seiner Vorlieben, also verbringt er jetzt mehr Zeit mit Daphne, deren Geschmack anders gelagert ist.«

Maria lächelte. »Glück kann ich gebrauchen.«

»Das ist wohl wahr.« Er betrachtete sie prüfend. »Du siehst heute Morgen irgendwie anders aus.«

»Besser, hoffe ich.«

»Viel besser.« Sein Lächeln war atemberaubend. »Ich werde Tee und Frühstück für dich bestellen.«

»Danke, Simon.« Sie sah ihm nach, als er das Zimmer verließ. »Eddington wird heute vorsprechen«, rief sie ihm hinterher.

»Das habe ich nicht vergessen«, erwiderte er über die Schulter hinweg.

Als sie wieder allein war, überdachte sie ihre heikle Lage. Es musste eine Möglichkeit geben, sie alle hinzuhalten: Christopher, Welton und Eddington. Zwar arbeitete ihr Hirn vom Schlaf noch langsam, doch mit ein wenig Zeit und Überlegung würde sie gewiss einen Weg finden, die drei Männer dazu zu bringen, ihr von Nutzen zu sein. Alle drei hatten etwas, was sie begehrte, und wenn sie klug war, würde sie es von ihnen bekommen.

Mit dieser Absicht im Hinterkopf verbrachte Maria den Vormittag in Gedanken und bereitete sich gleichzeitig abwesend auf Eddingtons Besuch vor. Sie kleidete sich wohl überlegt an und wählte bewusst ein cremefarbenes Tageskleid und ein Schultertuch, mit dem sie ihren Verband verbarg. Als man ihr die Ankunft des Earls meldete, hatte sie sich einen provisorischen Plan zurechtgelegt, von dem sie so überzeugt war, dass sie Eddington in den Salon führen ließ und nicht in ihr Studierzimmer, wo sie normalerweise Geschäftliches besprach.

»Ich wünsche Ihnen einen guten Morgen, Mylord«, sagte sie mit übertriebener Höflichkeit.

»Mylady.« Er verneigte sich. In seiner rehbraunen Hose und dem dunkelgrünen Rock wirkte er ziemlich schneidig. Durch und durch wie ein berüchtigter Lebemann. Er zwinkerte ihr zu, bevor er sich auf der anderen Seite des Beistelltischchens auf dem hellblauen Sofa niederließ.

»Tee?«, fragte sie.

»Ja, danke.«

Sie gab sich bei der Zubereitung des Getränks bewusst natürlich und bewegte sich besonders anmutig. Zweimal bedachte sie ihn mit einem Seitenblick, dem sie ein geheimnisvolles Lächeln folgen ließ. Das wiederholte nachsichtige Lächeln seinerseits verriet ihr, dass er ihr Spiel durchschaute, aber durchaus gewillt war mitzuspielen.

»Sie sind ein bezaubernder Anblick«, murmelte er, als er von ihr Tasse und Untertasse entgegennahm.

»Ich weiß.«

Als Eddington lachte, wirkten seine Züge, die sonst an ein wachsames Raubtier erinnerten, weicher. Zwar verbarg er dies gewöhnlich unter halb gesenkten Lidern, doch sie kannte Männer seiner Art nur zu gut.

»Es ist ein besonderes Vergnügen, mit einer Frau ohne Allüren zu tun zu haben«, bemerkte er.

»Ich habe einiges auf mich genommen, um Ihnen zu gefallen, Mylord. Ich würde meinem Ruf nicht gerecht, wenn ich nicht wüsste, was Sie am meisten anzieht.«

»Also sind Sie auch anderweitig an mir interessiert?«, fragte er mit hochgezogenen Augenbrauen. »Unersättlichkeit bewundere ich ebenfalls.«

Maria lachte. »Ich habe augenblicklich mehr als genug Männer in meinem Leben, danke. Aber die List einer Frau ist doch eine mächtige Waffe, nicht wahr?«

Er senkte die Stimme. »Vor allem, wenn sie von einer so verführerischen Frau wie Ihnen eingesetzt wird.«

»Ich bin bezüglich Ihres Angebots zu einer Entscheidung gelangt«, sagte sie knapp, um ihm zu bedeuten, dass sie nun zum Geschäftlichen kam.

Der Earl hatte seine Tasse zum Mund geführt und lächelte. »Ausgezeichnet.«

»Es wird Sie mehr kosten, als nur Welton und die Agency aus meinem Leben zu entfernen.«

»Ach ja?« Er verengte seine Augen zu Schlitzen.

»Viel mehr«, warnte sie ihn.

»Wie viel mehr?«, fragte er missmutig.

Sie winkte abschätzig mit der Hand und lächelte. »Über Geld spreche ich nur mit meinem Anwalt. Alles andere finde ich vulgär und oft auch unschön. Ich gebe Ihnen seine Adresse, dann können Sie sich mit ihm einig werden.«

Eddington setzte seine Tasse übertrieben behutsam ab. »Geld?« Er atmete geräuschvoll aus. Er war nicht dumm und wusste, sie würde teuer werden. »Vielleicht bin ich aber der Meinung, dass St. John nicht so viel wert ist.«

»Sie haben einen Zeugen, falls er noch am Leben ist. Falls nicht, haben Sie gar nichts. Nur mich.«

»Sie werden gegen ihn aussagen?« Eddington merkte auf.

Sie nickte.

»Und was ist mit dem Tod von Dayton und Winter?«

»Was ist damit?«

»Sie sind die Hauptverdächtige.«

Maria lächelte. »Vielleicht habe ich sie ja wirklich ermordet, Mylord. Vielleicht aber auch nicht. Ich überlasse es Ihnen, irgendwie einen Beweis zu finden.«

»Woher weiß ich, ob ich Ihnen trauen kann?«

»Das können Sie nicht wissen. Genauso wenig, wie ich wissen kann, ob das Ganze nicht eine raffinierte Falle ist, um mir den Tod meiner Ehemänner anzuhängen.« Sie zuckte die Achseln. »Sie sagten, ich wäre ein Risiko, das Sie auf sich nehmen wollten. Sollten Sie Ihre Meinung geändert haben, dürfen Sie gehen.«

Daraufhin sah er sie eine ganze Weile nur an. »Ich weiß nicht, ob Sie ein als Verführerin getarnter Dämon sind oder ein unschuldiges Opfer Dritter.«

»Genau diese Frage stelle ich mir jeden Tag, Mylord. Ich nehme an, ich bin ein klein wenig von beidem.« Sie erhob sich und zwang ihn damit, ebenfalls aufzustehen. »Sollten Sie die Antwort darauf finden, lassen Sie es mich bitte wissen.«

Der Earl ging um den Tisch herum und blieb vor ihr stehen. Er stand dicht vor ihr, viel zu dicht. Offenbar wollte er sie mit seiner Größe und Stärke einschüchtern, doch sie wich nicht zurück. In ihrer Beziehung war sie diejenige, die die Macht hatte. Ohne sie hatte er nichts in der Hand. Nur Mutmaßungen und keine Möglichkeit, St. Johns Verteidigungslinie zu durchbrechen.

»Seien Sie vorsichtig«, warnte Eddington sie mit leiser, drohender Stimme. »Zwar verlasse ich London heute Abend und werde zwei Wochen fort sein, doch ich werde immer wissen, was Sie tun.«

»Selbstverständlich.«

Kurz nachdem der Earl gegangen war, begab sich Maria ins Studierzimmer und schrieb einen Brief an Welton. Da klopfte es an der offenen Tür, und sie blickte lächelnd auf, als Simon eintrat.

»Du siehst aus wie eine Katze, die von der Sahne genascht hat«, bemerkte er.

»Ich habe Eddington dazu gebracht, in die Suche nach Amelia zu investieren.«

Er zog eine seiner dunklen Augenbrauen in die Höhe. »Du hast es ihm erzählt?«

»Nein«, sagte sie grinsend.

Simon kam zu ihr und ließ sich auf einen der beiden Sessel vor dem großen Schreibtisch sinken. »Eddington will dieselbe Information wie Welton. Wem wirst du sie geben?«

Sie atmete geräuschvoll aus. »Das habe ich noch nicht entschieden. Wenn ich sie Eddington gebe, könnte er mir mit Welton helfen und ich würde Amelia finden. Doch dann würde Christopher hängen.«

»Jetzt ist er schon Christopher?«, fragte Simon gepresst.

»Aber wenn ich sie Welton gebe«, fuhr sie fort, als hätte er nichts gesagt, »wird er damit entweder St. John erpressen oder einen anderen, der irgendwie damit zu tun hat. Ich wäre nicht weiter als jetzt, aber St. John würde überleben. Natürlich könnte St. John dann Welton aus dem Weg schaffen, um nicht mehr erpressbar zu sein. Da ich den Mann mittlerweile etwas besser kennengelernt habe, bin ich mir sicher, dass Welton es dieses Mal zu weit getrieben hat.«

»Oder du könntest St. John von Welton und Eddington erzählen, und er hilft dir im Gegenzug bei der Suche nach Amelia«, schlug Simon vor. Sie wusste, wie viel es ihn kostete, so etwas zu sagen: zuzugeben, dass St. John ihr besser helfen konnte als er selbst. Es war ein Beweis seiner Zuneigung, dass er seinen männlichen Stolz beiseiteschob, um sie glücklich zu machen.

»Daran habe ich auch schon gedacht.« Maria stand auf, ging zu ihm, barg sein Gesicht in ihren Händen und küsste ihn dankbar auf die Stirn. »Doch ich kann ihm erst trauen, wenn ich weiß, warum er freigelassen wurde und welche Rolle er für mich spielt.«

Simon zog sie sanft auf seinen Schoß. »Was wirst du jetzt also tun?«

»Ich habe Welton rufen lassen, um ihm mitzuteilen, dass ich eine Weile Ferien mache und nicht erreichbar bin. Ich muss wieder gesund werden, und außerdem möchte ich Nachforschungen außerhalb Londons betreiben. Wir haben die nötigen Mittel, um unsere Suche auszudehnen. Am besten wäre es wahrhaft, wenn wir Amelia fänden, bevor ich eine endgültige Entscheidung treffe. Hätte ich sie in meiner Obhut, würde das alles ändern.«

Er nickte. »Dann kümmere ich mich um die Vorbereitungen.«

»Wie lange geht das schon so?«, fragte Christopher knapp.

»Ein paar Wochen«, antwortete Philip und schob sich die Brille hoch. »Ich habe erst heute Nachmittag davon erfahren und bin sofort zu dir gekommen.«

Christopher lehnte sich an seinen Schreibtisch, verschränkte die Arme und holte tief Luft, bevor er wieder zu sprechen anfing. »Warum wurde ich nicht sofort davon in Kenntnis gesetzt?«

»Unser Mann am Umschlagplatz meinte, er würde selbst damit fertigwerden.«

»Wenn eine andere Bande sich in mein Territorium schleicht, kümmere ich mich persönlich darum! Es ist wirklich nicht zu glauben: Kaum gibt man ihnen den kleinen Finger, nehmen sie gleich die ganze Hand.«

Es klopfte, und Christopher rief: »Herein!« Als er sah, dass es sein Kammerdiener war, sagte er: »Wir brechen in ein paar Stunden auf und werden mindestens zwei Wochen unterwegs sein.«

»Ja, Sir.« Der Diener verbeugte sich und ging.

»Darf ich mitkommen?«, fragte Philip. Er stand ein paar Meter von ihm entfernt, hoch aufgerichtet und stolz, wie Christopher es ihm beigebracht hatte.

Christopher schüttelte den Kopf. »Bandenkriege sind gefährlich und nichts für Zuschauer. Ich brauche deinen Kopf, nicht deinen Schwertarm und werde dich nicht in Gefahr bringen, nur um deine Neugier zu befriedigen.«

»Du bist viel schlauer als ich, und dein Verlust wäre wesentlich schmerzhafter. Warum riskierst du dein Leben, obwohl du genug Männer hast, die für das gleiche Ergebnis sorgen könnten?«

»Aber das können sie nicht.« Christopher straffte die Schultern und nahm seinen Rock von der Rückenlehne eines Sessels. »Hier geht es nicht nur um günstig gelegene Küstenabschnitte, sondern auch um mich. Sie wollen beides. Und sie werden nicht aufgeben, bis ich mich ihnen persönlich gestellt habe. Was glaubst du, warum meine Feinde mich nicht schon längst erschossen haben? Sie können nicht die Führung übernehmen, bevor sie mich nicht von Angesicht zu Angesicht geschlagen haben. Sonst stünde ihre Macht auf tönernen Füßen.«

»Verdammt primitiv«, murmelte Philip.

Schnaubend streifte Christopher seinen Rock über. »Letzten Endes sind Menschen auch nur Tiere.«

»Hast du eigentlich je daran gedacht, dieses Leben aufzugeben?«, fragte der junge Mann und sah ihn mit schräg gelegtem Kopf an. »Schließlich hast du genug Geld.«

Christopher hielt inne und starrte sein Protegé an. »Was sollte ich dann machen?«

»Heiraten. Eine Familie gründen.«

»Niemals.« Er zupfte an der Spitze seines Kragens und seiner Manschetten. »Der einzige Ausweg aus diesem Leben ist der Tod. Wenn man nicht hinter mir her wäre, dann hinter meinen Angehörigen. Aber sollte es dein Ziel sein, Philip, ein Familienvater zu werden, dann musst du jetzt gehen. Denn je tiefer du ins Geschäft verstrickt wirst, desto weiter wird dieses Ziel in die Ferne rücken.«

Philip folgte ihm in die Eingangshalle. »Wohin willst du jetzt?«

»Ich muss mich von Lady Winter verabschieden.«

Kaum hatte er diese Worte ausgesprochen, hätte er sie am liebsten schon wieder zurückgenommen. In Zeiten wie diesen war ihm die Möglichkeit seines Todes nur allzu bewusst. Er hatte Leibwächter, um die Mitglieder seines Haushalts zu beschützen, und deshalb konnte er sich wie ein Mann ins Getümmel stürzen, der dem Tod mutig ins Auge blickte. Aber jetzt ertappte er sich dabei, dass er zögerte und weniger bereit war, seine möglicherweise letzte Reise anzutreten. Er wollte Maria wiedersehen, spüren, wie sie sich ihm voller Lust entgegenwölbte, ihr kehliges, provozierendes Lachen hören. Er wollte, dass sie ihn reizte, wie nur sie es konnte, bis er fast platzte vor Begehren und sie die ganze Nacht durchvögeln konnte.

Verdammt, so primitiv das auch war, er wollte sie wieder vögeln, und sein Verlangen war so heftig, dass er nichts mehr wünschte, als lange genug zu leben, um das zu erleben. Ein raues Lachen entfuhr ihm, als er Hut und Handschuhe von seinem Butler nahm und das Haus verließ. Primitive Tiere, in der Tat, das waren sie.

Es war absurd, diese Frau so sehr zu begehren. Er hätte jede haben können, von einer Herzogin bis zum Fischweib buchstäblich jede. Die Frauen liebten ihn, schon immer. Aber als er sein Pferd vor Marias Anwesen anhielt und einem wartenden Stallburschen die Zügel zuwarf, durchfuhr ihn eine freudige Erregung, die nur eine Einzige in ihm auslösen konnte.

Der Butler öffnete, doch als er ihn mit seiner Karte in der Hand auf der Schwelle sah, huschte ein Ausdruck von Verachtung über sein Gesicht.

»Nehmen Sie die Karte«, sagte Christopher langsam, »dann vermeiden wir eine Belagerung.«

Der Diener rümpfte die Nase, gehorchte aber und führte ihn in den Salon, wo Christopher sich mit Lord Welton unterhalten hatte. Kaum war er allein, sah er sich um und bemerkte im Tageslicht die raffinierten vergoldeten Zierleisten an den hellgrauen Wänden. Er hasste es zu warten, hasste es, dass er sich jetzt gezwungen fühlte, unruhig hin und her zu laufen. Andere mochten das tun. Normalerweise tat Christopher das nicht.

Endlich ging die Tür auf, und Maria trat ein. Er hielt inne, starrte sie an und erschrak über seine Reaktion auf ihre zwanglose Aufmachung. Sie kam ihm seltsam intim vor und erinnerte ihn an die vergangene Nacht, in der sie warm und weich in seinen Armen gelegen hatte. Ihm fiel nichts ein, was er lieber getan hätte, als mit ihr im Bett zu liegen und ihre Lippen weich und feucht auf seinen zu spüren.

Mit wenigen Schritten war er bei ihr, begierig, sie zu küssen und die Freuden der vergangenen Nacht wiederaufleben zu lassen. Im Bewusstsein ihres Zustands umschlang er sie behutsam und neigte seinen Kopf zur Seite, um sie zu küssen. Einen Moment lang stand Maria nur steif da, dann gab sie plötzlich nach.

Er strich ihr mit der Zunge über die Lippen, knabberte und saugte an ihnen, als wären sie ein Dessert, von dem er nicht genug bekommen könnte. Seine Haut fing erst an zu glühen, dann zu schwitzen, und schließlich spannte sich jeder Muskel seines Körpers vor Sehnsucht und Begehren an. Von einem Kuss, dabei küsste er eigentlich nicht besonders gern, weil er es als Zeitverschwendung im Vergleich zum wesentlichen Teil des sexuellen Aktes betrachtete.

Aber großer Gott … Marias Küsse waren schon ein sexueller Akt an sich. Er löste sich nur von ihr, um wieder Luft zu bekommen. Gewiss war ihm auch nur deshalb schwindelig.

Maria öffnete die Augen, die fast schwarz waren, mit riesigen Pupillen. »Hmmm …«, murmelte sie und leckte sich über die Lippen. »Köstlich.«

Seine Erregung wuchs noch mehr, weil sie es mit kehliger Stimme sagte. Vor lauter Frustration grollte er und barg ihr Gesicht in seinen Händen. »Hör zu. Ich muss heute fort, weil eine dringende Angelegenheit meine Aufmerksamkeit fordert. Sag mir nur, ob du noch mehr unüberlegte Pläne im Kopf hast, damit ich ein paar Männer zu deinem Schutz abstellen kann.«

Sie lächelte. »Nein, ich mache Ferien, um mich zu erholen und wieder gesund zu werden.«

»Gut.« Er packte sie kurz fester, dann ließ er sie los und trat rasch zurück. Doch etwas an ihrem Verhalten weckte sein Misstrauen. Er würde trotzdem Männer zu ihrem Schutz abstellen. »Wohin willst du?«

»Das habe ich noch nicht entschieden.«

»Wann brichst du auf?«

»Heute.«

»Wann kommst du zurück?«

Sie lachte, und ihre dunklen Augen funkelten. Mit ihren vom Küssen geschwollenen Lippen und ihren pechschwarzen Haaren war sie einfach unwiderstehlich. »Wirst du mich vermissen?«

»Ich hoffe nicht«, murmelte er in einem Anflug von Missmut, den er nicht zuordnen konnte.

»Ich werde dich vermissen.«

Er merkte auf und sah sie an. »Wirklich?«

»Nein. Aber das sagt man doch so.«

»Hexe.« Er wusste, dass sie mit ihm spielte, merkte es an der Art, wie sie ihn ansah, und doch wünschte ein Teil in ihm, sie hätte es aufrichtig gemeint.

»Christopher?«, fragte sie, als sich das Schweigen zwischen ihnen ausdehnte. »Du scheinst mir heute nicht ganz du selbst zu sein.«

»Nein, du bist anders«, warf er ihr vor. Sie wirkte … heiterer als sonst. Und er wollte den Grund wissen. Wer hatte diese Veränderung in ihr bewirkt?

Maria seufzte vernehmlich und ging zum Sofa. »Also trennen

sich hier unsere Wege.« Sie setzte sich und klopfte einladend auf den Platz neben sich.

Er blieb, wo er war.

Also faltete sie ihre Hände keusch im Schoß und zog erwartungsvoll die Augenbrauen in die Höhe. Endlich begriff Christopher, dass er etwas sagen sollte.

»Ich muss gehen«, äußerte er. Um zu töten und vielleicht getötet zu werden.

Sie nickte.

»Solltest du den leisesten Wunsch verspüren, mich zum Abschied zu küssen«, brummte er, »dann solltest du das jetzt tun.«

»Verstehe.« Sie schürzte die Lippen. »Warum habe ich das Gefühl, eine witzige Bemerkung könnte den Augenblick verderben?«

Daraufhin drehte er sich auf dem Absatz um und ging hinaus.

»Christopher, warte!«

Er blieb auf der Schwelle stehen und drehte sich mit betont gelangweilter Miene wieder um.

Maria war wieder aufgestanden. Es sah so aus, als hätte sie ihm nachlaufen wollen. »Letzte Nacht habe ich seit langer Zeit mal wieder gut geschlafen.«

Da man das als eine Art Ölzweig betrachten konnte, kam er ins Zimmer zurück und schloss die Tür hinter sich. Entweder war sie die beste Manipulatorin der Welt, oder sie entwickelte eine Schwäche für ihn. Er fühlte sich in seiner Männlichkeit bestätigt, kämpfte aber auch mit Schuldgefühlen.

Mit einem verführerischen Hüftschwung kam sie schließlich auf ihn zu und legte ihm die Hände auf die Brust. Sie neigte den Kopf nach hinten und blickte zu ihm auf. Er starrte sie abwartend an, weil sie es sein sollte, die die Distanz zwischen ihnen verringerte.

»Ich hätte dich gehen lassen sollen«, sagte sie klagend und schüttelte den Kopf.

Dann holte sie kurz einen Schemel herbei und stellte ihn vor ihm ab. Sie stieg hinauf und war damit immer noch nicht ganz auf Augenhöhe mit ihm, doch viel näher an seinem Mund. »Sag mir doch noch mal, warum ich mich hier zum Narren mache.«

Er lächelte, weil er jetzt aufbrechen und seine Aufgabe hinter sich bringen konnte. »Deswegen.«

Und dann küsste er sie leidenschaftlich.

# Kapitel 12

»Geht es dir besser?«, fragte Miss Pool und warf Amelia einen Seitenblick zu, während sie durchs Dorf zurück zu ihrem Haus gingen.

Amelia nickte. »Ja, danke.«

Seit dem Abend, als Maria sie gesucht hatte, war sie immer rastloser geworden. Daher hatte Miss Pool, nachdem offensichtlich geworden war, dass Amelia sich nicht mehr auf den Unterricht konzentrieren konnte, einen kleinen Ausflug vorgeschlagen. Mit Sonnenschirmen waren sie ohne besonderes Ziel aufgebrochen und, ohne es zu merken, zum nächsten Marktflecken gewandert. Amelia genoss den Spaziergang, war dankbar über die Gelegenheit, andere Menschen zu sehen, die geschäftig ihrer täglichen Arbeit nachgingen. Auch wenn sie kein erfülltes Leben hatte: Andere hatten eines.

»Man muss sich nicht nur geistig, sondern auch körperlich fit halten«, sagte Miss Pool mit ihrer sanften, leisen Stimme.

»Das fand ich schon immer.« Allerdings war sie gemeinsam mit einem lebhaften Jungen aufgewachsen und hatte gelernt, körperliche Herausforderungen zu lieben. Sie liebte auch ein ganz bestimmtes spitzbübisches Grinsen, doch das hatte sie seit Jahren nicht mehr gesehen.

»Mir gefällt deine Frisur.« Die Gouvernante lächelte. »Jetzt siehst du aus wie eine feine Dame. Ich werde heute Abend deinem

Vater schreiben und ihm vorschlagen, eine richtige Kammerzofe für dich einzustellen.«

Amelia berührte nervös ihr Haar. Es war geflochten und dann zu einem Knoten zusammengefasst worden. Doch er war schwer, und ihr Nacken schmerzte von dem ungewohnten Gewicht. Andererseits: Wenn das von einer jungen Dame erwartet wurde, um nicht mehr als Kind betrachtet zu werden, dann war es das wohl wert.

»Guten Tag, Miss Pool. Miss Benbridge.«

Sie gingen langsamer und lächelten dem jungen Schuster zu, der seinen Laden verlassen hatte, um sie zu grüßen. Der gut aussehende blonde Mann lächelte schüchtern unter seinem Bart und strich sich die Hände nervös an seiner Schürze ab.

»Guten Tag, Mr. Field«, grüßte Miss Pool mit leichtem Erröten zurück, was Amelia nicht entging.

Die beiden schienen einander zu mögen, und zwar über das übliche Maß hinaus. Neugierig beobachtete Amelia sie und fragte sich, ob sie wohl ebenso wirkte, wenn sie zufällig Colin über den Weg lief. Das wäre schrecklich gewesen, wirklich, seiner Schroffheit und offensichtlichen Verachtung mit einem derart hoffnungsvollen und sehnsüchtigen Blick zu begegnen.

Missmutig und verlegen zugleich, weil sie Zuschauerin einer derart intim wirkenden Szene war, wandte sie dem Paar den Rücken zu …

… und entdeckte eine vertraute Gestalt mit breiten Schultern und langen Beinen, die sich von ihr entfernte. Colin, und an seiner Seite befand sich ein blondes Mädchen, das etwa in seinem Alter war, betrachtete man dessen weiblich geschwungenen Kurven. Sie lachten und sahen sich mit funkelnden Augen an. Er hatte die Hand auf ihren Rücken gelegt und führte sie um eine Ecke, sodass sie aus ihrem Blickfeld verschwanden.

Amelia konnte nicht anders: Zögernd setzte sie sich in Bewegung und folgte ihnen. Colin und das dralle Mädchen hatten sich genauso angesehen wie Miss Pool und Mr. Field. Es war ein Blick voller Versprechen gewesen.

Amelia ging ebenfalls um die Ecke und wurde langsamer, als sie leises Stimmengemurmel und unterdrücktes Kichern hörte. Sie kam an Fässern und Kisten vorbei und konzentrierte sich so auf ihr Ziel, dass sie sich halb zu Tode erschreckte, als ihr plötzlich eine streunende Katze miauend vor die Füße sprang. Sie kniff die Augen zu, presste sich die Hand auf ihr wie wild schlagendes Herz und lehnte sich gegen eine Mauer. Hier im Durchgang zwischen zwei Häusern war es kühler, weil die Sonne nicht bis hierher drang.

Sie wusste, sie sollte umkehren. Miss Pool würde nicht lange abgelenkt sein und sich bald Sorgen machen. Aber Amelia ignorierte die leise Stimme der Vernunft, was sie nicht besonders überraschte. Hätte sie auf sie gehört, hätte sie Colin schon vor Monaten aufgegeben.

Um sich Mut zu machen, holte sie tief Luft, stieß sich von der Mauer ab und bog dann um eine zweite Ecke, um zur hinteren Seite des Schusterladens zu kommen. Doch dann blieb sie abrupt stehen. Ihr stockte der Atem, und ihr Sonnenschirm entglitt ihren Fingern, ohne dass sie es merkte.

Colin und seine Begleiterin waren zu beschäftigt, um es zu bemerken. Die hübsche Blonde stand mit zurückgelegtem Kopf an die Mauer gepresst und hieß Colins hungrigen Mund willkommen, der über die nackte Haut über ihrem tief ausgeschnittenen Mieder wanderte. Er hielt sie mit seinem linken Arm umschlungen, während seine rechte Hand die Brust knetete, die ihm das Mädchen entgegenstreckte.

Ein stechender Schmerz durchfuhr Amelias Herz, so heftig, dass sie gequält aufstöhnte. Colin riss den Kopf hoch und starrte sie mit großen Augen an. Er richtete sich sofort auf und stieß sich von der Mauer und dem Mädchen ab, das er dort verführt hatte.

Entsetzt drehte Amelia sich um und rannte zurück, ohne sich um ihren Sonnenschirm zu kümmern. Ihr Schluchzen hallte an den Mauern wider, doch trotzdem hörte sie, wie er ihr nachrief. Seine Stimme war tief und so anders als die des Jungen, den sie einst gekannt hatte. Jetzt klang sie gepresst und flehend, so als machte es ihm etwas aus, dass er ihr das Herz gebrochen hatte.

Was natürlich nicht der Wahrheit entsprach, das wusste sie.

Sie rannte schneller, doch sie hörte nicht das Klackern ihrer Stiefelabsätze, so laut rauschte ihr das Blut in den Ohren. Aber so schnell sie auch rannte, sie entkam nicht dem Bild, das sie gesehen hatte.

»Überlässt du es bitte mir, die Sache zu regeln?«, murmelte Simon, der mit ihr, seinen Kopf dicht an ihrem, aus dem Kutschfenster starrte.

»Nein, und noch mal nein«, entgegnete sie und tappte ungeduldig mit dem Fuß auf. »Es wird viel glatter vonstattengehen, wenn ich mich darum kümmere.«

»Es ist zu gefährlich.«

»Unsinn«, spottete sie. »Wenn du den Mann ansprichst, wird es nur in einer Schlägerei enden und damit ziehen wir Aufmerksamkeit auf uns. Für unseren Erfolg ist es unbedingt notwendig, genauso unauffällig zu verschwinden, wie wir gekommen sind.«

Simon seufzte laut und ließ sich übertrieben resigniert an die Rückenlehne zurücksinken: der Inbegriff eines Mannes, der vor den Launen einer Frau kapituliert. Maria lachte, verstummte jedoch augenblicklich, als eine große Gestalt aus den Stallungen hinter St. Johns Haus auftauchte. »Ist das einer von ihnen?«, fragte sie.

Simon blickte wieder aus dem Fenster. »Ja. Aber ich schlage vor, wir warten auf einen kleineren.«

Maria überlegte kurz und gestand sich ein, dass die Größe des Mannes sie schon einschüchterte. Er war ein ausgewachsener Riese. Seine langen, zottigen Haare und sein schwarzer Bart trugen einiges zu seinem trollhaften Äußeren bei. Mit ausgreifend stampfenden Schritten entfernte er sich von ihnen, und Maria war sich sicher, dass der Boden unter ihm erzitterte.

Sie holte tief Luft und dachte an ihre Schwester. Sie hatte bereits all ihre Männer befragt, die sie bei ihrem gescheiterten Befreiungsversuch in jener Nacht begleitet hatten. Unglücklicherweise hatte sie kaum nützliche Informationen von ihnen bekommen. Sie waren zu sehr damit beschäftigt gewesen, sie zu retten. Aber Christophers Männer hatten vielleicht mehr von der gesamten Szenerie mitbekommen. Daher musste sie mindestens einen von ihnen befragen. Ihre Schwester brauchte sie. Irgendwie würde sie die notwendige Stärke aufbringen, dieses Ungeheuer zu entführen.

Sie stieß die Kutschentür auf und stieg aus, bevor sie es sich anders überlegen konnte. Dann eilte sie hinter dem Mann her und bat ihn flehentlich wie eine schwache, hilflose Frau um Hilfe.

Der Riese verharrte und drehte sich stirnrunzelnd um, doch unmittelbar darauf zeigte sich männliche Anerkennung auf seiner Miene, dicht gefolgt von Wachsamkeit, als sie eine Pistole zückte.

»Hallo«, begrüßte sie ihn mit strahlendem Lächeln und zielte auf sein Herz. »Ich würde mich für einen kurzen Augenblick Ihrer Aufmerksamkeit freuen.«

Seine Augen wurden schmal. »Sind Sie verrückt?«, grollte er.

»Bitte zwingen Sie mich nicht, auf Sie zu schießen. Denn ich würde es tun, das versichere ich Ihnen.« Sie veränderte ihre Haltung, um den Rückstoß nach dem Schuss abzufangen. Natürlich war das alles nur gespielt, doch das konnte er nicht wissen. »Ich würde es zutiefst bedauern, Sie zu durchlöchern, da Sie mir neulich erst das Leben gerettet haben und ich damit tief in Ihrer Schuld stehe.«

Er riss die Augen auf, als er sie erkannte, dann fluchte er leise. »Sie werden mich den Rest meines Lebens dafür aufziehen«, murrte er undeutlich.

»Das tut mir leid.«

»Nein, tut es Ihnen nicht.« Er stampfte an ihr vorbei, und tatsächlich erzitterte der Boden unter ihm. »Wo?«

»Meine Kutsche steht gleich um die Ecke.«

Als er sie erreichte, riss er die Tür auf und sah Simon, der ihn mit großen Augen anglotzte.

»Du meine Güte!« Simon blinzelte. »Das war viel zu einfach.«

»Ich könnt dich übers Knie legen«, knurrte der Riese, »aber St. John würde Ärger machen.« Er stieg in die Droschke und setzte sich, worauf die Kutsche protestierend knarrte. Er nahm eine ganze Bank ein. Dann verschränkte er die Arme und grollte: »Los, bringen wir es hinter uns.«

Maria reichte Simon die Waffe und kletterte ohne Hilfe in die Kutsche. »Wir wissen Ihre Mitarbeit sehr zu schätzen, Mr. …?«

»Tim.«

»Mr. Tim.«

Er sah sie finster an. »Nur Tim.«

Sie ließ sich auf Simons Bank nieder und ordnete ihre Röcke, als die Kutsche sich schlingernd in Bewegung setzte. Dann strahlte sie ihren Gast an. »Ich hoffe, Sie mögen Brighton, Tim.«

»Ich will nur eins wissen, und zwar, ob Sie St. John auch so quälen.«

Daraufhin neigte sie sich mit verschwörerischer Miene zu ihm und flüsterte: »Bei ihm bin ich noch viel schlimmer.«

Da entblößte Tim durch seinen dichten Bart grinsend seine Zähne. »Dann mag ich Brighton sehr.«

Die sinkende Sonne ließ das Meer rötlich aufglühen. Schwere, heftige Wellen aus geschmolzenem Feuer schlugen ans Ufer, und wie immer tröstete Christopher ihr stetiges, gleichmäßiges Rauschen. Er stand breitbeinig und mit auf dem Rücken verschränkten Händen auf einer hohen Klippe. Der salzige Seewind kühlte seine Haut und zupfte ein paar Haarsträhnen aus seinem Zopf.

Jenseits des Horizonts wartete eines seiner Schiffe, voll beladen mit Spirituosen und Tabak, erlesenen Stoffen und exotischen Gewürzen. Sobald es Nacht war, würde es näher kommen und nach dem Blinksignal Ausschau halten, mit dem seine Männer ihm die richtige Stelle angaben.

Und dann würden seine Konkurrenten zuschlagen und die Waren beim Transport zum Ufer abfangen. Doch heute Nacht würden sie bekommen, was sie wirklich verdienten: einen Kampf.

Christopher spürte die Vorboten der Konfrontation bereits in seinen Knochen, aber es war weder Angst noch Erregung. Vor ihm lag nur eine notwendige Aufgabe, mehr nicht.

»Wir sind bereit«, meldete Sam, der neben ihm erschienen war.

Christophers Männer hatten sich in der gesamten Umgebung verteilt, manche an den Klippen und am Strand, andere in den Höhlen und im Dorf. Christopher löste die Hände voneinander, woraufhin seine Ärmel wild im Wind flatterten. Er umklammerte das Heft seines Degens und sog die Seeluft tief in seine Lungen.

»Gut«, murmelte er. »Dann gehen wir hinunter.«

Er ging voran zum unter ihnen liegenden Strand und schaute

dabei jedem seiner Männer, an dem er vorbeikam, direkt in die Augen. Zwar war es immer nur ein flüchtiger Blick, doch er bedeutete viel für die Männer, die ihr Leben in seinen Diensten riskierten.

Ich sehe dich. Du bist wichtig für mich.

Über die Jahre hatte er andere Anführer beobachtet und gesehen, wie sie mit geschwellter Brust und starr geradeaus gerichtetem Blick an ihren Männern vorbeistolziert waren, als wären sie sich zu gut dafür, ihre Untergebenen zur Kenntnis zu nehmen. Die Loyalität solcher Männer gründete nur auf Angst oder Geldgier und konnte leicht erschüttert werden.

Christopher trat hinter einen großen Felsen, der teilweise an Land, teilweise im Wasser lag, und wartete. Der Himmel verdunkelte sich; die rauschenden Wellen beruhigten sich ein wenig. Der Anführer seiner Schmuggler an Land brachte sich und die anderen in Position, um in einer gut organisierten Kette die Fracht vom Schiff an Land zu bringen.

Christopher war sichtlich angespannt, weil er wusste, was jetzt vor ihm lag. Von seinem Versteck aus beobachtete er den Strand, und zwar vollkommen emotionslos, wie es in dieser Nacht überlebensnotwendig war. Dann fegten Schatten wie Rauch aus dem Dorf herbei und verrieten ihm diejenigen, die ihn berauben wollten. Als er zur Laterne wies, die verborgen gehalten wurde, hörte er Warnrufe und Schwerterklingen. Die Luft veränderte sich, lud sich auf, und der Geruch von Angst drang in seine Nase. Da zeigte sich Christopher und hielt eine Laterne in die Höhe, um sein Gesicht zu erhellen.

»Heda!«, rief er laut und so herrisch, dass die am Ufer kämpfenden Männer innehielten. Wie erwartet, löste sich ein Mann von den anderen.

»Wird auch Zeit, dass du dein feiges Gesicht zeigst«, brüllte der Kretin.

Christopher zog die Augenbrauen in die Höhe und antwortete lässig: »Solltet ihr das nächste Mal meine Gesellschaft wünschen, schlage ich eine handschriftliche Einladung vor.«

»Schluss mit den Späßen. Kämpf wie ein Mann!«

Christopher lächelte kühl. »Ach, dabei kämpfe ich viel lieber wie der Teufel.«

Als eine Gruppe Männer auf ihn zustürzte, schleuderte er ihnen die Laterne entgegen, die ihr Öl auf sie verspritzte und sie in Brand setzte. Ihr gleißend heller Anblick und ihre qualvollen Schreie zerrissen Dunkelheit und Nacht und erfüllten alle in Hörweite mit Grauen und Entsetzen.

Christopher riss seinen Degen aus der Scheide, warf den Arm in die Höhe und stürzte sich ins Getümmel.

Die Nacht war lang und das Gemetzel blutig.

»Werden Sie sich mit Mr. Field treffen?«, fragte Amelia von ihrem Platz auf Miss Pools Bett aus.

Die hübsche Gouvernante hob den Blick und sah Amelia durch den Spiegel ihrer Frisierkommode an. »Willst du mich verkuppeln?«

Amelia wünschte, sie hätte ein Lächeln zustande bringen können, aber das war ihr seit Tagen nicht gelungen. »Sie sehen sehr hübsch aus«, sagte sie stattdessen.

Miss Pool drehte sich auf ihrem Hocker um und betrachtete sie wieder einmal forschend. »Bist du sicher, dass du nicht mitkommen willst? Du bist doch sonst immer so gerne ins Dorf gegangen.«

Amelia schüttelte heftig den Kopf, um die schmerzlichen Erinnerungen loszuwerden, die sie sofort bestürmten. Auf gar keinen Fall wollte sie vor Miss Pool weinen.

»Du weißt doch, dass du über alles mit mir sprechen kannst«, sagte die Gouvernante in überredendem Tonfall. »Ich habe das Geheimnis über deine Schwester für mich behalten. Ich kann auch andere Geheimnisse bewahren.«

Amelia presste die Lippen zusammen, um nichts zu sagen, doch dann platzte es aus ihr heraus: »Waren Sie jemals verliebt?«

Miss Pool riss die Augen auf, dann gestand sie: »Ich habe es mir zumindest eingebildet. Aber es nahm leider kein gutes Ende.«

»Haben Sie ihn immer noch geliebt? Als es vorbei war?«

»Ja.«

Amelia stand auf und trat zum Fenster. Man hatte dort Sicht auf den Fluss und nicht auf die Ställe, also war es ungefährlich. »Wie haben Sie das verwunden?«

»Ich glaube, gar nicht. Bis ich Mr. Field kennenlernte.«

Als sie das hörte, drehte Amelia sich um. »Wie kam das?«

»Ich bin keine Expertin in diesen Dingen, daher widerstrebt es mir eigentlich, darüber zu sprechen, aber vielleicht kann eine neue Romanze die Leere füllen, die eine alte hinterlassen hat.« Miss Pool stand auf und kam zu ihr. »Aber darüber wirst du dir niemals Gedanken machen müssen, denn du bist ein so wunderbarer Mensch, dass dich jeder lieben muss.«

»Wie sehr ich mir wünschte, das wäre wahr«, wisperte Amelia.

Da breitete sich ein mitfühlendes Lächeln über die zarten Züge der Gouvernante. Sanft legte sie ihre Hände auf Amelias Schultern und fragte: »Du sprichst von der ersten Liebe, nicht wahr? Die endet immer mit Herzschmerz, Amelia. Das ist ein Übergangsritus. Das Zeichen, dass du über kindliche Schwärmerei hinausgewachsen bist und an Selbsterkenntnis gewonnen hast. Der schmerzliche

Beweis dafür, dass du die Belanglosigkeiten eines jungen Mädchen hinter dir gelassen hast und zur Frau geworden bist.«

Amelia traten die Tränen in die Augen. Miss Pool zog sie an sich und barg sie tröstlich in ihren Armen. Dankbar klammerte sich Amelia an sie und weinte, bis sie einen Schluckauf bekam, und vergoss danach noch ein paar Tränen.

Als sie sich schließlich ausgeweint hatte, spürte sie tief in ihrem Innern eine Kraft, die sie nie in sich vermutet hätte.

»Gehen Sie«, bat Amelia und putzte sich die Nase mit dem Taschentuch, das ihr gereicht wurde. Miss Pool war immer auf alles vorbereitet. »Ich habe Sie lange genug aufgehalten.«

»So kann ich dich nicht allein lassen«, protestierte Miss Pool.

»Mir geht es besser. Wirklich. Mir geht es sogar so gut, dass ich einen Spaziergang machen werde, um einen klaren Kopf zu bekommen.«

Es war Dienstag, der Tag, an dem Colin und sein Onkel nachmittags freihatten. Da sie immer das Anwesen verließen, konnte sie ohne Gefahr umherstreifen.

»Dann komm mit mir.«

Amelia erschauerte. So stark war sie nun auch wieder nicht. »Nein, danke. Ich bleibe heute lieber in der Nähe des Hauses.«

Sie musste noch einiges an Überredungskunst aufbringen, bevor Miss Pool widerstrebend ins Dorf ging. Dann fragte Amelia beim Koch nach – der alles über jeden wusste –, ob Colin auch ganz sicher das Grundstück verlassen hatte. Denn immer noch wurde ihr bei dem Gedanken, ihn zu sehen, vor Angst fast übel.

Schließlich holte sie tief Luft, rannte aus der Küchentür, lief über den ungepflegten Rasen und stürzte in den Schutz der Bäume. Doch als sie über den niedrigen Zaun klettern wollte, hielt eine Bewegung zwischen den Bäumen sie auf.

Sie duckte sich, versteckte sich hinter einem Baumstamm und sah zu, wie einer der Lakaien ihres Vaters seine Runde ums Grundstück machte. Er war schon älter, gepflegt, aber viel zu mager, sodass seine Kluft an ihm herunterhing. Er ließ seinen kalten, harten Blick umherschweifen und hielt einen gefährlich aussehenden Dolch in der Hand.

Jetzt blieb er stehen und sah sich argwöhnisch um. Amelia hielt die Luft an und wagte nicht mal zu blinzeln, während er den Kopf nach links und rechts wandte und die Gegend überflog. Eine Ewigkeit schien zu vergehen, bis er sich wieder in Bewegung setzte.

Eine ganze Weile rührte sie sich nicht, bis sie ganz sicher war, dass er weit weg war und nicht sehen würde, wie sie über den Zaun kletterte. Dann flüchtete sie vom Anwesen.

Sie lief über das Nachbargrundstück und verbarg sich in einem Wäldchen, bevor sie endlich aufzuatmen wagte. »Himmel«, hauchte sie, zutiefst erleichtert über ihre erfolgreiche Flucht, »was für ein unangenehmer Mensch.«

»Ganz meine Meinung.«

Als Amelia die tiefe, kultivierte Stimme hörte, machte sie einen Satz. Sie wirbelte herum und starrte mit offenem Mund zu dem Gentleman, der hinter ihr aufgetaucht war.

Er war eindeutig wohlhabend, das bewies die Qualität seiner Kleider und seiner Perücke. Außerdem war er bleich und schmal und fast hübsch. Obwohl er etwa im gleichen Alter wie sie zu sein schien, benahm er sich, als erwartete er, dass man ihm gehorchte. Er war ein Mann von Stand.

Jetzt verneigte er sich elegant und stellte sich als der Earl of Ware vor. Als Nächstes verkündete er, der Fluss, der es ihr so angetan habe, befinde sich auf dem Land seines Vaters. »Aber Sie sind hier herzlich willkommen.«

»Vielen Dank, Mylord.« Sie deutete einen Knicks an. »Sie sind zu freundlich.«

»Nein«, erwiderte er trocken, »nur äußerst gelangweilt. Ich habe gerne Gesellschaft, vor allem, wenn es sich um eine schöne Maid handelt, die ihrem Gelass im Turm entfliehen konnte.«

»Ein fantasievolles Bild«, murmelte sie.

»Ich bin ein fantasievoller Mensch.«

Lord Ware nahm ihre Hand und führte sie zum Fluss. Dort entdeckte sie, dass Benny sich an einem langen Stock zu schaffen machte. Als er ihren Blick spürte, sah er auf. »Ich mache dir auch eine Angel.«

»Sehen Sie?«, sagte Ware. »Kein Grund mehr für Tränen und rot geweinte Nasen. Was könnte es schließlich Besseres geben als einen Nachmittag mit einem Angler und einem Adligen?«

Als sie ihm einen Seitenblick zuwarf, zwinkerte er.

Und zum ersten Mal seit Tagen lächelte Amelia.

Als die Sonne über den Horizont stieg und einen neuen Tag mit sich brachte, enthüllte sie eine Szene am Strand, die nur die Überlebenden noch sehen konnten. Leichen bedeckten den bluttränkten Sand und trieben in den sacht ans Ufer spülenden Wellen. Das Schiff war fort, seine Fracht gelöscht und auf Karren geschafft, die schon längst verschwunden waren.

Christopher ignorierte die Schmerzen, die ihn am ganzen Körper heimsuchten, und stand reglos da. Er hatte die Finger gegeneinandergelegt und an die Lippen gepresst. Wer ihn nicht kannte, hätte annehmen können, er wäre in ein Gebet versunken, doch wer ihn kannte, wusste, dass Gott einer so schwarzen Seele niemals geholfen hätte. Zu seinen Füßen lag der Mann, der ihn herausgefordert hatte: sein dummes, habgieriges Herz durchbohrt von einem Degen, die Leiche an den Strand genagelt.

Ein älterer Mann mit einem blutigen Verband am Oberschenkel kam mühsam auf ihn zugehinkt. »Ein Dutzend verloren«, meldete er.

»Ich möchte eine Liste mit ihren Namen.«

»Aye. Ich kümmere mich drum.«

Als Christopher eine sanfte Berührung an seinem Arm spürte, drehte er sich um und sah ein junges Mädchen vor sich.

»Sie bluten«, flüsterte es mit weit aufgerissenen Augen.

Als er den Blick senkte, bemerkte er zum ersten Mal, dass aus einer tiefen Schnittwunde an seinem Bizeps Blut strömte und sein zerfetztes Hemd durchtränkte.

»In der Tat«, sagte er und streckte den Arm aus, damit die Kleine ihn mit den abgerissenen Leinenstreifen in ihrer Hand verbinden konnte.

Er sah ihr bei der Arbeit zu und bewunderte ihre Fassung. Dabei war sie so jung! Erwachsene Männer mussten sich übergeben bei dem Anblick, der sich ihnen bot, aber sie blieb vollkommen ruhig. Gewalt war ihr nicht neu.

»Hast du heute jemanden verloren, Kind?«, fragte er sanft.

Ihr Blick blieb auf ihre Arbeit gerichtet. »Meinen Onkel.«

»Das tut mir leid.«

Sie nickte.

Er atmete geräuschvoll aus und wandte den Kopf, um die aufgehende Sonne zu betrachten. Obwohl seine Position wieder gesichert war, würde er nicht sofort zurückfahren. Er hatte gewusst, dass der Kampf selbst nur kurz sein würde. Die geplanten vierzehn Tage würden dazu benötigt werden, jede Familie aufzusuchen, die einen Toten zu beklagen hatte, und dafür zu sorgen, dass sie nicht

Not leiden musste. Das war eine elende Aufgabe, mit Tagen endloser Trauer, aber sie musste erledigt werden.

Dann kam ihm ziemlich unvermittelt Maria in den Sinn. Woher und wieso blieb ihm ein Rätsel. Er wusste nur, dass die Erinnerung an sie bewirkte, dass er seinen gebeugten Rücken straffen konnte und ein Ziel hatte: ein weiches Bett und ihr warmer, üppiger Körper an seinen gepresst. Um sie zu halten, mit ihr zu ruhen und wieder jenes seltsame Ziehen in seiner Brust zu spüren. Das wäre ihm viel lieber als dieses … Nichts, das er empfand.

Hast du je daran gedacht, dieses Leben aufzugeben?

Nein, das hatte er nicht, nicht mal in den schrecklichsten Momenten. Aber jetzt dachte er zum ersten Mal an eine Gnadenfrist. Eine, die Maria ihm ermöglichte.

Es war Gottes Strafe für seine Sünden, dass er, um sein Leben zu bewahren, das Einzige vernichten musste, was ihm Freude bereitete.

# Kapitel 13

Maria legte ihre Beine auf die Chaiselongue und betrachtete Tim, der am Schreibtisch Zeichnungen anfertigte. Das Cottage, das Welton ihr zur Verfügung stellte, war klein, aber gemütlich. Es war ein angenehmer Rückzugsort, lag am Meer, und das sanfte Rauschen der Wellen bildete eine bezaubernde Hintergrundmusik zu ihrer Muße.

Tim summte beim Zeichnen leise vor sich hin. Wieder einmal staunte Maria, wie sanft er trotz seiner gewaltigen Größe war. Er war freundlich, und seine tief empfundene Loyalität gegenüber St. John galt auch ihr, weil er glaubte, sie wäre dem Freibeuter wichtig. Das erstaunte sie am meisten. Zugegeben, St. John hatte großes Interesse an ihr gezeigt, aber sie kannte die Männer. Großes Interesse hieß nicht selbstredend große Zuneigung. Sie hatte etwas, was er wollte, und über ihre Beziehung machte sie sich keine weitergehenden Illusionen. Tim schien allerdings zu glauben, dass mehr dahintersteckte, und ein Teil von ihr hätte das nur zu gerne geglaubt.

Sie vermisste ihren Freibeuter. Es war seltsam, dass sie so schnell Gefühle für ihn entwickelt hatte, aber sie konnte es nicht leugnen. Wenn sie nachts in ihrem Bett lag, sehnte sie sich danach, von seinen starken Armen umfangen zu werden, ihren Kopf auf seiner weichen beharrten Brust zu betten und sich von seiner glühenden Haut wärmen zu lassen. Manchmal schloss sie die Augen und konnte förmlich seinen Duft riechen, den sinnlichen Duft nach Bergamotte und virilem, erregtem Mann.

Doch vor allem sehnte sie sich nach einer, wenn auch illusorischen, Sicherheit. Christopher gab ihr ein Gefühl von Geborgenheit. Simon, Gott segne ihn, überließ ihr in allem die Führung. Aber manchmal wünschte sie sich jemanden, der die Bürde mit ihr gemeinsam trug. Nur eine Weile. Nicht so, dass sie abhängig wurde, doch lange genug, um ihr etwas Ruhe zu schenken.

»Hier«, sagte Tim, erhob sich schwerfällig und stampfte zu ihr. Er gab ihr die Zeichnung und ging zum Schreibtisch zurück, um eine weitere anzufertigen.

Maria legte die Landkarte und die Hinweise für Simon, wo gesucht werden sollte, beiseite und starrte beeindruckt auf die Skizze.

»Sie haben wirklich eine Gabe«, sagte sie und bewunderte die Linien und Schattierungen, die das Bild eines außerordentlich gut aussehenden Manns schufen. Mit seinen exotischen Gesichtszügen und den dunklen Haaren und Augen hatte er etwas verlockend Gefährliches an sich, obwohl er noch jung war. Seine dicken Haare waren zu lang, fielen ihm ins Gesicht und umrahmten sinnliche Augen und einen hinreißenden Mund.

»Das ist doch gar nichts«, brummte Tim abwehrend, worauf sie den Kopf hob und sah, dass er rot geworden war.

»Und Ihr Gedächtnis ist ebenso beeindruckend. Mir ist dieser junge Mann auch aufgefallen, aber ohne dieses Bild hätte ich ihn nicht beschreiben können. Seine Gesichtszüge sind zu einzigartig für jeden Vergleich, aber Sie haben ihn perfekt getroffen.«

Tim brummte verlegen etwas und zog seine buschigen Augenbrauen zusammen. Sie lächelte und betrachtete dann die vielen Skizzen um sie herum. Gemeinsam hatten sie alle Details jener Nacht festgehalten: die Kutsche, die Gouvernante, die Stallburschen und den Kutscher. Als Nächstes sollte Amelia kommen, und Maria fürchtete sich fast davor, sie zu sehen, weil sie nicht wusste, wie sie reagieren würde. Sie hatte ihre Schwester nur kurz gesehen und entdeckt, dass die Erinnerung an sie in den letzten drei Wochen schon fast verblasst war.

»Sie kriegen sie zurück«, grollte Tim.

Maria blinzelte und wandte ihre Aufmerksamkeit wieder ihrem Gast zu. Zu ihrer großen Erleichterung waren die zwei Wochen fast vorüber. Ihre Verletzung erforderte absolute Ruhe zum Heilen, doch Untätigkeit war ihr ein Gräuel. Sie war pausenlos im Zimmer auf und ab gegangen, sodass sie bereits den ganzen Erdball einmal zu Fuß umrundet hatte. Es lag ihr nicht, ihre Angelegenheiten aus der Ferne zu lenken. Viel lieber war sie persönlich anwesend. Glücklicherweise würde sie in zwei Tagen nach London aufbrechen. Dann kehrte Tim zu St. John zurück, und sie würde sich wieder vollkommen ihrer Suche widmen. »Wie bitte?«

»Ihre Schwester«, erklärte er. »Sie kriegen sie zurück.«

Lieber Gott. Wie war er darauf gekommen?

»Weiß St. John davon?«, fragte sie sanft, während ihr alle möglichen Konsequenzen wild im Kopf herumwirbelten. Amelia war ihre einzige Schwachstelle. Und außer Simon und Welton wusste das niemand.

»Noch nicht. Sie haben mich geschnappt, bevor ich es ihm sagen konnte.«

Erleichtert seufzte sie auf, obwohl ihr Herz immer noch raste.

»Dann kann ich Sie nicht zurückschicken«, befand sie.

Natürlich wussten sie beide, dass er gehen konnte, wann immer er wollte. Nur Ketten hätten einen Mann seiner Statur gegen seinen Willen hier gehalten, und selbst das war noch fraglich.

»Das hab ich mir schon gedacht«, antwortete er nur.

»Warum haben Sie das dann zu mir gesagt?«, fragte Maria stirnrunzelnd.

Der Riese zupfte sich an seinem drahtigen Bart und lehnte sich in dem Sessel zurück, den er fast sprengte. »In der Nacht sollte ich Sie schützen. Ich hab versagt. Wenn ich Sie jetzt schütze, kann ich es vielleicht wiedergutmachen.«

»Das ist doch nicht Ihr Ernst!« Doch sie merkte es an seiner Haltung, dass es ihm durchaus ernst war. »Niemand konnte wissen, was geschehen würde!«

Er schnaubte. »St. John hat es gewusst, sonst hätte er uns nicht hinterhergeschickt. Er hat mir vertraut, dass ich Sie für ihn schütze, aber ich war es nicht wert.«

»Tim …«

Er hob seine riesige Hand, um ihr das Wort abzuschneiden. »Da brauchen wir nicht zu streiten. Sie wollen mich hierhalten, und ich will auch hierbleiben. Also kein Palaver.«

Daraufhin klappte sie den Mund wieder zu. Gegen solche Logik war nichts einzuwenden.

»*Mhuirnín.*«

Als Maria über ihre Schulter blickte, sah sie, dass Simon mit seiner üblichen trägen Eleganz ins Zimmer getreten war. Er trug noch Reisekleider, weil er gerade erst von einer langen Erkundungstour zurückgekehrt war. Nach ihren detaillierten schriftlichen Anweisungen hatte er mit einem Dutzend Männer die gesamte Südküste abgesucht und Erkundigungen nach Amelia eingezogen.

»Du hast Besuch.«

Alarmiert schwang sie die Beine von der Chaiselongue und stand auf. Sie eilte zu Simon und fragte leise: »Wer ist es?«

Er fasste sie am Ellbogen, führte sie aus dem Zimmer und warf einen wachsamen Blick zu Tim. Dann neigte er sich zu ihr und murmelte: »Lord Eddington.«

Sie verharrte und sah ihn mit weit aufgerissenen Augen an. Auf ihre stumme Frage hin zuckte er die Schultern und führte sie zum Salon.

Zwar war sie nicht für Besuch zurechtgemacht, aber dies war ja auch kein offizieller Empfang. Also hob sie ihr Kinn, bot ihren gesamten Charme auf und betrat den Salon. Als Eddington sich mit einem überaus finsteren Blick zu ihr umdrehte, war sie dankbar für ihre Fassade.

»Sie und ich haben einiges zu besprechen«, sagte er zornig und gepresst.

Da Maria den Umgang mit herrischen Männern gewohnt war, lächelte sie strahlend und nahm auf einem Sofa Platz. »Ich freue mich auch sehr, Sie zu sehen, Mylord.«

»Das wird sich gleich ändern.«

»Dreist wie nur was ging sie mit gezückter Pistole auf ihn zu, und das am helllichten Tag.«

Christopher grinste bei dem Bild, das Philip ihm von der Entführung des riesigen Tim durch die zierliche Maria entwarf. Ein warmes Gefühl breitete sich in seiner Brust aus. Verdammt, er mochte diese Frau mit jedem Tag mehr! Selbst ihre Abwesenheit hatte weder seine Wertschätzung noch sein Verlangen nach ihr gemindert. Seine erste Frage hatte ihrem Wohlergehen gegolten, als er an diesem Nachmittag Philip in der Herberge getroffen hatte. Er brauchte zu viele Informationen, um bis zu seiner Rückkehr nach London zu warten.

»Es war schon ziemlich amüsant«, bemerkte Philip, dem Christophers Grinsen nicht entgangen war.

»Ich wollte, ich hätte das gesehen.« Er ließ sich noch weiter gegen die Lehne der Sitzbank sinken und blickte aus dem Fenster, wo die Landschaft an ihnen vorbeiflog. Die scharlachroten Vorhänge, die in starkem Kontrast zur ganz in Schwarz gehaltenen Kutsche standen, waren zurückgezogen. »Also ist Tim bei ihr geblieben.«

»Ja, und das ist wahrscheinlich auch das Beste. Der Ire war nämlich seit dem zweiten Tag ihrer Ferien unterwegs.«

»Hm …« Das gefiel Christopher sehr. Das quälende Unbehagen, das ihn immer bei dem Gedanken an Maria mit Quinn beschlich, war ihm vollkommen neu. Es war mehr als offensichtlich, dass ihr immer noch etwas an dem Iren lag. Christophers einziger Trost bestand darin, dass sie ihr verwaistes Bett nur mit ihm teilte.

Bei diesem Gedanken geriet schon wieder sein Blut in Wallung. Es gab Zeiten, da redete er sich ein, es war gar nicht so gut gewesen, mit ihr zu schlafen, wie er in Erinnerung hatte. Wie auch? Dann gab es andere Zeiten – abends, wenn er im Bett lag –, da konnte er fast wahrnehmen, wie ihre Hände über seine Haut streichelten und sie ihn mit leiser Stimme provozierte.

»Sind wir bald da?«, fragte er, weil er seine sich erholende Geliebte so schnell wie möglich erreichen wollte. Wenn er ganz sanft vorging, konnte er sie vielleicht heute schon haben. Sein Verlangen, verstärkt durch die lange Abstinenz, setzte ihm hart zu, doch er hatte es unter Kontrolle. Er würde nicht die Heilung ihrer Verletzung gefährden.

»Ja, es ist nicht mehr weit.« Philip runzelte die Stirn, ersparte sich aber jeden weiteren Kommentar, sondern rieb sich nur mit den Handflächen über seine graue Samthose. Doch Christopher kannte den jungen Mann gut genug, um zu wissen, dass ihn etwas beunruhigte.

»Was hast du?«

Philip setzte seine Brille ab und nahm ein kleines Tuch aus seiner Tasche. Während er völlig unnötigerweise seine Brille putzte, sagte er: »Ich mache mir Sorgen wegen Lord Sedgewick. Es ist schon über einen Monat her, seit er dich freigelassen hat. Sicher wird er bald ungeduldig werden, weil wir ihn nur mit meist unnützen Belanglosigkeiten versorgen.«

Christopher sah Philip einen Augenblick an und bemerkte, wie sehr er gereift war, obwohl seine Brille das gut verbarg. »Bis ich den Zeugen in die Finger bekomme, kann ich nur auf Zeit spielen. Es gibt nichts, was ich hätte tun können, um in eine bessere Position zu gelangen.«

»Das stimmt. Aber ich mache mir Sorgen um dein weiteres Vorgehen.«

»Wieso?«

Philip setzte sich wieder die Brille auf. »Weil ich sehe, dass du eine Schwäche für diese Frau hast.«

»Ich habe eine Schwäche für viele Frauen.«

»Aber keine der anderen läuft Gefahr, durch dich ihr Leben zu verlieren.«

Christopher holte tief Luft und wandte den Blick wieder zum Fenster.

»Und verzeih mir, wenn ich mich irre«, fuhr sein Protegé fort und rutschte unruhig auf seiner Bank hin und her. Er räusperte sich und sagte dann: »Du scheinst mehr für Lady Winter zu empfinden als für alle anderen Frauen, die du kennst und kanntest.«

»Wie kommst du darauf?«

»Weil du dich vollkommen untypisch verhältst: Du belagerst ihr Haus, jetzt reist du ihr nach Brighton nach. Sie wird in zwei Tagen in London zurückerwartet, und doch fährst du ihr entgegen, als könntest du es nicht ertragen, länger als unbedingt notwendig von ihr getrennt zu sein. Wie kannst du sie unter diesen Umständen Sedgewick ausliefern?«

Das war die Frage, die Christopher in letzter Zeit zunehmend beschäftigt hatte. Diese Frau hatte ihm nichts getan. Sie stellte lediglich eine Verlockung dar, der er im Theater erlegen war und der er seitdem nachging. Er wusste nichts über ihre Verbindung mit Lord Winter, wusste aber, dass sie Daytons Tod nicht böswillig verursacht hatte. Sie trauerte um den Mann, behauptete, sie hätte ihn geliebt.

Es schnürte ihm die Kehle zusammen bei dem Gedanken, dass Marias Zuneigung einem anderen gelten konnte. Wie war sie, wenn sie liebte? Die Frau, die einen Hocker vor ihn gestellt und ihn mit glühend heißer Leidenschaft geküsst hatte, hatte ihm das Herz geraubt. War das die Maria, die mit Dayton verheiratet gewesen war?

Christopher rieb sich über die Brust, um die plötzliche Enge darin zu vertreiben. Diese Frau hatte ihre Geheimnisse, daran bestand keinerlei Zweifel. Aber sie war weder böse, noch wollte sie ihm schaden. Wie konnte er sie da an den Galgen bringen? Er war kein guter Mensch. Und abgesehen von seinen Gefühlen für sie verstörte es ihn zutiefst, das Leben eines Menschen, der besser war als er, für seines zu beenden.

»Wir sind da«, murmelte Philip und riss Christopher aus seinen Gedanken.

Er richtete sich auf und wandte seinen leeren Blick zu dem Cottage, dem sie sich näherten. Sie waren immer noch ein Stück weit davon entfernt, sodass man das Rollen der Kutschräder von dort nicht hören konnte, doch er sah bereits die luxuriöse Equipage, die in der Auffahrt wartete.

Wieder überkam ihn der vertraute brennende Besitzanspruch. Er klopfte mit den Fingerknöcheln ans Dach und rief dem Kutscher zu: »Hier anhalten.«

Er stieg aus und ging zu Fuß zum Haus, wobei das rhythmische Rauschen der Wellen seinen Schritten eine ungewöhnliche Dringlichkeit verlieh. Es dämmerte, daher konnte er sich im Schatten vorwärtsbewegen. Ein leiser Vogelruf erinnerte ihn an die Männer, die er zu Marias Schutz abgestellt hatte. Er pfiff als Antwort, brach jedoch abrupt ab, als er das Wappen auf der Kutschentür erkannte.

Eddington.

Tausend Gedanken stürmten gleichzeitig auf ihn ein. Er hielt kurz inne und atmete tief ein und aus, um sich zu beruhigen, dann umrundete er das Cottage und suchte nach einer Möglichkeit, die Vorgänge im Haus unentdeckt zu beobachten.

Das Glück war ihm hold. Als er um eine Ecke bog, drang Licht aus einem offenen Fenster und fiel in einem schrägen Muster auf den Lehmboden. Er schlich näher ans Fenster und hatte so ungehinderte Sicht auf Maria und Eddington, die allem Anschein nach in eine hitzige Debatte verstrickt waren. Das hätte ihn ein wenig trösten können, wäre Maria angemessen angekleidet gewesen. Doch das war sie nicht. Ihr Kleid war nicht im Mindesten geeignet, offiziell Besuch zu empfangen. Und Quinn war nicht zugegen.

Christopher rannte zum Haus, presste sich mit dem Rücken an die Mauer und schlich sich näher ans offene Fenster.

»Muss ich Sie daran erinnern«, stieß Eddington zornig hervor, »dass ich Sie mehr als üppig bezahle, damit Sie mir einen Dienst erweisen. Aber ich bezahle nicht dafür, dass Sie Ferien machen!«

»Ich war krank«, erwiderte sie frostig.

»Wenn Sie mir nicht in der Horizontale dienen können, gibt es andere Möglichkeiten, Ihren Verpflichtungen nachzukommen.«

Christopher ballte die Fäuste und biss die Zähne zusammen, denn eine nie gekannte Raserei ergriff ihn. Zwar hatte ihn schon öfter Mordlust überkommen, doch nie in Begleitung derartiger Schmerzen in seinem Herzen und seiner Lunge.

»Seien Sie nicht so unhöflich!«, zischte sie.

»Ich bin, wie auch immer es mir beliebt, verdammt noch mal!«, bellte der Earl. »Schließlich bezahle ich genug dafür.«

»Wenn Sie sich so schwer von Ihrem Geld trennen können, dann geben Sie mich doch frei, und suchen Sie sich jemand Billigeren für Ihre Bedürfnisse.«

Christopher meinte, trotz des Wellenrauschens das Knirschen seiner Zähne zu hören, aber er konnte nichts dagegen machen. Er musste seine gesamte Willenskraft aufbieten, um nicht durchs Fenster ins Haus zu springen und Eddington zu Brei zu schlagen. Nur sein Wissen, dass Marias Vertrauen nicht mit Gewalt gewonnen werden konnte, hielt ihn davon ab. Sie musste ihr Vertrauen aus freien Stücken gewähren.

Also schlich er sich fort, während er angestrengt über die berüchtigte Femme fatale nachdachte. Sie war in etwas höchst Unangenehmes verwickelt, und zwar offensichtlich gegen ihren Willen. Und doch hatte sie ihn nicht um Hilfe gebeten. Er war ihr Liebhaber und noch dazu reich, und er hätte ihr geholfen, wenn sie ihn gefragt hätte, aber Maria war es gewohnt, sich allein um ihre Angelegenheiten zu kümmern.

Christopher verhärtete sein schmerzendes Herz und weigerte sich, sich abgeschoben oder vergessen zu fühlen. Er warf ihr auch nicht vor, aus Selbstschutz zu handeln. Sie war eine intelligente Frau. Sie konnte lernen, und er konnte sie lehren. Freundlichkeit. Zärtlichkeit. Wie viel hatte sie davon in ihrem Leben erfahren? Er war vielleicht nicht der beste Lehrer für diese Gefühle, doch auch er war lernfähig. Er würde einen Weg finden, sich ihr gegenüber zu öffnen, sodass sie sich sicher genug fühlte, um sich ihm gegenüber zu öffnen.

Also verschwand er so schnell, wie er gekommen war. Und doch kehrte er als anderer Mensch zu seiner Kutsche zurück – zwar immer noch ernst, aber jetzt versunken in Gedanken, in denen Philip ihn klugerweise nicht störte.

Maria schritt so rasch und aufgewühlt durch ihr Zimmer, dass ihr Morgenmantel ihr um die Beine schwang.

»Wo bist du?«, knurrte sie und blickte wieder einmal zum offenen Fenster, weil sie ungeduldig auf das Erscheinen ihres Geliebten mit den blonden Haaren wartete. Sie war bereits seit zwei Tagen zu Hause und wusste von ihrem Spion in St. Johns Haushalt, dass Christopher ebenfalls daheim war. Nur suchte er sie nicht auf. Sie hatte ihm noch an diesem Morgen eine Nachricht geschickt, allerdings vergeblich. Weder hatte er geantwortet, noch war er erschienen.

Da war sie in aller Eile nach Hause gefahren und hatte sofort gebadet, um den Staub von der Reise loszuwerden, und jetzt wartete sie schon seit Tagen auf ihn. Tief in ihrer Brust war ein Schmerz erwacht, der wuchs und wuchs.

Möglicherweise hatte Christopher während ihrer Abwesenheit jegliches Interesse an ihr verloren. Zwar hatte sie diese Möglichkeit in Betracht gezogen, doch die Erkenntnis traf sie unvorbereitet und quälend.

Sie blieb am Fenster stehen und blickte nach unten, aber dort regte sich nichts. Sie schloss die Augen und atmete scharf ein. Er schuldete ihr nichts, doch sie war wütend auf ihn, weil er ihr so viel Schmerz zufügte. Sie war fuchsteufelswild, dass er nicht mal die

Höflichkeit aufgebracht hatte, ihr Lebewohl zu sagen. Selbst ein Brief, wenn er schon nicht persönlich vorsprach, wäre besser gewesen als diese wortlose Entlassung.

Aber sie würde verdammt sein, wenn sie sich so von ihm behandeln ließe! Sie hatte sich in ihrer Nachricht entblößt und deutlich gemacht, wie sehr sie sich seinen Besuch wünschte. Es schmerzte sie, wie sehr ihr der Mann ans Herz gewachsen war. Wie sehr sie sich nach seiner Aufmerksamkeit, seiner bloßen Anwesenheit sehnte.

Nur um ohne ein Wort fallengelassen zu werden.

Kochend vor Zorn, zog Maria sich aus und rief nach Sarah, um sich wieder ankleiden zu lassen. Sie wählte ein Kleid aus scharlachroter Seide und brachte sorgfältig ein herzförmiges Schönheitspflästerchen direkt über einem ihrer Mundwinkel an. Dann steckte sie ihren Dolch in die in ihr Gewand eingenähte Scheide und befahl, die Kutsche vorzufahren. Mit jeder Sekunde, die verging, kochte ihr Blut mehr. Sie war auf Streit aus, und großer Gott, der Freibeuter würde ihr den liefern, ob er wollte oder nicht.

Berittene Leibwächter umringten ihre Kutsche, als sie die relative Sicherheit von Mayfair verließ und nach St. Giles fuhr, dem Viertel der Bettler, Diebe, Huren und … ihres Geliebten. Sie saß in ihrer behaglich dämmrigen Kutsche und spürte, wie sie immer wütender wurde. Als sie schließlich sein Haus erreicht hatte, stand sie kurz davor zu explodieren, was für jeden offensichtlich zu sein schien. Denn nachdem der Lakai ihre Karte entgegengenommen hatte, wurde sie unverzüglich in die Eingangshalle geführt.

»Wo ist er?«, fragte sie bedrohlich sanft und ignorierte die große Gruppe aus Männern und Frauen, die aus verschiedenen Räumen herbeikamen, um sie zu begutachten.

Der Butler schluckte hart. »Ich werde ihn von Ihrem Besuch unterrichten, Lady Winter.«

Sie zog die Augenbrauen in die Höhe. »Danke, das übernehme ich selbst. Sagen Sie mir nur, wo er ist.«

Der Diener öffnete den Mund, schloss ihn wieder und stieß schließlich mit einem ergebenen Seufzer hervor: »Folgen Sie mir, Mylady.«

Wie eine Königin schritt Maria die Treppe hinauf, den Kopf erhoben, die Schultern gestrafft. Sie mochte eine verschmähte Geliebte sein, doch sie weigerte sich, diese Rolle auch zu spielen.

Kurz darauf fegte sie in das Zimmer, dessen Tür ihr der Butler öffnete, und blieb abrupt stehen, weil ihr das Herz bis zum Hals schlug. Mit einer knappen Geste befahl sie, die Tür zu schließen. Mehr brachte sie nicht zustande.

Christopher lag unvollständig angezogen vor dem Kamin. Er trug weder Rock noch Weste, seine Füße und sein Hals waren nackt. Den Kopf hatte er zurückgelehnt, seine strahlend blauen Augen geschlossen. Welch wunderbares, wenn auch tödliches Geschöpf er war! Selbst jetzt in ihrem Zorn berührte er sie so wie kein anderer Mann zuvor.

»Christopher«, rief Maria kaum hörbar, denn sein Anblick schnürte ihr die Kehle zu.

Langsam verzogen sich seine Lippen zu einem Lächeln, doch seine Augen blieben geschlossen. »Maria«, sagte er sanft, »du bist gekommen.«

»Und du nicht. Obwohl ich dich darum gebeten und gewartet habe.«

Da sah er sie schließlich mit schmalen Augen nachdenklich an. »War es so schlimm, mir zu wünschen, du würdest dir die Mühe machen, auf mich zuzugehen?«

»Ich habe keine Zeit mehr für deine Spielchen, St. John. Ich bin gekommen, weil du mir etwas schuldest: einen klaren Schnitt.«

Damit wandte sie sich zum Gehen, doch sie hatte sich verrechnet. Wie der Blitz kam Christopher zu ihr und drückte sie an die Tür.

»Das ist kein Spielchen«, sagte er mit seiner kratzigen Stimme dicht an ihrem Ohr.

Maria gab sich alle Mühe, seinen harten, muskulösen Körper zu ignorieren, nach dem sie sich so lange gesehnt hatte. Er ragte über ihr, und sein heißer Atem strich ihr fast intim über ihren Scheitel. Als er sein Becken gegen sie drängte, begriff sie, was er ihr sagen wollte. Zwar konnte sie ihn durch die unzähligen Stoffschichten ihrer Röcke nicht spüren, doch er war unzweifelhaft erregt.

Sie wehrte sich gegen ihr aufflammendes Entzücken angesichts dieser Erkenntnis und sagte kalt: »Warum bist du dann nicht zu mir gekommen?«

Christopher nahm seine Hände von der Holztür und legte sie kühn auf ihren Busen. Seine muskulösen Beine drückten sie weiter gegen die Tür, während er sie liebkoste. »Ich komme immer zu dir, Maria. Ich musste wissen, dass du auch zu mir kommen würdest.«

Sie holte scharf Luft, als heiße, drängende Erregung sie bei diesen Worten überfiel. Doch es war ein schwerer Fehler von ihm gewesen, ihre Hände loszulassen, und eine Sekunde später wurde ihm das auch klar. Sie drückte mit der Spitze ihres Dolchs gegen seinen Oberschenkel.

Fluchend stieß er sie von sich, und sie wirbelte zu ihm herum, griff mit der Hand hinter sich und verriegelte die Tür.

Ein winziger Blutfleck breitete sich um das Loch in seiner Hose aus. »Zielst du mit deinen Waffen auch auf Eddington?«, fragte er sanft. »Oder hat er sich davon freigekauft?«

Maria hatte den Dolch erhoben, hielt jetzt allerdings inne. »Was hat Eddington damit zu tun?«

»Genau das möchte ich auch wissen.« Nonchalant zog er sich das Hemd über den Kopf und präsentierte seinen goldbraun schimmernden muskulösen Oberkörper, auf dem heilende Verletzungen und gelbliche Blutergüsse zu sehen waren. Beim Anblick dieser Blessuren schnürte es ihr die Kehle zu, und es zerriss ihr das Herz, dass auch sie zur Verletzung dieses männlichen Prachtexemplars beigetragen hatte. Von einem Laken riss er einen Streifen ab, mit dem er sein Bein verbinden konnte. »Sind wir einander vertraut genug, um uns solche Geheimnisse zu verraten?«

»Bist du wegen Eddington nicht gekommen?«, fragte sie, und ihr Magen zog sich zusammen bei der Erkenntnis, dass er von ihrer Verbindung zum Earl wusste.

Christopher verschränkte die Arme und schüttelte den Kopf. »Nein. Ich sage dir die Wahrheit, Maria, weil ich von dir auch die Wahrheit hören möchte. Ich will dich unterstützen. Dir helfen. Wenn du es mir nur erlauben würdest.«

Sein Ton und sein Blick waren so ernst, dass sie wie gelähmt war von den Empfindungen, die er in ihr hervorrief. Der Dolch entglitt ihren gefühllosen Fingern und fiel dumpf zu Boden.

»Und was bekomme ich dafür?«, fragte sie, und ihr Atem beschleunigte sich.

»Was möchtest du denn?« Christopher trat wieder näher zu ihr und senkte den Kopf, um ihren halb geöffneten Mund mit seiner Zunge zu liebkosen. »Du hättest heute Abend auch zu Quinn oder Eddington gehen können. Aber du bist zu mir gekommen, trotz deines Zorns. Ich habe etwas, das du willst, Maria. Sag mir, was es ist, dann werde ich es dir vielleicht geben.«

Letzteres sagte er mit einem schmerzlichen Unterton, den er

rasch verbarg, indem er sie tief und besitzergreifend küsste. Er fuhr mit den Händen zu ihren Schultern und zog sie langsam immer näher zu sich.

Noch als Maria erkannte, dass sie die Macht hatte, ihn zu verletzen, wurde ihr klar, dass dies auch umgekehrt galt. Und er machte es so gut, schwächte sie mit seiner Freundlichkeit und scheinbaren Aufrichtigkeit.

»Vielleicht will ich nur mit dir schlafen«, sagte sie kühl, ihre Lippen dicht an seinen. »Du hast einen Körper, der für die Sünde wie geschaffen ist, und einen scharfen Verstand, um ihn dafür zu nutzen.«

Als er sie fester umklammerte, wusste sie, dass sie ihn getroffen hatte. Es schmerzte sie zutiefst, dass sie ihm absichtlich wehgetan hatte, um sich zu schützen, doch ihr fiel nichts Besseres ein. Diese Seite von Christopher war viel zu gefährlich. Mit einem primitiven Freibeuter konnte sie umgehen. Aber sie war nicht überzeugt, dem Charme des sanften und gleichzeitig leidenschaftlichen Liebhabers widerstehen zu können, als der er sich in letzter Zeit immer öfter präsentierte. Die grobe Verführung ihrer ersten sexuellen Begegnung war süßen Küssen, intimen Erinnerungen und Sehnsuchtsbekenntnissen gewichen. Wenn sie ihm vertraute, würde sich eine Romanze entspinnen. Da ihr seine Motive suspekt waren, kam sie sich vor wie unter einer Belagerung, und sie konnte sich keine Kapitulation leisten, wenn dadurch Amelias Sicherheit gefährdet war.

»Wenn du meinen Schwanz willst«, flüsterte er, »dann werde ich dir damit dienen. Du musst nur um das bitten, was du brauchst. Ich bin bereit und mehr als willig, dir alles zu geben. Innerhalb und außerhalb des Betts.«

Sie schloss die Augen und sperrte sich gegen ihre Gedanken.

Wie gerne hätte sie die Kraft gehabt, einfach ihre Sehnsüchte zu verdrängen und sich einzig auf die vor ihr liegende Aufgabe zu konzentrieren, doch ihre zitternden Gliedmaßen mahnten sie, so schnell wie möglich die Flucht zu ergreifen – solange sie es noch konnte. Die Information, auf die Welton und Eddington aus waren, würde auf anderem Wege beschafft werden müssen. Sie würde einen Weg finden, wie immer.

»Zieh mich aus«, flüsterte sie und konzentrierte sich auf ihr Ziel.

»Wie du willst.« Als er ihr mit der Zunge über ihre Ohrmuschel fuhr, erschauerte sie. »Dreh dich um.«

Maria holte tief Luft und gehorchte.

# Kapitel 14

Christopher ballte die Fäuste, als ihm Maria die Reihe winziger Knöpfe darbot, die ihren Rücken hinunterlief. Er zwang sich, seine zitternden Hände stillzuhalten. Wie sehr sehnte er sich nach Marias Zärtlichkeit, irgendeinem Zeichen von ihr, dass sie nicht nur an seinen körperlichen Qualitäten interessiert war.

Warum war sie gekommen? Warum hatte sie ihm eine so liebevoll formulierte Nachricht geschickt? Vielleicht bereitete er ihr wirklich Vergnügen. Er hasste den Teil in sich, der ihn mahnte: Das ist genug. Nimm, was sie dir zu geben bereit ist. Denn es war ihm nicht genug. Es konnte nicht länger nur das Körperliche zwischen ihnen sein. Er konnte nicht das Bett mir ihr teilen, wenn er wusste, dass er vom Rest ihres Lebens ausgeschlossen war.

»Hast du es dir anders überlegt?«, murmelte sie und warf ihm einen Blick über die Schulter zu, weil er so lange zögerte.

Er starrte auf das herzförmige Schönheitspflästerchen an ihrem Mund und verspürte den Drang, es zu küssen. Ihr berauschender Duft drang ihm in die Nase. »Nein.«

Dann machte er sich an die schwierige Aufgabe, ihren üppigen Körper zu entkleiden, die endlosen Stoffschichten zwischen ihm und ihr zu entfernen. Er wusste, wie man eine Frau auszog, doch noch nie hatten dabei seine Hände gezittert.

Langsam, ganz langsam knöpfte er ihr scharlachrotes Kleid auf, bis das Rückenteil auseinanderklaffte und einen leuchtenden Kontrast zu ihrer olivfarbenen Haut bildete. Er senkte den Kopf und strich ihr mit der Zunge über ihre Schulter. Als er spürte, wie sie erschauerte, wusste er, diesen Dienst würde er ihrem ganzen Körper erweisen. Er würde mit seinen heißen Lippen an ihren Nippeln saugen, dann ihre Beine spreizen und sie lecken. Sie würde sich unter ihm winden und hochwölben und um Gnade betteln. Wenn er mit ihr fertig sein würde, könnte kein anderer Mann ihr mehr genügen, und sie würde wissen, wie er sich die letzten Tage gefühlt hatte: wie ein Verhungernder, der nicht essen kann.

Er schob ihr Kleid beiseite und blickte wie gebannt auf die wulstige Narbe von ihrer Stichwunde. Wieder schloss er die Augen, weil die Gefühle ihn überwältigten. Dann spürte er die erhabene Narbe unter seinen Fingerspitzen, weil er unbewusst die Hand gehoben hatte, um sie zu ertasten. Maria keuchte bei dieser Berührung auf.

»Tut sie dir immer noch weh?«, fragte er und öffnete die Augen, um zu sehen, was er tat.

Eine ganze Weile antwortete sie nicht, dann nickte sie.

»Ich werde behutsam sein«, versprach er.

»Nein«, widersprach sie atemlos, »denn du wirst unten liegen.«

Er erschauerte, so mächtig waren die Erinnerungen, die ihre Worte hervorriefen. Wie oft hatte er die Erinnerung an ihre eine gemeinsame Nacht wiederaufleben lassen, als sie auf ihm saß, er an ihrer Brust gesaugt hatte und sie sich immer schneller bewegte, bis er so heftig stoßweise kam, dass er danach nur noch völlig erschöpft keuchte. Seine Hoden zogen sich schmerzhaft zusammen, weil er von dieser Ekstase nur noch wenige Augenblicke entfernt war. Er sehnte sich verzweifelt danach, mit ihr eins zu werden. In Leidenschaft. Ein Körper. Sie härter, schneller und tiefer zu nehmen, als sie es je erlebt hatte, und in gleicher Weise von ihr gevögelt zu werden. Sie zu einer genauso wilden, gierigen Reaktion zu bringen. Für ihn.

Nur für ihn.

»Beeil dich«, drängte sie ihn angespannt.

Christopher hielt inne, weil er verstand, dass sie sich verletzlich fühlte und die Änderung der Spielregeln Argwohn und leichte Angst in ihr ausgelöst hatte. Er war ebenfalls unsicher und wagte sich nur zaghaft vor, weil er sich noch nie derart entblößt hatte.

Also packte er beide Rückenteile ihres Kleids und riss sie schnell und heftig auseinander. Sie schüttelte sie ab und drehte sich zu ihm um. Ein Korsett umgab ihre Taille, und die Röcke verbargen ihre Beine.

»Zieh deine Hose aus«, befahl sie, »und leg dich aufs Bett.«

Er sah sie an, während er mit langsamen Bewegungen gehorchte. Er würde ihr zeigen, dass er mit gutem Beispiel voranging und sich in ihre Hände gab, wenn sie dasselbe für ihn tat. »Ich will dich auch nackt sehen.«

»Später.«

Nickend befreite Christopher seinen Schwanz und schob seine Hose nach unten. Marias Blick fiel auf seine Erektion, was ihn veranlasste, ihn in die Hand zu nehmen und zu massieren, bis ein Lusttropfen aus seiner Eichel drang.

»Siehst du, was du mit mir machst?«, fragte er und bot ihr seinen Schwanz wie ein Geschenk.

So etwas wie Traurigkeit huschte über ihre zarten Züge. Ein leises Stöhnen entfuhr ihm, als er fortfuhr, vor ihren Augen zu masturbieren. Lust schlängelte sich sein Rückgrat hinauf und ließ sein Glied noch weiter anschwellen.

»Ich war zu lange ohne dich, Maria. Hast du mich genauso vermisst?«

»Ich hab dir doch geschrieben.«

»Wirst du mich bestrafen, weil ich einen Beweis deiner Zuneigung wollte? Weil ich dich in meinem Bett wollte und nicht in deinem?«

»Hör auf«, sagte sie heiser, ihren Blick wie gebannt auf seine geschäftigen Hände gerichtet. »Ich will dich hart und dick in mir, nicht schlaff.«

Christopher ließ die Hände sinken. Verwaist, rot und tropfend ragte sein Schwanz in die Höhe. Dieser Machtverzicht war vollkommen neu für ihn. Für eine andere hätte er das wohl nicht zustande gebracht. Eine weniger starke Frau hätte wohl nicht die nötige Befehlsgewalt gehabt, um die Kontrolle von ihm zu übernehmen. Selbst Emaline mit all ihrer Erfahrung war nicht in der Lage gewesen, ihn im Schlafzimmer zu beherrschen. Deshalb diente sie ihm auch ab und zu selbst, anstatt ihm eines – oder mehrere – ihrer Mädchen zur Verfügung zu stellen. Manchmal wollte sie den Luxus, einfach genommen zu werden, anstatt immer selbst die ganze Arbeit zu leisten.

Also wartete er keuchend und mit schweißnasser Haut. Die Erregung stieg und lud die Atmosphäre auf, was ihn wiederum noch mehr erregte. Im Bett konnte es langweilig werden, wenn man nicht ständig in Aktion blieb. Aber hier war es vollkommen anders. Der Raum zwischen ihm und Maria war spürbar mit Energie aufgeladen, genau wie immer.

»Hast du es dir anders überlegt?«, sagte er und ahmte sie damit nach.

Sie zog die Augenbrauen in die Höhe. »Vielleicht bin ich noch nicht bereit.«

Daraufhin hob er ebenfalls die Augenbrauen; sie war stark errötet, und ihre Brust hob und senkte sich schnell, daher wusste er, sie log. Er wusste auch, dass sie feucht war, wusste, dass es ihr Lust bereitet hatte zu sehen, wie er sich selbst Lust bereitete. »Ich kann dafür sorgen«, bot er ihr eifrig an.

Einen Augenblick lang regte sich seine dunkelhaarige Verführerin mit den blutroten Lippen nicht. Ihr Hemdchen, ihr Korsett und die Unterröcke waren weiß wie bei einem Engel, doch der wissende Blick unter ihren dichten Wimpern strafte diesen Eindruck Lügen. Er konnte ihre köstlichen Nippel durch den durchsichtigen Stoff sehen, und vor lauter Verlangen, daran zu saugen, lief ihm das Wasser im Mund zusammen. Das winzige Schönheitspflästerchen reizte ihn, diesen sinnlichen Mund zu küssen, seinen Schwanz hineinzustecken und zuzustoßen, bis er explodierte. Noch mehr Lusttropfen nässten seine Eichel und rannen an seinem glühend heißen, pochenden Schaft hinunter.

»Würdest du mir erlauben, dich mit meinem Mund zu nehmen?«, fragte er. »Es würde mir gefallen, dich so zu lieben.«

Ihr Blick verdunkelte sich, als sie ihn so sprechen hörte, und unwillkürlich keuchte sie auf. Sie nickte und ging mit rauschenden Röcken an ihm vorbei. Kein Zögern, nur Zielstrebigkeit zeigte sich in ihren Schritten. Wenn sie einmal entschlossen war, schaute sie nicht mehr zurück.

Er folgte ihr, vor Lust und Sehnsucht konnte er nicht mehr klar denken. Sie setzte sich betont aufrecht auf ein Sofa. Ihre Haltung verriet Stolz, bis sie ein Bein über die geschnitzte Armlehne legte und die weißen Rüschen ihres Unterrocks zurückzog, bis erst ihre wunderschön geformten Unterschenkel, dann ihre schlanken Oberschenkel und zuletzt das seidige, himmlische Dreieck zwischen ihren Beinen erschien.

Ein Grollen entfuhr seiner Kehle, und er sank ohne Umstände auf die Knie, legte seine Hände auf ihre Innenschenkel und spreizte sie so weit auf, dass ihm nichts mehr verborgen blieb. Sie war nass und heiß, genau wie er vermutet hatte. Maria, saftig süß, die unnahbare, eisige Winterwitwe. Nur bei ihm nicht. Bei ihm schmolz sie dahin.

»Ich liebe es, dich so zu sehen«, gestand er. »So offen für mich, willig und gierig.«

Er neigte den Kopf, fuhr mit der Zunge an ihren Schamlippen entlang und hörte zutiefst befriedigt, wie ihr ein lustvolles Zischen entfuhr. Nach dieser Nacht würde sie ihn nie mehr vergessen. Sie würde in ihrem Bett liegen und sich an seinen Mund auf ihr erinnern. Sie würde sich nach der Lust sehnen, die nur er ihr bereiten konnte.

Er nahm ihre Scham in seinen Mund und leckte mit schnellen, leichten Bewegungen über den prallen Knopf ihrer Klitoris. Sie packte seinen Kopf, liebkoste seine schweißnassen Haare und wölbte sich ihm mit einem erstickten Schrei entgegen. Er hielt ihre Hüften umfasst und saugte sanft an ihr, worauf sie sich heftiger hin und her wand und anfing, stoßweise zu keuchen.

»Christopher! Gott …!«

Sie wölbte sich ihm noch weiter entgegen und krallte sich köstlich schmerzhaft in seine Haare. Er bewegte sich tiefer, stieß seine Zunge in sie und spürte, wie eng und nass sie war, wie sehr er sie erregte. Er war nur dankbar, dass er es konnte, denn er war bereit und sein ganzer Körper erzitterte vor Verlangen und quälender Sehnsucht.

Dann bewegte er sich wieder aufwärts und saugte stetig und rhythmisch an ihren angespannten Nervensträngen, zwang sie, zu nehmen, was er ihr gab, zwang sie zu sehen, was sie gemeinsam hatten: eine intensive gegenseitige Anziehung, die mit jedem Tag stärker wurde.

Ihr Höhepunkt hätte fast seinen ausgelöst. Ihre Möse zog sich um seine Zunge zusammen, während er immer wieder in sie hineinstieß. Er hörte nicht auf, ließ sich nicht von ihr wegstoßen und bearbeitete sie weiter, nahm sie und brachte sie dazu, noch einmal im Höhepunkt aufzuschreien. Und noch einmal, bis sie es beide nicht mehr aushielten.

Dann stand er auf, griff mit der einen Hand an die Rückenlehne des Sofas und steckte ihr mit der anderen seinen Schwanz in die Spalte.

So tief stieß er in sie, dass das Sofa nach hinten kippte. Er fluchte, und sie schrie erstickt auf. Einen Moment hielt er inne und kniff die Augen zusammen, weil sie erzitterte – so heftig war sie gekommen. Erst als sie wimmernd dalag, wagte er, sie anzusehen.

»Das ist himmlisch«, keuchte er. »Ich will ganz tief in dir sein, spüren, wie du mich immer tiefer in dich saugst, bis wir eins sind.«

Maria starrte hinauf zu dem blonden Engel, der sie so vollkommen im Griff hatte, und fragte sich, wie ihr Besuch derart außer Kontrolle hatte geraten können. Sie war wund und geschwollen, überempfindlich und vollkommen ausgefüllt mit einem steinharten Schwanz. Seine Hände umfassten das Sofa zu beiden Seiten ihres Kopfs, seine schlanken Hüften schmiegten sich zwischen ihre Oberschenkel, sein muskulöser Unterleib presste sich angespannt und schweißbedeckt auf die Stoffwulst ihrer Röcke.

Zuneigung und nackte Lust zeigten sich auf seinem Gesicht, als er auf sie herabblickte, und erschütterte sie bis ins Mark. Wie sollte sie das jemals aufgeben? Sie wimmerte, als Christophers Schwanz in ihr pochte. In dieser Position hatte sie keinerlei Kontrolle, und sein beeindruckendes Gemächt fühlte sich fast zu groß für sie an. Als er sich zurückzog, zog sich ihre Scham zusammen, weil ihr Körper seinen um keinen Preis loslassen wollte. Dann senkte er mit seinen Armen das Sofa noch weiter nach hinten ab und stieß gleichzeitig wieder in sie hinein.

Ohnmächtig stöhnte Maria auf. Sie konnte sich nur noch um seine Taille klammern und sich gegen seine Stöße wappnen, die immer schneller und härter wurden. Ihre Schreie wurden immer lauter, genau wie das rhythmische Knallen der Sofabeine auf dem Boden und die heiseren Flüche, die Christopher mit jedem Stoß entfuhren.

Sein Schwanz war dick, lang und heiß, und er eroberte sie, verführte sie damit, gab ihr genau, was sie wollte. Und genau das, was sie nicht haben konnte.

Mit ihm zu schlafen war glühende Leidenschaft. Lust vermischt mit viel tieferen Gefühlen. Ihr Blick hing wie gebannt an seinen arbeitenden Bauchmuskeln und dem Schwanz, der sich mit faszinierender Präzision in sie hineinschob und wieder herauszog. Die Frage, ob sie ihre erste Nacht im Rückblick verklärt hatte, war damit beantwortet. Christopher St. John war ein meisterhafter Liebhaber, selbst wenn er wild rammelte. Er stieß tief und hart zu und traf damit genau den Punkt, bei dem sich ihre Zehen krümmten.

»Ja!«, knurrte er, als sie fast besinnungslos aufwimmerte. Seine kratzige Stimme verriet reine männliche Befriedigung, und sein Blick ruhte glühend auf ihr, während sie sich unter ihm auflöste.

Lieber Gott, er vernichtete sie, brachte sie dazu, echte Gefühle für ihn zu empfinden. Das durfte nicht sein!

»Nein!«, schrie sie, plötzlich von Furcht ergriffen, und wollte ihn zurückstoßen. »Hör auf!« Sie schlug mit Fäusten auf ihn ein, bis sie in sein nur von einem Ziel besessenes Hirn vordrang.

Er stieß tief in sie hinein und hielt schwer atmend und mit zitternden Schenkeln inne.

»Was ist?«, stieß er keuchend hervor. »Was hast du?«

»Geh runter von mir.«

»Bist du verrückt?« Dann flackerte etwas über sein Gesicht, und er sah nach unten. Bevor sie wusste, was in ihm vorging, senkte er den Kopf und drückte einen innigen Kuss auf ihre frische Narbe. »Tue ich dir weh?«

Maria schluckte hart. Ihr Herz klopfte so heftig, dass sie meinte, es würde platzen. »Ja.« Er brachte sie um, brach ihren Willen.

»Himmel.« Er presste seine schweißbedeckte Stirn auf ihre und atmete stoßweise. Sein Atem wehte ihr heiß übers Gesicht.

In ihrem Innern spürte sie, wie er pochte. Ihr Körper, der nur auf seinen Höhepunkt aus war, saugte an seinem Schwanz und wollte ihn noch tiefer locken.

Christopher holte tief Luft, dann kniete er sich auf die Sofakante, schob seine Arme unter ihren Rücken und umarmte sie. Mühsam richtete er sich auf, sie dicht an sich gedrückt. Sie wusste nicht, wie er es ins Nebenzimmer und zum Bett schaffte.

Christopher setzte sich auf die Kante und ließ sich dann aufs Bett fallen, sodass sie über ihm zu liegen kam. »Du übernimmst«, sagte er heiser. »Bereite dir mit meiner Hilfe so Lust, dass es dir nicht wehtut.«

Da hätte Maria fast geweint.

Sie krallte ihre Finger in die samtene Tagesdecke. Wer hätte geahnt, dass der berüchtigte Freibeuter so großzügig und fürsorglich sein konnte? Der wilde Ausdruck auf seinem schönen Gesicht erinnerte sie an das, was er war: ein notorischer Verbrecher, der nur wegen seiner Intelligenz und Gewissenlosigkeit in der brutalen Unterwelt überlebte. Aber jetzt ordnete er seine brennenden Bedürfnisse ihren unter … bot sich ihr dar, und sie konnte mit ihm machen, was sie wollte …

»Maria«, hauchte er, legte die Hände auf ihre Schenkel und starrte sie durchdringend an, »nimm mich.«

Benommen von seiner Großzügigkeit, geradezu entrückt bewegte sich Maria. Sie erhob sich und genoss es, wie sein schwerer Schwanz glitschig aus ihr herausglitt und Christopher zischend Luft holte, als sie sich wieder auf ihn absenkte. Wie versprochen rührte er sich nicht, sondern überließ ihr die Führung. Einzig ein Muskel an seinem Kiefer zuckte nervös.

Sie betrachtete ihn, während sie ihn ritt, völlig hingerissen von seinem Anblick. Wie schön er war! Selbst so angeschlagen und verletzt erfüllte er die tiefsten und verbotensten Sehnsüchte einer Frau. Sein Gesicht – engelsgleich in seiner Makellosigkeit und goldenen Aura – wirkte mit seinen aufgelösten Zügen verführerisch gefährlich. Sein Körper mit den langen, muskulösen Gliedmaßen war unwiderstehlich, obwohl er dünner geworden war. Seine strahlend blauen Augen waren jetzt unergründlich, voller Lust und glühender Zuneigung, einfach überwältigend.

Sie strich ihm mit den Fingerspitzen über die Augenbrauen und fuhr die Fältchen an seinen Augen- und Mundwinkeln nach, die seinen Zynismus verrieten.

»Ja«, hauchte er und hielt sie leicht an der Taille, damit sie nicht die Balance verlor. »Liebe mich, wie du willst.«

Maria neigte sich zu ihm, drückte ihm einen innigen Kuss auf die Lippen und sog sein leises Stöhnen ein. Dies war das letzte Mal, dass sie ihn so für sich haben würde. Das letzte Mal, dass sie ihn so berühren, ihn nackt sehen würde. Obwohl ihr Herz jetzt schon von dem bevorstehenden Verlust schmerzte, spürte sie, wie sich Wärme in ihrer Brust ausbreitete, weil sie ihm nun angemessen Lebewohl sagen konnte. Wenn sie ihn heute Nacht verließ, hätte sie ihren richtigen Abschluss bekommen. Deshalb war sie gekommen, und sie war dankbar, so gehen zu können.

Also ließ sie sich Zeit und erkundete erst mit den Fingern und dann mit den Lippen jede seiner Verwundungen, jeden Schnitt, jede Schramme, jeden blauen Fleck. Sein mächtiger Körper zuckte unter ihrem, seine Bizepse spannten sich, als seine Hände die Decke umkrallten, weil er hilflos ihrer Leidenschaft preisgegeben war. Genau wie sie.

»Maria!«, keuchte er, als ihre Zunge seine Brustwarze umkreiste. »Ich muss kommen, Liebes. Komm mit mir.«

Als sie an ihm knabberte, fluchte er.

»Bitte!«

Da bedeckte sie mit ihrem Mund seinen, drückte ihre weichen, feuchten Lippen gegen seine festen. Christopher stöhnte auf und wand sich noch heftiger.

»Ich möchte, dass es lange dauert«, hauchte sie und hätte am liebsten niemals aufgehört. Sie wollte nicht das Gefühl verlieren, dass er sie innerlich streichelte, tief und hart in sie hineinstieß.

»Nimm mich«, drängte er sie mit hochroten Wangenknochen. »Nimm mich.«

Nach kurzem Zögern nickte sie.

Sie schloss die Augen, als sie an Tempo aufnahm und ihn schneller und härter ritt.

Christopher wölbte ihr seinen mächtigen Körper entgegen, seine Nackenmuskeln spannten sich an, und seine Hände hielten sie fest, als sie ihn immer heftiger dem Finale entgegenvögelte. Genauso heftig warf er seinen blonden Schopf hin und her.

»Maria«, stöhnte er. »Maria.«

Sie neigte sich vor und küsste ihn erneut. Ihre Augen fingen an zu tränen, als er ihren Kuss mit der gleichen hungrigen Leidenschaft erwiderte. Ihre Haut glühte wie im Fieber und war benetzt von Schweiß. Sie sehnte sich schmerzhaft danach zu kommen, seine Schreie zu hören, ihn in ihr explodieren zu spüren.

Um sich besser heben und senken zu können, drückte sie ihm beide Hände auf die Brust und spürte, wie sein mächtiges Glied sie dehnte, ihr feuchtes Gewebe zwang, sich zu teilen und ihn aufzunehmen. Ihre Leidenschaft wuchs, mit seinem Mund und seiner meisterhaften Raffinesse hatte er sie schon auf halbem Weg zum Höhepunkt gebracht. Sie war so nass vor lauter Lust und Sehnsucht, dass sie ein leises Schmatzen hörte.

Christopher bewegte sich mit perfektem Timing, hob sein Becken, wenn sie sich absenkte, ließ es sinken, wenn sie sich hob.

»Ja … Maria … guter Gott … ja!«

Hart stieß er nach oben und traf mit seinem Beckenknochen ihre geschwollene Klitoris. Sie schrie auf, als sie kam, konnte nicht aufhören, und ihr ganzer Körper erbebte um sein heftig pumpendes Glied herum.

Ein triumphierendes Grollen entfuhr ihm, worauf sie noch härter kam und ihre Möse krampfhaft zuckte, als er mit ihr kam und seinen Samen in einem heißen, festen Strahl in sie hineinschoss.

Danach ließ sie sich schlaff auf ihn fallen und wimmerte, als er ihre Hüften wieder leicht hochschob, um seinen Schwanz in ihr zu bewegen, bis er ganz leer war.

Schließlich ließ er keuchend ihre Taille los und zog sie eng an seine schweißbedeckte Brust.

Maria presste sich ihre Faust an den Mund und unterdrückte ein Schluchzen. Sie befürchtete, bereits zu starke Gefühle für ihn entwickelt zu haben. Am liebsten hätte sie für immer so dagelegen, warm und geborgen in Christophers Armen. Aber wie viel von alldem war echt? Wie viel davon war nur ein Manöver, um sein Ziel zu erreichen? War Christopher wirklich der Beschützer, als der er sich darstellte? Oder war er nur das Werkzeug für ihren Ruin?

Es gab zu viele Fragen und keine eindeutige Antwort. Solange Amelias Leben auf dem Spiel stand, konnte Maria das Risiko nicht eingehen.

Daher wartete sie, bis sein Atem an ihrer Wange tief und gleichmäßig geworden war, und sie wusste, dass er schlief. Dann löste sie sich aus seiner Umarmung und verließ das Bett.

»Leb wohl«, flüsterte sie und betrachtete noch einmal seine nackte hinreißende Gestalt, bevor sie sich von ihm abwandte und ging. Leise klickend schloss sich die Schlafzimmertür hinter ihr.

Mit zitternden Beinen stieg sie in das ruinierte Kleid im Wohnzimmer, nahm ihren Dolch und lieh sich Christophers Rock. Doch sie weigerte sich, seinen Duft einzuatmen, weil sie sonst geweint hätte und sie noch einen weiten Weg bis nach Hause hatte.

Sie wusste nicht, wie sie die Treppe hinunter und aus dem Haus gekommen war. Hatte sie jemand gesehen? Hatte sie Publikum gehabt? Hatten Christophers Lakaien ihren Aufzug bemerkt? Das wusste sie nicht, und es war ihr auch gleich. Sie wusste nur, dass sie ihren Stolz bewahrt hatte.

Bis sie sicher in ihrer Kutsche saß. Dann ließ sie ihren Tränen freien Lauf.

Die Stille der Nacht wurde durchbrochen vom Geräusch näher kommender Hufe und Kutschräder auf Kopfsteinpflaster. Nebel hing über dem Boden. Dem Mann, der mit hochgezogenen Schultern dastand und den Kragen seiner fadenscheinigen Jacke am Hals zusammenhielt, wurden Füße und Beine kalt.

Als die Kutsche hielt, trat der Mann vor und spähte hinein.

Doch im Innern der Kutsche war es noch dunkler als draußen, und er konnte niemanden erkennen.

»Es sind zwei Töchter«, flüsterte er. »St. Johns Männer haben die andere gefunden. Junges Ding in Lincolnshire.«

»Ich muss die Adresse wissen.«

»Erst will ich das Geld sehen.«

Daraufhin erschien der Lauf einer Pistole.

»Also gut.« Der Mann wühlte in seiner Tasche und holte einen schmutzigen gefalteten Zettel hervor, den er ans Kutschfenster hielt. »Wenn Sie es lesen, sag ich Ihnen, ob er damit durchgekommen ist.«

Kurz darauf nickte er. »Das war's. Bobby ist ein schlauer Kopf.«

Ein Beutel Münzen erschien am Fenster und verschwand genauso schnell wieder in der Tasche des Mannes. »Gott segne Sie«, murmelte er, tippte sich an seine Mütze und verschmolz dann mit der Dunkelheit.

Die Kutsche setzte sich wieder in Bewegung.

In der dunklen Kabine ließ sich Eddington nachdenklich auf seiner Bank zurücksinken. »Bring mir das Mädchen, bevor St. John es holt.«

»Ja, Mylord. Ich kümmere mich darum.«

# Kapitel 15

Amelia biss sich besorgt auf die Unterlippe und spähte um die Hausecke. Sie suchte den Stallhof nach Colin ab und seufzte erleichtert auf, als sie ihn leer vorfand. Männerstimmen, Lachen und Singen drangen aus den Stallungen. Daran erkannte sie, dass Colin mit seinem Onkel bei der Arbeit war, was hieß, sie konnte sicher das Haus verlassen und in den Wald gehen.

Sie konnte sich schon ziemlich gut davonschleichen, dachte sie, als sie sich auf dem Weg zum Zaun geschickt durch die Bäume schlängelte und sich damit dem zufälligen Blick eines Wächters entzog. Zwei Wochen waren bereits seit dem verhängnisvollen Nachmittag vergangen, als sie Colin hinter dem Laden mit dem Mädchen erwischt hatte. Seitdem war sie ihm aus dem Weg gegangen. Sie hatte sich auch geweigert, mit ihm zu sprechen, als er die Köchin bat, sie zu holen.

Vielleicht war es dumm von ihr zu hoffen, sie würde ihn niemals wiedersehen, da ihr Alltag untrennbar miteinander verbunden war. Aber dann war sie eben dumm. Keine Stunde verging, ohne dass sie an ihn dachte, doch sie hatte den Schmerz über ihren Verlust im Griff, solange er sich von ihr fernhielt. Sie sah keinen Grund dafür, sich mit ihm zu treffen, zu reden oder ihn auch nur zur Kenntnis zu nehmen. Schließlich brauchte sie nur eine Kutsche, wenn es wieder in ein neues Haus ging, und selbst dann konnte sie ausschließlich mit Pietro, dem Kutscher sprechen.

Als sie die Stelle erreichte, wo der Zaun leichter zu überwinden war, sprang sie geschickt darüber und rannte zum Fluss, wo Ware bereits ohne Rock und Perücke, nur in Hemdsärmeln saß. In den letzten Wochen hatte der junge Earl Farbe bekommen, da er sein Leben als Bücherwurm zugunsten sportlicherer Aktivitäten im Freien aufgegeben hatte. Mit seinen dunkelbraunen, zu einem Zopf zusammengebundenen Haaren und den blauen Augen sah er ziemlich gut aus und seine stolzen adlerähnlichen Züge verrieten seine noble Abstammung.

Zwar fing bei seinem Anblick weder ihr Herz an zu rasen, noch verspürte sie ein Ziehen an ungewohnten Stellen wie bei Colin, doch er war charmant, höflich und gut aussehend. Daher war er wohl ein geeigneter Kandidat für ihren ersten Kuss. Miss Pool hatte ihr zwar geraten zu warten, bis der Richtige kam, aber Colin war bereits gekommen und hatte sich dann einer anderen zugewandt.

»Guten Tag, Miss Benbridge«, begrüßte sie der Earl mit einer perfekten Verneigung.

»Mylord«, antwortete sie und raffte ihr rosafarbenes Kleid, bevor sie knickste.

»Heute habe ich etwas Besonderes für Sie.«

»Wirklich?« Erwartungsfroh riss sie die Augen auf. Sie liebte Überraschungen und Geschenke, weil sie nur selten welche bekam. Von ihrem Vater konnte nicht erwartet werden, dass er sich um solche Belanglosigkeiten wie Geburtstage oder andere Anlässe für Geschenke kümmerte.

Ware lächelte nachsichtig. »Ja, Prinzessin.« Er bot ihr seinen Arm. »Kommen Sie mit.«

Amelia legte ihm ihre Finger auf den Unterarm und genoss die Gelegenheit, ihre Umgangsformen an jemandem zu erproben. Der

Earl war freundlich und geduldig, wies sie auf Fehler hin und korrigierte sie. Sie gewann dadurch gleichzeitig an Anmut und Selbstsicherheit. Sie fühlte sich nicht mehr wie ein kleines Mädchen, das so tat, als wäre es eine Lady, sondern wie eine Lady, die ihre Jugend genoss.

Gemeinsam verließen sie ihren Treffpunkt am Fluss und gingen am Ufer entlang, bis sie an eine größere Lichtung kamen. Dort entdeckte Amelia zu ihrem Entzücken eine Picknickdecke mit einem Korb voller köstlich riechender Törtchen und verschiedener Wurst- und Käsesorten.

»Wie haben Sie das denn geschafft?«, hauchte sie, ergriffen über seine Aufmerksamkeit.

»Liebe Amelia«, erwiderte er gedehnt, und seine Augen funkelten, »Sie wissen, wer ich jetzt bin und wer ich einst sein werde. Ich schaffe alles.«

Sie kannte sich in Grundzügen mit den Adelsrängen aus und sah, wie viel Macht ihr Vater, ein Viscount, hatte. Um wie viel größter musste Wares Macht sein, den der Titel eines Marquis erwartete?

Bei der Vorstellung riss sie die Augen auf.

»Kommen Sie jetzt«, drängte er. »Setzen Sie sich, lassen Sie sich ein Pfirsichtörtchen schmecken, und erzählen Sie mir von Ihrem Tag.«

»Mein Leben ist grässlich langweilig«, antwortete sie und ließ sich seufzend zu Boden sinken.

»Dann erzählen Sie mir eine Geschichte. Sicher haben Sie Tagträume.«

Ihre Tagträume galten nur einem Zigeuner mit dunklen Augen, der ihr leidenschaftliche Küsse gab, doch so etwas hätte sie niemals laut ausgesprochen. Damit er nicht sah, dass sie rot geworden war, kniete sie sich hin und wühlte in dem Korb. »Dazu fehlt mir die Fantasie«, murmelte sie.

»Nun gut.« Ware legte sich auf den Rücken, verschränkte die Hände im Nacken und starrte hinauf zum Himmel. Er wirkte so gelöst wie noch nie. Trotz seines ziemlich förmlichen Aufzugs – einschließlich weißer Strümpfe und hochhackiger Schuhe – war er mittlerweile wesentlich entspannter als noch vor Wochen. Amelia mochte den neuen Earl viel lieber, und ihr gefiel der Gedanke, dass sie diese positive Veränderung bei ihm bewirkt hatte.

»Dann muss ich Sie wohl mit einer Geschichte beglücken«, sagte er.

»Ja, sehr schön.« Sie setzte sich wieder hin und biss von ihrem Törtchen ab.

»Es war einmal …«

Amelia betrachtete Wares Lippen, während er sprach, und stellte sich vor, wie es wohl wäre, ihn zu küssen. Eine mittlerweile wohlbekannte Traurigkeit überkam sie: Schließlich musste sie ihre alten romantischen Vorstellungen über Bord werfen und sich mit neuen abfinden, doch das Gefühl ließ nach, als sie daran dachte, was Colin getan hatte. Er war ganz sicher nicht traurig gewesen, sie aufzugeben.

»Würden Sie mich küssen?«, platzte es aus ihr heraus, als sie sich mit den Fingerspitzen die Krümel aus den Mundwinkeln strich.

Der Earl verstummte mitten im Satz und wandte ihr dann den Blick zu. Vor lauter Verblüffung hatte er die Augen aufgerissen, aber er wirkte eher fasziniert als abgestoßen. »Wie bitte? Habe ich richtig gehört?«

»Haben Sie schon mal ein Mädchen geküsst?«, fragte sie neugierig. Er war zwei Jahre älter als sie, nur ein Jahr jünger als Colin. Also war es durchaus möglich, dass er schon seine Erfahrungen gemacht hatte.

Colin hatte eine ruppige, gefährliche Unruhe an sich, für die selbst ihre unerfahrenen Sinne empfänglich waren. Ware hingegen war wesentlich lässiger, und seine Attraktivität rührte eher aus seiner natürlichen Autorität und dem tröstlichen Wissen, dass die Welt ihm offen stand. Trotz ihrer Gefühle für Colin spürte sie doch die Wirkung von Wares trägem Charme.

Er zog die Augenbrauen in die Höhe. »Ein Gentleman spricht nicht über so etwas.«

»Wie wunderbar! Ich wusste, Sie würden diskret sein.« Sie lächelte.

»Wiederholen Sie Ihr Anliegen«, murmelte er und sah sie prüfend an.

»Würden Sie mich küssen?«

»Ist das eine hypothetische Frage oder eine Aufforderung?«

Amelia wandte den Blick ab, weil sie plötzlich verlegen und unsicher war.

»Amelia«, sagte er sanft, worauf sie ihn wieder ansah. Auf seinen hübschen, aristokratischen Zügen zeigte sich nichts als Freundlichkeit, und dafür war sie dankbar. Er rollte sich auf die Seite und setzte sich auf.

»Nicht hypothetisch«, flüsterte sie.

»Warum wollen Sie denn geküsst werden?«

Sie zuckte die Achseln. »Nur so.«

»Verstehe.« Er spitzte kurz die Lippen. »Könnte das nicht auch Benny übernehmen? Oder ein Lakai?«

»Nein!«

Als sich sein Mund zu einem Lächeln verzog, spürte sie ein Flattern in ihrem Magen. Es war nicht der Purzelbaum, den Colins Grübchen verursachten, doch eindeutig ein Zeichen dafür, dass sie ihren Freund mit neuen Augen zu sehen begann.

»Heute werde ich Sie nicht küssen«, sagte er. »Ich möchte, dass Sie noch einmal darüber nachdenken. Aber wenn Sie Ihre Meinung bis zu unserem nächsten Treffen nicht geändert haben, werde ich Sie dann küssen.«

Amelia zog ihre Nase kraus. »Wenn Sie mich nicht anziehend finden, können Sie es auch gerade heraus sagen.«

»Ach, meine hitzköpfige Prinzessin«, erwiderte er beschwichtigend, nahm ihre Hand und strich ihr mit dem Daumen über den Handrücken. »Sie urteilen so impulsiv, wie Sie sich in Abenteuer stürzen. Aber ich werde Sie auffangen, holde Amelia. Ich freue mich schon darauf.«

»Oh«, hauchte sie und blinzelte, als sie den vielsagenden Unterton in seiner Stimme hörte.

»Oh«, nickte er.

Als sie nach einem Picknick voller Köstlichkeiten nach Hause eilte, war sie sich sicher, den charmanten Earl küssen zu wollen. Er wollte sich am nächsten Tag mit ihr treffen, und sie bereitete sich schon innerlich darauf vor, ihr kühnes Ansinnen zu wiederholen und die Konsequenzen zu tragen. Wenn alles gut ging, beabsichtigte sie sogar, ihn um einen weiteren Gefallen zu bitten, nämlich einen Brief aufzugeben.

An Maria.

»Was führst du jetzt schon wieder im Schilde?«, fragte die Köchin, als Amelia sich durch den Dienstboteneingang schlich, um Colin nicht zu begegnen.

»Ich habe noch nie etwas im Schilde geführt!«, protestierte Amelia und stemmte übertrieben empört die Hände in die Seiten. Warum dachten nur alle, sie wollte sich in Schwierigkeiten bringen?

Die Köchin schnaubte und kniff ihre klugen Augen zusammen. »Dafür bist du auch zu alt.«

Amelia grinste breit. Zum ersten Mal hatte jemand gesagt, sie sei für etwas zu alt – und nicht zu jung!

»Danke!«, rief sie aus, drückte ihr einen Kuss auf die Wange und rannte die Treppe hinauf.

Dies war wirklich ein fast perfekter Tag!

Christopher trommelte ein rasendes Stakkato auf seinem Schreibtisch und starrte aus dem Fenster. Sein Geist war genauso in Aufruhr wie sein Körper.

Maria hatte ihn verlassen. Obwohl sie schon fort war, als er aufwachte, und demzufolge ihre Absichten nicht hatte verkünden können, wusste er, dass sie einen Schlussstrich unter ihre Affäre gesetzt hatte.

Fast wäre er ihr sofort hinterhergestürzt, doch dann hielt er sich zurück, weil er wusste, er brauchte einen Plan. Er konnte nicht einfach kopflos handeln und damit ihre Beziehung noch weiter gefährden.

Jetzt war er bereits seit Stunden wach, und als er ein Klopfen an der Tür zu seinem Studierzimmer hörte, verspürte er Dankbarkeit für die kurze Unterbrechung. Er rief: »Herein!«, und sah, wie die Tür aufschwang und Philip eintrat.

»Guten Tag«, grüßte ihn der junge Mann.

Christopher lächelte ironisch. »Ist es ein guter Tag?«

»Ich denke schon. Und wenn du gehört hast, was ich dir mitzuteilen habe, wirst du mir vielleicht zustimmen.«

»Ach ja?«

Philip nahm ihm gegenüber Platz. »Lady Winter war mit Lord Eddington weder in Brighton noch zu irgendeinem anderen Zeitpunkt intim.«

Neugierig fragte Christopher: »Warum erzählst du mir das?«

»Weil ich dachte, es interessierte dich.« Philip runzelte die Stirn. »Wenn du das vor ihrem Besuch gewusst hättest, wäre der Abend vielleicht anders verlaufen.«

»Hätte er denn anders verlaufen sollen?«

Philip rutschte verwirrt auf seinem Stuhl hin und her. »Ich dachte, das hätte in deinem Interesse gelegen. Seit sie fort ist, sitzt du hier und grübelst. Und ich schlief bei ihrem Aufbruch zwar noch, aber ich hörte von anderen, dass Lady Winter ziemlich mitgenommen aussah.«

»Wozu ist es mir dienlich zu wissen, dass sie in Brighton nicht mit Eddington intim war?« Christopher lehnte sich auf seinem Stuhl zurück.

»Keine Ahnung«, murmelte Philip. »Wenn du keine Verwendung für diese Information hast, brauchen wir auch nicht mehr darüber zu reden.«

»Sehr schön«, bemerkte Christopher trocken. »Dann erlaube mir eine Gegenfrage. Was würdest du an meiner Stelle mit der Information anfangen?«

»Aber ich bin nicht an deiner Stelle.«

»Bitte antworte, mir zuliebe.«

Philip holte zittrig Luft und sagte: »Ich weiß nicht, ob Eddingtons Verbindung zu Lady Winter der Grund dafür ist, dass du in letzter Zeit so melancholisch bist ...«

»Ich bin nicht melancholisch«, stieß Christopher hervor.

»Äh ... ja. Das war das falsche Wort. Trifft es unpässlich besser?« Er riskierte einen Blick zu Christopher und zuckte angesichts seiner Miene zusammen. »Jedenfalls: Sollten Lady Winter und Eddington der Grund dafür sein und ich würde erfahren, dass sie nur sehr wenig Zeit miteinander verbringen, würde ich daraus schließen, dass sie wahrscheinlich keinerlei körperliche Beziehung zueinander haben.«

»Eine logische Schlussfolgerung.«

»Ja, genau ...« Philip räusperte sich. »Da mir das Ganze dadurch aber noch verwirrender vorkäme, würde ich zu Lady Winter gehen und um Aufklärung bitten.«

»Sie hat mir noch nie eines ihrer Geheimnisse anvertraut«, erwiderte Christopher. »Dies ist einer unserer Hauptstreitpunkte.«

»Nun ... aber sie hat dir geschrieben. Sie ist zu dir gekommen. Das würde ich als positives Zeichen werten.«

Christopher schnaubte. »Wenn das nur wahr wäre! Sie kam zu mir, um Lebewohl zu sagen.«

»Aber dann musst du dich nicht auch von ihr verabschieden, oder?«, fragte Philip.

»Nein. Obwohl es das Beste wäre. Für uns beide.«

Philip zuckte die Achseln. Damit wollte er wohl sagen, dass Christopher es besser wissen musste. Gleichzeitig spürte Christopher jedoch eine unterschwellige Ermahnung. Offenbar glaubte Philip nicht, dass er all seine Möglichkeiten genutzt hatte. Und damit hatte er wahrscheinlich recht.

»Danke, Philip«, sagte er abschließend. »Ich weiß deine Sorge und Aufrichtigkeit zu schätzen.«

Offensichtlich erleichtert, verließ Philip das Zimmer.

Christopher stand auf und streckte sich, weil ihm sein ganzer Körper von der leidenschaftlichen Nacht mit Maria wehtat. Großer Gott, noch nie hatte ihn eine Frau im Bett so befriedigt, doch das Ganze hatte einen bitteren Beigeschmack. Er hatte ihren inneren Rückzug selbst dann noch gespürt, als sie sich ihm gegenüber wie nie zuvor öffnete.

»Maria«, flüsterte er und ging zum Fenster, von wo er einen Blick auf die Straße hatte. Maria war hierhergekommen, in diesen Sündenpfuhl, um ihn zu sehen. Er presste die Stirn gegen die Fensterscheibe, die sofort beschlug, so heiß war seine Haut. Die unbeantworteten Fragen, die in seinem Kopf herumwirbelten, quälten ihn.

Eigentlich brauchte er die Antworten nicht. Ihre Beziehung hatte keinerlei Zukunft. Es war das Beste, wenn sie hier so elend endete. Ihre Trennung würde ihm das erleichtern, was er tun musste – sie mit einer hübschen Schleife an Sedgewick ausliefern.

Warum also die Beziehung fortführen?

Wieder ertönte ein Klopfen an der Tür, dann rief jemand: »Lord Sedgewick ist da.«

Ironie des Schicksals. Fast hätte er gelacht.

Er brauchte einen Moment, um sich zu fassen, den Kopf von der Fensterscheibe zu lösen und zu seinem Schreibtisch zurückzukehren. Dann zeigte er mit einem Nicken an, dass er bereit war, und wartete auf den Eintritt des Viscounts.

»Mylord«, begrüßte er ihn knapp, blieb jedoch ostentativ sitzen.

Angesichts dieser Beleidigung wurden Sedgewicks Lippen bleich, doch dann ließ er sich auf den Stuhl sinken, auf dem Philip kurz zuvor gesessen hatte, und schlug lässig die Beine übereinander.

»Haben Sie Informationen für mich oder nicht?«, zischte er. »Sowohl Sie als auch Lady Winter waren zwei Wochen verreist. In dieser Zeit werden Sie doch etwas in Erfahrung gebracht haben?«

»Sie gehen also davon aus, dass wir zusammen waren?«

Sedgewicks Augen verengten sich zu Schlitzen. »Sie waren es nicht?«

»Nein.« Christopher lächelte, als der andere rot wurde. »Warum die Eile?«, fragte er und nahm betont langsam eine Prise Schnupftabak aus seiner Schreibtischdose. »Seit den Todesfällen sind Jahre vergangen. Was bedeuten da noch ein paar Wochen mehr?«

»Das geht Sie nichts an.«

Christopher musterte den Adligen mit geschultem Blick und summte leise vor sich hin. »Sie wollen doch etwas, vielleicht einen höheren Posten in der Agency? Und die Zeitspanne, in der Sie ihn bekommen können, wird immer knapper, stimmt's?«

»Was immer knapper wird, ist meine Geduld, die nicht gerade zu einer meiner Tugenden zählt.«

»Sie haben Tugenden?«

»Mehr als Sie.« Sedgewick erhob sich. »Eine Woche, nicht mehr. Dann heißt es für Sie zurück nach Newgate, und ich suche mir einen anderen für die Aufgabe, der Sie offenbar nicht gewachsen sind.«

Christopher wusste, dass er es jetzt zu Ende bringen konnte. Er konnte versprechen, einen Belastungszeugen gegen Maria aufzutreiben. Aber das brachte er nicht über seine Lippen. »Einen schönen Tag noch, Mylord«, sagte er stattdessen betont gelassen, worauf der geckenhaft mit Spitze und Schmuck aufgeputzte Viscount erbost zur Tür hinausrauschte.

Eine Woche. Christopher straffte seine angespannten Schultern. Er wusste, dass nun der Zeitpunkt gekommen war, eine Entscheidung zu treffen. Schon bald würden die Männer, die er auf der Suche nach einem Mädchen namens Amelia fortgeschickt hatte, zurückkommen und ihm Bericht erstatten. Hoffentlich hatte Beth bei ihrer Bekanntschaft mit Welton etwas Interessantes erfahren. Und der junge Mann, den er in Marias Haushalt geschmuggelt hatte, konnte zum Rapport zurückbeordert werden.

Christopher hatte etliche Informationsquellen, die er anzapfen konnte. Es sah ihm gar nicht ähnlich, den Erhalt neuer Nachrichten hinauszuzögern. Andererseits war er auch seit seiner ersten Liebesnacht mit Maria nicht mehr er selbst.

Warum hatte sie solche Macht über ihn?

Diese Frage hatte er immer noch nicht beantwortet, als er vor ihrem Haus dem Stallburschen sein Pferd überantwortete. Wie ein Verurteilter auf dem Weg zur Galeere stieg er mit schweren Schritten die kurze Treppe zu ihrer Haustür hinauf und war nicht im Mindesten überrascht zu hören, dass sie nicht daheim war.

Obwohl er sich im Stillen befahl zu gehen, unverzüglich zu verschwinden, hörte er sich sagen: »Trotzdem werde ich im Haus warten. Es liegt ganz bei Ihnen zu entscheiden, wie ich hineinkomme.«

Daraufhin trat der Butler brummelnd beiseite, und Christopher lief, halb freudig erregt, halb ängstlich besorgt, die Treppe hinauf. Er hoffte, Quinn würde auftauchen und ihm die Gelegenheit zum Kampf geben. Es war ihm ganz gleich, dass er körperlich angeschlagen war. Eine schöne Prügelei würde ihn von seinen Gedanken an Maria ablenken. Mehr wollte er nicht: sich nur einfach nicht mehr nach ihr verzehren.

Als er den ersten Stock erreichte, erblickte er tatsächlich ein vertrautes Gesicht, nur war es nicht Quinns, sondern Tims.

»Wie geht es dir?«, fragte er ihn. Ihm fiel auf, dass er einen ordentlichen Zopf trug und sein struppiger Bart gepflegten Koteletten gewichen war.

»Gut.«

Christopher nickte anerkennend und befahl: »Sorg dafür, dass wir nicht gestört werden.«

»Aye.«

Christopher ging zu Marias Zimmertür, hob die Hand, um anzuklopfen, überlegte es sich dann jedoch anders. Stattdessen drehte er den Türknauf, betrat ohne Vorwarnung das Zimmer und blieb hinter der Schwelle stehen. Maria stand am Fenster und war, wie alle großen Verführerinnen, *en deshabillé*: Das durchsichtige Hemdchen, das sie trug, ließ ihre üppigen Kurven mehr als nur erahnen. Als er ihre winzige Gestalt eingerahmt von den langen, mit Blumen bedruckten und Quasten verzierten Vorhängen erblickte, schnürte es ihm die Kehle zu. Trotzdem brachte er irgendwie hervor: »Maria.«

Ihre Schultern spannten sich an, und er sah, wie sie tief Luft holte.

»Verschließ die Türen«, erwiderte sie, ohne sich zu ihm umzudrehen, so als hätte sie ihn erwartet. »Simon wird irgendwann zurückkehren, und ich möchte nicht unterbrochen werden, bevor dies geklärt ist.«

Es herrschte eine drückende Atmosphäre im Zimmer, aufgeladen von vielem, was unausgesprochen geblieben war. Dennoch hatte Christopher, als er die Türen verriegelte, das Gefühl, als wäre eine große Last von ihm genommen worden, ganz einfach, weil er sich in Marias Nähe befand.

Er wollte zu ihr gehen, blieb aber ein paar Schritte von ihr entfernt stehen.

Als sie sich endlich zu ihm umwandte, sah er, dass ihre Augen gerötet und von dunklen Ringen umgeben waren. Gewaltige Erschöpfung drückte auf ihre schmalen Schultern. »Ich hatte gehofft, du würdest dich von mir fernhalten.«

»Das wollte ich auch.«

»Was willst du dann hier?«

»Dich will ich noch mehr.«

Maria legte eine Hand an ihr Herz. »Wir bekommen aber nicht, was wir wollen. Menschen, die so leben wie du und ich, haben ein Recht auf Herzensangelegenheiten verwirkt.«

»Ist denn dein Herz beteiligt?«

»Das weißt du doch«, sagte sie schlicht. Nichts an ihrer Miene oder ihrem Blick gab etwas von ihren Gedanken preis.

Christopher spürte, wie ihm ein Schweißtropfen die Schläfe hinunterrann. »Der Abend, als ich in dein Zimmer kam und wir beisammenlagen …«

Sie wandte sich wieder zum Fenster. »Eine kostbare Erinnerung. Leben Sie wohl, Mr. St. John.« Ihre Stimme war vollkommen ausdruckslos.

Reglos stand er da. Die Vernunft befahl ihm zu gehen, doch seine Glieder gehorchten nicht. Er wusste, sie hatte recht. Er wusste, es war in ihrer beider Interesse, getrennte Wege zu gehen und das Leben wieder aufzunehmen, das sie vor ihrer Begegnung geführt hatten. Stattdessen ertappte er sich dabei, dass er von hinten an sie herantrat und seine Arme um sie schlang.

Kaum berührte er sie, fing sie schon an zu zittern. Das erinnerte ihn an den ersten Abend im Theater, wo er sie genau so im Arm gehalten hatte. Damals war sie kühl und gefasst gewesen. Die verletzliche Frau in seinen Armen war durch seine Wirkung auf sie zum Leben erwacht.

»Christopher …« Die Traurigkeit in ihrer Stimme brachte ihn um.

»Gib mich frei«, sagte er heiser und vergrub seine Nase in ihrem duftenden Haar. »Lass mich gehen.«

Stattdessen drehte sie sich mit einem erstickten Schrei um und küsste ihn leidenschaftlich.

Band ihn noch enger an sie.

# Kapitel 16

Aufgeregt schlich sich Amelia durch das Wäldchen. Es war vielleicht albern, solche Aufregung wegen eines Kusses zu empfinden, der eher geplant als ein Ausdruck spontaner Leidenschaft war, dennoch genoss sie die Vorstellung. Außerdem war sie aufgeregt wegen des Briefs in ihrer Tasche. In der Nacht zuvor war sie viel zu lange aufgeblieben, weil sie versuchte hatte, genau die richtigen Worte zu finden, die sie an ihre Schwester schreiben wollte. Am Ende hatte sie sich für den kurzen, direkten Weg entschieden und Maria gebeten, sich mit Lord Welton in Verbindung zu setzen, um ein Treffen zu arrangieren.

Der Zaun war jetzt unmittelbar vor ihr. Nachdem sich Amelia vergewissert hatte, dass der Wachposten sie nicht sehen konnte, eilte sie darauf zu. Den Mann, der sich hinter einem großen Baum versteckte, sah sie nicht. Als ein stählerner Arm sie umschlang und eine große Hand sich auf ihren Mund legte, erschrak sie zutiefst, doch ihr Schrei wurde von einer warmen Handfläche gedämpft.

»Schsch«, flüsterte Colin und drückte sie mit seinem harten Körper an den Baumstamm.

Ihr Herz raste, als sie mit Fäusten auf ihn eintrommelte, da er ihr einen solchen Schrecken eingejagt hatte.

»Hör auf«, befahl er, zog sie vom Baumstamm, schüttelte sie und starrte sie mit seinen dunklen Augen an. »Tut mir leid, wenn ich dich erschreckt habe, aber du hast mir keine andere Wahl gelassen. Du willst mich ja nicht treffen, nicht mit mir reden …«

Als er sie fest an sich drückte und sie seinen großen, kräftigen Körper an ihrem spürte, wehrte sie sich nicht mehr. Er fühlte sich vollkommen anders als früher an.

»Ich nehme jetzt meine Hand weg. Aber wenn du schreist, sind im Nu die Wachen hier.«

Er ließ sie los und wich so schnell vor ihr zurück, als würde sie übel riechen oder irgendwie eklig sein. Sie hingegen vermisste sofort den Geruch nach Pferd und Männerschweiß, der von Colin ausging.

Durch Blätter gefiltertes Sonnenlicht fiel auf seine schwarzen Haare und sein ausdrucksvolles Gesicht. Es war ihr zutiefst zuwider, dass ihr Magen sich bei diesem Anblick krampfte und ihr Herz wieder so schnell zu pochen anfing, bis ihr die Brust wehtat. Er trug einen beigefarbenen Pullover, eine braune Hose und war überaus männlich. Und damit gefährlich.

»Ich wollte dir sagen, dass es mir leidtut.« Seine Stimme war heiser und rau.

Sie starrte ihn finster an.

Er stieß die Luft durch die Nase und fuhr sich mit den Händen durch die Haare. »Sie bedeutet mir nichts.«

Da erkannte Amelia, dass er sich nicht dafür entschuldigte, sie erschreckt zu haben. »Wie schön«, antwortete sie, ohne ihre Verbitterung verbergen zu können. »Es erleichtert mich sehr zu hören, dass das, was mir das Herz gebrochen hat, dir nichts bedeutet.«

Er zuckte zusammen und streckte ihr seine schwieligen Hände entgegen. »Amelia, das verstehst du nicht. Du bist zu jung, zu behütet.«

»Ja, ist gut, du hast eine Ältere, weniger Behütete gefunden, die dich versteht.« Sie ging an ihm vorbei. »Und ich habe jemand Älteren gefunden, der mich versteht. Dann sind wir ja alle glücklich …«

»Was?«

Seine bedrohlich dunkle Stimme erschreckte sie wieder, und sie schrie auf, als er sie unsanft packte. »Wer ist es?« Sein Gesicht war gefährlich dicht vor ihrem. »Der Junge am Fluss? Benny?«

»Was interessiert es dich?«, schleuderte sie ihm entgegen. »Du hast doch sie!«

»Ziehst du dich deshalb so an?« Sein glühender Blick fuhr über ihren Körper. »Trägst du deshalb deine Haare hochgesteckt? Für ihn?«

Wegen des besonderen Anlasses trug sie eines ihrer hübschesten Kleider: dunkelblau mit winzigen roten aufgestickten Streublümchen. »Ja! Weil er mich nicht als Kind betrachtet.«

»Er ist ja selbst noch eins! Hast du ihn geküsst? Hat er dich angefasst?«

»Er ist nur ein Jahr jünger als du.« Sie hob ihr Kinn. »Und ein Earl. Ein Gentleman. Er würde niemals dabei erwischt werden, wie er in einem Hinterhof ein Mädchen liebt.«

»Ich habe es nicht geliebt!«, erwiderte Colin wütend und hielt sie an den Oberarmen fest.

»So sah es für mich aber aus.«

»Aber nur, weil du keine Ahnung hast.« Unruhig knetete er ihre Arme, als ertrüge er es nicht, sie anzufassen, könnte sie allerdings auch nicht loslassen.

»Aber du schon?«

Als Reaktion auf ihre Verachtung biss er die Zähne zusammen.

Oh, das tat weh! Zu wissen, dass es eine andere gab, die er liebte. Ihr Colin.

»Warum reden wir überhaupt darüber?« Sie wollte sich von ihm losreißen, aber vergeblich. Er hielt sie fest. Sie brauchte Abstand von ihm. Sie konnte nicht atmen, wenn er sie berührte, geschweige denn denken. Nur Schmerz und Kummer überfluteten ihre gepeinigten Sinne. »Ich habe dich vergessen, Colin. Ich bin dir aus dem Weg gegangen. Warum musst du mich wieder belästigen?«

Daraufhin griff er ihren Nacken und zog sie näher zu sich. Als sie spürte, wie seine Brust sich an ihrer hob und senkte, fing ihr Busen merkwürdigerweise an zu schmerzen und anzuschwellen. Also wehrte sie sich nicht mehr, weil sie Angst vor weiteren Reaktionen ihres Körpers hatte.

»Ich habe dein Gesicht gesehen«, sagte er schroff. »Ich habe dir wehgetan. Aber das wollte ich nie.«

Tränen traten ihr in die Augen, und sie blinzelte rasch, da sie ihr auf keinen Fall übers Gesicht laufen sollten.

»Amelia.« Er drückte seine Wange an ihre. Seine Stimme klang gequält. »Nicht weinen. Das ertrage ich nicht.«

»Dann lass mich los. Und halte dich von mir fern.« Sie schluckte hart. »Oder noch besser: Vielleicht findest du irgendwo anders eine bessere Stelle. Du arbeitest hart …«

Darauf umschlang er ihre Taille. »Du würdest mich wegschicken?«

»Ja«, flüsterte sie und packte mit beiden Händen seinen Pullover. »Ja, das würde ich.« Alles, um ihn nicht mehr mit einer anderen zu sehen.

Er schmiegte sich grob an sie. »Ein Earl … Das muss Lord Ware sein. Zum Teufel mit ihm.«

»Er ist sehr nett zu mir. Er redet mit mir und lächelt, wenn er mich sieht. Heute wird er mir meinen ersten Kuss geben. Und ich bin …«

»Nein!« Colin löste sich von ihr. Seine Augen waren ganz schwarz vor lauter Qual. »Er kann alles haben, was ich nie haben werde, dich eingeschlossen. Aber das wird er mir hoffentlich nicht nehmen.«

»Was?«

Da nahm er ihren Mund, und sie war so geschockt, dass sie sich nicht rühren konnte. Sie begriff nicht, wie ihr geschah, warum er sich so benahm, warum er ausgerechnet jetzt, an diesem Tag, zu ihr kam und sie küsste, als verzehrte er sich nach dem Geschmack ihres Mundes.

Er drehte den Kopf, um ihren Mund besser umschließen zu können, und drückte ihr mit den Daumen sanft gegen den Kiefer, damit sie ihren Mund öffnete. Sie erschauerte heftig, weil glühende Sehnsucht sie überflutete, und sie befürchtete, das Ganze wäre nur ein Traum oder sie hätte den Verstand verloren. Ihr Mund öffnete sich wie von selbst, und ein Wimmern entfuhr ihr, als seine Zunge weich wie nasse Seide in sie hineinglitt.

Vor lauter Schreck stockte ihr der Atem, doch dann murmelte er, ihr geliebter Colin, ihr etwas zu und streichelte ihr tröstend über die Wangenknochen.

»Lass mich«, flüsterte er. »Vertrau mir.«

Amelia stellte sich auf die Zehenspitzen, um ihm entgegenzukommen, und fuhr mit ihren Händen in seine seidigen Locken. Unerfahren, wie sie war, konnte sie sich nur hingeben und zulassen, dass er sanft an ihrem Mund saugte, während ihre Zunge zaghaft seine berührte.

Er stöhnte auf, hungrig und gierig, umfasste ihren Hinterkopf und brachte ihn in eine günstigere Position. So verschmolzen sie noch mehr miteinander, und sie reagierte heftiger. Ihre Haut fing am ganzen Körper an zu prickeln. Ein seltsames Gefühl erwachte in ihrer Magengrube, unruhig, drängend, voll aufflammender Hoffnung.

Er strich ihr mit einer Hand den Rücken hinunter, umfasste ihren Po und presste sie stärker an seinen Körper. Als sie seine Erektion spürte, erwachte tief in ihrem Innern eine fast schmerzhafte Sehnsucht nach ihm.

»Amelia ... Süße.« Seine Lippen fuhren über ihr Gesicht und küssten die Tränen fort. »Das sollten wir nicht tun.«

Aber er küsste sie immer weiter und drückte sein Becken gegen ihres.

»Ich liebe dich«, keuchte sie. »Ich liebe dich schon so lange ...«

Er drückte seine Lippen auf ihre und schnitt ihr damit das Wort ab. Voller Leidenschaft strich er ihr über ihre Arme und ihren Rücken. Als sie keine Luft mehr bekam, riss sie den Kopf zurück.

»Sag mir, dass du mich liebst«, bettelte sie schwer atmend. »Du musst. Oh Gott, Colin ...« Sie schmiegte ihr tränenüberströmtes Gesicht an seines. »Du warst so grausam, so gemein.«

»Ich darf dich nicht haben. Du solltest mich nicht wollen. Wir dürfen nicht ...«

Mit einem hässlichen Fluch stieß Colin sie von sich. »Du bist zu jung für so etwas. Nein. Sag nichts mehr, Amelia. Ich bin ein Dienstbote. Ich werde immer einer sein, und du bleibst immer die Tochter eines Viscounts.«

Sie umschlang seine Taille. Obwohl ihr glühend heiß war, zitterte sie am ganzen Körper. Ihre Haut war gespannt, ihre pochenden Lippen geschwollen. »Aber du liebst mich doch, nicht wahr?«, fragte sie, und ihre leise Stimme zitterte, trotz ihrer Bemühung, stark zu sein.

»Frag nicht.«

»Kannst du mir nicht wenigstens das gewähren? Wenn ich dich nicht haben kann, wenn du niemals mein sein wirst, kannst du mir nicht wenigstens sagen, dass dein Herz mir gehört?«

Er stöhnte auf. »Ich dachte, es wäre das Beste, wenn du mich hasst.« Mit zusammengekniffenen Augen blickte er zum Himmel. »Ich hatte gehofft, dann würde ich aufhören zu träumen.«

»Träumen? Wovon?« Sie gab alle Zurückhaltung auf, trat zu ihm und glitt mit den Fingern unter seinen Pullover, um ihm über die harten Muskeln an seinem Bauch zu streichen.

Er packte ihr Handgelenk und sah sie finster an. »Fass mich nicht an.«

»Davon, wovon auch ich träume?«, fragte sie leise. »Dass du mich küsst wie eben und mir sagst, dass du mich mehr liebst als alles auf der Welt?«

»Nein«, knurrte er. »Meine Träume sind nicht so süß und romantisch und mädchenhaft. Es sind Männerträume, Amelia.«

»Und darin tust du, was du mit dem Mädchen getan hast?« Ihre Unterlippe zitterte, und damit er es nicht sah, biss sie sich rasch darauf. Schmerzliche Erinnerungen stiegen in ihr auf und quälten sie zusätzlich zu den neuen Sehnsüchten ihres Körpers und den wohlvertrauten ihres Herzens. »Träumst du auch von ihr?«

Colin drückte sie wieder an sich. »Nein, nie.«

Er küsste sie, jetzt leichter und weniger drängend, doch immer noch ebenso leidenschaftlich. Sanft wie Schmetterlingsflügel strichen seine Lippen über ihre, und seine Zunge tauchte immer wieder kurz in ihren Mund. Es war ein ehrerbietiger Kuss, und ihr einsames Herz saugte ihn auf wie der Wüstenboden den Regen.

Da barg er ihr Gesicht in seinen Händen und hauchte: »Das ist lieben, Amelia.«

»Sag mir, dass du sie nicht auch so küsst«, schluchzte sie leise und grub ihre Nägel durch den Pullover in seine Haut.

»Ich küsse niemanden. Habe ich noch nie.« Er drückte seine Stirn an ihre. »Nur dich. Es gab immer nur dich.«

»Maria.«

Als sie hörte, wie Christopher ihren Namen mit seiner kratzigen Stimme aussprach, wimmerte sie voller Sehnsucht und Angst auf. Er hörte es und zog sie an sich, während seine Lippen die ihren suchten.

Sie wusste nicht, wie sie mit den Gefühlen umgehen sollte, die er in ihr entfachte, eine seltsame Mischung aus unendlichem Verlangen, die über alles Körperliche hinausging, und schwankender Hoffnung, es könnte mehr aus ihrer Affäre werden.

»Als ich heute Morgen aufwachte, hätte ich dich gerne bei mir gehabt«, sagte er und hielt sie in seinen starken Armen.

Sie blickte in seine strengen und doch so anziehenden Züge und bemerkte, dass er unter seiner Sonnenbräune blass war und sich bei ihm Erschöpfung bemerkbar machte, genau wie bei ihr. »Ich wollte ja bleiben, aber dies hier« – sie wies zwischen sie beide – »darf nicht so bleiben.«

»Vielleicht war es ja gut, dass du gegangen bist. Sonst hätte ich nie erkannt, wie es sich anfühlen würde, dich für immer zu verlieren.«

Sie hob die Hand und presste ihm ihre Fingerspitzen auf die Lippen, um jedem weiteren Geständnis Einhalt zu gebieten. Als er ihr Handgelenk packte und einen glühenden Kuss auf ihre Handfläche drückte, zuckte sie zusammen. Was war aus dem Freibeuter im Theater geworden? Von außen betrachtet, war er noch derselbe, ein wenig erschöpfter vielleicht, aber die Augen, die sie anstarrten, waren vollkommen anders. Und doch so vertraut. Eine ganze Weile starrte sie ihn nur an und versuchte zu ergründen, warum sie ein heftiges Flattern im Magen verspürte. Und dann kam ihr in einem erschreckend gleißenden Blitz die Erkenntnis.

»Was hast du?«, fragte er und runzelte besorgt die Stirn.

Sie wandte den Blick ab und überflog den Raum auf der Suche nach etwas, das sie irgendwie in die Wirklichkeit zurückbringen würde.

Christopher packte ihre Schultern und hinderte sie so, sich ihm zu entziehen. »Sag's mir. Großer Gott, zwischen uns sind viel zu viele Geheimnisse. Zu vieles ist ungesagt. Das bringt uns um.«

»Es gibt kein uns«, flüsterte sie und holte Luft, um sich zu fassen. Doch stattdessen drang nur der Duft nach Bergamotteseife und Stärke in ihre Nase. Christophers Duft.

»Du weißt, dass ich mir wünschte, es wäre wahr«, sagte er leise, senkte den Kopf und öffnete leicht den Mund, um sie zu küssen. Seine Hand glitt unter ihr Hemdchen und umfasste ihre nackte Brust. Sie keuchte auf, als seine Hitze sich in ihre Haut brannte. Er nutzte die Gelegenheit und wagte sich mit seiner Zunge tief in ihren Mund. Geschickte Finger fanden ihre steife Brustwarze und kniffen, rollten und zupften sie, bis ihr die Knie weich wurden.

Da hob er sie auf seine Arme und trug sie zum Bett.

»Wie sollen wir dies beenden«, fragte sie und drückte ihr hochrotes Gesicht an seine Schulter, »wenn wir schon wieder miteinander schlafen?«

»Diese Frage sucht nach einem Grund«, murmelte er und legte sie behutsam aufs Bett. Er stützte seine Hände neben ihren Hüften ab, neigte sich über sie und bedachte sie mit jenem langsamen, verführerischen Lächeln, dem sie einfach nicht widerstehen konnte. »Aber es gibt keinen Grund für das, was zwischen uns herrscht. Den gab es noch nie.«

Es berührte Maria tief, wie sanft er war. Ihr Herz fing an zu rasen, und plötzlich ertrug sie es nicht mehr, in seinen Augen zu sehen, wie sehr er litt, daher schloss sie ihre.

Sie spürte, wie die Matratze sich bewegte, als er sich neben sie setzte. Er tippte seine Fingerspitze in das Grübchen an ihrer Kehle und fuhr damit hinunter zu ihrem Dekolleté. »Sprich mit mir«, forderte er drängend.

»Ich würde lieber …«

Seine Hand umfasste ihre Brust, dann spürte sie, wie durch ihr Hemdchen feuchte Hitze ihre Brustwarze umschloss. Die Lust traf sie wie ein Schock, und sie riss die Augen auf und wölbte sich ihm entgegen.

Christopher richtete sich wieder auf und streifte seinen schweren Seidenrock ab. »Los. Bevor ich mich auf weitere Überredungskünste versteife.«

»Ich bin eine erwachsene Frau, aber bei dir fühle ich mich wie ein junges Mädchen«, gestand sie, weil sie sich fühlte wie jemand in Amelias Alter: ängstlich, aber neugierig, beklommen, aber eifrig. Sie verspürte ein aufgeregtes Flattern im Magen, obwohl sie bereits wusste, was geschehen würde.

Doch sie war sich sicher, diesmal würde es anders sein. Alle Erfahrungen sprengen.

Er zog die Augenbrauen in die Höhe, als seine Finger zu den Elfenbeinknöpfen seiner Weste wanderten. »Mein erstes Mal war an eine Mauer gelehnt in einer finsteren Gasse. Sie war zehn Jahre älter als ich und eine erfahrene Hure. Ich tat zwar so, als hätte ich schon jede Menge Erfahrung, doch sie wusste Bescheid und übernahm es, mich einzuweisen. Sie fasste meine Hand, führte mich und hob ihre Röcke. Ich war natürlich wild entschlossen, meine Lüge aufrechtzuerhalten, also vögelte ich sie gut durch und so lange, bis jeder der Männer, den ich beeindrucken wollte, sie kommen gehört hatte.«

Das erzählte er zwar leichthin, doch sie hörte etwas in seiner Stimme, das sie tief berührte. Wer war dieser Mann? Wie war er zu ihrem Liebhaber geworden, der sich in ihrem Schlafzimmer auszog? Zu einem Mann, der zu ihr kam, wie sie zu ihm gekommen war, um eine Beziehung ohne Zukunft zu retten?

Christopher stand auf und streifte seine Weste ab, der rasch sein Hemd, seine Hose, seine Strümpfe und Schuhe folgten. Dann kroch er hinreißend nackt zu ihr ins Bett. Er rollte sie zu sich und brachte sie in eine ähnliche Position wie beim letzten Mal. Erst als sie so an ihn geschmiegt lag, seufzte er tief zufrieden auf.

Mit ihrer Hand über seinem Herzen blickte Maria aus dem Fenster und war dankbar, für eine Weile vor der Welt da draußen geschützt zu sein.

»Also erzähl«, murmelte er, seine Lippen in ihr Haar gedrückt, »was meinst du damit, wenn du sagst, du fühlst dich wie ein junges Mädchen?«

Wenn wir nicht über die Gegenwart sprechen können, bleibt uns nur unsere Vergangenheit.

»Dayton war wesentlich älter als ich«, sagte sie und sah, wie ihr Atem über seine goldbraunen Brusthaare fuhr.

»Das habe ich schon gehört.«

»Er war sehr in die erste Lady Dayton verliebt. Aber selbst wenn das nicht der Fall gewesen wäre, hätte er mich trotzdem für zu jung gehalten.«

»Wirklich?«

Maria spürte, wie Christophers Körper sich anspannte, und erkannte, dass er voller Erwartung war. »Aber ich war jung und neugierig und …«

»Heißblütig«, ergänzte er mit einem liebevollen Kuss auf ihren Schopf, für den sie sich mit einem Kuss auf eine seiner steifen Brustwarzen revanchierte. »Versuche nicht, mich abzulenken«, sagte er mahnend. »Erst wirst du zu Ende erzählen.«

»Dayton bemerkte mein wachsendes Interesse an gaffenden jungen Männern und nahm mich beiseite. Er fragte mich, ob ich eine besondere Vorliebe für einen der Diener hätte.«

»Und das hättest du ihm erzählt?« Christopher hob ihr Kinn, damit sie seine skeptisch hochgezogenen Augenbrauen sehen konnte.

»Nicht sofort. Das war mir zu peinlich.« Und das war es ihr immer noch, wenn sie die Hitze, die in ihre Wangen schoss, richtig deutete.

»Wie schön du bist, wenn du rot wirst«, murmelte er.

»Provozier mich nicht, sonst werde ich nie fertig.«

»Ich provozier dich doch nicht.«

»Christopher!«

Er lächelte, und seine Augen glitzerten, was ihn viel jünger aussehen ließ. Natürlich nicht wie einen jungen Mann. Jemand, der so viel gesehen und getan hatte wie Christopher St. John, würde niemals mehr unschuldig aussehen können, doch die Veränderung in seinen Zügen erstaunte und berührte sie zutiefst. Sie hatte diese Veränderung bei ihm bewirkt.

Ehrfürchtig berührte sie seine Wange, worauf sein Lächeln schwand und sein Blick leidenschaftlicher wurde. »Beeil dich mit deiner Geschichte«, drängte er sie.

»Eines Tages rief Dayton mich zu sich in ein Nebengebäude. Das war nichts Ungewöhnliches.« Dort, abseits von den neugierigen Augen und Ohren der Dienstboten, hatten sie Landkarten studiert und Kryptologie gelernt. »Aber als ich dort ankam, wartete nicht Dayton auf mich, sondern der hübsche junge Mann, für den ich schwärmte.«

»Der glückliche Bastard«, sagte Christopher.

Maria schmiegte sich wieder an seine Brust und umfasste seine schmale Hüfte. »Er war sanft und geduldig. Obwohl er jung, erregt und eifrig bei der Sache war, achtete er darauf, dass ich es genoss und mich wohlfühlte. Es war schon eine außergewöhnliche Art, seine Jungfräulichkeit zu verlieren.«

Daraufhin rollte Christopher sich auf sie, nagelte sie unter sich fest und sah sie mit glühendem Blick an. »Ich komme mir ziemlich begriffsstutzig vor, weil ich immer noch nicht verstehe, wieso du dich heute wieder wie ein junges Mädchen fühlst.«

Sie schürzte die Lippen, da sie Angst hatte, noch mehr von sich preiszugeben.

»Muss ich also zu Zwangsmaßnahmen greifen?« Er griff zwischen sie und zog ihr Mieder nach unten, sodass ihr entblößter Busen in einer köstlichen Liebkosung gegen seine Brusthaare gedrückt wurde.

»Himmel«, sagte er, stützte sich mit einem Arm auf und rollte eine ihrer Brustwarzen zwischen den Fingern seiner freien Hand, »du bist so schön.«

»Doppelzüngiger Teufel«, erwiderte sie scherzend und drückte einen Kuss auf sein Kinn, bevor sie die Beine spreizte, damit sein Becken tiefer zwischen sie sinken konnte.

»Meine Zunge gefällt dir«, sagte er schmeichelnd. »Und ich bin gewillt, sie zu nutzen, um dir ein Geständnis abzuringen. Aber jetzt erzähl mir, wieso du dich wie ein Schulmädchen fühlst, damit wir weitermachen können.«

»Warum sollte ich etwas sagen, wenn du mir so drohst?«

Christopher knabberte an ihrer Unterlippe. »Nun gut, dann werde ich auf der Basis dessen, was du mir erzählt hast, einfach raten. Du empfindest Furcht, aber auch Begierde. Überraschung, aber auch Eifer. Unsicherheit, aber auch Entschlossenheit. Einerseits willst du mich nicht, andererseits aber schon.« Er lächelte. »Trifft es das ungefähr?«

Maria hob den Kopf und rieb ihre Nase an seiner. »Ich nehme an, das erste Mal fühlt sich bei allen gleich an.«

»Bei meinem ersten Mal habe ich nichts dergleichen empfunden«, entgegnete er spöttisch. »Ich verspürte nur den körperlichen Drang, meinen Samen zu verspritzen. Gefühle waren nicht im Spiel.«

Sie zog die Augenbrauen in die Höhe. »Woher weißt du dann, was ich empfinde?«

»Weil«, flüsterte er und senkte seine Lippen auf ihre, »es genau das ist, was ich für dich empfinde.«

# Kapitel 17

Maria stöhnte leise, als Christopher ihren Mund in einem sinnlichen Kuss umschloss und sich Zeit ließ, um sie wie eine besondere Köstlichkeit zu genießen. Seine Zunge schlüpfte zwischen ihre Lippen, dann zog er sich zurück, um gleich darauf wieder zwischen sie zu gleiten. Dabei hielt er mit seiner großen Hand ihre Brust umfasst, knetete sie und zupfte mit seinen teuflisch erfahrenen Fingern an ihrer Spitze, die gleichzeitig immer härter und empfindsamer wurde.

Sie erschauerte und wand sich unter ihm, weil sie vor lauter Erregung nicht mehr stillliegen konnte.

»Maria.«

Gott, wie sie es liebte, wenn er leidenschaftlich und ehrfürchtig zugleich ihren Namen sagte!

Sie legte ihre Hände auf seinen Rücken und strich an seiner Wirbelsäule entlang. Seine Muskeln waren so hart, dass sein Fleisch nicht im Mindesten nachgab, als sie versuchte, ihn näher zu sich zu ziehen.

Genau das hatte sie gewollt, als sie aus Brighton zurückkehrte: diese tiefe, leidenschaftliche Intimität, dieses wilde Aufflammen von Verlangen. Im Gegensatz zu Simon zog Christopher sich nicht zurück, wenn sie es verlangte. Der Pirat zwang sie, ihn zur Kenntnis zu nehmen, sich ihm hinzugeben … und zwar mit Vergnügen.

Plötzlich löste er sich von ihr. Sein Atem ging stockend, sein ganzer Körper zitterte. Er drückte seine Wange an ihre und stöhnte. »Hast du überhaupt eine Ahnung, was du mit mir machst?«, fragte er. Der sehnsüchtige Ton in seiner Stimme trieb ihr die Tränen in die Augen. »Wenn es ähnlich wie das ist, was du mir antust?«

Christophers heißer Mund saugte erregend an ihrem Hals. »Verflucht, das hoffe ich doch. Ich glaube, ich könnte es nicht ertragen, wenn es nur mir so ginge.«

Maria fuhr ihm mit den Händen an seine Schultern und drückte sie. Er keuchte und liebkoste weiterhin ihre Kehle, strich ihr mit der Zunge über ihre zuckende Ader.

»Gestatte mir, deinem Schwanz einen ähnlichen Dienst zu erweisen«, flüsterte sie.

Er hob seinen blonden Schopf und sah sie mit vor Lust trunkenen Augen an. »Ja.« Als er sich auf den Rücken rollte, nahm er sie, die Hand auf ihrem Nacken, mit sich und küsste sie. Es war ein schneller, harter Kuss, der seine Dankbarkeit anzeigte.

Diese schlichte Geste brachte sie zum Lächeln. Sie glitt bewusst aufreizend an seinem Körper hinunter und fuhr ihm dabei mit dem Mund über die Brust, während sie mit den Fingern seine Brustwarzen genauso stimulierte wie er kurz zuvor ihre. Er spannte sich an, atmete flacher und wartete. Mit ihrer Zunge leckte sie schnell über die Spitzen, die sich zusammengezogen hatten. Er stieß einen erstickten Schrei aus.

»Beeil dich«, drängte er sie heiser. »Ich brauche dich.«

Also hatte sie Erbarmen mit ihm und schob sich weiter nach unten, bis sie zwischen seinen gespreizten Beinen lag. So groß war seine Anspannung, dass seine Muskeln zuckten. Sie betrachtete seine schweren, vollen Hoden, die sich erwartungsvoll zusammengezogen hatten. Sein dickes, hartes Glied reckte sich nach oben. Als sie sanft dagegenpustete, zuckte es, und ein Lusttropfen bildete sich auf der Eichel.

»Köstlich«, hauchte sie, nahm ihn in die Hand und führte ihn zu ihrem Mund. Als sie ihn näher zu sich heranzog, quoll noch mehr Samen aus der Spitze und rann eine dicke, pulsierende Ader hinunter. Sie streckte die Zunge aus, drückte sie gegen seinen Schaft und leckte ihn langsam sauber.

»Ah!« Er umkrallte ihr Bettzeug so fest, dass ihm die Adern am Hals hervortraten. Noch mehr Samen quoll hervor, rann an ihm herunter und sammelte sich zwischen ihren Fingern und seinem steinharten Körper. Er beobachtete sie mit dunklen, glühenden Augen. »Maria.« Seine kratzige Stimme war noch rauer und drängender.

Sie legte sich auf Augenhöhe mit seinem Schwanz auf die Seite. »Roll dich zu mir«, befahl sie.

Nun lagen sie mit dem Gesicht zueinander, nur dass ihr Körper viel tiefer lag als seiner. Sie führte seine Erektion zu ihrem wartenden Mund und saugte ihn in sich hinein. Als er fluchte und heftig zuckte, hielt sie seine Hüften fest. Ihre Zunge rieb immer wieder über seine empfindsamste Stelle. Als er tief und gequält aufstöhnte, hätte sie fast zu weinen angefangen. Sie waren sich gefühlsmäßig viel zu nahe gekommen. Sie konnten einander verletzen. In ihr stieg der Wunsch auf, ihm so viel Lust wie möglich zu schenken, ein Quäntchen Glück in dem Morast, der sie in die Tiefe sog.

Sie schloss die Augen und fing an, an der geschwollenen Spitze zu saugen und gleichzeitig mit ihrer Zunge den Samen aufzulecken, der mittlerweile in Strömen floss.

»Himmel«, keuchte er, umfasste mit seinen großen Händen ihren Hinterkopf und hielt sie fest, während er in sie hineinstieß.

Sie nahm seine Hoden und liebkoste sie behutsam. Christophers Griff wurde immer fester, bis es wehtat, ihre Brustwarzen sich schmerzhaft zusammenzogen und ihre Scham vor lauter Verlangen feucht und glitschig wurde.

Maria saugte an ihm, so heftig sie nur konnte, und dann erschauerte er.

»Ja … Maria …«

Sie öffnete sich für ihn, genau wie er, als er es auf sich genommen hatte, zu ihr zu kommen. Abgesehen von ihrem gierig saugenden Mund blieb sie vollkommen reglos und erlaubte ihm, das Tempo zu bestimmen. Zitternd stöhnte und schrie er, und seine Worte wurden immer gutturaler, je mehr er sich dem Höhepunkt näherte.

Schon bald waren ihre Lippen nass von seinem Sperma und ihrer Spucke, und ihr Mund quoll über von seinem Samen, während sein Schwanz immer weiter anschwoll. Er fluchte und zuckte, sein Körper verriet deutlich, wie heftig es ihn nach Erlösung drängte. Tief stieß er in sie hinein, bis zu ihrer Kehle, und dann erstarrte er mit einem Schrei aus Lust und unendlicher Erleichterung.

In pulsierenden Stößen flutete sein heißer, salziger Samen in ihren Mund, und sie diente ihm, liebkoste seinen Schwanz, drückte sacht seine Hoden und saugte fast schmerzhaft hart an ihm. Er versuchte, sie wegzustoßen, sich zu entziehen, doch sie hielt ihn fest, nahm ihn, zwang ihn, sich hinzugeben, worauf er nur noch zusammenhanglose Worte ausstieß:

»Nein … Maria … lieber Gott … ja … nicht mehr … mehr nicht …« Und schließlich flüsterte er flehentlich: »Nicht aufhören …«

Sie saugte ihn völlig aus und löste weder ihre Hände noch ihren

Mund von ihm, als er seine verzweifelte Härte verlor und an ihrer Zunge erschlaffte.

»Bitte«, flehte er, ließ die Hände sinken, und sein ganzer Körper erschlaffte spürbar erschöpft. »Ich kann nicht mehr.«

Da ließ Maria ihn los und leckte sich die Lippen. Zwar schmerzte ihr ganzer Körper vor unerfülltem Verlangen, dennoch war sie zutiefst zufrieden.

Er sah sie benommen an, hochrot und schweißbedeckt. »Komm her«, befahl er heiser, breitete die Arme aus und griff nach ihr.

Sie kroch zu ihm, schmiegte sich an ihn und legte ihre Wange auf sein wild pochendes Herz. Dann sog sie tief seinen Geruch ein und schloss die Augen. Langsam beruhigte sich sein Atem, bis er flach und gleichmäßig wurde und sie dachte, er wäre eingeschlafen.

Gerade wollte sie es ihm gleichtun, da spürte sie, wie der Saum ihres Hemdchens nach oben geschoben wurde und kühle Luft über die nackte Haut ihrer Beine strich.

Als sie den Kopf hob, bemerkte sie, dass er sie ansah und so beherrscht und zielbewusst wirkte wie eh und je.

»Christopher?«, fragte sie leise und erschauerte, als er seine heißen Hände auf die kühle Haut ihrer Schenkel legte.

Er rollte sie auf den Rücken, stützte den Kopf auf eine Hand und griff ihr mit der anderen zwischen die Beine.

»Öffne dich«, befahl er mit seiner kratzigen Stimme.

»Du musst nicht …«

»Öffne dich.« Der Druck seiner Hand wurde drängender.

Erregt von seiner Zielstrebigkeit spreizte Maria die Beine und keuchte auf, als seine Finger sich in ihren Schamhaaren verfingen.

»Wie schön du bist«, murmelte er und teilte ihre Schamlippen. »So cremig und heiß, nur weil du mir einen geblasen hast.«

Seine langen Finger rieben leicht über ihre Klitoris. Sofort zog sich ihre Scham zusammen.

»Und deine Nippel.« Er senkte den Kopf, umschloss ihre schmerzende Brustwarze mit seinem heißen Mund und saugte hart und rhythmisch daran. Dann ließ er sie los und blies über die feuchte, aufgerichtete Spitze. Maria wimmerte. »So köstlich und empfindsam, dass diese gierige kleine Möse« – er glitt mit zwei Fingern in sie – »mich sofort tief in sich einsaugt.«

Sie fing an zu keuchen, als er sie mit seinen Fingern befriedigte, sein Blick allerdings unverwandt auf ihr Gesicht gerichtet blieb, um keine Nuance ihrer Lust zu verpassen.

»Und obwohl ich die äußere Hülle meiner schönen Hexe mit dem spanischen Blut hinreißend finde« – er schwebte mit dem Mund dicht über ihrem und sog ihren keuchenden Atem ein, während er sie weiterhin mit seinen geschickten Fingern bearbeitete –, »fesselt mich doch etwas viel Tieferes an sie.«

»Christopher.« Es schnürte ihr die Kehle zusammen, sodass sie kaum noch atmen konnte. Sie fühlte sich, als würde sie fallen, und wollte das unterbinden, konnte es aber nicht.

»Ja.« Er war ihr so nah, dass seine Lippen über ihre strichen. »Schockierend, nicht wahr?«

Maria klammerte sich an ihren Laken fest und stieß ihr Becken vor, um seinen langsamen, drängenden Stößen in ihre schmelzende Scham entgegenzukommen. Sie war so erregt, so glitschig, dass sie hörte, wie ihr Körper ihn in sich aufsog und ihn nur widerstrebend freigab.

»So eng und hungrig«, murmelte er. »Wenn ich nicht gerade meinen letzten Tropfen vergossen hätte, würde ich dir sofort zu Willen sein.«

»Später«, stöhnte sie und kniff die Augen zusammen.

»Später«, bestätigte er mit seiner so sinnlichen kratzigen Stimme. »Aber jetzt sieh mich an, wenn du kommst. Ich will sehen, wie sehr es dir gefällt, wenn ich dich so zum Höhepunkt bringe.«

Maria zwang sich, die Augen zu öffnen, und erschrak, als sie sah, wie sanft er sie betrachtete. Durch seine zerzausten Haare wirkte er noch weicher. Sie umfasste ihre schmerzhaft geschwollenen Brüste und fing an, sie zu kneten, um sich von ihrer Qual zu erlösen.

Er stieß tief mit seinen Fingern in sie, massierte ihr Inneres und zog sich wieder zurück. Stieß zu, zog sich zurück, herein und hinaus.

»Bitte«, flüsterte sie und wand sich ungeduldig. Sie fiel.

»Bettler sind wir, wenn wir einander begegnen.« Er küsste sie sanft und in merkwürdigem Kontrast zu seinen heftig stoßenden Fingern. Er hob den Kopf, massierte mit dem Daumen rotierend ihre Klitoris und sah zu, wie sie seinen Namen ausstieß und dann kam. Sah zu, wie sie heftig erschauerte, während ihre Möse sich um seine Finger herum zusammenzog. Sah zu, wie sie in unendliche Tiefen fiel.

Dann fing er sie auf. Hielt sie fest. Drückte sie an sich.

Und schlief ein.

Amelia sprang schnell über den Zaun und rannte zum Fluss. Ware wartete schon dort. Er hatte die Hände auf dem Rücken verschränkt und blickte auf das Wasser.

»Tut mir leid«, sagte sie atemlos, als sie bei ihm ankam.

Langsam drehte er sich zu ihr um und musterte sie von Kopf bis Fuß. »Sie sind gestern nicht gekommen«, bemerkte er.

Sie wurde rot, und ihr Herz schlug schneller, als sie an Colins verzweifelte Küsse dachte. »Ich wurde aufgehalten. Es tut mir schrecklich leid.«

»Aber Sie wirken gar nicht so. Ihre Augen strahlen, und Sie sehen glücklich aus.«

Da sie nicht wusste, was sie sagen sollte, zuckte sie mit den Schultern.

Ware wartete einen Augenblick, ehe er ihr schließlich seinen Arm anbot. »Werden Sie mir verraten, was Sie so zum Strahlen gebracht hat?«

»Eher nicht.«

Er lachte, dann zwinkerte er ihr zu, was sie unendlich erleichterte. Sie hatte schon befürchtet, es würde peinlich zwischen ihnen werden. Jetzt sah sie voller Dankbarkeit, dass sie sich umsonst Sorgen gemacht hatte.

Langsam spazierten sie am Ufer entlang, bis sie ihren Picknickplatz erreichten. Wieder wartete eine Decke inmitten der idyllischen Szenerie auf sie. Melodisch plätscherte der flache Fluss über die glatten Kiesel. Die Luft duftete nach Gras und Wildblumen, und das vom Laub gefilterte Sonnenlicht wärmte ihre Haut.

»Sind Sie wütend auf mich?«, fragte Amelia, als sie sich schüchtern lächelnd auf der Decke niederließ und nervös ihr weißes Kleid glatt strich.

»Etwas enttäuscht«, antwortete er gedehnt und streifte seinen senffarbenen Rock ab. »Aber nicht wütend. Ich glaube, es ist gar nicht möglich, auf Sie wütend zu sein.«

»Andere haben anscheinend keine Schwierigkeiten damit.«

»Töricht von ihnen. Ich bin viel lieber im Einklang mit Ihnen.« Er legte sich auf die Seite und stützte seinen Kopf in die Hand.

»Wenn ich Sie um einen Gefallen bäte«, setzte sie leise an, »würden Sie ihn mir gewähren?«

»Natürlich«, murmelte er und betrachtete sie.

Er betrachtete sie ständig. Manchmal hatte sie sogar das Gefühl, er würde sie studieren, selbst wenn er sie nicht direkt ansah. Sie schien ihn sehr zu interessieren, obwohl sie noch nicht herausgefunden hatte, warum.

Jetzt griff sie in ihr Ridikül und zog den Brief hervor, den sie an Maria geschrieben hatte. »Würden Sie bitte dieses Schreiben für mich aufgeben? Ich fürchte, ich weiß Ihre Adresse nicht. Aber sie ist ziemlich berühmt, und für Sie sollte es nicht allzu schwer sein, sie zu finden. Und hätten Sie etwas dagegen, wenn ihr Brief an Sie ginge?«

Ware griff nach dem Brief und sah sich die Aufschrift an. »Die berüchtigte Lady Winter.« Dann schaute er sie mit hochgezogenen Augenbrauen an und sagte: »Ich hoffe, Sie werden mir einige Fragen beantworten.«

Amelia nickte. »Natürlich. Ihre Neugier ist verständlich.«

»Als Erstes: Warum soll ich den Brief für Sie aufgeben?«

»Ich darf mit niemandem korrespondieren«, erklärte sie. »Selbst der Kontakt mit Lord Welton läuft immer über meine Gouvernante.«

»Das finde ich ziemlich beunruhigend«, sagte er leiser und ernster, als sie ihn je gehört hatte. Ehrlich gesagt, war sie bisher der Meinung gewesen, dass Ware von allem höchstens amüsiert war. »Außerdem gefallen mir die Männer nicht, die an den Grenzen Ihres Grundstücks Wache halten. Sagen Sie, Amelia: Werden Sie dort gefangen gehalten?«

Amelia holte tief Luft und beschloss, ihrem Freund alles zu sagen, was sie wusste. Er hörte ihr wie immer aufmerksam zu, so als wäre jedes Wort aus ihrem Mund von höchster Wichtigkeit. Ihr Herz flog ihm dafür zu.

Als sie ihre kurze Geschichte beendet hatte, saß Ware im Schneidersitz vor ihr und sah sie ernst und mit durchdringendem Blick an. »Haben Sie in Betracht gezogen zu fliehen?«

Amelia blinzelte und starrte auf ihre verschränkten Hände. »Ein- oder zweimal«, gestand sie. »Aber ehrlich gesagt, werde ich ja nicht schlecht behandelt. Die Diener sind nett zu mir, meine Gouvernanten sind freundlich und wohlwollend. Ich habe schöne Kleider und bekomme eine gute Schulbildung. Was sollte ich nach meiner Flucht denn machen? Wohin sollte ich gehen? Es wäre doch dumm, ganz allein, ohne Hilfe und Ziel davonzulaufen.«

Sie zuckte die Achseln und blickte ihn wieder an. »Wenn mein Vater die Wahrheit über meine Schwester sagt, dann beschützt er mich nur.«

»Aber das glauben Sie nicht«, sagte der Earl sanft und legte seine Hand auf ihre. »Sonst würden Sie mich nicht bitten, diesen Brief für Sie zu verschicken.«

»Wären Sie nicht auch neugierig?«, fragte sie, aufrichtig an seinem Rat interessiert.

»Natürlich, aber ich bin auch ein neugieriger Bursche.«

»Und ich bin ein neugieriges Mädchen.«

Ein Lächeln stahl sich in seine blauen Augen. »Nun ja, meine holde Prinzessin. Dann übernehme ich demütig diese Aufgabe.«

»Oh, danke!« Sie schlang die Arme um seinen Hals und küsste ihn auf die Wange. Im nächsten Moment allerdings wich sie, peinlich berührt wegen ihres Überschwangs, zurück und wurde rot.

Doch auf Wares aristokratischen Zügen zeigte sich ein leises Lächeln. »Das war zwar nicht der Kuss, den ich erhofft hatte«, murmelte er, »aber er tut's auch.«

# Kapitel 18

Simon lehnte sich gegen das gepolsterte Kopfende des Bettes und griff nach dem Weinglas auf dem Nachttischchen. Da er von seinen Leibesertüchtigungen erhitzt war, hatte er die Laken beiseitegeschoben und ließ sich von der Brise aus dem offenen Fenster abkühlen.

Er trank einen großen Schluck, dann blickte er mit einem trägen Lächeln auf die hübsche Blondine neben ihm. »Etwas zu trinken, Amy?«, fragte er entgegenkommend.

»Hmmm.« Das Mädchen mit den kleinen, aber wohlgeformten Brüsten setzte sich auf und nahm das Glas von ihm entgegen.

»Erzähl mir mehr«, murmelte er und musterte es prüfend unter seinen halb gesenkten Lidern, »über diese Geheimtür in Lord Sedgewicks Haus.«

Amy trank das edle Getränk mit einem einzigen riesigen Schluck, worauf Simon innerlich zusammenzuckte. »Diese ist zum Verstecken der Ware.«

»Der Schmuggelware.«

»Aye.«

»Und der Zugang liegt neben dem Kohlenkeller?«

Sie nickte, worauf ihre Locken, die ihr hübsches Gesicht umgaben, wippten. »Macht die Lieferungen leichter. Aber du klaust es doch nicht, oder?«

»Natürlich nicht«, beruhigte er sie. »Ich finde die Idee nur ziemlich schlau und überlege, ob ich etwas Ähnliches in meinem Haus einbauen lasse.«

Simon tauchte seinen Finger ins Glas und benetzte den hübschen Mund der Kleinen mit Wein. Sie wurde rot, und ihr Blick huschte zu seinem halb aufgerichteten Schwanz. »Dazu kommen wir gleich«, murmelte er und unterdrückte ein Lächeln, weil sie so leicht abzulenken war.

Schmollend verzog sie den Mund.

»Wann empfängt er Besuch?«

»Dienstags und donnerstags von drei bis sechs.«

Er lächelte. Wenn er hier fertig war, würde er das Haus aufsuchen und überprüfen, ob man etwas durch die Mauern hören konnte oder nicht. Wenn ja, würde er jeden Dienstag und Donnerstag einen Mann dort postieren, um mehr über den Viscount zu erfahren. Es gab einen Grund, warum Sedgewick sich beim Maskenball Maria genähert hatte, und Simon würde ihn herausfinden.

Doch zuerst hatte er hier noch etwas zu Ende zu bringen.

Er stellte sein Glas ab und sah Amy mit einem lasziven Lächeln an. Sie erschauerte und legte sich sofort auf den Rücken.

Ah, es ist schon ein anstrengender Job, dachte er innerlich grinsend.

Dann machte er sich an die Arbeit.

Amelia war so aufgeregt wegen ihres Briefs an Maria, dass sie geradezu zum Haus zurückhüpfte. Zum ersten Mal hatte sie das Gefühl, aktiv auf etwas hinzuarbeiten. Sie hatte ein Ziel und etwas in die Wege geleitet, um es zu erreichen. Das erfüllte sie mit solcher Aufregung, dass sie wieder einmal überrascht wurde, als jemand sie packte und ihren Schreckensschrei mit warmen Lippen erstickte, worauf sich ihr Protest sofort in ein flehendes Aufstöhnen verwandelte.

»Colin«, hauchte sie mit geschlossenen Augen, und ihre Lippen verzogen sich zu einem Lächeln.

»Sag mir, dass du ihn nicht geküsst hast«, erwiderte er schroff und umfasste sie mit seinen starken Armen an Taille und Po.

»Sag mir, dass ich nicht träume«, murmelte sie voller Entzücken, ihrem Liebsten wieder so nah zu sein.

»Besser wäre es schon«, erwiderte er und ließ sie seufzend los.

Als Amelia die Augen öffnete, bemerkte sie, dass er die Stirn runzelte und seine sinnlichen Lippen nur noch ein Strich waren. »Warum bist du so wild entschlossen, etwas so Wundervolles schrecklich zu finden?«

Daraufhin verzog er reuig den Mund. »Meine süße Amelia«, murmelte er und umfasste ihr Gesicht. Seine langen Haare fielen ihm ins Gesicht und rahmten seine anbetungswürdigen dunklen Augen ein. »Weil es manchmal besser ist, nicht zu wissen, was einem fehlt. Dann kann man sich einreden, es wäre nicht so wundervoll gewesen, wie man es sich vorgestellt hat. Aber wenn man es erst mal erfahren hat, dann verzehrt man sich nur noch danach.«

»Wirst du dich nach mir verzehren?«, fragte sie, und ihr Herz flatterte bei der Vorstellung.

»Selbstsüchtiges Mädchen.«

»Von dir verdorben.«

Er schloss die Augen und küsste sie sanft. »Sag mir, dass du ihn nicht geküsst hast.«

»Hast du denn gar kein Vertrauen zu mir, Colin?« Sie stellte sich auf die Zehenspitzen und rieb ihre Nasenspitze an seiner. »Ich habe ihn einfach nur um einen Gefallen gebeten.«

»Was für einen Gefallen?«, fragte er scharf.

»Er sollte einen Brief an meine Schwester für mich aufgeben.«

Colin erstarrte. »Was?« Er wies auf ihre Umgebung. »All das hier ist doch nur dazu gedacht, dich von ihr fernzuhalten.«

»Ich muss sie kennenlernen.« Sie schob sich von ihm fort und verschränkte störrisch die Arme.

»Nein, musst du nicht. Herrgott!«, knurrte Colin und stemmte die Hände in die Seiten. »Irgendwie sorgst du immer für Schwierigkeiten.«

Mit seiner fremdartigen Schönheit und seiner ewigen finsteren Miene fand Amelia ihn einfach göttlich. Verzückt seufzte sie auf. Doch dadurch wurde seine Miene nur noch finsterer. »Sieh mich nicht so an«, murmelte er.

»Wie denn?«

Er zeigte mit dem Finger auf sie. »So!«

»Ich liebe dich«, erklärte sie mit der unschuldigen Inbrunst ihres Herzens. »Anders kann ich dich einfach nicht anschauen.«

Er biss die Zähne zusammen.

»Ich habe deinen Beschützerinstinkt so vermisst«, sagte sie leise und verschränkte ihre Hände.

»Das ist reine Entnervung«, erwiderte er.

»Nun, aber du wärst nicht entnervt, wenn du mich nicht beschützen wolltest.«

Kopfschüttelnd ging Colin zu einem Baumstumpf und setzte sich darauf. Um sie herum zwitscherten leise die Vögel, und das Laub auf dem Boden raschelte, wenn eine Brise hindurchfuhr. Im Laufe der Jahre hatten sie beide in vielen Wäldern, an vielen Stränden gespielt und waren unzählige Meilen über Wiesen gelaufen. Doch wo auch immer sie gewesen waren, hatte sie sich sicher gefühlt, weil Colin bei ihr war.

»Warum hast du Lord Ware gebeten, und nicht mich?«

»Weil ich auf einen Antwortbrief hoffe, und dieser darf nicht hierhergeschickt werden. Ich brauchte seine Hilfe beim Verschicken und Empfangen.« Sie erstarrte, als sie sah, dass er den Kopf in den Händen verbarg. »Was ist denn?«

Dann sank sie vor ihm auf die Knie, ohne auf ihr weißes Kleid zu achten. »Sag's mir doch«, drängte sie, als er schwieg.

Er sah sie an. »Es wird immer etwas geben, das ich dir im Gegensatz zu Männern wie Ware nicht geben kann.«

»Was denn?«, fragte sie. »Hübsche Kleider und Haarbänder?«

»Pferde, Häuser und Dienstboten wie mich«, stieß er hervor.

»Aber nichts von alledem hat mich je glücklich gemacht.« Sie legte ihr schmales Gesicht an seine breiten Schultern und drückte ihm einen glühenden Kuss auf den Mund. »Abgesehen von dir, und du bist zwar auch ein Dienstbote, aber du weißt, dass ich nie gedacht habe, ich wäre etwas Besseres als du.«

»Weil du ein behütetes Leben geführt hast, Amelia. Wenn du die Welt sehen könntest, würdest du erkennen, wie die Dinge sich in Wahrheit verhalten.«

»Solange du mich liebst, ist mir egal, was die anderen denken.«

»Ich darf dich nicht lieben«, flüsterte er, umfasste ihre Handgelenke und zog ihre Arme nach unten. »Bitte mich nicht darum.«

»Colin.« Plötzlich kam sie sich vor wie die Ältere. Sie war diejenige, die ihn trösten und beschützen musste. »Du brichst mir das Herz. Aber auch wenn es zerbrochen ist, hat es noch genug Liebe für uns beide.«

Da fluchte Colin leise, umarmte sie und sagte ihr mit seinen Küssen, was er niemals laut aussprechen würde.

Maria lehnte ihren Hinterkopf an den abgerundeten Rand ihrer Wanne und entspannte sich. Heute Abend würde sie zu Christopher gehen und ihm von Amelia und Welton erzählen. Sie würde ihm von Eddington erzählen, und dann würden sie zusammen eine Lösung für ihre Schwierigkeiten finden. Zwar hatte sie ein paar Tage gebraucht, um diesen Entschluss zu fassen, doch tief in ihrem Innern wusste sie, dass er richtig war.

Seufzend ließ sie sich tiefer in das heiße Wasser gleiten. Sie hörte leise Männerstimmen auf der Galerie, dann ging erst die Tür zu ihrem Schlafzimmer auf und kurz darauf die Tür zum Badezimmer.

»Du warst den ganzen Tag fort, mein lieber Simon«, murmelte sie.

Sie hörte, wie er einen Stuhl zur Wanne zog und sich schwer darauf fallen ließ. Als er dann noch tief Luft holte, als ob er sich für eine schwere Aufgabe wappnen wollte, wurde sie unruhig. Sie öffnete die Augen und sah, dass er im Gegensatz zu seinem typischen munteren Charme eine sehr ernste Miene zeigte.

»Was ist denn?«

Simon neigte sich vor, stützte die Arme auf die Oberschenkel und sah sie durchdringend an. »Weißt du noch, wie ich dir von Lord Sedgewicks geheimem Alkohollager erzählt habe? Heute hatte er einen Besucher mit Informationen, die Licht in seine Umtriebe bringen.«

Nun hatte er ihre ganze Aufmerksamkeit. Sie setzte sich auf. »Simon, du bist ein Genie!«

Doch nicht mal auf ihr Lob hin zeigte er das träge Lächeln, das sie so liebte.

»Maria …«, setzte er an, stand auf, kam zu ihr und nahm ihre Hand vom Wannenrand.

Eine düstere Vorahnung überfiel sie, und ihr Magen krampfte sich. »Sag's mir.«

»Sedgewick ist ein Agent der Krone.«

»Himmel, hast du mir einen Schreck eingejagt!« Sie runzelte die Stirn und erwog rasch alle daraus resultierenden Konsequenzen. »Sie werden niemals aufgeben, den Tod von Winter und Dayton zu untersuchen. Und natürlich bin ich die Hauptverdächtige.«

»Ja, die Agency will dich.« Er atmete geräuschvoll aus. »Und zwar so sehr, dass man einen Verbrecher auf freien Fuß gesetzt hat, um einen anderen Verbrecher zu schnappen.«

»Einen Verbrecher auf freien Fuß ...« Als es ihr dämmerte, schüttelte sie langsam den Kopf. »Nein ...«

Ohne auf seine aufwendigen Kleider zu achten, sank Simon neben ihr auf die Knie und sah sie direkt an. »Sedgewick hält in St. George's Fields einen Zeugen gegen St. John fest. Der Viscount hat ihm einen Handel vorgeschlagen: St. Johns Freiheit für Informationen, die dich statt seiner an den Galgen bringen. Deshalb war er nicht überrascht, St. John beim Maskenball der Campions zu sehen, und deshalb hatte er schon damit gerechnet, dich mit ihm zusammen zu sehen.«

Maria starrte Simon an und suchte in seinen geliebten Zügen nach einem Hinweis, dass er nur scherzte. Es wäre in jedem Fall ein mehr als schlechter Scherz gewesen, aber die Alternative war viel schlimmer, bedeutete sie doch, dass ihr Liebhaber den ultimativen Verrat im Sinn hatte: ihren Tod.

»Nein, Simon. Nein.«

Es war unmöglich, dass Christopher sie so lieben und gleichzeitig belügen konnte.

Simon erhob sich elegant und zog sie mit sich. Er hob sie auf seine Arme, ließ sich mit ihr zu Boden sinken und barg sie liebevoll in seinen Armen. Sie klammerte sich an ihn und vergoss still heiße Tränen. Ohne darauf zu achten, dass auch er völlig nass wurde, wiegte er sie leise summend in seinen Armen und hielt sie fest.

»Ich glaube, ich bin ihm nicht gleichgültig«, sagte sie und schmiegte ihr tränenüberströmtes Gesicht an seine Kehle.

»Sonst wäre er auch ein Narr, *mhuirnín.*«

»Es ist mir einfach nicht möglich, etwas anderes zu glauben.« Sie holte zittrig Luft. »Ich wollte ihn heute Abend um seine Hilfe bitten.«

Wenn alles zwischen ihnen ein raffiniertes Manöver gewesen war, um ihr Vertrauen zu gewinnen, so hatte er durchschlagenden Erfolg gehabt. Fast wäre sie bereit gewesen, ihm ihr kostbarstes Geheimnis anzuvertrauen, ihm ihre Schwachstelle zu zeigen, weil sie ihm glaubte. Sie hatte sogar gedacht, Christopher verdiente es zu wissen, weil er ihr wegen Eddington verziehen hatte, obwohl sie ihm keinerlei Erklärung geliefert hatte.

Eddington.

Sie löste sich von Simon und umklammerte drängend und verzweifelt sein Revers. »Du weißt doch, dass St. John mich hat beobachten lassen, dass er Eddingtons Besuch in Brighton herausgefunden und Tim geschickt hat, um Amelias Identität zu ermitteln. Wenn er all dies getan hat, um mir zu schaden … Guter Gott, wie töricht war ich dann, ihm so sehr zu vertrauen.«

Es war, als würde ein zweites Mal ein Dolch sie durchbohren, dieses Mal mitten durchs Herz. Würde St. John ebenfalls versuchen, sie mit Amelia zu erpressen?

»Ich habe schon Männer losgeschickt, um den Zeugen zu holen«, beruhigte Simon sie. »Du wirst ebenfalls ein Druckmittel haben.«

»Oh, Simon.« Maria drückte ihn fest an sich. »Was würde ich nur ohne dich tun?«

»Du würdest sehr gut zurechtkommen, *mhuirnín*. Aber ich habe es nicht eilig, es darauf ankommen zu lassen.« Er legte sein Kinn auf ihren Schopf. »Was wirst du jetzt tun?«

»Das weiß ich noch nicht. Wahrscheinlich werde ich ihm die Gelegenheit geben, sich zu erklären«, sagte sie mit zugeschnürter Kehle. »Ich frage ihn gerade heraus, wie er freigekommen ist. Wenn er mir eine Antwort verweigert oder mir ausweicht, weiß ich, dass ihm nur seine eigenen Interessen wichtig sind und ich nicht.«

»Und dann?«

Sie wischte sich die Tränen von den Wangen. »Dann tun wir, was getan werden muss. Das Wichtigste ist Amelia, wie immer.«

Pfeifend schlenderte Christopher in sein Haus. Er konnte sich nicht erinnern, jemals so … glücklich gewesen zu sein. Herrgott, er hatte ja nicht mal gewusst, dass er überhaupt so glücklich sein konnte! Er hatte gedacht, er sei einfach nicht für solches Glück geschaffen.

Er warf seinem Butler den Hut zu, riss sich die Handschuhe herunter und überlegte schon, wie er Maria empfangen sollte, wenn sie am Abend zu Besuch kam. Er würde ihr Männer zum Geleit schicken, die für ihre Sicherheit garantierten, doch was würde er mit ihr anstellen, wenn sie erst mal da war? Natürlich würde er stundenlang mit ihr im Bett verbringen, gleichzeitig wollte er sie aber weiterhin umwerben. Er kostete die Vorstellung aus, sich tiefer in die unbekannte Welt ihrer Beziehung zu wagen.

»Hmmm …« Er zerbrach sich den Kopf in dem Versuch, etwas zu planen, was sie beide niemals vergessen würden. Er konnte seinen Koch bitten, eine Mahlzeit aus Speisen mit aphrodisierender Wirkung zuzubereiten. Und Blumen bestellen mit sinnlichem, exotischem Duft, um sie in die richtige Stimmung zu bringen.

Dann verzog er reuig die Lippen, da damit natürlich nur für den körperlichen Teil des Abends gesorgt würde. Offensichtlich hatte er keine Ahnung von Romantik und davon, wie man sie zustande brachte. Er zog die Schultern nach hinten und überlegte, ob er ein Nickerchen machen sollte. Er musste eingehender über diese Angelegenheit nachdenken, aber dazu brauchte er mehr Energie, als er momentan hatte.

»St. John.«

Als Christopher sich umblickte, sah er an der Tür zu seinem Studierzimmer Philip. »Was ist?«

»Die Männer, die du auf der Suche nach Amelia losgeschickt hast, sind heute Nachmittag zurückgekommen.«

Christopher hob die Augenbrauen, nickte und kam ins Studierzimmer, wo er hinter dem Schreibtisch Platz nahm. Davor standen die vier Männer, die er mit der Suche beauftragt hatte. Zwar klebte noch der Staub von der Reise an ihnen, doch man merkte ihnen ihre Aufregung an. Was auch immer sie herausgefunden hatten: Sie gingen davon aus, dass er sich darüber freuen würde.

»Schießt los«, sagte er. Seine Müdigkeit war wie weggeblasen.

Die vier wechselten einen Blick, dann trat Walter vor. Er war doppelt so alt wie Christopher, was sich an seinen grauen Haaren und Koteletten zeigte, und kannte ihn bereits seit den ganz und gar nicht ruhmvollen Anfängen seiner Laufbahn. Genauer gesagt, war Walter einer der Männer, die mitbekommen hatten, wie er in einer dunklen Gasse seine Unschuld verlor.

»Ich hab Tim vorgeschickt, um dir die Neuigkeiten zu überbringen, hörte aber, dass er aufgehalten wurde.«

Christopher lächelte. »Da hast du richtig gehört.«

»Nun, ich hoffe nur, dass du das nicht bedauern wirst. Die Gesuchte heißt Amelia Benbridge und ist die Tochter von Viscount Welton.«

Weltons Tochter?

»Du meine Güte«, hauchte Christopher und ließ sich schwer auf seinem Stuhl zurücksacken. »Sie ist Lady Winters Halbschwester.«

»Aye. Seltsam ist nur, dass niemand in den Ortschaften um Weltons Besitz herum von ihr Kenntnis hat. Wo auch immer wir uns nach ihr erkundigten, sah man uns an, als hätten wir den Verstand verloren.«

»Wie habt ihr sie dann gefunden?«

»Der Vikar zeigte uns das Geburtenregister.«

»Gut gemacht«, nickte Christopher, doch dann runzelte er bestürzt die Stirn und tappte mit dem Fuß auf dem Aubusson-Teppich. Maria war bei dem Versuch, mit ihrer Schwester zu sprechen, angegriffen und verletzt worden. Offensichtlich wurden sie voneinander ferngehalten. »Ich muss sie finden.«

»Tja, das haben wir schon.«

Christopher riss die Augen auf und starrte den strahlenden Walter an. »In einer der Herbergen auf dem Weg hat sich Peter ein hübsches Ding angelacht. Als er mit der Kleinen redete und versuchte, ihr an die Wäsche zu gehen, meinte sie, sie wäre als Kammerzofe für die Tochter eines Viscounts angestellt worden, und der Viscount, den sie beschrieben hat, sieht so aus wie Welton. Also sind wir ihr nach Lincolnshire gefolgt und haben erfahren, dass das Mädchen, um das sie sich kümmern soll, Amelia Benbridge heißt.«

»Teufel noch mal!«

»Reines Glück«, sagte Walter. »Aber wir werden's nutzen, oder?«

»Ja, das werden wir. Peter ist nicht hier«, bemerkte Christopher. »Ich gehe davon aus, dass er weiterhin das Mädchen beobachtet? Ausgezeichnet.« Er warf einen Blick zu Philip, der an der Tür wartete. »Hole Sam.«

Dann trommelte er mit den Fingern auf seinen Schreibtisch. »Welton hat dieses Mädchen eingestellt?«

»Das hat sie zumindest behauptet.«

Christopher stieß Luft durch die Nase und überdachte die Lage. Welton hatte Amelia. Maria wollte Amelia. Welton unterstützte Marias Haushalt und stellte ihr Männer wie Eddington vor. Zwar hatte Christopher immer noch keine Ahnung, wofür Eddington sie bezahlte, aber zweifellos ging es nicht um Gunstbeweise. Eine vage Vorstellung hatte er schon, doch noch durchschaute er nicht alles.

Da trat Sam ein.

»Morgen brichst du mit Walter und den anderen nach Lincolnshire auf«, sagte Christopher. »Dort befindet sich ein Mädchen. Ich muss wissen, ob es das Mädchen ist, das Lady Winter sucht. Wenn ja, benachrichtige mich, bleibe aber bei der Kleinen. Wenn sie verschwindet, folge ihr. Ich muss ständig wissen, wo sie sich befindet.«

»Selbstverständlich.« An Sams entschlossener Miene erkannte Christopher, dass er sein Bestes geben würde, um seinen Fehler wiedergutzumachen, genau wie Tim.

»Bringt euch auf Vordermann«, sagte Christopher zu den anderen. »Den Rest des Abends könnt ihr euch ausruhen. Sucht euch ein williges Mädchen. Ihr bekommt eine Belohnung für eure harte Arbeit.«

»Danke«, antworteten sie einstimmig und grinsten.

Er bedeutete ihnen zu gehen, dann sammelte er sich einen Moment, bevor er aufstand und die Treppe zu seinem Schlafzimmer hinaufging.

Maria wusste, dass er die nötigen Mittel hatte, ihr zu helfen. Nun, da sie eine Bresche in ihre äußeren Verteidigungslinien geschlagen hatten, würde sie ihm ihr Geheimnis doch anvertrauen? Zumindest hoffte er es.

Mit diesem Ziel im Hinterkopf widmete er sich einer Verführung auf tieferer Ebene. Er wollte ihr Herz, und zwar bis in die letzte dunkle Nische.

Würde sie ihm genug vertrauen, um es ihm zu schenken?

»Der Earl of Eddington lässt fragen, ob Sie zugegen sind.«

Maria blickte durch den Spiegel zu ihrem Butler. Zwar war sein Gesicht genauso ausdruckslos wie ihres, aber hinter ihrer Maske verbarg sich Verletzung und Verwirrung. Sie nickte.

Der Diener verneigte sich und ging.

Sarah kümmerte sich weiterhin um Marias Haare und flocht Perlen und Blumen in ihre raffinierte Frisur, doch als es klopfte und Eddington eintrat, knickste sie rasch und ging.

»Lady Winter«, begrüßte der Earl sie gedehnt und trat selbstbewusst in ihr Boudoir, »wie immer sind Sie ein unvergleichlicher Anblick.«

In ihrer Gegenwart war er niemals leiser aufgetreten, und sie war sich nicht sicher, was sie von diesem Selbstbewusstsein halten sollte. Wie immer war er makellos gekleidet, diesmal in einem berückenden burgunderfarbenen Ensemble, zu dem seine dunklen, gelockten, in einem losen Zopf zusammengefassten Haare in starkem Kontrast standen. Er führte ihre Hand an seine Lippen und nahm auf einem kleinen Hocker neben ihr Platz.

»Erzählen Sie mir etwas«, sagte er und sah sie unter halb gesenkten Lidern durchdringend an.

»Ich wünschte, ich hätte etwas für Sie«, murmelte sie, da sie die Neuigkeiten über Sedgewick erst preisgeben wollte, wenn sie Gewissheit über Christophers Gefühle für sie hatte.

Der Earl seufzte übertrieben ergeben und ließ seine Schnupftabakdose aufspringen. Er nahm ihre Hand, legte die Prise auf ihren flatternden Puls am Handgelenk und sog sie ein.

»Irgendetwas beunruhigt Sie«, bemerkte er und starrte auf das verräterische Zucken der dünnen blauen Vene.

»Meine Zofe scheint die Frisur, die ich mir wünschte, nicht zustande zu bringen.«

»Hm …« Er strich ihr mit dem Daumen über ihr Handgelenk. »Wie sehen Ihre Pläne für den Abend aus? Befinden Sie sich immer noch in den Ferien?«

Maria entzog ihm ihre Hand. »Nein. Ich habe eine Verabredung mit einem gewissen berüchtigten Verbrecher.«

»Schön.« Eddington lächelte erfreut. Obwohl sie gegen seinen Charme immun war, fiel ihr doch auf, welch ein attraktiver Mann er war. Und dann noch ein Spion, sehr verführerisch, wenn man kühne Helden mochte.

»Wollten Sie St. John gerade heraus fragen, wie er seine Freilassung erwirkt hat?«, fragte er beiläufig. »Oder wollten Sie ihm diese Information, die ich dringend benötige, auf andere Weise entlocken?«

»Welchen Wert hätten meine Geheimnisse noch, wenn ich sie preisgäbe?«

»Das ist wohl wahr.« Eddington stand auf und öffnete den Deckel ihrer Schatulle mit Schönheitspflästerchen. Er wählte eines in Diamantform und klebte es ihr an den Augenwinkel. »Die

Agency könnte eine Frau mit Ihren Talenten gebrauchen. Sie sollten mal darüber nachdenken.«

»Und Sie sollten gehen, damit ich mich der Aufgabe widmen kann, die Sie mir aufgetragen haben.«

Der Earl stellte sich hinter sie und legte ihr seine Hände auf die Schultern. »Schlagen Sie mein Angebot nicht gleich aus. Ich meine es ernst.«

Maria sah ihn über den Spiegel hinweg an. »Ich schlage nichts aus, ohne nachzudenken, Mylord. Vor allem nicht verlockende Angebote von Männern, die immensen Gewinn aus meinem Untergang ziehen.«

Eddington grinste. »Sie trauen wohl niemandem, oder?«

»Leider« – sie blickte sich wieder selbst im Spiegel an – »hat mich das Schicksal nichts anderes gelehrt.«

Tim nagelte Sarahs köstlich üppigen Körper an die Wohnzimmerwand, umfasste ihren fleischigen Po und drängte sie gegen seine Erektion. Seine Aufmerksamkeit war gänzlich auf diese intime Umarmung gerichtet gewesen, bis er im Nebenzimmer Lady Winter mit Lord Eddington reden gehört hatte.

Er schloss die Augen und drückte die Stirn gegen die Wand – etliche Zentimeter über Sarahs Kopf, die wesentlich kleiner war als er. Der Verrat von Lady Winter schmerzte ihn zutiefst. Er hatte sie zu schätzen gelernt und ins Herz geschlossen, daher hatte er gehofft, ihre Beziehung mit St. John würde andauern. Beide hatten ein gewisses Glänzen in den Augen, wenn sie voneinander sprachen, und St. John sah in der Gesellschaft ihrer Lady so glücklich aus wie noch nie zuvor.

»Der Earl ist weg«, grollte Tim und trat zurück. »Lady Winter braucht dich jetzt.«

»Kommst du später zu mir?«, fragte sie atemlos.

»Ich versuch's. Geh jetzt.« Er wirbelte sie herum und zwickte sie in den Po, damit sie schneller zur Tür ging.

Als der Riegel von der anderen Seite vorgeschoben wurde, verließ er das Zimmer.

Eile tat not.

Wenn er sich sputete, konnte er St. John von Lady Winters wahrem Wesen erzählen und zurück sein, bevor er vermisst wurde.

# Kapitel 19

Leise pfeifend, striegelte Colin das samtweiche Fell eines der Kutschpferde. Es war ihm gleichzeitig leichter und schwerer ums Herz, und das war ihm so fremd, dass er nicht wusste, wie er damit umgehen sollte.

Er wusste, es war mehr als tollkühn, sich Amelia zu nähern. Sie war viel zu jung und stand Klassen über ihm. Niemals konnten sie zusammen sein. Es war einfach undenkbar. Ihre heimlichen Küsse brachten sie beide in Gefahr, und er kam sich wie ein Schuft vor, weil er sie ihr gestohlen hatte.

Eines Tages würde sie ihren goldenen Käfig verlassen dürfen und der Gesellschaft und Männern wie Lord Ware vorgestellt werden. Wenn sie dann auf ihre Zeit hier und ihre kindliche Schwärmerei zurückblickte, würde sie sich fragen, wie um alles in der Welt sie sich hatte einbilden können, in einen Stallburschen verliebt zu sein. Da er die einzige Speise auf dem Tisch war, meinte sie, Appetit auf ihn zu haben. Doch wenn sie zum ersten Mal auf einem Bankett wäre, würde er wie Porridge wirken – im Vergleich zu einem mehrgängigen Menü!

»Colin.«

Als er die Stimme seines Onkels hörte, drehte er sich um und sah, wie der korpulente Mann die Stallung betrat. »Ja, Onkel?«

Pietro riss sich den Hut vom Kopf und fuhr sich frustriert durch sein ergrauendes Haar. Abgesehen vom Umfang ihrer Leibesmitte, sahen sie sich sehr ähnlich, und ihr Zigeunerblut war nicht zu leugnen, auch wenn es bei Colin durch seine Mutter etwas verwässert worden war.

»Ich weiß, dass du dich im Wald mit dem Mädel getroffen hast.«

Colin erstarrte.

»Die Wachen sagen, die Kleine trifft sich mit dem Lord vom Nachbarbesitz und du wärst dazwischengegangen.«

»Nein, bin ich nicht.« Colin widmete sich wieder dem Pferd. »Sie hat sich gestern mit ihm getroffen.«

»Ich hab dir doch gesagt, du sollst dich von ihr fernhalten!« Pietro trat zu ihm, und seine angespannten Schultern verrieten, wie zornig er war. »Lass bei den Mädchen aus dem Dorf Dampf ab!«

»Habe ich ja. Tue ich ja.« Um sich zu beruhigen, holte Colin tief Luft. »Und das weißt du auch.«

Und es schmerzte, wenn er es tat; zwar bedeutete jede Frau, die er nahm, kurzfristige Erlösung von seinen brennenden Bedürfnissen, aber mehr auch nicht. Seit seiner Kindheit gehörte sein Herz nur Amelia. Seine Liebe für sie war gewachsen und hatte sich verändert, war mit seinem Körper gereift. Amelia hingegen war arglos und unschuldig und ihre Liebe zu ihm süß und rein.

Er legte die Stirn an den Hals des Pferdes. Amelia war sein Ein und Alles, und zwar seit dem Tag, da Viscount Welton seinen Onkel eingestellt hatte. Pietro war bereit gewesen, für einen weitaus geringeren Lohn als andere Kutscher zu arbeiten. Nur deswegen hatte er all die Jahre seinen Job behalten, anstatt wie die Gouvernanten ausgetauscht zu werden.

Colin würde niemals vergessen, wie Amelia zum ersten Mal mit strahlendem, offenem Lächeln auf ihn zugerannt war und ihre schmutzige Hand in seine gelegt hatte.

»Spiel mit mir«, hatte sie gesagt.

Da Colin aus einer großen Sippe mit vielen Kindern stammte, hatte er sich vor der Einsamkeit gefürchtet. Aber Amelia hatte ein Dutzend Spielgefährten in sich vereinigt. Sie war abenteuerlustig gewesen und bereit, all die Spiele zu lernen, die er kannte. Und dann hatte sie es sich in den Kopf gesetzt, ihn in jedem einzelnen zu schlagen.

Im Laufe der Jahre jedoch hatte er die Freundin und Gefährtin aus fröhlichen Kindertagen allmählich mit den Augen eines Mannes gesehen und sich in sie verliebt – nicht Hals über Kopf, sondern nach und nach, auf der Basis seiner tiefen Zuneigung zu ihr. Vielleicht ging es Amelia genauso, aber wer konnte das mit Gewissheit sagen? Er hatte schon Erfahrungen mit anderen Frauen. Amelia hingegen hatte nur ihn. Ihre Gefühle konnten sich verändern, wenn ihr bewusst wurde, dass sie wählen konnte. Seine würden sich niemals verändern. Er würde sie immer lieben.

Resigniert stieß er die Luft durch die Nase. Selbst wenn Amelia dasselbe für ihn empfand, konnte er sie niemals haben.

»Ach, Junge«, sagte sein Onkel und legte ihm seine Pranke auf die Schulter. »Wenn du sie liebst, lass sie in Ruhe. Die Welt wird ihr zu Füßen liegen. Nimm ihr das nicht.«

»Ich versuch's«, erwiderte er heiser. »Ich versuch's wirklich.«

Christopher saß auf einem Ohrensessel in seinem Wohnzimmer und starrte auf das Glas in seiner Hand. Er war sich nicht ganz sicher, was er empfand. Es war ähnlich wie an dem Tag, als er Eddington und Maria in Brighton belauscht hatte, nur zog sich seine Brust jetzt fast unerträglich schmerzhaft zusammen. Es kostete ihn schon Kraft, nur ein- und auszuatmen.

»Du solltest zurückgehen«, sagte er mit so leiser, brüchiger Stimme zu Tim, dass er selbst erschrak. Er erkannte sich kaum wieder. Er dachte, handelte und sprach nicht mehr wie der Mann, der er vor der Begegnung mit Maria gewesen war. »Wir wollen doch nicht, dass dein Fehlen auffällt.«

Ironisch dachte er an Tims Position im Haushalt der Winterwitwe. Sie war so siegesgewiss, dass sie sogar eine Schlange in ihrem Haus duldete.

»Aye.« Tim wandte sich zum Gehen.

»Falls Eddington wieder auftaucht, will ich genau wissen, was sie besprochen haben.«

»Na klar. Ich werde dich nicht noch mal enttäuschen.«

Christopher nickte und hielt den Blick auf sein Glas gerichtet. »Danke.«

So tief war er in Gedanken versunken, dass er kaum bemerkte, wie sich die Tür hinter Tim schloss. Bisher hatte er sich immer etwas darauf eingebildet, den Charakter eines Menschen beurteilen zu können. Ohne diese Fähigkeit wäre er heute nicht mehr am Leben. Warum war es ihm also nahezu unmöglich zu glauben, dass Maria keine Zuneigung zu ihm empfand? Die Fakten waren klar und eindeutig, und doch wollte sein Herz nicht daran glauben.

Schnaubend hob er sein Glas an die Lippen und leerte es. Genau da lag sein Problem. Er wurde von seinem Herzen gelenkt, nicht von seinem Verstand. Bedauerlicherweise liebte er Maria. Die Verräterin. Eine Verführerin, deren Lebensstandard davon abhing, wie viele Männer sie unter die Erde bringen konnte.

Ein Klopfen an der Tür riss ihn aus seinen düsteren Gedanken. »Herein«, rief er.

Bevor er wusste, wie ihm geschah, hatte er sich schon erhoben – aus reiner Gewohnheit –, und sein Herz fing beim Anblick seiner zurückkehrenden Geliebten an zu rasen.

Wie viel Zeit war vergangen? Ein Blick auf die Kaminuhr verriet ihm, dass es fast zwei Stunden waren.

Als er ihr den Kopf zuwandte, ertappte er sie, wie sie ihn ansah. Reinste Freude in ihrem Blick verriet ihm, dass sie ähnlich empfand, doch dann tarnte sie es sofort mit einem verführerischen Lächeln. Sie trug eine Kapuze, die ihre zarte, berückende Schönheit mit den großen dunklen Augen und dem roten Schmollmund schwarz einrahmte.

Christopher holte tief Luft, ging auf sie zu und trat um sie herum. Er legte ihr die Hände auf die Schultern und atmete ihren Duft ein. Warm, sinnlich, weiblich. »Du hast mir gefehlt«, murmelte er und griff nach den Schnüren ihres Umhangs.

»Wirst du mich immer halb angezogen empfangen?«

Immer! Als hätten sie eine Zukunft.

»Wäre dir das lieber?« Er öffnete den Umhang, zog ihr sanft die Kapuze vom Kopf und ließ den schweren Stoff zu ihren Füßen sinken.

»Am liebsten wäre mir, wenn du ganz nackt wärst«, antwortete sie.

»So geht es mir auch mit dir, und ich werde sofort dafür sorgen.« Er machte sich daran, sie auszuziehen, und bemerkte beifällig, wie viel einfacher das ging, wenn man nüchtern war. Mit geschickten Fingern öffnete er Knöpfe und Bänder.

»Wie war dein Tag, nachdem ich gegangen bin?«, erkundigte er sich.

»Einsam. Du hast mir auch gefehlt.«

Christophers Hände hielten inne. Er schloss die Augen und holte tief Luft, um sich zu beruhigen, denn nach ihren Worten war in seinem Innern eine weiß glühende Stichflamme aufgelodert. Er dachte noch mal an den Nachmittag: wie sie ihn geliebt, wie sie sich ihm geöffnet hatte. Wie erschrocken, fast ängstlich sie gewirkt hatte, als sie zu ihm kam. Wie sie erschauert war, als er sie berührte, wie sie dahingeschmolzen war, als er sie küsste.

Im Bett waren sie nackt und bloß – und nicht nur, weil sie ihre Kleider abgelegt hatten.

»Ich habe Delikatessen, um dich zu füttern«, murmelte er und küsste die rote Narbe auf ihrer Schulter, »und Blumen, um dich zu umwerben. Ich wollte den Abend nicht im Bett beginnen, aber jetzt merke ich, dass ich nicht anders kann.«

Seine Hände glitten unter das klaffende Rückenteil ihres Kleides und umfassten von hinten ihre nur noch von einem Hemdchen bedeckten Brüste. Er entdeckte, dass ihre Brustwarzen steif waren, und zupfte an ihnen, so wie sie es mochte.

Leise aufstöhnend, ließ Maria ihren Kopf auf seine Schulter sinken.

»Ich liebe deine Brüste«, murmelte er dicht an ihrem Ohr. »Heute Nacht werde ich an ihnen saugen, bis du mit meinem Schwanz in dir kommst. Weißt du noch, wie sich das anfühlt? Wie fest du mich umklammert hast?« Er drückte sein Becken an sie. »Allein von der Erinnerung werde ich steif.«

»Christopher.« Es lag etwas Trauriges, Flehendes in ihrer Stimme, als sie seinen Namen sagte. Eine Aura der Melancholie umgab sie beide.

Christopher wurde plötzlich ungeduldig, und um zur Sache zu kommen, riss er ihr Kleid auf, worauf winzige stoffbezogene Knöpfe zu Boden prasselten.

»Bald habe ich nichts mehr anzuziehen«, sagte sie atemlos und verriet damit ihr geheimes Verlangen, einfach genommen zu werden. Er wusste das natürlich und ahnte, dass Quinn sich selbst ins Aus manövriert hatte, weil er das Ende ihrer körperlichen Beziehung zu schnell akzeptierte. Wenn der Ire Maria mehr zugesetzt hätte, wäre sie jetzt vielleicht nicht hier, in seinem Haus.

Bei dem Gedanken wuchs seine Ungeduld, und er zog und zerrte noch heftiger an ihren Bändern und Verschlüssen. Ihr Hemdchen riss mit einem lauten Ratsch, und dann drehte Maria sich um, schmiegte sich in seine Arme und presste ihren nackten Busen an seine nackte Brust. Er hob sie in seine Arme und küsste die Lippen, die sie ihm darbot.

Mit ihren winzigen Händen umfasste sie sein Gesicht; ihre weichen, süßen Lippen saugten gierig an seinen. Er schmeckte geradezu die Verzweiflung, die auch ihn packte.

Fast rannte er zum Bett, so schnell lief er. Er warf sie auf die Laken und zerrte ungeduldig an seiner Hose.

»Mach die Beine breit.«

Argwohn flackerte über ihr Gesicht, und Christopher wusste warum. Er gab ihr keine Möglichkeit, sich zu verstecken.

Er kickte sein letztes Kleidungsstück beiseite, kam zu ihr aufs Bett, umfasste ihre Knie und spreizte sie weit auseinander. Sie wehrte sich, doch er gab nicht nach, sondern drückte ihre Hüften aufs Bett, sodass er ihre Möse in seinen Mund nehmen konnte.

»Nein!«, rief sie aus und krallte sich in seine Haare. »Nicht so …!«

Er umfasste ihre ebenholzschwarzen Locken mit den Händen, teilte ihre Scham und legte die weiche rosige Haut frei, die ihre Klitoris schützte. Dann rieb er mit der Zungenspitze darüber, neckte sie, lockte sie, zum Spielen herauszukommen. Als sie auftauchte, legte er seine Lippen um sie herum und saugte sanft daran. Stöhnend wölbte Maria sich ihm entgegen und flehte ihn gleichzeitig an aufzuhören, mit seinem Glied in sie einzudringen, ihr Zeit zu lassen, sich zu sammeln, um nicht mehr so verwundbar zu sein. Natürlich sagte sie Letzteres nicht, aber er wusste es.

Er wusste auch, wann sie die Augen öffnete und den Spiegel über seinem Bett sah, denn sie keuchte auf und erstarrte.

»Genießt du die Aussicht?«, fragte er sanft, bevor er weitermachte.

Maria starrte auf das erregende Bild, das sich ihr bot – Christophers blonder Schopf zwischen ihren Beinen –, und war bis ins Mark erschüttert. Ihre Augen waren glasig, ihre Haut vom Kopf bis zur Hüfte hochrot, und sie ähnelte nicht mehr im Mindesten der grimmig entschlossenen Frau, die ihr aus ihrem eigenen Spiegel entgegengeblickt hatte. Die Frau, die sie jetzt war, verlor sich an die Freuden, die ihr ein Mann bescherte, nach dem sie sich mit einem unstillbaren, fast kreatürlichen Hunger verzehrte. Ein Mann, der es sich zum Ziel gesetzt hatte, sie an seiner statt an den Galgen zu bringen.

Das konnte sie ihm verzeihen, war sie schließlich mit ähnlich niederträchtigem Ziel auf ihn zugegangen. Sie verstand, dass viele Menschen von ihm abhingen und er sich wahrscheinlich deshalb retten wollte. Es ging ihm nicht um sein eigenes Wohl.

Sie wusste das, weil sie ihn verstand, den Mann, wie sie ihn sah, den Mann, der einst einen Bruder hatte, den er genauso liebte wie sie Amelia. Aber Tatsache blieb, dass seine Motive sich möglicherweise nicht geändert hatten und der Mann zwischen ihren Beinen der Mann war, der ihren Tod wollte.

»Maria.«

Sie kniff die Augen zusammen und spürte, wie er sich bewegte. Er drückte einen Kuss auf ihre Klitoris und legte sich dann neben sie.

»Du bist alles andere als schüchtern«, murmelte er, »doch der

Anblick, wie ich dich liebe, hat dich abgekühlt.« Er legte eine Hand auf ihre Hüfte und rollte sie zu sich, sodass sich seine heiße, harte Erektion in ihren Bauch bohrte. »Ist dir das zu intim?«

Maria schlug die Augen auf und betrachtete ihn. Sie bemerkte sowohl die Zuneigung in seinen blauen Augen als auch seinen forschenden Blick.

»Ist es denn Liebe?«, fragte sie mit leiser Stimme. »Oder ist es nur der körperliche Akt zwischen zwei Menschen, die gut zusammenpassen?«

»Sag du es mir.«

Sie starrten einander an, und sie spürte die unbeantworteten Fragen fast körperlich zwischen ihnen. »Ich wünschte, ich wüsste es.«

»Dann lass es uns gemeinsam herausfinden.« Er hob ihren Oberschenkel und legte sich zu ihr, ließ seine breite, glatte Eichel durch ihre Scham gleiten. »Nimm mich in dir auf«, sagte er mit seiner kratzigen Stimme. »Lass mich rein.«

War es möglich, mit körperlicher Liebe den Charakter eines Menschen zu ergründen?

»Sag mir, was mit dem Zeugen passiert ist, der gegen dich aussagen sollte«, flüsterte sie.

»Wer will das wissen?«, erwiderte er.

Ihr stockte der Atem, dann atmete sie mühsam weiter. »Christopher.«

Konnte er es wissen? War das möglich? Wenn er wusste, was sie vorhatte, würde er sie doch gewiss nicht so wie jetzt berühren?

»Nimm mich in dir auf, Maria.« Er schmiegte sich an sie und drückte sich gegen ihren engen, verschlossenen Eingang. »Liebe mich, dann gebe ich dir die Antworten, die du suchst.«

Ihre Hände zitterten, und sie konnte nur stockend atmen, als sie ein Bein über seine Hüfte legte und ihn in die richtige Stellung brachte. Sie umkreiste seine Erektion mit ihren Fingern und verlagerte seinen Winkel. Unmittelbar darauf drang er in sie ein und spreizte sie auseinander. Überwältigt wölbte sie sich ihm entgegen.

»Mehr«, murmelte er. »Ich will noch weiter in dich hinein. So tief es geht.«

Sie drückte sich ihm entgegen, füllte sich mit seiner Hitze und Härte und wimmerte, so groß war er und so sehr genoss sie es.

Christopher umfasste ihr Kinn und zwang sie, in den Spiegel zu schauen. »Sieh zu.«

Zwar hatte sie Angst, doch gleichzeitig sehnte sie sich zutiefst danach, sie zusammen zu sehen, also zwang sie sich, ihren vor Lust vernebelten Blick auf ihr Spiegelbild zu richten. Gegen seinen großen, muskulösen Körper wirkte ihrer winzig: Ihr Scheitel war unter seinem Kinn, ihr Fuß reichte mit ausgestrecktem Bein gerade mal an seine Wade. Seine sonnengebräunte Haut wirkte unglaublich dunkel im Vergleich zu ihrer, die kaum je das Sonnenlicht gesehen hatte. Im Vergleich zu ihren dunklen Haaren leuchteten seine blonden Locken noch heller. Äußerlich waren sie vollkommen gegensätzlich, doch innerlich waren sie gleich.

Zusammen waren sie perfekt.

»Siehst du?«, flüsterte er und zwang sie, mit ihm ihr Spiegelbild zu betrachten. Gemeinsam schauten sie zu, wie sein Schwanz in ihr verschwand. Ihr wollten die Lider zufallen vor lauter Erregung über seine träge Bewegung, aber sie weigerte sich, ihre Augen zu schließen. Christopher zog seinen mittlerweile cremig glänzenden Schwanz zurück, dann presste er die Pobacken zusammen und sank wieder in sie hinein.

Während er sich bewegte, war sie fasziniert von seinem makellosen Gesicht, das nun vor Erregung gerötet war. Als er erneut in sie hineinstieß, zeigte sich reinste Lust auf seinen Zügen, und als sie sich selbst betrachtete, sah sie bei ihr dieselbe intensive Lust.

»Und jetzt sag es mir«, flüsterte er mit seiner anbetungswürdigen kratzigen Stimme. »Lieben wir uns?«

Sie stöhnte auf, als seine Hüften sich in einer perfekten Bewegung in sie hineinschraubten.

»Sag's mir, Maria.« Im Spiegel versenkte sich sein Blick in ihren. »Ich jedenfalls nenne das hier *Liebe machen*. Empfindest du das auch so?« Er zog sich zurück und stieß wieder zu. Härter. Tiefer. »Oder ist es nur rein körperlich?«

Konnte er sie derart täuschen? War er ein so gewiefter Betrüger, dass er diesen Grad an Intimität vortäuschen konnte?

Ganz gleich, wie sehr sie sich bemühte, die Informationen über ihn mit diesem Mann in ihren Armen in Einklang zu bringen: Es gelang ihr einfach nicht.

Maria schlang die Arme um seinen Hals und schmiegte ihre Wange an seine. Da spürte sie Tränen auf ihrer Haut, konnte aber nicht sagen, ob es ihre waren oder seine.

»Es ist mehr als nur rein körperlich«, flüsterte sie und sah, wie etwas Süßes, Besitzergreifendes über sein geliebtes Gesicht huschte.

Nun drückte er sie an sich und begann, sie richtig zu vögeln. Routiniert stieß er in sie hinein, und sie erwiderte jeden Stoß mit gleicher Leidenschaft, während sie die Augen nicht von dem erotischen Anblick ihrer miteinander verschlungenen Körper wenden konnte.

Dann riss sie den Mund in einem stummen Schrei auf, und ihr ganzer Körper spannte sich an, als sie gewaltig kam. Knurrend stieß er durch ihre Zuckungen hindurch, murmelte Anheizendes und Zärtliches, das ihren Höhepunkt verlängerte, bis sie glaubte, sie würde daran sterben. Erst als sie in seinen Armen erschlaffte, ritt er sie zu seiner eigenen Befriedigung, und sein Schwanz zuckte heftig, spritzte dann in heftigen Stößen ab und erfüllte sie ganz mit seinem Samen.

Keuchend küsste er sie und atmete mit ihr ein und aus, sodass sie vollkommen eins waren.

# Kapitel 20

Eine Hand, die sich auf ihren Mund presste, weckte Amelia. Zu Tode erschrocken, wehrte sie sich und krallte ihre Nägel in das Handgelenk des Angreifers.

»Hör auf!«

Als sie das hörte, erstarrte sie und riss die Augen auf. Trotz ihres wie rasend schlagenden Herzens und ihres schlaftrunkenen Verstands erkannte sie, dass die schattenhafte Gestalt über ihr Colin war.

»Hör mir zu«, zischte er und blickte kurz zum Fenster. »Draußen sind Männer, mindestens ein Dutzend. Ich weiß nicht, wer sie sind, aber sie gehören nicht zu uns.«

Sie riss den Kopf zur Seite, um ihren Mund zu befreien. »*Was*?«

»Die Pferde haben mich geweckt, als die Männer am Stall vorbeikamen.« Colin trat einen Schritt zurück und riss ihr die Decke herunter. »Ich habe mich hinten rausgeschlichen und bin rübergekommen, um dich zu holen.«

Zutiefst verlegen, weil sie nur ein Nachthemd anhatte, riss sie die Decke wieder über sich.

Daraufhin zerrte er sie wieder herunter. »Los, komm schon«, befahl er drängend.

»Wovon redest du überhaupt?«, flüsterte sie wütend.

»Vertraust du mir?« Colins dunkle Augen glitzerten in der Finsternis.

»Natürlich.«

»Dann tu, was ich dir sage, und spar dir deine Fragen für später auf.«

Sie hatte keine Ahnung, was los war, doch sie wusste, dass er es ernst meinte. Also holte sie tief Luft, nickte und verließ das Bett. Nur das Mondlicht, das durchs Fenster hereindrang, erhellte das Zimmer. Ihr schweres Haar war zu einem Zopf geflochten, der ihr über den Rücken schwang. Colin packte ihn und rieb ihn zwischen seinen Fingern.

»Zieh was an«, sagte er. »Aber schnell.«

Amelia eilte hinter den Wandschirm in der Ecke, zog sich aus und streifte sich dann das Hemdchen und das Kleid vom Vortag über den Kopf.

»Beeil dich!«

»Ich kann es hinten nicht schließen. Dazu brauche ich meine Zofe.«

Colins Hand schoss hinter den Wandschirm, packte sie am Ellbogen und zog sie rückwärts Richtung Tür.

»Ich habe nichts an den Füßen!«

»Egal, uns bleibt keine Zeit mehr«, murmelte er. Er öffnete die Schlafzimmertür und spähte hinaus auf den Gang.

Es war so dunkel, dass Amelia kaum etwas sehen konnte. Doch sie hörte Männerstimmen. »Was ist denn …«

Blitzartig wirbelte Colin zu ihr herum, legte ihr wieder die Hand über den Mund und schüttelte heftig den Kopf.

Erschrocken begriff sie nicht gleich. Dann nickte sie zum Zeichen, dass sie verstanden hatte.

Er nahm ihre Hand und schlich sich lautlos aus dem Zimmer. Irgendwie knarrte der Boden unter ihren Füßen, obwohl sie doch barfuß und er unter Colins Stiefeln ganz still geblieben war. Colin erstarrte, genau wie sie. Die Stimmen, die sie gehört hatte, waren ebenfalls verstummt. Es war, als hielte das ganze Haus die Luft an. Und wartete.

Colin drückte ihr seinen Zeigefinger auf den Mund, darauf hob er sie hoch und legte sie sich über die Schulter. Dann überstürzten sich die Ereignisse. Da sie kopfüber hing, war sie desorientiert und wusste nicht, wie er es schaffte, sie vom ersten Stock ins Erdgeschoss zu tragen. Kurz darauf ertönte von oben ein Schrei – ihre Flucht war entdeckt –, und einen Augenblick später donnerten Schritte über sie hinweg. Colin fluchte, rannte los und rüttelte sie so kräftig durch, dass ihre Zähne schmerzhaft aneinanderschlugen und ihr Zopf so heftig gegen seine Beine peitschte, dass sie Angst hatte, ihm wehzutun. Als sie ihre Arme um seine schlanken Hüften schlang, rannte er noch schneller. Sie schossen durch die Haustür und die Treppe hinunter.

Wieder Rufe. Und donnernde Schritte. Schwertergeklirr und Miss Pools Schreie, die durch die Nacht drangen.

»Da ist sie!«, brüllte jemand.

Unter ihr rauschte der Boden vorbei.

»Hierher!«

Bennys Stimme war Musik in ihren Ohren. Colin änderte die Laufrichtung. Als sie den Kopf hob, erhaschte sie einen Blick auf ihre Verfolger, denen sich immer mehr Männer entgegenstellten; manche erkannte sie, manche nicht. Dadurch gewannen sie kostbare Zeit, und schon bald konnte sie keine Verfolger mehr ausmachen.

Kurz darauf wurde sie auf dem Boden abgestellt. Mit aufgerissenen Augen blickte sie sich um, um sich zu orientieren, und sah Benny, der auf einem Pferd saß, und Colin, der sich gerade auf ein anderes schwang.

»Amelia!« Er streckte ihr seine Hand entgegen, während er mit der anderen die Zügel hielt. Sie legte ihre Hand in seine, worauf er sie mit einem Schwung hochzog und sie quer auf seinem Schoß zu liegen kam. Seine muskulösen Beine unter ihr verhärteten sich, als er das Pferd antrieb, und dann waren sie fort und galoppierten durch die Nacht.

Sie klammerte sich aus Leibeskräften an ihn, obwohl ihr von den Sprüngen und Stößen flau im Magen wurde. Aber es dauerte nicht lang. Gerade als sie die Straße erreicht hatten, ertönte ein Schuss und hallte in der Dunkelheit wider. Colin zuckte zusammen und schrie auf. Sie kreischte, als ihre ganze Welt auf einmal aus den Fugen geriet.

Sie rutschte ab und fiel.

Bis sie auf dem Boden aufprallte.

Und dann verlor sie das Bewusstsein.

Als Christopher aufwachte, fühlte er sich warm und behaglich. Es roch nach Geschlechtsverkehr und Maria und der Bettwäsche unter ihm. Maria lag halb auf ihm, hatte ein Bein über ihn geworfen, ihre Arme umschlangen seinen Oberkörper und ihr voller, sinnlicher Busen presste sich an seine Flanke. Er griff nach unten und rückte das Laken zurecht, das über seiner Morgenerektion ein Zelt gebildet hatte.

Die einzigen Worte, die sie während ihrer langen Nacht gewechselt hatten, waren Koseworte und provokante Anfeuerungen gewesen. Kein Wort von Schmerz, Verrat und Lügen. Es entsprach ganz und gar nicht seiner Natur, Unangenehmem auszuweichen, und da Maria ihm so ähnlich war, wusste er, dass es auch ihr nicht entsprach. Aber sie waren stillschweigend übereingekommen, mit ihren Körpern auszudrücken, was sie nicht laut aussprechen konnten.

Er wandte den Kopf zu ihr und drückte ihr einen Kuss auf die Stirn. Verschlafen murmelte sie etwas und schmiegte sich enger an ihn. So entzückend wie ein verschmustes Kätzchen.

Er fuhr sich mit der freien Hand durch die Haare und fasste einen Plan. Es gab nur einen Weg, sich ihrer Loyalität zu vergewissern. Er musste sie auf die Probe stellen, ihr eine Möglichkeit zum Verrat bieten und dann sehen, ob sie die Gelegenheit nutzte.

Sie drückte einen sanften Kuss auf seine Brust.

Ihre Blicke trafen sich.

»Woran denkst du?«, fragte sie leise.

»An dich.«

Leider schien das helle Morgenlicht zu grell ins Zimmer. Misstrauen hing deutlich spürbar zwischen ihnen.

»Christopher …«

Er wartete darauf, dass sie weitersprach, doch dann schien sie es sich anders überlegt zu haben.

»Was ist?«, fragte er.

»Ich wünschte, es gäbe keine Geheimnisse zwischen uns.« Sie strich ihm über die Brust. »Du hast mir versprochen, mir alles zu sagen, was ich wissen wollte.«

»Das werde ich auch.« Als er in den Spiegel über ihnen sah, erkannte er, dass er jeden Morgen mit diesem Anblick aufwachen wollte. »Ich möchte dich heute Abend um deine Gesellschaft bitten. Ich Grobian habe dir zwei Kleider ruiniert und möchte das unbedingt wiedergutmachen.«

»Ach ja?« Sie setzte sich hinter ihm auf. Ihre Frisur war vollkommen ruiniert, und ihre Haare fielen ihr zerzaust und mit Perlen durchsetzt über die Schultern. Er lächelte, weil ihm einfiel, wie er bei ihrer ersten Begegnung gedacht hatte, ihr Aussehen wäre ihr viel zu wichtig, um sich richtig durchvögeln zu lassen. Wie sehr er sich geirrt hatte!

Jetzt hoffte er nur, sich nicht bezüglich der Tiefe ihrer Gefühle geirrt zu haben. Aber heute Abend würde er die Wahrheit erfahren.

»Hier in London habe ich ein Lager für meine Waren«, sagte er. »Dorthin würde ich gerne mit dir fahren. Ich möchte dir ein paar schöne Ballen Seide und andere Stoffe aus Paris zeigen. Wenn du dir etwas ausgesucht hast, könnte ich dich für deine ruinierten Kleider entschädigen.«

Mit völlig ausdruckslosem Gesicht fragte sie: »Wann wirst du meine Fragen beantworten?«

Er seufzte übertrieben resigniert. »Eigentlich sollte mein großzügiges Angebot dich überglücklich machen. Stattdessen willst du mich nur ausfragen.«

»Ich will dich doch nicht ausfragen. Aber mit dir zu reden ist mir einfach wichtiger als irgendwelche Kleider«, erwiderte sie sanft. »Dir ist doch klar, dass das ein Kompliment ist.«

»Nun gut. Wenn wir den Abend ohne weitere Zwischenfälle hinter uns haben, dann stehe ich zu deinen Diensten und werde dir all meine Geheimnisse verraten.«

Und das würde er. Wenn sie ihn heute Abend nicht verriet, würde er ihr sein Herz ausschütten, und vielleicht, wenn er Glück hatte, würde ihn der Anblick über ihm tatsächlich jeden Morgen begrüßen. Für den Rest seines Lebens.

Maria war klar, dass Lord Eddingtons Besuch bei ihr, kaum dass sie zu Hause war, kein Zufall sein konnte. Er beobachtete sie, verfolgte sie. Trieb sie in den Wahnsinn.

»Ich werde ihn empfangen«, erklärte sie, als man ihr den Earl ankündigte. Kurz darauf erschien Eddington mit einem selbstgefälligen Lächeln, das sie überaus beunruhigend fand, in ihrem privaten Wohnzimmer. Dennoch gab sie sich nonchalant und lächelte träge. »Guten Tag, Mylord.«

»Meine Liebe«, murmelte er und führte ihre Hand an seine Lippen.

Sie musterte ihn sorgfältig, fand jedoch wie immer nicht den geringsten Makel an seiner Erscheinung.

»Erzählen Sie mir etwas Interessantes«, forderte er sie auf.

»Ich wünschte, es gäbe etwas zu erzählen«, erwiderte sie achselzuckend. »Leider war St. John nicht so entgegenkommend, wie ich hoffte.«

»Hm.« Er lüpfte seine Rockschöße und ließ sich auf dem Sofa nieder. »Sie haben mir gar nicht erzählt, dass Sie eine Schwester haben.«

Maria erstarrte. Ihr Herz setzte einen Schlag aus und fing dann an zu rasen. »Wie bitte?«

»Ich sagte, ich wusste gar nicht, dass Sie eine Schwester haben.«

Sie stand auf, da es sie nicht mehr auf ihrem Sitz hielt. »Was wissen Sie?«

»Leider nur sehr wenig. Ich kenne nicht mal ihren Namen.« Sein Blick wurde härter. »Aber ich weiß, wo sie ist, und habe Männer, die sie, wenn notwendig, holen können.«

Maria spürte, wie etwas in ihrem Inneren hart und spröde wurde. »Sie bewegen sich auf dünnem Eis, Mylord.«

Der Earl erhob sich und trat ganz dicht an sie heran. »Geben Sie mir etwas«, stieß er hervor. »Irgendetwas, das ich gegen ihn benutzen kann. Dann bleibt Ihre Schwester außer Gefahr.«

»Das reicht mir nicht, um mich zu beruhigen.« Sie hob das Kinn, doch nur mit dem Mut der Verzweiflung. Denn das Atmen fiel ihr auf einmal so schwer, dass sie befürchtete, in Ohnmacht zu fallen. »Ich will sie mit eigenen Augen sehen.«

»Wenn Sie Ihre Seite unseres Handels erfüllen, wird ihr nichts geschehen, und sie wird auch nichts erfahren.«

»Ich will sie hierhaben!« Ohnmächtig ballte sie die Fäuste. Amelia … »Bringen Sie sie zu mir. Dann gebe ich Ihnen, was auch immer Ihr Herz begehrt, das schwöre ich.«

»Sie haben mir bereits versprochen …« Eddington verstummte und kniff die Augen zusammen. »Hinter Ihrer Forderung steckt mehr als nur Misstrauen.«

Maria krampfte sich der Magen, doch sie ließ sich nichts anmerken, sondern zog nur kühl und geringschätzig die Augenbrauen in die Höhe.

Der Earl packte ihr Kinn, drehte ihr Gesicht hin und her und sah sie prüfend an. »Ich vermute, Sie wissen es nicht«, murmelte er nachdenklich. »Wie viele Geheimnisse haben Sie?«

Sie riss sich von ihm los. »Wissen Sie, wo sie ist, oder nicht?«

»Großer Gott …« Eddington pfiff leise und ließ sich schwer aufs Sofa fallen. »Ich habe keine Ahnung, was in Ihrem Leben vorgeht, aber lassen wir einmal alle Lügen beiseite.« Er wies auf das Sofa gegenüber. »Setzen Sie sich.«

Maria gehorchte nur, weil sie wegen ihrer zittrigen Beine kaum noch stehen konnte.

»Weiß Welton, wo seine Tochter ist?«

Sie nickte. »Er hält sie versteckt.«

»Und Sie kennen ihren Aufenthaltsort nicht?« Er riss die Augen auf, weil es ihm jetzt dämmerte. »Das hat er gegen Sie in der Hand?«

Sie schwieg.

»Ich kann Ihnen helfen, wenn Sie mir auch helfen.« Eddington beugte sich vor und stützte sich mit den Armen auf den Knien ab. »Ich weiß, wo Ihre Schwester ist. Sie müssen etwas über St. John wissen, das mir hilft, ihn zu schnappen. Unsere Verbindung könnte uns also beiden nützen.«

»Sie wollen mich genauso mit ihr erpressen wie Welton.« Sie ballte die Hände in ihrem Schoß. »Aber wenn ihr irgendwas zustößt, werden Sie teuer dafür bezahlen. Das verspreche ich Ihnen.«

»Maria.« Zum ersten Mal nannte der Earl sie beim Vornamen, und diese Vertraulichkeit schockierte sie – was er wahrscheinlich beabsichtigt hatte. »Ihre Lage ist unhaltbar. Das wissen Sie. Ich kann mein Ziel auch ohne Ihre Hilfe erreichen. Akzeptieren Sie meine Bedingungen. Sie sind mehr als fair.«

»Nichts an alldem hier ist fair, Mylord. Gar nichts.«

»Sie sollten eher mir vertrauen als St. John.«

»Sie kennen ihn nicht.«

»Sie aber auch nicht«, entgegnete er. »Ich bin nicht der Einzige, der weiß, wo Amelia ist. St. John weiß es auch.«

Spöttisch verzog sie den Mund. »Suchen Sie sich einen Dümmeren für Ihre Lügen.«

»Was glauben Sie denn, wie ich sie gefunden habe? Ich habe Welton Agenten hinterhergeschickt, weil er mit Ihnen in Verbindung steht. St. Johns Männer waren uns aber zuvorgekommen und zogen ebenfalls Erkundigungen ein. Sie entdeckten Ihre Schwester. Meine Agenten sind ihnen einfach gefolgt.«

Sie runzelte die Stirn und ließ die vergangenen Tage Revue passieren.

»Verdammt!« Der Earl ballte die Fäuste. »Ich glaubte, Sie wären St. John ebenbürtig, aber er hat Sie ebenfalls getäuscht.«

»Sie können sich Ihre Anschuldigung sparen, ich bin nicht so leicht anzustacheln. Dass ich Ihre Behauptung anzweifle, heißt noch lange nicht, dass meine Sympathie oder Loyalität St. John gilt, sondern lediglich, dass ich bemerke, wie ähnlich Sie beide sich sind. Die Frage ist jetzt nur: Wer ist das geringere Übel?«

»Seien Sie doch vernünftig«, redete er ihr gut zu. »Ich kämpfe für Englands Wohl. St. John hingegen sorgt nur für sein eigenes Wohl. Das spricht doch wohl zu meinen Gunsten?«

Sie verzog verächtlich den Mund.

»Maria, Sie wissen doch sicher irgendetwas Belastendes gegen St. John, das ihn mit illegalen Aktivitäten in Verbindung bringt oder Licht auf den Verbleib dieses Zeugen wirft. Haben Sie vielleicht irgendjemanden bei St. John gesehen, oder hat er etwas über jemanden gesagt? Überlegen Sie noch einmal. Das Schicksal Ihrer Schwester steht auf dem Spiel.«

Sie war so erschöpft und verzweifelt, dass sie dieses Dreiecksspiel beenden musste, das wusste sie. Sie konnte einfach nicht mehr so weitermachen. Es war zu anstrengend, und sie brauchte das wenige an Kraft, das sie noch aufbringen konnte, für Amelias Rettung. »Er hat mich gebeten, ihn heute Abend zu begleiten«, flüsterte sie. »Er hat ein Lager mit Schmuggelwaren in der Stadt.«

»Und dorthin will er Sie mitnehmen?«

Sie nickte. »Aber wenn Sie ihn wegen Schmuggelei festnehmen, tun Sie mir leid. Das Volk wird rebellieren.«

»Das überlassen Sie mal mir«, erwiderte er aufgeregt. »Sie gehen nur mit ihm.«

Christopher fluchte leise. »Du bist dir sicher, dass er das gesagt hat? Dass er Amelias Entführung angeordnet hat?«

»Ja.« Tim nickte. »Sie redeten leise, aber ich hab es klar und deutlich gehört. Jetzt warten sie auf Order von ihm. Aber das hat

Eddington Lady Winter nicht verraten. Ihr sagte er nur, er würde ihre Schwester beobachten, nicht dass er sie hat.«

»Wir können nur hoffen, dass Walter, Sam und die anderen sie abwehren konnten«, bemerkte Philip.

»Hoffnung ist keine Handlungsbasis«, widersprach Christopher. »Sicherheitshalber gehen wir erst mal davon aus, dass Eddington Erfolg hatte.«

»Und was willst du dann machen?« Philip sah ihn durch seine Brille mitfühlend an.

Christopher rieb sich den Nacken und lehnte sich schwerer gegen seinen Schreibtisch. »Ich werde mich Eddington zum Tausch anbieten.«

»Nein, Herrgott!«, röhrte Tim. »Sie will dich verraten.«

»Was bleibt ihr anderes übrig?«, konterte Christopher.

»Eddington ist ein Agent«, sagte Philip. »Ich bezweifle, dass er dem Mädchen etwas antun würde.«

»Das bezweifle ich auch. Aber er ist gesetzlich verpflichtet, das Mädchen an Welton auszuliefern, und ich glaube, das tut er auch, wenn Maria ihm nicht gibt, was er von ihr verlangt.« Christopher blickte zu Tim. »Kehre zu Lady Winter zurück, aber begleite sie heute Abend.«

»Du würdest dich für sie opfern, obwohl sie nicht das Gleiche für dich tun würde?«, fragte Tim vollkommen aufgebracht.

Christopher lächelte nur. Wie sollte er das erklären? Wie sollte er in Worte fassen, dass Marias Glück ihm wichtiger war als seines? Ja, er konnte sie damit konfrontieren, dass er über Eddington Bescheid wusste, aber was sollte das bringen? Er konnte nicht einfach so weitermachen, wenn er wusste, dass er sie den Wölfen zum Fraß vorgeworfen hatte, der Gnade von Männern wie Welton, Eddington und Sedgewick ausgeliefert, die ihr nur schaden wollten.

»Sollte mir etwas zustoßen, wissen Philip und mein Anwalt, welche Schritte für euer Wohl unternommen werden sollen.«

»Das ist mir völlig egal!«, entgegnete Tim. »Mich kümmert nur dein Wohl!«

»Danke, mein Freund«, sagte Christopher lächelnd. »Dafür bin ich dankbar.«

»Nein.« Tim schüttelte den Kopf. »Du bist dumm! Hast den Kopf wegen einer Frau verloren. Hätte ich nie gedacht.«

»Du hast gesagt, Lady Winter hätte ihm die Information vorenthalten, bis er sie mit ihrer Schwester erpresste. Das kann ich ihr nicht verübeln. Sie hat wirklich keine andere Wahl, wenn sie hoffen will, ihre Schwester je wiederzusehen.«

»Sie könnte auch dir vertrauen«, murrte Tim.

Christopher verbarg, wie sehr ihn das traf, und bedeutete ihm zu gehen. »Lasst mich jetzt allein, ich habe einiges zu arrangieren.«

Widerstrebend verschwanden seine Männer. Christopher sank auf seinen Schreibtischstuhl und atmete geräuschvoll aus. Wer hätte gedacht, dass seine Beziehung mit Maria so enden würde?

Dennoch konnte er nichts bedauern. Eine Zeit lang war er glücklich gewesen.

Und wenn er dafür bezahlen musste, war er mehr als bereit dazu.

# Kapitel 21

Der Ritt zu St. Johns Haus kam Maria vor wie ein Ritt zum Henkersplatz in Tyburn.

Irgendwo hinter ihr folgten Eddington und seine Agenten.

Dieses Bewusstsein verursachte ihr körperliche Schmerzen. Zwar wollte sie mehr als alles andere Amelia zurück, doch ihr Herz sagte ihr, dass der Preis, den sie dafür zahlen musste, zu hoch war.

Sie konnte sich ihren tiefen Gefühlen gegenüber St. John einfach nicht entziehen. Trotz all der Dinge, die sie im Verlauf ihrer Liaison über ihn erfahren hatte, berührte sie vor allem seine Freundlichkeit – wie er mit Templeton umgegangen war, wie besorgt er wegen ihrer Verletzung gewesen war, wie er sie im Bett behandelte.

Als sie vor Christophers Haus die Kutsche verließ und die leeren Blumentöpfe und die stämmigen Wachen betrachtete, fielen ihr tausend Kleinigkeiten ihrer gemeinsamen Zeit ein. Leidenschaftliche und zärtliche Momente. Zeiten einvernehmlichen Schweigens und verbaler Auseinandersetzungen. Sie empfanden gleich stark füreinander und hatten eine ähnliche Kindheit erlebt.

Jetzt raffte Maria ihre Röcke, stieg ruhig die wenigen Stufen zum Haus empor und rauschte durch die offen stehende Tür. Etliche der Männer und Frauen in seinen Diensten befanden sich im Erdgeschoss und betrachteten sie und die Klinge in ihrer Hand ernst. Jeden Einzelnen von ihnen blickte sie an und forderte ihn heraus, ihr entgegenzutreten.

Doch keiner rührte sich.

Sie stieg die große Treppe zu Christophers Schlafzimmer hinauf und klopfte an seine Tür. Als sie seine Stimme hörte, trat sie ein.

Christopher stand vor dem Spiegel und zog eine wunderschön bestickte Weste an, die ihm sein Kammerdiener hinhielt. Das farbenprächtige Blumenmuster passte gut zu der buttergelben Hose und der gleichfarbigen Jacke, die auf einem Garderobenständer in der Nähe hing. Das ganze Ensemble erinnerte sie an ihre erste Begegnung im Theater. Sie hob das Kinn.

»Ich muss dir etwas sagen.«

Christopher blickte sie über den Spiegel an, dann entdeckte er ihre Waffe. Leise murmelnd entließ er seinen Kammerdiener und drehte sich um. »Nun, Lady Winter, hätte ich gewusst, meine Geliebte würde Sie schicken, hätte ich mich wärmer angezogen.«

»Deine Kleider sind perfekt.« Sie verzog den Mund zu einem Lächeln. »Weniger Stoff zwischen der Spitze meiner Klinge und deiner Haut.«

»Hast du vor, mich zu erstechen?«

»Vielleicht.«

Er musterte sie skeptisch.

»Glaube ja nicht, du wärst im Vorteil, weil ich einen Rock anhabe. Ich habe sowohl in Röcken als auch in Hosen trainiert.«

Kapitulierend hob er die Hände. »Sagen Sie mir, schöne Dame, welchen Dienst kann ich Ihnen erweisen, um dem sicheren Tod zu entgehen?«

Maria bohrte die Spitze ihres Degens leicht in den Aubusson-Teppich und ließ ihre Hand auf dem Griff ruhen. »Liebst du mich?«

Christopher zog die Augenbrauen in die Höhe. »Großer Gott! Das ist aber sehr unfair, unter Gewaltandrohung eine Liebeserklärung zu fordern.«

Ungeduldig tappte sie mit dem Fuß auf.

Als er lächelte, setzte ihr Herz einen Schlag aus. »Ich bete dich an, Liebste. Ich verehre dich. Ich würde dir die Füße küssen und dich um deine Gunst anflehen. Ich biete dir alles an, was ich habe: meine Reichtümer, meine Schiffe, meinen Schwanz, der nach deiner Aufmerksamkeit giert …«

»Das reicht.« Sie schüttelte den Kopf. »Das war grässlich.«

»Ach ja? Ich möchte mal dich an meiner Stelle sehen.«

»Bitte: Ich liebe dich.«

»Das war's schon?« Er verschränkte die Arme, aber sein Blick war warm und weich. »Mehr hast du nicht zu sagen?«

»Geh heute nicht aus.«

Er erstarrte. »Maria?«

Sie holte tief Luft und stieß die Luft wieder aus. »Du hast mich oft gefragt, in welcher Beziehung ich zu Eddington stehe. Er ist ein Agent der Krone, Christopher, und wartet draußen, um uns zu verfolgen und dich auf frischer Tat zu ertappen.«

Nachdenklich sah er sie an. »Verstehe.«

»Er weiß von Sedgewick.«

Als er den Mund öffnete, hob sie die Hand. »Spar dir die Erklärungen. Ich habe es nur erwähnt, weil Simon den Zeugen aufgespürt hat. Sedgewick hat sich die Aussage des Mannes gesichert, indem er dessen Familie entführte: eine Frau, zwei Söhne und eine Tochter. Tim und ein paar Männer haben sie befreit. Jetzt hat der Viscount nichts mehr gegen dich in der Hand.«

Christopher zog die Augenbrauen zusammen. »Ich bin sprachlos.«

»Gut. Ich will auch nicht unterbrochen werden. Mir wurde gesagt, du wüsstest über Amelia Bescheid.« Ihre Stimme war bedauerlicherweise nicht so fest, wie sie sich wünschte. »Du hättest sie gefunden und würdest sie beobachten. Ist das wahr?«

»Ich hoffe es zumindest, ja.« Er bedachte sie mit einem unergründlichen Blick. »Ich wollte erst ganz sicher sein, bevor ich dir davon erzählte, weil ich keine vergeblichen Hoffnungen wecken wollte.«

»Wo ist sie?«

»Wenn das betreffende Mädchen tatsächlich deine Schwester ist, dann befindet sie sich in Lincolnshire.«

»Danke.« Maria hob ihren Degen und hielt kurz inne, ehe sie sich abwandte. »Sei vorsichtig«, sagte sie leise und drückte sich die Hand aufs Herz. »Ich wünsche dir alles Gute, Christopher. Leb wohl.« Sie ging zur Tür.

»Maria.«

Seine leise, kratzige Stimme jagte ihr einen Schauer über den Rücken. Ihr kamen die Tränen, doch sie wischte sie ungeduldig fort und ging schneller. Sie umfasste den Türknauf, aber bevor sie ihn drehen konnte, merkte sie, dass sie in der Falle saß, denn Christopher presste rechts und links von ihr seine Hände gegen die Tür und drückte sich an sie.

»Du gibst deinen Traum auf, wieder mit deiner Schwester vereint zu sein, um mir das Leben zu retten.« Er schmiegte heftig seine Wange an ihre Schläfe. »Du gestehst mir deine Liebe. Und trotzdem bringst du es nicht fertig, mich um Hilfe zu bitten?«

»Unsere Wege trennen sich hier«, flüsterte sie, weil es ihr die Kehle zuschnürte, »und so soll es sein. Du bist frei und in Sicherheit, und mein Weg führt mich fort von dir. Ich werde Amelia sicher irgendwann wiedersehen, aber so kann ich es nicht – nicht auf deine Kosten. Ich werde etwas finden, was Eddington genauso wichtig ist.«

»Du erweist mir keinen Dienst, wenn du mir das Leben rettest und gleichzeitig daraus verschwindest«, sagte er rau.

Als Maria daraufhin zu zittern begann, schlang er seine Arme um sie.

»Ich weiß es, Maria. Er hat dir Amelia im Tausch gegen mich angeboten. Ich weiß, wie viel sie dir bedeutet. Du hast dein Leben aufs Spiel gesetzt, um sie zu retten.« Er ragte über ihr auf und barg sein heißes Gesicht an ihrem Hals. »Aber ich wusste nicht, dass du mir alles gestehen und versuchen würdest, mein Leben zu retten – obwohl du über Sedgewick und alles andere Bescheid wusstest. Mein Gott …« Ihm brach die Stimme. »Wie sehr musst du mich lieben, um so etwas zu tun! Das bin ich nicht wert.«

»Du weißt Bescheid?« Sie umklammerte seine Hand.

»Tim kam heute zu mir und erzählte mir von Eddingtons Besuch und deiner Einwilligung, mich zu verraten. Er hörte auch vor ein paar Tagen, wie Eddington mit einem Mann in seiner Kutsche sprach. Er sagte, er befahl, deine Schwester zu entführen und dann auf Nachricht von ihm zu warten. Ich hoffe sehr, meine Männer konnten ihre Entführung verhindern, aber sicher sein können wir nicht.«

Sie stemmte sich gegen ihn, bis er sie losließ, dann wirbelte sie zu ihm herum. »Also müssen wir erst mal davon ausgehen.«

Voller Zärtlichkeit sah er sie an. »Deshalb muss ich heute Abend auch los, trotz deines Versuchs, mich zu retten. Ich habe kein Warenlager hier in der Stadt. Damit wollte ich nur herausfinden, ob du mich verrätst. Aber ich kann ein Geständnis ablegen und damit Amelia frei bekommen.«

Wütend wischte sich Maria die Tränen ab, erbittert, weil sie sein

Gesicht nicht sehen konnte, als er das sagte. »Du wusstest von meiner Vereinbarung mit Eddington … und warst trotzdem bereit, dich zu stellen?«

»Selbstverständlich«, sagte er schlicht.

»Warum?«

»Aus demselben Grund, weshalb du versuchtest, dich zu opfern, obwohl du von Sedgewick wusstest. Ich liebe dich, Maria. Mehr als mein Leben.« Sein Lächeln war schmerzlich süß. »Noch heute Morgen glaubte ich, dich so sehr zu lieben, dass keine Steigerung mehr möglich wäre. Aber jetzt liebe ich dich noch viel mehr.«

Maria wollte sich am Türknauf festhalten, weil ihr die Knie weich wurden, aber das reichte nicht. In einer Wolke aus lavendelfarbenen Röcken und weißen Unterröcken sank sie zu Boden, den Degen auf ihrem Schoß.

»Das war's?«, flüsterte sie. »Mehr hast du nicht zu sagen?«

»Du freches Ding!« Er ging vor ihr in die Knie und nahm ihr Gesicht in seine großen Hände. Dann drückte er seine lächelnden Lippen mit herzzerreißender Ehrfurcht auf ihren Mund. Sie umklammerte seine Handgelenke und erwiderte fast verzweifelt seinen Kuss.

»Ich liebe dich.« So nackt und unverfälscht hörte man ihm seine Gefühle an, dass sie sich aufrichtete und in seine Arme sank. Darauf drückte er sie so fest an sich, dass sie kaum noch Luft bekam.

»Sie haben uns gegeneinander ausgespielt«, sagte sie. »Aber müssen wir dulden, dass sie uns trennen?«

»Nein.« Er löste sich von ihr und sah sie an. »Hast du einen Vorschlag? Bis wir Amelia haben, sind wir angreifbar.«

»Wir müssen die Anzahl der Spieler in diesem Spiel begrenzen. Es gibt zu viele Störfaktoren, die uns von unserem Ziel ablenken.«

Christopher nickte gedankenversunken. »Gemeinsam sollten wir doch schlau genug sein, eine Lösung zu finden … Welton, Sedgewick und Eddington. Da Eddington möglicherweise Amelia hat, müssen wir uns mit ihm arrangieren … aber Welton und Sedgewick …«

Da kam Maria eine Idee. Sie überprüfte sie rasch auf Schwachstellen, doch als sie keine fand, lächelte sie.

»Ich liebe es, wenn du so listig lächelst«, bemerkte Christopher.

»Wie wäre es, wenn wir einfach die Regeln änderten? Wenn wir den Spieß umdrehten und sie gegeneinander ausspielten?«

»Kühn und verschlagen«, grinste er. »Aber wie es auch sei, es gefällt mir.«

»Wir brauchen Pergament und Tinte und drei unserer schnellsten und ausdauerndsten Reiter. Unsere Nachrichten müssen übermittelt werden, ganz gleich, wo die Empfänger sind.«

»Gemacht.« Christopher stand auf und zog sie zu sich hoch. »Wer hätte gedacht, dass zwei der berüchtigtsten Persönlichkeiten von ganz England sich zusammenschließen würden, obwohl man sie gegeneinander aufbrachte?«

»Wir hätten das vielleicht gedacht« – sie zwinkerte ihm zu –, »wenn es unser Plan gewesen wäre.«

Er lachte und zog sie an sich. »Nun, da wir zusammenarbeiten, tun mir die anderen geradezu leid.«

»Spar dir dein Mitleid für dich selbst auf«, erwiderte Maria. »Schließlich hast du mich den Rest deines Lebens am Hals.«

»Also wird's niemals langweilig werden, Liebste.« Er küsste sie auf die Nasenspitze. »Anders wollte ich es nicht haben.«

# Kapitel 22

Ein unbeteiligter Beobachter hätte am dunklen Pier nur eine wappenlose Kutsche und mehrere berittene Begleiter bemerkt.

Maria stieg aus der Kutsche und achtete darauf, dass der Lakai an ihrer Seite eine Laterne in die Höhe hielt, damit alle Aufmerksamkeit auf sie gezogen wurde. Christopher aber schlüpfte durch eine verborgene Falltür in seiner Kutsche hinaus. Er würde sich um seinen Teil des Plans kümmern, während sie sich um ihren kümmerte.

»Verdammt, Maria!«

Als sie Weltons barsche Stimme hörte, fuhr sie zusammen, doch innerlich war ihr nach Lachen zumute. Mit leicht verächtlicher Miene drehte sie sich um.

»Was zum Teufel soll das?«, murmelte er und kam mit großen Schritten auf sie zu, sodass ihm sein Umhang um die Beine flatterte. »Warum hast du einen so dramatischen Treffpunkt gewählt? Und verdammt kurzfristig war es auch. Ich hatte zu tun!«

»Das heißt, du hast gespielt oder herumgehurt«, sagte sie tadelnd. »Entschuldige, wenn es mich kaum reut, dir Unannehmlichkeiten bereitet zu haben.«

Als er in ihren Lichtkreis trat, war Maria wie immer verblüfft über seine schönen Züge. Wahrscheinlich konnte sie sich nicht damit abfinden, dass seine Bosheit sich nicht auch äußerlich zeigte. Aber augenscheinlich schienen weder das Alter noch Gewissensbisse ihm zuzusetzen.

»Ein anderer Treffpunkt wäre nicht so sicher gewesen«, erklärte sie und trat zurück, als er sich ihr näherte. So war er gezwungen, lauter zu sprechen. »Eddington wollte nicht mit mir ins Bett, wie du angenommen hast, sondern er hält mich für die Schuldige am Tod von Winter und Dayton. Er will mich für deine Verbrechen hängen sehen.«

Der Viscount fluchte gotteslästerlich. »Er hat keine Beweise.«

»Er behauptet, er hätte denjenigen gefunden, der das Gift für dich zusammengemischt hat.«

»Unmöglich. Ich hab die Alte eigenhändig erledigt, als sie zu gierig wurde. Ein Stich ins Herz hat sie für immer zum Schweigen gebracht.«

»Trotzdem meint er, er hätte jemanden gefunden, der gegen mich aussagt. Er will mich hängen sehen.«

Weltons grüne Augen verengten sich zu gefährlichen Schlitzen. »Warum bist du dann hier und nicht in Haft?«

Sie stieß ein bitteres Lachen aus. »Er bekam Kenntnis von meiner Verbindung zu St. John. Du kannst dir vorstellen, wie sehr es ihm gefallen muss, meine Kooperation erzwingen zu können.«

»Dann wird ihn eben das gleiche Schicksal ereilen wie Winter und Dayton.« Welton spitzte nachdenklich seine fein gezeichneten Lippen.

Maria staunte, dass der Viscount so beiläufig über Mord sprach. Wie konnte sich hinter solch makelloser Schönheit derartige Bosheit verbergen?

»Du würdest einen weiteren Agenten der Krone vergiften?«, fragte sie, und ihre Stimme wurde in gespieltem Entsetzen lauter.

Er lachte. »Es freut mich, dass ich dich immer noch überraschen kann. Kennst du mich immer noch nicht gut genug?«

»Offenbar kannst du mich immer noch damit schockieren, wie

weit du gehen würdest. Du hast Dayton und Winter wegen ihres Geldes umgebracht. Deine Gier ist mir zwar zuwider, aber ich verstehe deine Motive. Habgier ist ein weit verbreitetes Laster. Aber Eddington zu töten nur weil er dir lästig ist … Nun, ich hätte gedacht, das ginge selbst dir zu weit.«

Welton schüttelte den Kopf. »Ich werde dich wohl nie begreifen. Ich habe dir Titel und Reichtum besorgt, und jetzt will ich dir die Freiheit schenken, und du verhältst dich wie immer undankbar.«

»Mein Gott«, ertönte plötzlich eine dröhnende Stimme, die sie beide erschreckte, »das ist ausgezeichnet!«

Laute Schritte lenkten ihre Aufmerksamkeit auf zwei schemenhafte Gestalten, die sich ihnen näherten. Dann betraten Lord Sedgewick und Christopher ihren kleinen Lichtkreis.

»Was soll das?«, fragte Welton und trat näher zu Maria.

Schnell stellte sich Christopher ihm in den Weg, um sie zu schützen. »Ihr Weg ist hier zu Ende, Mylord.«

Sedgewick wiegte sich mit breitem Grinsen auf seinen Fersen. »Sie haben ja keine Ahnung, welchen Auftrieb das für meine Karriere geben wird! Ich habe den Mann geschnappt, der für den Tod von Dayton und Winter verantwortlich ist. Ausgezeichnet, St. John, wahrlich ausgezeichnet!«

»Sie haben nichts in der Hand«, sagte Welton und blickte zu Maria. »Sie wird bezeugen, dass ich vollkommen unschuldig bin.«

»Das wohl nicht«, erwiderte sie, ebenfalls mit einem breiten Lächeln. »Eher freue ich mich darauf, Lord Eddingtons Zutun zu den Ereignissen des heutigen Abends zu bestätigen.«

»Eddington?«, fragte Sedgewick stirnrunzelnd. »Was hat er damit zu tun?«

»Ich bin der Mann, der für Ihre Entlassung sorgen wird«, verkündete Eddington und trat zu ihnen. »Und natürlich ist da noch

Lord Weltons Geständnis, das von zu vielen Leuten gehört wurde, um noch missachtet zu werden.«

Da flammten etliche Laternen um sie herum auf und zeigten, dass sie von erstaunlich vielen Menschen umringt waren: Soldaten, Lakaien und Laufburschen.

Es war einfach perfekt. Die drei Männer hatten sich gegenseitig zu Fall gebracht. Eddington nahm Sedgewick die Macht über St. John, und Sedgewick nahm Welton die Macht über Maria.

»Guter Gott«, hauchte Welton. Sein Kopf fuhr zu Maria herum. Jetzt, da sein Gesicht von rasendem Zorn verzerrt war, sah man endlich, was für ein Monster er war. »Du wirst das richtigstellen, Maria, sonst siehst du sie nie wieder. Nie wieder.«

»Ich weiß, wo sie ist«, erwiderte sie nur. »Du kannst mir – oder ihr – nichts mehr anhaben. Da du jetzt verhaftet wirst, werde ich mich um sie kümmern. So wie ich es all die Jahre hätte tun sollen.«

»Ich habe Komplizen«, zischte er. »Du wirst dich niemals in Sicherheit wähnen können.«

Christopher kniff die Augen zusammen. »Sie wird immer in Sicherheit sein«, entgegnete er leise, aber nachdrücklich. »Immer.«

Maria lächelte. »Möge Gott Ihrer Seele gnädig sein, Mylord.«

Eddington sah zu, wie Welton in Ketten gelegt und Sedgewick von zwei Agenten abgeführt wurde. Als sich der Pier leerte und nur noch seine und St. Johns Kutsche übrig blieben, verschränkte er die Hände auf dem Rücken und stieß einen tiefen, zufriedenen Seufzer aus. Nach dieser Nacht würde er ganz sicher den kürzlich frei gewordenen Posten des Commander bekommen, nach dem Sedgewick so rücksichtslos gestrebt hatte.

Wie er so in Gedanken an seine neue Macht schwelgte, bemerkte er nicht, dass jemand von hinten an ihn herantrat, bis sich eine scharfe Klinge durch seine Kleider schnitt und in sein Fleisch bohrte.

Er erstarrte. »Was hat das zu bedeuten?«

»Sie werden mich begleiten, Mylord«, murmelte Lady Winter, »und mein Gast sein, bis meine Schwester wieder zu mir zurückgekehrt ist.«

»Das soll wohl ein Scherz sein!«

»Ich empfehle Ihnen, sie nicht zu unterschätzen«, bemerkte St. John. »Ich habe ihre Klinge öfter zu spüren bekommen, als mir lieb ist.«

»Ich könnte um Hilfe rufen«, sagte Eddington.

»Wie unsportlich«, erwiderte Lady Winter.

Dann hörte man einen unterdrückten Schrei, der rasch von weiteren Schmerzensbekundungen gefolgt wurde. Als Eddington den Kopf dorthin wandte, sah er, dass sein Kutscher, seine Lakaien und seine berittenen Begleiter in ein Handgemenge verwickelt waren – allerdings mit nur einem einzigen Mann, der offenkundig Ire war. Und ganz zweifellos hatte dieser Ire die Oberhand.

»Guter Gott«, rief Eddington ehrfürchtig aus, »in meinem ganzen Leben habe ich noch nie solche Kampfkunst gesehen!«

Er war so fasziniert von dem Spektakel, dass er keinerlei Widerstand leistete, als ihm die Hände auf dem Rücken gefesselt wurden

»Kommen Sie jetzt«, befahl Lady Winter, als er so unschädlich gemacht worden war. Doch sicherheitshalber sorgte sie mit der Spitze ihrer Klinge noch einmal für mehr Nachdruck.

»Wer ist dieser Mann?«, fragte Eddington, als St. Johns Männer sich um seine Lakaien kümmerten, die stöhnend auf dem Boden lagen. Aber niemand antwortete ihm.

Später jedoch sah Eddington zu seiner großen Freude, dass der Ire mit einer Brandykaraffe und zwei Gläsern in sein bewachtes

Zimmer trat. Lady Winters luxuriöses Haus konnte man wahrlich kaum als Gefängnis bezeichnen. Seine »Zelle« war ganz in Elfenbein und Gold gehalten, hatte braune Ledersessel, die vor einem Marmorkamin standen, und ein Himmelbett mit einer goldbestickten Seidendecke.

»Zwar dämmert schon der Morgen«, bemerkte der Ire, »aber ich hoffte, Sie würden noch einen Schlummertrunk mit mir nehmen.« Er verzog ironisch lächelnd den Mund. »Lady Winter und St. John haben sich schon zurückgezogen.«

»Natürlich.« Eddington betrachtete den Mann, als er das Glas entgegennahm, das dieser ihm anbot. »Sie sind der verflossene Geliebte, von dem ich schon gehört habe.«

»Simon Quinn, zu Ihren Diensten.«

Quinn ließ sich auf einem der Ohrensessel vor dem Kamin nieder und umfasste sein Glas mit beiden Händen. Offenbar hatte er von dem kürzlich stattgefundenen Kampf keinerlei Verletzungen davongetragen. Er bedachte Eddington mit einem Seitenblick, der einem das Blut in den Adern gefrieren ließ. »Auch wenn Sie meinen, dies wäre nur ein kurzer Höflichkeitsbesuch, Mylord, so sollte ich Ihnen doch ganz offen sagen, dass, sollte Lady Winters Schwester nicht unversehrt hier eintreffen, ich Sie so zusammenschlagen werde, dass nur noch ein blutiger Klumpen von Ihnen übrig bleibt.«

»Herrgott!«, schluckte Eddington blinzelnd. »Sie machen mir wirklich Angst.«

»Ausgezeichnet.«

Eddington leerte sein Glas in einem Zug. »Hören Sie, Quinn. Wie es scheint, wird Ihre gegenwärtige Beschäftigung … bald beendet sein.«

»Ja, so scheint es.«

»Dann habe ich Ihnen einen Vorschlag zu machen.«

Quinn hob die Augenbrauen.

»Hören Sie mir zu«, bat Eddington. »Wenn die Angelegenheit mit Lady Winters Schwester beendet ist, werde ich einen Posten mit beträchtlichem Einfluss übernehmen. Da könnte ich einen Mann mit Ihren Talenten gebrauchen. Es hat entschieden Vorteile, auf dieser Seite des Gesetzes zu arbeiten.« Er musterte den Iren prüfend, um zu sehen, ob sein Vorschlag Gehör fand.

»Wie ist die Bezahlung?«

»Nennen Sie mir Ihren Preis.«

»Hmmm ... Fahren Sie fort.«

»Ausgezeichnet. Also, ich habe mir Folgendes gedacht ...«

# Kapitel 23

»Ich staune immer wieder über dich«, murmelte Christopher. Seine Lippen hatte er an Marias Stirn gedrückt, als sie in ihrem Bett lagen.

Sie schmiegte sich dichter an ihn und presste ihre Nase an seine nackte Brust, um seinen köstlichen Geruch besser riechen zu können. »Ich bin eben erstaunlich.«

Er lachte. »Wie du nach dem Tod deiner Eltern zurechtgekommen bist … und all die Jahre in Weltons Gewalt …« Er spannte die Muskeln an. »Nach der Hochzeit gehen wir fort. Wohin du willst. Ganz gleich wohin. Wir werden all diese Erinnerungen hinter uns lassen und neue schaffen. Glückliche. Nur wir drei, mein Schatz.«

»Nach der Hochzeit?« Sie neigte den Kopf nach hinten und sah ihn an. »Das finde ich ein bisschen anmaßend.«

»Anmaßend?« Er zog beide Augenbrauen bis zum Haaransatz. »Du liebst mich. Ich liebe dich. Wir heiraten. Das ist nicht anmaßend, sondern war zu erwarten.«

»Ach ja? Und seit wann tust du, was zu erwarten war?«

»Seit ich mich völlig unerwartet in dich verliebt habe.«

»Hmmm.«

»Was soll das bedeuten? Dieses Geräusch?« Christopher sah sie finster an. »Das war keine Zustimmung.«

»Und wozu genau soll ich meine Zustimmung äußern?« Maria

wandte den Blick ab, damit er ihr Lächeln nicht sah. Doch bevor sie sichs versah, lag sie flach auf dem Rücken, und über ihr ragte ein berüchtigter und gegenwärtig ziemlich aufgebrachter Pirat und Schmuggler auf.

»Zu meinem Heiratsantrag.«

»Ich war mir gar nicht bewusst, dass du mir einen gemacht hast. Es war doch wohl eher eine Deklaration.«

»Maria« – er seufzte resigniert –, »willst du mich nicht heiraten?«

Sie nahm sein Gesicht in ihre Hände. Man musste ihm zugutehalten, dass er nur kurz von ihrem nackten Busen abgelenkt war. »Wie du sehr wohl weißt, bete ich dich an. Aber ich war schon zweimal verheiratet. Ich glaube, das ist für eine Frau mehr als genug.«

»Wie kannst du eine Ehe mit mir mit deinen bisherigen Erfahrungen vergleichen? Für deinen ersten Mann warst du nur eine liebe Freundin, und dein zweiter Mann benutzte dich ausschließlich zu seiner eigenen Befriedigung.«

»Würdest du in einer Ehe denn glücklich werden, Christopher?«, fragte sie und gab alle Verstellung auf.

Er erstarrte und blickte sie durchdringend an. »Bezweifelst du das?«

»Warst du es nicht, der sagte, wir könnten unserer Art zu leben nur durch den Tod entkommen? Entweder durch unseren oder durch den derer, die wir lieben?«

»Wann habe ich das …« Er riss die Augen auf. »Oh Gott, hast du etwa einen Spion in mein Haus geschmuggelt?«

Maria lächelte.

»Hexe«, murmelte er, drückte mit seinen Knien ihre Schenkel auseinander und legte sich zwischen sie. »Ja, das habe ich gesagt. Vielleicht ist es selbstsüchtig, dich unter solchen Umständen um deine Hand zu bitten, aber mir bleibt nichts anderes übrig. Ich kann nicht ohne dich leben.«

Er umfasste ihre Scham und liebkoste sie. »Keiner von uns beiden hat Vorkehrungen gegen eine Empfängnis getroffen«, sagte er sanft, »und ich bin froh darüber. Die Vorstellung, dass mein Kind in dir wachsen könnte, erfüllt mich mit Ehrfurcht. Stell dir mal vor, wie schlau und umtriebig unsere Nachkommen sein werden.«

»Christopher …« Ihr brannten die Augen, und Tränen trübten ihre Sicht, während ihr Körper von seiner Berührung erwachte und vor Verlangen dahinschmolz. »Wie sollten wir je eine derart wilde Bande zähmen?«

»Genauso, wie wir die von letzter Nacht gezähmt haben.« Er umfasste seinen Schwanz, strich mit der breiten Spitze über ihre cremige Öffnung und glitt dann langsam in sie hinein. »Gemeinsam.«

Sie schloss die Augen, als er in sie eindrang, kippte den Kopf zur Seite und bot ihre Kehle seinem Mund dar. »Und wenn mir oder unseren Kindern etwas zustieße«, fragte sie, »würdest du versprechen, dir keine Schuld daran zu geben? Oder würdest du dich auf ewig verdammen?«

Christopher verharrte, doch sie spürte seinen mächtigen Schwanz in sich pochen. Etwas Düsteres huschte über seine Züge, vielleicht die Erinnerung an vergangene Schmerzen und die Vorstellung zukünftiger.

»Du hättest schon vor langer Zeit dein Leben als Verbrecher aufgeben können«, murmelte sie und schlang ihre Arme um seinen Rücken. »Das Leben, das du wähltest, um deinen Bruder zu retten. Doch am Ende führte es zu seinem Tod, oder?«

Der Schauer, der ihn durchfuhr, war auch für sie deutlich zu spüren.

»Und trotzdem bist du geblieben«, flüsterte sie, »und hast für diejenigen gesorgt, die treu zu dir standen; hast für ihre Familien gesorgt, wenn sie starben, hast Unzähligen ein Heim und etwas zu essen geboten.«

»Ich bin kein Heiliger, Maria.«

»Nein. Du bist ein gefallener Engel.« Als sie sah, wie seine Schönheit vom blauen Seidenbaldachin ihres Himmelsbetts betont wurde, erschien ihr der Vergleich noch treffender.

Er knurrte. »Ich habe nichts von einem Engel an mir.«

»Mein Liebster« – sie hob den Kopf, um ihm einen Kuss auf die Schulter zu drücken –, »wenn wir unverheiratet bleiben, wirst du immer wissen, dass ich bei dir bleibe, weil ich es will. Weil ich jeden Tag diesen Wunsch empfinde und du nicht verantwortlich dafür bist, mich an dich gebunden zu haben.«

»Könntest du nicht den Wunsch empfinden, mich einfach zu heiraten?«

Sie lachte und wollte ihn näher an sich ziehen. Er stemmte sich kurz dagegen und zeigte ihr, dass er nicht gegen seinen Willen bewegt werden konnte. Dann seufzte er, rollte sich auf den Rücken und nahm sie mit sich, damit sie verbunden blieben. Er bettete seinen goldenen Schopf auf mehrere Kissen und blickte zu ihr auf.

»Ich bin der Bastard eines Adligen«, sagte er in ausdruckslosem Ton, den sie mittlerweile als Anzeichen dafür deuten konnte, dass ihm ein Thema unangenehm war. »Meine Mutter kam in den zweifelhaften Genuss der Gunstbeweise ihres Arbeitgebers, bis man ihr ihren Zustand ansah. Dann verlor sie ihre Stelle als Küchenmädchen und wurde in Schande zurückgeschickt.«

»Und dein Bruder?«

»War ein legitimes Kind. Doch ich wuchs in glücklicheren Umständen auf. Ich war glücklich im Dorf. Er hingegen war unglücklich im Herrenhaus, da unser Erzeuger halb verrückt und ziemlich jähzornig war. Ich glaube, er vergewaltigte meine Mutter, weil es ihm um Macht und nicht um körperliche Befriedigung ging. Aber mich liebte sie trotzdem. Die einzige Zuneigung, die Nigel erfuhr, war die von mir und seiner Frau.«

»Das tut mir leid.« Maria strich ihm das Haar aus der Stirn und küsste ihn zwischen die Augenbrauen.

»Du siehst also, mein Schatz« – er nahm ihre Hand und legte sie sich aufs Herz –, »ich möchte Kinder haben, und zwar eheliche. Ich möchte mein Heim und mein Leben mit dir teilen. Ich möchte ein ganz normales Leben mit dir führen und es offiziell machen.«

»Es offiziell machen?« Sie lächelte.

»Werden wir jemals normal sein?«

»Gott bewahre!«, sagte sie in gespieltem Entsetzen.

»Du kränkst mich«, erwiderte er. »Wenn du mich ausgerechnet jetzt verspottest. Ich lege dir mein Herz zu Füßen, und du machst Witze.«

Maria hob ihre ineinander verschränkten Hände und legte sie über ihr eigenes Herz. »Dein Herz liegt nicht zu meinen Füßen, sondern hier. Es schlägt in meiner Brust.«

Christopher küsste ihre Fingerspitzen. Seine blauen Augen glühten vor Liebe. »Wir schaffen es, ich verspreche es dir. Mein Verwalter und Philip sind durchaus in der Lage, sich um meine Geschäfte zu kümmern, während wir fort sind. Philip ist der jüngste meiner Vertrauensleute, aber ich habe mehrere, und gemeinsam kommen sie gut ohne mich aus.«

»Himmel!«, hauchte sie und sah ihn blinzelnd an. »Was willst du denn mit dir anfangen, wenn du nur eine schwangere Frau und deren demnächst heiratsfähige Schwester zur Gesellschaft hast?«

»Eine schwangere Frau …« Nun klang seine Stimme noch kratziger als üblich. Er umfasste ihren Nacken, zog sie zu sich herunter und presste seinen Mund hart auf ihren. »Das will ich, verdammt noch mal. Ich will es jetzt. Mit dir. Ich hätte es nie gedacht, aber jetzt will ich es, und ich brauche es von dir. Keine andere Frau könnte mich zähmen. Andererseits, wie viele berüchtigte Mordverdächtige gibt es auch?«

»Ich weiß nicht. Ich könnte mal nachforschen …«

Daraufhin rollte er sich wieder herum, nagelte sie unter sich fest und stieß tief in sie hinein. Überrascht keuchte sie auf, dann wölbte er seinen Oberkörper hoch und drang noch tiefer in sie ein.

»Habe ich schon erwähnt«, sagte sie mit einem Lachen in ihrer Stimme und ihrem Herzen, »dass aggressives Verhalten mich noch sturer macht?«

»Widerspenstige, nervtötende Hexe«, knurrte er und akzentuierte jedes Wort mit einem Stoß seines Beckens. Dann griff er nach ihren Beinen, legte sie sich um die Hüften und vögelte sie mit wilder, glühender Leidenschaft.

Er bewegte sich wie ein Mann, der nicht nur wusste, wie man einer Frau Lust bescherte, sondern geradezu darauf aus war. Der es sich zum Ziel gemacht hatte, seiner Partnerin Erfüllung zu schenken. Ihr Erfüllung zu schenken. Er beobachtete sie genau, registrierte, wie sie reagierte, und passte dementsprechend seine Bewegungen an.

»Gefällt dir das?«, murmelte er, als sie vor Lust wimmerte. Er wiederholte seine Bewegung genau. »Du weißt genauso gut wie ich, dass du dich nach mir verzehrst. Nach dem Gefühl verzehrst, mich in dir zu spüren und deine köstlich enge Möse von mir gefüllt zu bekommen. Stell dir vor, wir verbringen Tag und Nacht so und dein kleiner, üppiger Körper wird so gut durchgevögelt, dass du es kaum noch aushältst.«

»Ha! Ich könnte dich völlig auslaugen.« Sie wollte spöttisch klingen, doch vor lauter Lust nuschelte sie bereits.

»Beweise es«, flüsterte er finster und stieß tief und rhythmisch in sie hinein, sodass ein lautes Klatschen zu hören war. »Heirate mich.«

Maria verlor sich völlig an die Empfindung, ihn in sich zu spüren. Sie wand sich und flüsterte ihm heiße Anzüglichkeiten ins Ohr, während ihre Fingernägel sich in seine angespannten Pobacken krallten. Er war wild und ungezügelt, obwohl er das Gegenteil behauptete, und zeigte ihr mit seiner Art zu lieben, wie verzweifelt er sich nach ihr sehnte. So als bekäme er nie genug von ihr. Als würde er nie tief genug in sie dringen.

»Bist du sicher, dass du jeden Tag deines Lebens derartige Aufregung willst?«, flüsterte sie und biss ihm ins Ohrläppchen.

Er rächte sich, indem er, so tief es ging, in sie hineinstieß und mit dem Schambein über ihrer Klitoris kreiste, bis sie heftig kam und die Welt um sich herum vergaß.

»Christopher!« Unter heftigen Schauern zog sich alles in ihr zusammen; sie bewegte sich immer schneller, bis er aufstöhnte und in ihr abspritzte.

»Ich liebe dich«, keuchte er und umklammerte sie so fest, dass sie kaum noch Luft bekam. »Ich liebe dich.«

Maria umschlang ihn mit ihrem ganzen Körper. Ihr zersprang fast das Herz, als tiefe Liebe sie durchströmte. »Dann sollte ich dich wohl heiraten«, hauchte sie. »Wer sonst könnte dich in den Wahnsinn treiben?«

»Es würde sonst keine wagen. Du bist die Einzige.«

»Und sicher könnte dich keine so sehr lieben, wie ich dich liebe.«

»Ganz sicher nicht.« Er schmiegte seine schweißnasse Stirn an ihre Wange und benetzte sie mit seinem Geruch. »Früher habe ich mich gefragt, warum mein Vater so war, wie er war; warum mein Bruder nur Schulden geerbt hat und mein einziger Ausweg ein Leben als Verbrecher war.«

»Mein Liebling …« Sie wusste genau, wie er sich gefühlt hatte. Schließlich hatte sie sich auch jeden Tag solche Fragen gestellt.

»Doch im Theater, von dem Augenblick an, da ich dich in meinen Armen hielt, wusste ich, dass du der Grund für all das bist. Jede einzelne Schicksalswendung in meinem Leben hat mich zu dir geführt. Wäre ich nicht der Mann, der ich bin, hätte die Agency mich nicht gesucht, und ich hätte dich nicht gefunden. Meine Seelenverwandte. Es ist schon fast erschreckend, wie ähnlich du mir bist, und doch überraschst und faszinierst du mich täglich aufs Neue.«

»Genau wie du mich überraschst und faszinierst.« Sie fuhr ihm mit den Fingern über die Wirbelsäule und lachte, als er sich wand. »Ich hätte nie gedacht, dass du eine Heirat wünschen würdest. Ich kann es mir einfach nicht vorstellen.«

»Dann geben wir ein Bild in Auftrag«, erwiderte er trocken. »Sag Ja, Liebste. Sag Ja, Maria.«

»Ja.«

Er hob den Kopf und zog die Augenbrauen in die Höhe. »Wieso habe ich das Gefühl, dass das zu leicht war?«

»Hast du das?« Maria klimperte mit den Wimpern. »Ich könnte es auch zurücknehmen und dir weiterhin widerstehen.«

Daraufhin grollte Christopher warnend und zuckte in ihr.

Sie grinste. »Weißt du eigentlich, dass deine Erregung steigt, wenn ich dich frustriere? Das ist ziemlich köstlich.«

»Du wirst mich noch umbringen.«

»Ich habe dich gewarnt.«

»Aber das wirst du büßen.«

»Ach … und wann genau?«

»Sobald wir eine Heiratserlaubnis und einen Priester haben.«

»Dann warte ich auf deine Vergeltung«, schnurrte sie.

Mit einem geradezu unverschämten Lächeln spannte er sich in ihr an. »Nun ja, lange wirst du nicht darauf warten müssen.«

»Simon, mein Lieber.« Maria erhob sich vom Sofa und streckte ihm die Hände entgegen.

Simon trat mit seinem trägen, sinnlichen Gang auf sie zu und lächelte sie liebevoll an. Er war wie immer schlicht gekleidet, diesmal in Hellgrau, doch das tat seiner dramatischen Schönheit keinen Abbruch. Jetzt nahm er ihre Hände und beugte sich zu ihr, um ihr einen Kuss auf die Wange zu drücken. »Wie geht es dir?«

»Nicht besonders«, gestand sie und setzte sich gemeinsam mit ihm. Christopher war zu sich nach Hause zurückgegangen, weil er sich umziehen und hören wollte, ob es Neues von Amelia gab. Maria wartete in ihrem Haus, da sie mit der Möglichkeit rechnete, dass eine Nachricht sie hier erreichte. Sie hatte eine Gruppe Männer zusammenstellen und sie auf die Suche nach Amelia schicken wollen, doch Christopher hatte sie angefleht, diesen Teil der Angelegenheit ihm zu überlassen. Seine Überredungskünste waren sehr überzeugend gewesen. Am Ende hatte sie, wenn auch widerstrebend, nachgegeben. »Ich mache mir solche Sorgen.«

»Ich weiß«, sagte er tröstend und streichelte ihre Hand. »Ich wünschte, ich könnte dir eine größere Hilfe sein.«

»Es ist mir schon ein großer Trost, dass du hier bist.«

»Ja, aber eigentlich bin ich doch *de trop*, oder?«

»Aber nicht doch! Du wirst immer einen wichtigen Platz in meinem Leben haben.« Maria holte tief Luft. »St. John hat mich gebeten, ihn zu heiraten.«

»Ein kluger Mann.« Simon lächelte. »Ich wünsche dir alles Glück der Erde. Ich kenne niemanden, der es mehr verdient als du.«

»Aber du verdienst es auch, glücklich zu sein.«

»Ich bin zufrieden, *mhuirnín.* Ehrlich. Im Augenblick ist mein Leben geradezu perfekt.« Simon grinste und machte es sich auf dem brokatbezogenen Sofa bequem. »Aber jetzt sag mir, wie viel Zeit ich noch habe, bevor ich gehen muss?«

»Du wirst gar nicht gehen. Ich will, dass du hierbleibst, in diesem Haus. Schließlich hast du hier eine glückliche Zeit verlebt, nicht wahr?«

»Die glücklichste meines Lebens.«

Da kamen Maria die Tränen, und sie schluckte, um den Kloß in ihrem Hals loszuwerden. »Wenn ich Amelia erst mal zurückhabe, wollen wir fortgehen. Reisen. All die Orte besuchen, die ich nicht sehen konnte, weil ich Welton dienen musste. Ich hoffe, dieses Abenteuer wird das einstige Band zwischen Amelia und mir wieder festigen.«

»Das halte ich für eine gute Idee.«

»Ich werde dich schrecklich vermissen«, klagte sie mit zitternder Unterlippe.

Daraufhin führte Simon ihre Hand an seine Lippen und küsste sie. »Ich werde hier sein, du kannst dich immer an mich wenden, was du auch brauchst. Dies ist nicht das Ende. Für dich und mich wird es nie ein Ende geben.«

»Und ich werde immer für dich da sein«, flüsterte sie.

»Ich weiß.«

Sie atmete geräuschvoll aus. »Also nimmst du das Haus?«

»Nein. Ich werde es für dich verwalten. Zufällig«, fuhr er lächelnd fort, »ist dies der perfekte Stützpunkt für meinen neuen Posten unter Lord Eddington.«

Maria klappte der Mund auf. »Er hat dich in die Agency gelockt?«

»So würde ich es nicht ausdrücken. Er rechnet mit einigen heiklen Angelegenheiten, die am besten von jemandem in die Hand genommen werden, der weniger Skrupel hat als andere.«

»Ach du lieber Gott.« Sie strich ihm über die Wange. »Aber bitte sei vorsichtig. Du bist ein Mitglied meiner Familie. Ich könnte es nicht ertragen, wenn dir etwas zustieße.«

»Um dasselbe möchte ich dich bitten. Gehe kein Risiko ein.«

Sie streckte ihm ihre Hand entgegen. »Dann haben wir jetzt eine Vereinbarung.«

Er neigte den Kopf leicht zur Seite, nahm ihre Hand und drückte sie an sein Herz. »Einen lebenslangen Pakt.«

»Und jetzt sag mir«, sagte sie lächelnd, »was genau Eddington mit dir vorhat.«

»Nun, er hat sich Folgendes vorgestellt …«

Maria lief unruhig in ihrem Salon hin und her und fluchte leise. Fast gegen ihren Willen blickte sie auf den müden und von der Reise schmutzigen Mann in der Ecke, worauf sie sofort das Gefühl überkam, sie müsste in Ohnmacht fallen.

»Ausgezeichnete Arbeit«, sagte Christopher zu ihm und lobte ihn noch mal dafür, Amelia aus den Händen ihrer Entführer gerettet zu haben.

Das Nächste, was Maria mitbekam, waren Christophers Hände auf ihren Schultern. »Maria«, fragte er, »bist du bereit?«

Sie sah zu ihm auf.

Christopher lächelte sie mit sanftem, liebevollem Blick an. »Als sie den Stadtrand von London erreicht haben, ist Sam schon mal vorausgeritten. Aber in Kürze werden die anderen mit Amelia eintreffen.«

Sie nickte ruckend. Mehr brachte sie nicht zustande.

»Du bist so blass.«

Sie fasste sich an die Kehle. »Ich habe Angst.«

»Wovor denn?« Er zog sie näher an sich.

»Daran zu glauben, dass sie kommt, dass jetzt wirklich alles zu Ende ist.« Sie kämpfte mit den Tränen.

»Ich verstehe.« Christopher strich ihr tröstend über den Rücken. Simon kam vom Fenster zu ihnen und bot ihr beruhigend lächelnd ein Taschentuch.

»Was ist, wenn sie mich nicht mag? Wenn sie einen Groll gegen mich hegt?«

»Maria, sie wird dich lieben«, beruhigte Christopher sie. »Man muss dich lieben.«

Simon nickte. »Anders geht's gar nicht. Sie wird dich anbeten, *mhuirnín*.«

Dann hörten sie alle den Türklopfer am Eingang. Maria erstarrte. Christopher ließ sie los und stellte sich neben sie, legte seine Hand aber stützend auf ihren Rücken. Simon ging öffnen.

Eine Ewigkeit schien zu vergehen, bis ein zweiter staubiger Lakai eintrat. Maria hielt den Atem an. Kurz darauf erschien eine kleinere Gestalt in einem Kleid, das ihr viel zu groß war. Amelia blieb zögernd auf der Schwelle stehen. Ihre grünen Augen, die Weltons so ähnlich waren – bis auf die Unschuld, die sie ausstrahlten –, erfassten alles mit gespannter Aufmerksamkeit. Dann fiel ihr Blick auf Maria und wanderte vorsichtig und doch neugierig an ihr entlang. Maria folgte ihrem Beispiel und bemerkte all die Unterschiede, die die vielen Jahre ihrer Trennung mit sich gebracht hatten.

Wie groß Amelia geworden war! Ihr apartes Gesicht war von langen schwarzen Haaren eingerahmt, dem Erbe ihrer Mutter. Doch in ihren Augen sah man die kindliche Unschuld, an die Maria sich noch erinnerte, und dafür war sie so dankbar, dass ihre Gefühle sie fast überwältigten.

Ein Schluchzen unterbrach die Stille. Etwas zu spät bemerkte Maria, dass sie es ausgestoßen hatte, und bedeckte ihren Mund mit dem Taschentuch. Wie von selbst hob sie die andere Hand und streckte sie nach Amelia aus. Sie zitterte heftig, genau wie ihr ganzer Körper.

»Maria«, sagte Amelia und trat zögernd einen Schritt zu ihr, während ihr eine einzelne Träne über die Wange rann.

Da trat Maria ebenfalls einen winzigen Schritt vor, aber das reichte Amelia: Sie stürzte zu ihr und warf sich so heftig in Marias Arme, dass Christopher Maria am Rücken festhielt, damit nicht beide hinfielen.

»Ich hab dich lieb«, flüsterte Maria, drückte ihr Gesicht in Amelias Haar und benetzte die schwarzen Locken mit ihren Tränen.

Gemeinsam sanken sie in einer Wolke aus Röcken und Unterröcken auf den Aubusson-Teppich.

»Maria, es war so schrecklich!«

Ihre Schwester heulte laut auf, sodass man kaum noch einzelne Worte von dem verstand, was sturzflutartig aus ihrem Mund strömte. Irgendetwas von Pferden und Kampf und jemandem namens Colin … dass Colin tot war … und Lord Ware einen Brief geschickt hatte …

»Schsch«, tröstete Maria sie und wiegte sie in ihren Armen. »Schsch.«

»Ich hab dir so viel zu erzählen«, weinte Amelia.

»Ich weiß, mein Schatz. Ich weiß.« Als Maria zu Christopher aufblickte, sah sie Tränen in seinen Augen. Auch Simon hatte verdächtig rote Augen und presste sich eine Hand aufs Herz.

Sie legte ihre Wange auf Amelias Schopf und drückte sie fest an sich. »Aber wir haben den Rest unseres Lebens Zeit, um uns alles zu erzählen. Den Rest unseres Lebens …«

# Epilog

Ein leises Kratzen an der offenen Tür veranlasste Simon, von den Karten auf seinem Schreibtisch aufzublicken. Mit hochgezogenen Augenbrauen sah er den Butler an. »Ja?«

»Da ist ein junger Mann an der Tür, der nach Lady Winter fragt, Sir. Ich habe ihm gesagt, es wäre niemand zu Hause, doch er lässt sich nicht abweisen.«

Simon richtete sich auf. »Ach ja? Wer ist es denn?«

Der Diener räusperte sich. »Er sieht aus wie ein Zigeuner.«

Vor lauter Verblüffung versagte es Simon kurz die Sprache, aber dann sagte er: »Bringen Sie ihn herein.«

Er brauchte einen Augenblick, um die vertraulichen Unterlagen von seinem Schreibtisch zu räumen, dann setzte er sich hin und wartete auf den dunkelhaarigen Jüngling, der kurz darauf sein Studierzimmer betrat.

»Wo ist Lady Winter?«, fragte er sofort, und der entschiedene Zug um seinen Mund und die gestrafften Schultern verrieten seine Entschlossenheit, das zu bekommen, weswegen er gekommen war.

Simon lehnte sich auf seinem Stuhl zurück. »Soweit ich weiß, bereist sie den Kontinent.«

Der Junge runzelte die Stirn. »Ist Miss Benbridge bei ihr? Wie kann ich sie finden? Haben Sie ihre Adresse?«

»Sagen Sie mir doch erst mal, wie Sie heißen.«

»Colin Mitchell.«

»Nun, Mr. Mitchell, möchten Sie etwas trinken?« Simon stand auf und ging zu den Karaffen auf dem Tischchen vor dem Fenster.

»Nein.«

Simon unterdrückte ein Lächeln, schenkte sich einen kleinen Brandy ein, drehte sich um und lehnte sich lässig gegen das Tischchen. Mitchell hatte sich nicht von der Stelle gerührt und überflog den Raum, wobei sein Blick an einzelnen Gegenständen hängen blieb. Er suchte nach verwertbaren Hinweisen. Er war ein gut gebauter junger Mann und auf eine exotische Weise attraktiv, die die Damen bestimmt anziehend fanden.

»Was werden Sie tun, wenn Sie die schöne Amelia finden?«, fragte Simon. »Weiter im Stall arbeiten? Für ihre Pferde sorgen?«

Mitchell riss die Augen auf.

»Ja, ich weiß, wer Sie sind, obwohl man mir sagte, Sie wären tot.« Simon hob sein Glas und leerte es. Als die Flüssigkeit warm in seinem Magen brannte, lächelte er. »Haben Sie also vor, als ihr Untergebener zu arbeiten und sie aus der Ferne anzuschmachten? Oder hoffen Sie, sich so oft wie möglich mit ihr im Heu zu tummeln, bis sie entweder heiratet oder einen Bastard von Ihnen bekommt?«

Simon richtete sich auf und stellte sein Glas ab, um sich gegen den zu erwartenden – und doch überraschend heftigen – Angriff zu wappnen, der ihn zu Boden warf. Er und der Junge rollten sich ineinander verschlungen über den Boden und kippten dabei ein Tischchen um, worauf die Figurinen darauf zu Bruch gingen.

Etwas später gewann Simon die Oberhand. Es wäre noch schneller gegangen, hätte er nicht darauf geachtet, dem Jungen nicht wehzutun.

»Hören Sie auf«, befahl er, »und hören Sie mir zu.« Jetzt sprach er nicht mehr leichthin, sondern in völligem Ernst.

Mitchell rührte sich zwar nicht mehr, doch er wirkte immer noch fuchsteufelswild. »Wagen Sie es nie mehr, so von Amelia zu sprechen!«

Simon stand auf und bot dem Jungen seine Hand. »Ich weise Sie nur auf das Offensichtliche hin. Sie haben ihr nichts zu bieten, keinen Schutz, kein Geld, keinen Titel.«

Der junge Mann biss die Zähne zusammen und ballte die Fäuste, so verhasst waren ihm diese Tatsachen. »Das weiß ich alles.«

»Gut. Dann« – Simon richtete seine Kleider und setzte sich wieder hinter den Schreibtisch – »könnte ich Ihnen eine Möglichkeit anbieten, all das zu erarbeiten, was Sie brauchen, um ihr ebenbürtig zu sein: Geld, ein passendes Haus, vielleicht sogar einen Titel aus einem fernen Land, das zu Ihrem exotischen Aussehen passt?«

Mitchell erstarrte und kniff mit aufflackerndem Interesse die Augen zusammen. »Und wie soll das gehen?«

»Ich bin in gewisse ... Angelegenheiten verwickelt, bei denen jemand mit Ihrem Potenzial mir helfen könnte. Ich habe gehört, mit welcher Kühnheit Sie Miss Benbridge gerettet haben. Wenn man Ihnen noch den nötigen Schliff beibringt, könnten Sie mir eine große Hilfe sein.« Simon lächelte. »Einem anderen würde ich dieses Angebot nicht machen. Also können Sie sich glücklich schätzen.«

»Und wieso machen Sie es mir?«, fragte Mitchell argwöhnisch und leicht skeptisch. Damit verriet er einen Hang zum Zynismus, was Simon ausgezeichnet fand. Denn einen vollkommen unbedarften Jungen konnte er nicht gebrauchen. »Sie wissen weder, wer ich bin, noch, wozu ich fähig bin.«

Simon sah ihn unverwandt an. »Ich kann gut nachvollziehen, was ein Mann für die Frau, die ihm am Herzen liegt, auf sich nimmt.«

»Ich liebe sie.«

»Ja. Und zwar so sehr, dass Sie sie suchen würden, koste es, was es wolle. Genau solche Hingabe brauche ich. Im Gegenzug sorge ich dafür, dass Sie ein reicher Mann von Stand werden.«

»Das würde Jahre dauern.« Mitchell fuhr sich mit der Hand durch die Haare. »Ich weiß nicht, ob ich das aushielte.«

»Geben Sie sich etwas Zeit, um zu reifen. Und ihr die Möglichkeit zu sehen, was sie all die Jahre vermisst hat. Und wenn sie Sie dann doch nimmt, werden Sie wissen, dass es die Entscheidung einer Frau ist und nicht die eines Kindes.«

Eine ganze Weile stand der junge Mann vollkommen reglos da, und seine Unentschlossenheit hing spürbar zwischen ihnen.

»Versuchen Sie es«, drängte Simon ihn. »Was kann es schaden?«

Schließlich atmete Mitchell tief durch und ließ sich auf den Stuhl vor dem Schreibtisch sinken. »Ich höre.«

»Sehr gut!« Simon lehnte sich wieder zurück. »Dann also Folgendes …«

# Danksagung

Dank an meine kritische Partnerin, Annette McCleave (www.AnnetteMcCleave.com).

Dank an meine lieben Freunde Jordan Summers und Renee Luke für ihre Hilfe am anderen Ende des Instant-Messaging-Fensters.

Dank an meine Familie, die über ein Jahr verwaist war.

Dank an meine Mutter, die sich um meinen Haushalt kümmerte, während ich ein paar Bücher schrieb.

Dank an meine Leser, das treueste, enthusiastischste und fabelhafteste Publikum, das sich ein Autor wünschen kann.

Ich kann mich so glücklich schätzen, dass all diese Menschen Teil meines Lebens sind. Dafür bin ich unendlich dankbar.